John Faunce

Lucrecia Borgia

 Planeta Internacional

# JOHN FAUNCE

# LUCRECIA BORGIA

Traducción de Sofía Pascual Pape

 Planeta

Título original: Lucrezia Borgia

© John Faunce, 2003
© por la traducción, Sofía Pascual Pape, 2003
© Editorial Planeta, S. A., 2003
    Diagonal, 662-664, 08034 Barcelona (España)
Diseño de la sobrecubierta Estudi Juste Calduch
Ilustración de la sobrecubierta: «Lucrezia» de Ghirlandaio, Galleria Borghese,
    Roma (foto Scala)
Primera edición: junio de 2003
Depósito Legal: B. 22.020-2003
ISBN 84-08-04684-5
ISBN 0-609-60974-2 editor Crown Publishing Group, perteneciente al sello
Random House, Inc., Nueva York, edición original
Composición: Ormograf, S. A.
Impresión: A&M Gràfic, S. L.
Encuadernación: Artesanía Gráfica en Encuadernación, S. L.
Printed in Spain - Impreso en España

*A mi madre y a mi padre,*
*y a Elizabeth Karl*

Los Borgia han sido de gran ayuda para la iglesia, ya que se han convertido en los cabezas de turco que encarnan y, a la vez, ocultan los pecados de los pontificados oscuros de todos los tiempos.

NICK TOSCHES, *En manos de Dante*

# Uno

M i vida es un mito. Mi primer recuerdo adulto, me digo siempre, es el deseo que sentí por mi madre, mi padre y mi hermano César. Los tres están unidos al aroma caballuno de César y mezclados con el sabor de la fragancia materna, de su perfume árabe, de sus opalinos y luminiscentes pechos, que, según dicen, abandoné tarde. El retrato al óleo de una virgen que colgaba en la pared opuesta, una lámpara siempre ardiente iluminándolo sobre una repisa. Tengo recuerdos de infancia de acontecimientos y personas anteriores a éste, pero están desprovistos de avidez, aun de la más inmadura, y carecen del precioso terror que sólo un adulto es capaz de percibir, una sombra que se extiende a través de las décadas. Los niños de verdad no sienten esa clase de temores.

Me pusieron mi nombre por la valiente Lucrecia de la Roma etrusca, de la que Livio dijo que prefirió clavarse un puñal antes que soportar la vergüenza pública de una violación a manos del rey de Roma. Muchos son los que hicieron pintadas sobre mí en los muros, en urinarios públicos y en estantes de libros reconocidos. Estoy en posesión de escritos completos de mis propios «salimbenes» (*) malhablados, que garabatean mentiras sobre papel vitela y papel barato de Florencia. En uno se me acusa, al mejor estilo Federico Augusto, de asesinar a cierto cardenal en

---

(*) Referencia a Salimbene da Parma, monje y cronista italiano del siglo XIII. *(N. de la t.)*

una cena para decidir una apuesta con mi padre, que consistía en comprobar si era o no posible ver el alma escapar del cuerpo en el momento de la muerte. En la mayoría de los casos, al igual que en éste, debo confesar un cierto grado de orgullo, sobre todo en los más extravagantes. Desearía, mientras los leo detenidamente, haber disfrutado de la imaginación suficiente para vivir una vida tan impíamente determinada y libre de trabas. Sin embargo, ¿es alguno de estos escritos, en los que se declara que Lucrecia Borgia, aunque bella, fue la mujer más vil y pecaminosa desde Eva, verídico? Algunos lo son, más o menos; otros, menos o más. He aceptado lo que en ellos se ha dicho de mí como meros hechos, puesto que nadie daría crédito a mi verdadera y menos exótica historia, y al igual que todas las demás almas, desearía ser creída. He aquí una pequeña novela que he escrito en la sempiternamente dócil piel de cordero de mi alma. A mi padre no le gustó la idea, tampoco a mi hermano. Esto es todo mío.

Recuerdo el día. Creo que fue el 15 de agosto de 1486. Nuestra mesa de comedor de *tinctus taxus* —«venenoso» o «tintado» tejo— estaba bañada por los rayos del sol de la mañana y una felicidad familiar que entonces creía una condición de vida permanente. Era una mesa maciza, sin junturas y tallada de un solo y enorme tronco, con incrustaciones de marfil labradas en tres de sus patas, que representaban escenas de la vida de Nuestro Señor y de las vidas de san Pedro y san Pablo. En una de las patas oscuras, el Señor transformaba el agua nupcial en chianti negro. Detrás de Él, estaban los novios. Recuerdo estar debajo de la mesa rezando porque, llegado el momento de mi boda, fuera tan feliz como la doncella de tejo.

En otra de las patas de la mesa, Pedro y Pablo estaban inclinados rígidamente sobre la hostia y el cáliz. En una tercera pata aparecían de nuevo Pedro y Pablo, en esa ocasión soportando la agonía del martirio: el tosco pescador crucificado cabeza abajo y la cabeza calva de intelectual de Pablo posada sobre el bloque del verdugo que llevaba las siglas SPQR.

«Nerón martirizó a Pedro y a Pablo en la colina del Vaticano —me había contado papá—. Por eso se convirtió en el capitolio del mundo. Pedro fue enterrado donde ahora se alza la basílica de San Pedro, justo debajo del altar. También Pablo está enterrado allí.»

No recuerdo la cuarta pata; tal vez era algo sobre Magdalena. El tablero de la mesa estaba ocupado por un auténtico banquete: copas doradas de vino tinto de la Toscana y copas de cristal de Venecia llenas del dorado y dulce Sauternes francés, manzanas doradas de las Hespérides, fideos amarillos de China mezclados con tomates de Sicilia en boles de porcelana china, higos arrebatadoramente dulces de Marruecos, una oca cocinada a la alemana, un cochinillo friulano tan relleno de trufas como alguna vez pueda haber deseado cualquier cochinillo en sus sueños porcinos del cielo, y tartas sabrosas y melosas. Nuestra nueva cubertería —toda en oro— llevaba el blasón de los Borgia, incluso los tenedores, que algunos sacerdotes retrógrados condenaban alegando que eran diminutas imitaciones del tridente torturador de Satán. Recuerdo a mi padre, que por entonces tenía cincuenta y tres años, grueso, aunque con la presencia de un hombre joven y todavía sin llegar a ser obeso. Su pecho, su cabeza y sus piernas estaban desnudos. Lo único que llevaba puesto eran unos calzones cortos, una vestimenta de lo más común para ir por casa, y un par de incongruentes medias de seda roja sostenidas por unas ligas de cuero rojo. Estaba sentado a la mesa. A mí me parecía un continente de piel adorable, bosques de cabello oscuro y rizado, un pecho como la estepa rusa y manos —en una de ellas llevaba un anillo de rubíes que yo podría haberme puesto de brazalete— tan finas como ramos de muérdago.

Vanozza Cattanei, mi madre, a la que mi padre siempre llamaba *Vanita*, puesto que ella sabía de sobra cuán adorable era, tenía por entonces unos treinta y pocos años pasmosamente bien llevados y estaba sentada en su regazo, envuelta en un largo vestido de color marfil cuya gasa era tan fina como una tela de araña. Lo llevaba para complacer a mi padre, quien lo había pasado de contrabando delante de las narices de los jenízaros del sultán desde el Oriente, donde había sido por un tiempo emisario secreto del papa Calixto III, el tío de papá, y cuya misión consistía en concertarse con el sultán acerca de una nueva cruzada. Entonces el brazo de papá rodeaba a mi madre, y su mano ensortijada se cerraba alrededor de uno de los perfectos pechos cubierto de telaraña, lo que ocultaban tiernamente entre risas. Los diamantes del collar de Vanita tintineaban y bailaban al sol por el placer que sentían al disfrutar el uno de la otra. Su vestimenta —o falta de la misma— y la felicidad física que compartían no me resultaban en absoluto vergonzosas, imprevistas ni insólitas. Mis padres a menudo se conducían de esa manera en la casa de campo de Vanita en Subiaco, regalo de nombramiento de Sixto IV a papá en un pueblo al nordeste de Roma y, en 1464, primera sede de la prensa escrita de Italia, como solía recalcar incesantemente. Se decía que san Benito, el gran monje bibliófilo de Nursia, en un primer momento tras su huida se refugió en Subiaco en el año 505 del Señor a fin de escapar de «Lucifer Vaticani»; eso fue antes de su primera *Regla* y antes de su primer *scriptorium*. Por otro lado, Rodrigo y Vanita se abandonaban al placer vano de su belleza y roce –que san Benito hubiera condenado– con la misma frecuencia, libertad y ternura que la lluvia de abril.

Yo los observaba y escuchaba desde mi guarida debajo de la mesa del comedor, donde mi hermano César y yo librábamos una guerra ficticia jugando al ajedrez. Éste era asimismo el lugar en que César a menudo me leía en voz alta mi primer libro, *La leyenda dorada* –le encantaba el título–, un popular libro infantil sobre las vidas de los santos. Sin embargo, nunca llegó a leerme más que la historia de san Jorge y el dragón, que aún entonces, según me contó, era la versión cristianizada de Heracles o del Hércules romano. Primero me leía el papel de san Jorge y luego, pausadamente, el del dragón, que me hacía repetir como si estuviera leyéndolo.

–¡No temas, niña! –decía él–. ¡Arroja tu cinturón alrededor del cuello del dragón! ¡No titubees! ¡Yo te salvaré!

Entonces yo lanzaba mi larga trenza al cuello del dragón, para nosotros representado por mi bayo, un caballito-balancín veneciano. Luego, César me leía la siguiente línea.

Y yo la repetía.

–Cuando la muchacha hubo hecho esto, el dragón la siguió como un perro atado a una correa, gritando: «¡Ay de mí! Me convertiré en comida de perros.»

–¡Comido en su punto! –solía reírse César, revolcándose por la alfombra.

Yo también me revolcaba. Me había enamorado de mi san Jorge; era tan apuesto, brillante y valiente montado sobre su corcel overo, con su armadura dorada, su casco y su espada flameando al sol a través de la ventana de mamá. El juego de ajedrez era musulmán, con jenízaros islámicos de marfil y cruzados de ébano, y el tablero y las piezas también representaban la Sublime Puerta del Gran Turco. César había empezado a enseñarme a jugar al ajedrez sobre ese tablero cuando yo tenía tres años. Incluso a esa edad me resultó tan fácil como el ajedrez chino, tan fácil como pretender que sabía leer. César era un maestro de la apertura del caballo, que, al igual que la lectura verdadera, nunca me enseñó a usar. Por lo general, pretendía ganar el juego utilizando sólo los dos caballos, lo cual no era posible, pero de todos modos intentaba atacar mi rey con inteligencia desafiadora y perseverante. Yo apliqué mi acostumbrada defensa infantil. De pronto, sus caballos estaban a la izquierda y a la derecha de lo que yo creía mi infranqueable pared doble de torres y alfiles, mi rey en jaque y tan sólo a una diagonal completa del alfil de su reina del jaque mate. Maldición. Entonces derribé mi rey —César ni siquiera se había comido mi reina— y me dejé llevar por el ritmo y la entonación de las voces de mis padres.

—Rodrigo, eres el niño de Dios más atractivo sobre la faz de la tierra —susurró Vanita.

—Vanita, de *veritas*, estás equivocada —dijo papá—. En esta tierra apenas hay cabida para un poco más de carisma; ya está colmada del tuyo.

—Jaque. Mate en una —susurró César.

—Cállate, César —dije con un suspiro—. Ya me he rendido.

Seguí ignorándolo. Abrí la boca, repitiendo sin emitir sonido alguno las frases de mis padres con los labios y la lengua, saboreándolas como si fueran vino, volteando sus formas y sabores alrededor de mi lengua para ser capaz de recordar cómo formar las palabras cuando me llegara el momento de pronunciarlas a mí. Intenté grabar ese momento en mi mente como una imagen acuñada en una moneda. Ese momento en que compartían la felicidad —César y yo escuchándolos a escondidas desde debajo de la mesa—, abandonándose a los brazos del otro, y todo abrazado por el banquete y sus múltiples aromas, sería para siempre mi modelo de paraíso, y todavía hoy permanece incólume cuando, tantos años después, formo las letras negras de su descripción con una blanca pluma irlandesa. A menudo me he preguntado si no habría sido mejor que se hubieran tratado mutuamente y a mí con crueldad, que me hubieran proveído de una visión del Hades en lugar de los Campos Elíseos, de manera que las angustias que he tenido que soportar como adulta me hubieran resultado familiares en lugar de ajenas y amargas.

Papá volvió a alzar su copa de oro para brindar con Vanita.

—Por la segunda diosa más bella del mundo —dijo en un tono de voz que hizo que pareciera una bendición.

Mi madre frunció el ceño, pero brindaron juntando las cabezas y bebiendo al mismo tiempo de una única copa.

—Rodrigo Lenzuoli Borgia, eres mi amor verdadero, aunque también un cerdo grosero —dijo ella—. ¿Por qué soy la segunda? Acabas de decir que no hay nadie sobre la faz de la tierra como yo.

Él volvió la cabeza hacia mí, y su corta barba rasguñó la piel de ella justo por debajo del cuello.

—En su día fuiste la primera, Vanita, pero diste a luz a una aún más perfecta.

Cuando mi madre me sonrió desde la altura con cierto recelo, sentí cómo la sangre inundaba mis mejillas; el placer rosa de la victoria colmó todo mi cuerpo, que entonces sentí tan magnífico como el de Afrodita. Sacudí la cabellera, recogida en una sola trenza que me llegaba hasta la cintura como la cola de un cometa. De pronto me había convertido en la emperatriz del mundo, bañada por la luz de la elección de Dios. Mi cabellera rubia era la obsesión de mi madre. La condesa Nani había inventado un tratamiento para el pelo rubio que Vanita insistía en aplicarme dos veces a la semana. La receta requería dos libras de aluminio, seis onzas de azufre negro y cuatro onzas de miel, que, una vez mezcladas, eran distribuidas por mi cabeza; luego, debía sentarme al sol durante tres horas. He seguido aplicando la misma mezcla toda mi vida y mi cabellera se ha hecho legendaria como el Vellocino de Oro.

Entonces César, en su jubón amarillo dorado, agarró aquella cola de luz solar con su puño y me volteó suavemente en el suelo, debajo de la mesa, con un gruñido lobuno, desparramando las piezas de ajedrez y partiendo en dos a mi reina. Por aquel entonces, mi hermano tenía doce años, y yo, seis. Yo lo tenía por una gigantesca y adorable cucaracha, descripción con la que sin duda muchos de los que lo conocieron posteriormente estarían de acuerdo; en lo que se refiere a la cucaracha, desde luego. Por aquellos tiempos parecía un amasijo de malevolencia espinosa, malhumorada y torturadora. De cabellera tan dorada como la mía y de ojos azules como los míos, aunque un tanto más cerúleos y fríos. Con una sonrisa de satisfacción que, siendo todavía un niño, era capaz de despojar a la niña más alegre de cualquier vestigio de confianza en sí misma con idéntica rapidez con la que, más tarde, la desnudaría desde el otro extremo de una estancia. La malicia formaba parte de su atractivo, tal como ha sido siempre el caso de los príncipes de las tinieblas. César siempre fue tan bello que, para él, lanzar un ataque, contra mí o contra cualquier otra persona, tenía necesariamente que agradar a la víctima del asalto y, fuera ésta mujer u hombre, debía sentirse halagada porque alguien tan brillante como César Borgia se molestara siquiera en fastidiarla o fastidiarlo. Él continuó entonces su dulce asalto alrededor de las patas de la mesa y luchamos como griegos. Di tanto como recibí y mi regocijo fue tan vocinglero y alegre como el suyo. Sobre nuestras cabezas se oían las risas de nuestros padres, que me transformaron de hermosa emperatriz en chiquilla consentida. Finalmente, logré desembarazarme de César, dejando mi lazo dorado en su enorme y vencedor mitón.

—¡Mira, oro! —gritó, jubiloso—. Es mío.

César amaba el oro desde su nacimiento; desde que, estando en la cuna, había alargado la mano para agarrar el sonajero catalán de oro que pendía de una cadena también de oro encima de él. Recuerdo a mi madre riéndose porque lo único capaz de tranquilizarle en su infancia fueron el sonajero de oro y su pecho. En aquellos tiempos, mis padres encontraban su fascinación por lo dorado divertida y tal vez el deleite que mostraban por su deleite cimentara su codicia por el oro. En ese momento me perseguía por la estancia, yo chillando y él maldiciendo infantilmente. Mientras tanto, mis hermosos padres, tal como era su costumbre, no hacían caso de nuestra insignificante guerra.

—Si nos encuentras tan hermosas, Rodrigo —dijo mi madre—, deberías casarte con la madre y rescatar a la niña de su condición de bastarda y a mí de mi reputación de puta.

—¡Ojalá pudiera hacerlo, querida mía! —dijo papá—. Pero ya estoy casado con una puta más celosa que tú.

Mis padres se rieron, él todavía con la mano cubriendo el pecho de ella. César me cazó cuando ya estaba al alcance de mi padre. Papá se inclinó hacia adelante y me cogió en sus brazos, rescatándome así de las garras de César. Me depositó sobre el muslo contrario, situándome delante de mi madre, ambas sentadas en su regazo. Recorrí su masa continental con la mirada, alcé los ojos y sonreí. Sonreí con ternura y amor, pero admito que también lo hice de forma triunfal. Me había convertido en su igual, aunque sólo fuera momentáneamente. Él me acarició el pelo y me besó. Ni siquiera Vanita tenía una cabellera como la mía.

—¿Y tú también quieres casarte con tu padre? —me preguntó.

—Sí, papá. ¿Y tú quieres casarte conmigo? —dije.

—Ya veremos —dijo él—. Pero recuerda: el hombre es quien elige, Lucrecia, no la mujer. Aunque pueda parecer una injusticia, la elección será de tus hermanos y mía.

—Por supuesto, papá. Mamá ya me lo explicó.

Se rió con tanto regocijo al verme y sentirme a su lado que supe que podría someter, llegado el día, su elección, por mucho que entonces lo negara. Sabía, aunque sólo fuera con el entendimiento de una niña, que el poder de un hombre, en el mejor de los casos, no es más que pura apariencia. Incluso Jesucristo, a pesar de gobernar el universo, podía ser sometido a la voluntad de su madre. Si no era así, ¿por qué íbamos a rezarle a ella?

—Pero estoy convencido, sólo con verte —prosiguió mi padre—, de que cualquier hombre que desees querrá pedir tu mano. Incluso el hombre más poderoso de Italia, si tú lo deseas.

Yo sabía que volvía a tener razón.

—Yo seré el hombre más poderoso de Italia —se quejó César—. El hombre más poderoso y con más oro del mundo. Y ninguna mujer es lo suficientemente bella como para casarse conmigo.

—Pero César —dijo papá—, ¿no hay nadie lo bastante bueno para ti? Vas a necesitar a una mujer, ya lo sabes, jovencito. No puedes dar a luz a mis nietos.

—Demos gracias a Dios por los pequeños favores —se rió mi madre.

—No estéis tan seguros —dijo César.

Papá lo miró severamente.

—Intenta no comportarte como un canalla, hijo mío.

—Es antinatural, César —dijo mamá—. Pero, ya verás, descubrirás que el deseo por una mujer te está esperando a la vuelta de la esquina.

César frunció el ceño.

—Según Plauto, una esposa es el antídoto del deseo —dijo—. Bueno, tal vez. Pero no pienso tomar a cualquier muchacha.

—¿Ah, no? —preguntó papá.

—Esperaré hasta que encuentre a una chica de oro.

Mis padres volvieron a reírse, pensando que era otro divertido ejemplo más de la obsesión por el oro de César, que parecía inmutable. Sin embargo, vi en sus rostros su preocupación porque César, a los doce años, seguía comportándose de un modo infantil. Yo no estaba de acuerdo.

—¿Te refieres a alguien como Lucrecia? —le preguntó papá, volviendo a acariciar mi cabellera destellante—. Nunca encontrarás una chica de oro como tu hermana en todo el mundo. A lo mejor deberías casarte con ella.

César parecía horrorizado.

—Va en contra de la ley.

—Que yo sepa, hasta el momento ninguna ley ha interferido en la inclinación de un Borgia.

Vanita sonrió.

—Deberías avergonzarte, Rodrigo, por meter ideas escandalosas en cabezas tan pequeñas. ¿Acaso quieres que la maldición caiga sobre tu casa?

—¿Quieres que baile para ti, papá? —pregunté a fin de recuperar toda su atención.

Mi padre volvía a estar encantado, de la manera que solía estarlo siempre con la perspectiva de mi pequeña danza aniñada. El baile era mi arma más potente con la que llamar su atención, por muchos hermanos de diferentes madres que tuviera que eclipsar. Entre ellos, el pobre Pedro Luis, sifilítico, y Jerónima, ambos recientemente fallecidos, además de Juan, Isabel, Rodrigo y el pequeño Jofre. Sin embargo, el hermoso César de Vanozza fue el único al que llegué a conocer bien y vi regularmente durante mi infancia. Papá me dejó en el suelo. Traté de bailar una tarantela que había visto bailar a una campesina como remedio para curar la picadura de una tarántula. Cuanto más sensual fuera el baile, más probable era que el picado sobreviviera. Mientras seguía bailando, mis padres aplaudían, sobre todo mi padre. Lo hice lo mejor que pude, pero estoy convencida de que estuve horrible. Todo lo que una niña es capaz de desentrañar de la voluptuosidad es una especie de contoneo de las caderas parecido al de un marinero ebrio combinado con una sonrisa presumida y abierta. El erotismo sólo se manifiesta a través de la intención de la bailarina, intención de la que una niña carece porque no tiene la suficiente conciencia de su propio cuerpo para darle forma. Detrás de mí percibía la irritación de César, cuyo rostro estaba tan negro como el de una araña.

—Ese baile no —se quejó César—. Baila el que yo te enseñé.

—Estoy bailando para papá, no para ti, César. A papá le gusta éste.

—Adelante, pues, pero tengo que decirte que pareces una campesina.

Y cogió una rabieta. Gritos, gritos y más gritos. Todos acerca de mi estúpido baile. Gritos y alaridos acompañados por su pataleo. César cogía rabietas desde que yo recordaba, desde mucho antes de nacer yo, según mamá, cuando quiera que cogía un berrinche o se llevaba una desilusión. Volvían loco a papá, pero nada de lo que mamá o él hicieran o dijeran podía ponerles fin.

Entonces, oímos las campanas del monasterio benedictino –y del convento de monjas– de San Sixto. Podía ver el aire cálido vibrando con el repique de campanas. De hecho, las campanas sonaban desde Roma. Sonaban las campanas del Vaticano, que alertaban a la iglesia más cercana en dirección norte, que, a su vez, hacía sonar sus campanas que provocaban el repique de las campanas de la siguiente iglesia o monasterio, hasta que llegaban a San Sixto. Yo odiaba las campanas. Se llevaban a mi padre y hacían llorar a mi madre. Papá se puso en pie, y Vanita se escurrió de su regazo liberando su perfecto pecho de la mano protectora de papá. Estaba ocurriendo. Entonces ya nada lo detendría. Ni la rabieta de César, ni ningún baile mío, ni siquiera la belleza de mi madre. Los tres nos quedamos inmóviles, tan parados como un friso cincelado en algún sarcófago tolemaico.

–Tengo que irme –dijo mi padre–. La puta me reclama.

Echó una mirada a su anillo y abandonó la estancia a grandes zancadas para introducirse en el dormitorio. Por entonces, las lágrimas ya brotaban en los ojos de Vanita.

–Si nos dejas, Rodrigo, te mataré –le gritó mi madre.

Él no contestó.

Durante varios minutos, todo estuvo en silencio, salvo por el suave llanto de mi madre y las quejas sonoras de César. Siempre era igual, porque nunca sabíamos cuánto tiempo pasaría hasta la próxima visita de papá.

Recuerdo otra mañana calurosa, en 1492, en la que los cuatro volvíamos a estar juntos en esa misma estancia. Yo tenía doce años; César, con dieciocho, acababa de alcanzar la mayoría de edad. Recién habíamos acabado un banquete similar, y los restos volvían a estar esparcidos por toda la mesa. César y yo ya no jugábamos al ajedrez debajo de la mesa, sino que estábamos sentados a ella educadamente, viendo los rayos de sol centelleando en nuestra vajilla de cristal, que yo amaba, y de oro, la que él amaba. César llevaba un peto que tenía la forma exacta de su pecho musculoso y una capa de tela dorada. Las cortinas se hinchaban suavemente con la brisa cálida que entraba por las ventanas. Vanita volvía a estar, o tal vez debería decir seguía, sentada en el regazo de papá. Eché una mirada a la pata en la que tenía lugar la decapitación y la crucifixión de san Pablo y san Pedro, y de pronto volvieron a sonar las campanas de San Sixto, tal como habían hecho seis años antes. Era el 25 de julio de 1492. El aire sofocante volvió a estremecerse con el sonido. Sin embargo, aquel día era distinto al de seis años atrás. Nuestro comedor estaba tapizado con sedas negras que papá había sacado de la Sublime Puerta. Inocencio VIII se retorcía en su lecho de muerte en el Vaticano, y papá había ordenado luto en Subiaco. Sentada ahora aquí, años después, escribiendo en mi pequeña estancia frugal, sé por fin qué fue aquello. Fue el temblor del Espíritu Santo. Inocencio VIII acababa de morir aquel día, instantes antes, en aquella misma hora. Todas las campanas de la cristiandad doblaban. Pero yo no lo sabía. El Espíritu Santo hacía vibrar el aire de la misma manera que lo hacía con la llama en Pentecostés. Oímos la voz de papá.

—El gran chulo ha muerto. Debo irme y dejarme ver para que quede constancia de que estuve en la cabecera de su lecho cuando el Señor lo reclamó.

—¿El papa, papá? —dijo César con la voz rota—. ¿Se ha muerto el viejo bastardo?

Papá se volvió bruscamente hacia César.

—Ese viejo bastardo me dio los medios para comprarte todos tus ridículos trajes dorados —dijo amargamente—. No seas tan irrespetuoso.

—Pero si acabas de llamarle chulo.

—Soy su amigo... O mejor dicho, lo fui. Tengo derecho a llamarle lo que quiera.

Los ojos de mi madre relampaguearon.

—No sabes lo que esos grandísimos gilipollas son capaces de hacerte, Rodrigo —dijo—. Si ocurre, será para mí como si te murieras.

—No os preocupéis, familia. Siempre he tenido suerte en los asuntos que atañen a la voluntad de Dios.

—¿La voluntad de Dios? La voluntad de Dios es la mismísima perdición que temo —prorrumpió Vanita.

Decididamente había algo en el aire; las campanas tañían más huecas que nunca y había algo en su partida que la distinguía de las anteriores, así como un miedo en la voz de Vanita que no había escuchado nunca antes.

—Papá, tengo miedo —dije con voz quejumbrosa—. Por favor, no te vayas.

—No te preocupes, dulce Lucrecia. Dios no permitirá que le pase nada a un pecador como yo.

—Sí lo hará —contestó bruscamente César—. Y será la voluntad de Dios si ocurre. Será lo mejor para todos nosotros.

Vanita levantó la mano para abofetearle, pero con un esfuerzo visible se contuvo.

—César, ¿cómo te atreves a decir eso?

—¿No permitirá que pase qué?

—Tengo que vestirme —observó papá, y entró en el dormitorio de Vanozza y suyo, que daba al triclinio en el que estábamos sentados.

¿Qué era esa terrible posibilidad de la que nadie siquiera osaba hablar? ¿Se iría papá al infierno? ¿Iba el Santo Oficio a investigarle? ¿Había un complot contra él? ¿Acaso papá no era demasiado astuto para que alguien conspirara contra él con éxito, demasiado poderoso para ser investigado, salvo tal vez por el papa? Sin embargo, el tío Inocencio había muerto. ¿Qué pecado merecedor del infierno podía haber manchado el alma de un hombre tan manifiestamente bueno como papá?

Oí sus pasos volviendo del dormitorio. Estaba en el pasillo abovedado que conducía de su comedor privado al dormitorio, el aposento en el que mis padres representaban los misterios de Afrodita apartados de mi vista celosa. Se había vestido con su traje de ceremonia, de un rojo brillante y resplandeciente como una cortina de sangre satinada. Alrededor de su cuello colgaba el pectoral con un gran rubí en cada una de las heridas de Jesucristo; su solideo era una aureola exclamatoria. Llevaba sus guantes rojos con el anillo macizo de rubíes por encima del guante en el dedo índice de la mano derecha. Parecía, y era, un gran hombre, aún más grande que en su desnudez pantalonil. Pensar así es mi pecado de orgullo, porque la desnudez es la imagen de Dios, tal como nos muestran los artistas y el Santo Sudario de Turín, pero era verdad. El arzobispo Rodrigo Cardenal Borgia, príncipe de la Iglesia universal, senador y cónsul de la República Cristiana, vicecanciller terrenal del Padre Eterno, vigilante ojo derecho del cuerpo de Jesucristo, azote de Satanás y sus demonios, por ello con derecho a sentarse a la derecha del sirviente de los sirvientes de Dios, era también padre de César y mío, y amante de Vanita.

—Rodrigo Borgia, si me abandonas, te mato.

—Yo soy Paris para la Helena de Vanita —dijo papá—. Nuestros destinos están eternamente unidos.

—No y no. Tú eres Eneas para la Dido de Vanozza —replicó mi madre—. Te irás para fundar un imperio, y yo acabaré inmolándome en una hoguera en una playa desierta.

Vanozza Cattanei, mi querida madre, era una puta. No exactamente una puta, sino una cortesana. Fue criada en el convento de San Sixto, al sur de Subiaco, por las hermanas dominicas, donde a menudo los padres mortificados dejaban a sus hijas bastardas no deseadas aunque de sangre azul. Mi madre era una Cattanei por parte de madre, descendencia falsa de una de las casas menores de la nobleza italiana por la línea femenina, puesto que era de padre desconocido. Tras ser abandonadas, estas hijas medio huérfanas de buena cuna pero pobres eran guiadas por la vida por los buenos oficios de la Iglesia y las hermanas. Una tarde lluviosa de primavera, Vanozza, por aquel entonces mayor que una niña, llevaba un tiempo sola en la capilla del convento, sacándole el polvo, tal como era su deber, a la estatua devota de san Sebastián, quien, como reza la costumbre, había sido retratado por el artista en éxtasis místico y desnudo, asaeteado por las flechas de Diocleciano y cubierto por su propia sangre, que fluía sensualmente sobre su cuerpo. Las hagiografías no dan cuenta del porqué siempre se ha representado a san Sebastián tan desnudo durante su martirio, y mucho menos de la calidad definitivamente sexual de la postura retorcida, particularmente pía, en la que se encuentra eternamente. Pero siempre está desnudo y siempre se retuerce. La belleza flexible de la desnudez masculina de san Sebastián, se reía Vanita al contármelo, era la razón por la que san Sebastián era su santo favorito. Estaba limpiando tiernamente la mugre y el polvo del trasero musculoso de san Sebastián cuando un joven sacerdote de ojos azules y anchos hombros apareció apoyado en la barandilla debajo de otra estatua, ésta de la Virgen. Papá había caminado desde Subiaco para ofrecerle una ofrenda al mártir, puesto que aquel día había recibido el mensaje de que le iban a dar el capelo de cardenal.

«Los brazos de María envuelta en su vestimenta azul se extendían hacia mí desde su situación detrás de aquel sacerdote», me contó Vanita el día de mi Primera Comunión mientras la contemplaba envuelta en mi vestidito blanco, de pie delante de la ventana de nuestra casa de campo, a la luz del sol matinal, al lado de la mesa de patas talladas. Mi madre estaba mirando fijamente hacia el convento y su capilla. «Fue como si la Virgen me lo estuviera ofreciendo. Era la cosa más bella que había visto en toda mi vida. Con su suave y joven barba encima de la negra y larga sotana. Por entonces había visto pocos hombres, pero la elección del amor nunca se basa en el conocimiento ni en el buen juicio; es un regalo gracioso, fuera del tiempo y del espacio. Nunca lo olvides, Lucrecia, y nunca rechaces la gracia de la Virgen cuando ésta te sonría. Ese sacerdote era de carne y hueso, y más hermoso de lo que una niña bastarda criada en un convento podía esperar conseguir, sobre todo en los años en que estaba cerca de quedarme para vestir santos. Me enamoré de su carne y sus huesos en el tiempo que tarda un rayo en bajar del cielo a la tierra.»

La primera vez que hizo el amor con el joven padre Rodrigo Borgia, me contó mi madre, fue «a la luz parpadeante de las velas y a la sombra de una estatua de san Cristóbal cruzando el río Jordán con el niño Jesús en sus brazos», en la sacristía detrás del altar de la capilla, en la puesta de sol de aquel mismo día.

Nunca lo abandonó. Siendo entonces un joven clérigo de familia noble, él podía mantenerla confortablemente, y así lo hizo, en su casa de campo de Subiaco, regalo de Calixto III, y en su casa en la ciudad de Roma, que Pío II comparó con la Domus Aurea de Nerón, su estupenda Casa Dorada. Su familia era española, pero la madre de Rodrigo, Isabel, había acompañado a su tío Calixto a Italia. Una vez allí, rezaba la leyenda familiar, Isabel había arrojado accidentalmente al bebé Rodrigo, envuelto en un manto blanco, al mar desde la muralla de Savona, y el niño sólo se había salvado porque llamó a la Virgen Santísima desde debajo del agua, y ella intercedió por él poniéndole repentinamente a flote. Rodrigo había elegido la Iglesia, tal como solían hacerlo los hijos segundones de la nobleza, como el único lugar que podía brindarle a un joven insignificante aunque ambicioso la oportunidad de construir una casa mayor sobre unos cimientos menores. En su ordenación decidió dedicar su vida a la Virgen en agradecimiento por su salvación y juró que sería el «protector y defensor de la Virgen y de todas las mujeres» durante su sacerdocio. La ambición y la llamada de Dios —así como la ayuda de algunas mujeres— le llevaron a convertirse en monseñor, obispo y arzobispo en un año, todo ello a una edad escandalosamente temprana, y poco después, en cardenal-arzobispo, príncipe de la Iglesia del reino de Dios, a los veinticinco años. Qué duda cabe que todas esas ruedas de los milagros fueron engrasadas en gran parte por el papa de su anticipada mayoría de edad, Calixto III, el tío de papá, y por Pío II, el siguiente sucesor de san Pedro, para cuya elección papá había sido instrumento clave al asegurar un soborno estratégico.

Sin embargo, cuando se conocieron, Vanita ignoraba todo eso. Aquel día, papá sólo llevaba una sencilla sotana negra.

El título de papá era príncipe de la Iglesia, pero las mujeres como Vanita sólo reciben el título de «putas», sean sus amores un regalo bendito de la Virgen o mercancías de un alcahuete. Recuerdo cómo en aquellos días todo el mundo hablaba con entusiasmo de cuán modelo perfecto de hombre moderno era un cortesano. Alguien debería escribir un libro para que, por fin, pudiéramos dejar de hablar de los cortesanos. Pero una cortesana no es más que un cortesano femenino. ¿Por qué se estigmatizan las sílabas femeninas, mientras que el honor y el buen gusto se atribuyen a lo masculino? ¿Y por qué el papa Gregorio VII, poco después del cambio del último milenio, tuvo que desterrar a las familias de las vidas oficiales y sacramentales de nuestros sacerdotes? La inmensa mayoría de los sacerdotes desde san Pedro —algunos, pocos, sostienen que desde Jesucristo— estuvieron casados. Sin embargo, Gregorio se cansó de que los sacerdotes se murieran dejando su patrimonio a sus esposas e hijos. Naturalmente, pensó que sería preferible que todo aquel dinero fuera a parar a las arcas de la Iglesia; a las suyas, en definitiva. A fin de encontrar los guisantes que estaba buscando en esa vaina, Gregorio ordenó a algunos teólogos que presentaran una serie de razonamientos que parecieran más piadosos para acabar con los matrimonios de los sacerdotes. En los tiempos antiguos, todos los apóstoles tenían esposas. Las esposas de san Pedro y de san Bartolomé realizaron una especie de resurrección nocturna después de sus días de trabajo duro y de Pentecostés. ¿Cuál fue, pues, el resultado de intentar separar a los hombres ordenados de sus esposas? Nadie hizo ni el más mínimo caso. Pronto, las queridas, los muchachos y las cortesanas reemplazaron a las esposas en las camas de los sacerdotes, y a partir de entonces y durante los siguientes cinco siglos se han multiplicado con la misma rapidez y entusiasmo que los conejitos en todos los seminarios, parroquias, residencias episcopales y palacios de cardenales; por doquier, salvo en las dependencias papales, y aun allí en contadas ocasiones desastrosas. La prohibición ha convertido a prácticamente todos los sacerdotes en pecadores y réprobos, y a sus mujeres, en putas. ¿Cuántos sacerdotes, después de toda una vida dedicada al servicio desinteresado de Dios y sus hijos, sufren el tormento eterno en el infierno por culpa de esta locura, obsequiando a Satanás con el placer de ver sus almas con las marcas brillantes del sacerdocio consumiéndose entre las llamas? ¿O acaso Jesucristo, en el momento del Juicio Final, tal como prefiero pensar, escuchará los argumentos de la Virgen, recordará a Magdalena y a las esposas cariñosas de sus discípulos, que lo conocían, y sencillamente decidirá ignorar las cosas que Él considera indignas de su mente omnisciente? La mayoría de estos teólogos garabateadores de bilis, los que separaron a las familias de sacerdotes, sobreviven en monasterios, donde satisfacen sus urgencias reconocidas por Dios entre ellos. Aunque no creo que sea la teología la que les haga abominar de las mujeres. El motivo es que nos temen, temen nuestro poder para afectar sus propias carnes, sus mentes y sus almas, como si los poderes que podamos tener nosotras para provocarlos no procedieran tanto de la mano creadora de Dios como cualquier facultad que ellos puedan tener. Nuestros poderes corporales son dones que nos han sido concedidos por Dios. Nadie debe rechazar a Dios. Vanita era una mujer fuerte, sabia y elegante, más que preparada para frecuentar a reyes, papas y emperadores –en cualquier caso, más que sus iguales–, en mi opinión de comulgante primeriza.

Sin embargo, en este 25 de julio, el año de mi confirmación, en el Subiaco de Vanita, Rodrigo Cardenal Borgia anduvo lentamente hacia nosotros envuelto en todo su esplendor. El satén morado, las sedas y los encajes blancos de hilo susurraban a medida que avanzaba como las alas angelicales sobre un lecho de muerte. Tomó a mi madre entre sus brazos, volvió a rodear el pecho de ella con su mano ensortijada y le dio un beso en el que sus lenguas se entrelazaron. Después, nos besó a César y a mí tiernamente en la mejilla. Vislumbré las lágrimas en sus ojos. Su rostro parecía el de uno de esos hombres que podía ver al pie del cadalso, dándole el último adiós a su familia antes del fuego del castigo de la Santa Inquisición. Papá dio media vuelta, atravesó la estancia y bajó las escaleras dejándonos a mí y a mi madre llorando, y a César con una extraña expresión de complicidad en su rostro deslumbrante.

La repentina ausencia de papá me dejó enojada y helada. Sabía que mi madre percibía mis temblores y me agarró aún con más fuerza si cabe, en un intento de reconfortarme y hacerme entrar en calor. De haber conocido entonces los tiempos que se avecinaban, tal vez hubiera intentado consolarla a ella. Era consciente de sus lágrimas, pero con el egoísmo de una niña supuse que mi dolor era mayor que el de cualquier otro ser humano en el mundo. Me he preguntado muchas veces, a medida que he ido creciendo, quién de las dos, Vanita o Lucrecia, ha sufrido más a lo largo de los años. ¿Vanita por la ausencia del papa, o yo por su presencia? No hay modo de saberlo. La ausencia no es más que vacío del que el afortunado se recupera. Sin embargo, la presencia, aunque llena de trasgresión y de horrendo dolor, también está plagada de momentos de amor y de paz que satisfacen el alma y el cuerpo. Sigo sin conocer la respuesta. ¿Me la concederá la Virgen en el cielo? ¿O, más probable, lo hará Eva en el infierno? Pero sí sé cuál será mi respuesta, sea cual sea el lugar. Yo elegiría la presencia. Mejor sola con el inquisidor que sola con una misma.

En la ancha entrada de grava delante de Subiaco, un gran carruaje cerrado esperaba a Rodrigo Cardenal Borgia, todo morado y dorado, y con el escudo de armas español de los Borgia, un buey morado embestidor sobre un campo del color de la cebellina defendiendo sus puertas. Las palomas y los pichones zumbaban de un lado a otro y de ventana en ventana de la casa de campo, tal como han hecho siempre en la campiña romana. Los lacayos perseguían las palomas con rastrillos para asegurarse de que las aves no dejaban manchas poco atractivas en las sedas de papá o, peor aún, sobre su cabeza. Papá caminó hacia el carruaje como el príncipe que era, con los sirvientes haciendo reverencias y aminorando el paso ante él. Entró en el carruaje y se dejó caer sobre su asiento de piel de avestruz de Libia, apoyando los pies en el estribo de plata. Los cocheros saltaron al pescante y azotaron los seis caballos castrados blancos como la nieve con sus látigos de cuero rojo. El postillón se subió a la silla del caballo de tiro, que iba delante, a la izquierda, y se aseguró que la pistola estuviera a la vista. Los caballeros espolearon sus caballos, y la carroza y la compañía salieron entre estruendos por la carretera sucia a toda prisa, envueltos en una polvareda y dejando una estela de gallos y perros atemorizados.

En la mañana abrasadora del sábado 11 de agosto de 1492, la mirada de Jehová estaba fijada, tal como ha estado y estará eternamente y más allá de todas las mañanas, en el monte Vaticano, uno de los siete terrones bajos que comprenden la Ciudad Eterna. El nombre del terruño, Vaticano, proviene de un antiguo lugar etrusco en el que buscar profecías, o vaticinios, de los videntes o vates. La divinidad siempre ha habitado esta colina. Sobre la cima de punta de la capilla privada de los papas, la Sixtina, un cuervo remontó el vuelo. Hay quienes dicen que la llaman Sixtina porque la construyó Sixto; pero la verdad es que es porque «mantiene firme», *sistere*, al mundo tambaleante. El cuervo volaba en círculos alrededor de una chimenea ruinosa y embrujada que despuntaba desde las tejas curvas del tejado de Sixto. Con un balanceo circular y un aleteo caótico, el mensajero negro de Dios se posó en lo alto de la chimenea, llamando y graznando. Dios ama a los pájaros, ¿por qué si no iba a darles alas a los ángeles?

Sin embargo, un humo blanco como la nieve empezó a salir en grandes nubes de la espigada chimenea y, presa del pánico, el cuervo de Dios batió las alas y abandonó su lugar de reposo, una mancha aleteante que se perdió en un cielo estival despejado. Bajo el techo, el Sacro Colegio Cardenalicio, por entonces compuesto por alrededor de veinte cardenales —entre ellos, mi padre—, estaba reunido y formaba una amplia herradura debajo del altar principal de la capilla Sixtina, todos sus componentes envueltos en ropajes morados empapados de sudor. Cada cardenal se sentaba en su propio trono reducido. Encima de cada trono colgaba impecablemente un dosel blanco. El fantasmagórico cardenal Costa, de ochenta años y nacido en Portugal, oficiaba de camarlengo, o chambelán, de la Cámara Apostólica. Por ninguna razón aparente, durante el resto de su larga vida recibió informalmente el trato de chambelán, título por otro lado temporal. «Camarlengo» es un título de dignidad que un consistorio electoral otorga por tradición al miembro más antiguo y, por tanto, más venerable del Sacro Colegio. Es quien dirige la sede apostólica y la administración papal durante el período de elección, mientras el trono de san Pedro está vacante. De hecho, el cardenal Gherardi, de noventa y cinco años, era el mayor, pero por entonces la edad había prescindido de su mente, si no aun de su alma; evidentemente, ambas no pueden coexistir. Se había vuelto enteramente *non compos mentis*. Costa dejó a un lado de la mesa que tenía delante el cáliz de oro con incrustaciones de piedras preciosas después de haber hecho el recuento de las papeletas depositadas en el interior, de las que una, naturalmente, era del senil Gherardi. Le susurró algo al oído de un monseñor y, como si fuera un avestruz carmesí, se dirigió con paso vacilante al centro de la herradura. Alzó sus ojos reumáticos, llenos de cataratas, al cielo, y luego los cerró. Entre bastidores, un monje tiró de una cuerda. Con ello, todos los doseles blancos se desplomaron, uno detrás de otro, en un fogonazo semicircular y estruendoso, sobre sus respectivos respaldos. Todos los doseles, salvo uno: el que colgaba sobre la cabeza de Rodrigo Cardenal Borgia; sobre papá, por así decirlo. El dosel sobre el nuevo portador del hábito blanco.

El camarlengo miró a mi padre a los ojos. «Annuncio vobis, Rodrigo

Borgia, gaudium Papem habemus», dijo tan alto como le fue posible y con una voz tan chillona como la de cualquier cuervo que graznara latín. «Os anuncio lleno de regocijo, Rodrigo Borgia, que ya tenemos un papa.»

La lucha por el trono de san Pedro había sido tan encarnizada como de costumbre. Los cofres masivos de oro, piedras preciosas y plata se habían entrecruzado de embajada en embajada por toda Roma, en un intento de ejercer presión para que el trono de san Pedro aceptara las posaderas de algún cardenal, ciudadano de la patria de esa o aquella embajada. Se había perpetrado algún que otro asesinato, como de costumbre, a fin de dirigir la voluntad de Dios hacia ese o aquel aspirante. Corrían los rumores como las erinias, las diosas de la venganza, y describían nuevas conspiraciones o contingencias a un ritmo de seis o más por hora. Sin embargo, «el que entra en el cónclave como papa –dice el proverbio– sale cardenal». Al inicio de la votación, tras nueve días enervantes de duelo por Inocencio, papá no había sido la primera opción, ni la segunda, ni siquiera estaba en la lista. Durante años, todo el mundo había envidiado sus avances juveniles y, además, la mayoría pensaba que todavía debía bregar en la viña algunos años antes de beberse el vino. Al reconocer y computar los votos de la elección papal, o escrutinio, se dio por supuesto que el nuevo camarlengo sería el siguiente portador del anillo del Pescador y las pantuflas blancas. Era el más papable. Fue porque los príncipes encarnados estaban tan divididos y se mostraban tan hostiles los unos con los otros, enfrentados en facciones de ésa u otra parte del mundo, o en esa o aquella interpretación de esa o aquella sacra doctrina –sin perjuicio de las cuestiones de dinero u odios personales–, que no emergió ningún favorito. Cuando se dan estos casos, por regla general se elige al cardenal de mayor edad que esté en sus cabales, puesto que los demás cuentan con que, de todos modos, no vivirá mucho tiempo y tendrá lugar un nuevo escrutinio en un año o dos, momento en el que, si Dios quiere, la propia facción habrá acumulado suficiente oro e influencias y habrá asesinado a suficientes enemigos para prevalecer y elegir a uno, preferiblemente a uno mismo, que garantizará a sus hermanos partidarios todavía más poder y oro.

La segunda opción en la divina lotería, dependiendo del interrogado, era el cardenal Giuliano della Rovere, cabecilla de la facción Rovere/Riario, de Liguria. Descendía de un vulgar pescador de sardina –«como Pedro», le gustaba decir– y era sobrino del no llorado Sixto IV.

También Della Rovere me había parecido siempre un anciano, aunque ni por asomo tan viejo como el casi embalsamado camarlengo Costa. El rumor favorito de la semana, cómo no, versaba sobre Costa y Della Rovere. Giuliano Rovere era un asesino ambicioso y antiguo militar y gran humanista que había abandonado las campañas militares para ir a Roma para la elección papal dejando a su sobrino, también de dudoso linaje, al frente de su ejército. Un día Italia pagaría por la vocación militarista de Della Rovere. Desde luego, no tenía vocación por el sacerdocio. El sobrino era tan célebre por su armadura carmesí de oro rojo —un regalo del tío— como por su crueldad. Sus propias tropas le habían puesto el apodo de *Diablo Rojo*, aunque cualquiera que fuera sorprendido pronunciando aquel apodo era ejecutado en el acto. Su disciplina militar preferida consistía en atravesar a cualquier soldado malhablado con una espada candente. De este modo, el pobre infeliz se asaba por dentro hasta morir.

«¡Asad la salchicha de este hombre!» era la sentencia a muerte acostumbrada del Diablo Rojo.

Por entonces, todos sus soldados lo odiaban. El sobrino mariscal de campo estaba apostado junto con sus tropas debajo de los muros de Ronciglione, cercando el viejo castillo. La toma del fuerte era críticamente crucial para Della Rovere porque Ronciglione era gemelo de su castillo favorito, el que ya poseía en Ostia, el formidable y militarmente avanzado Rocca, construido entre 1482 y 1486. La fortaleza de Rocca estaba diseñada para resistir los cañones, el nuevo azote del hombre. Ambos castillos daban al Mediterráneo. Della Rovere estaba convencido de que los impuestos que recaudaría en Ronciglione podrían proporcionarle el oro adicional que necesitaba para comprar los apoyos de varios cardenales austríacos y alemanes, cuyos votos bastarían para inclinar la elección a su favor. Los primeros cinco votos del Sacro Colegio en la antigua capilla Sixtina habían apagado la opción del camarlengo y habían asegurado más y más la designación de Della Rovere como nuevo ocupante del trono del Pescador.

Sin embargo, como decían los rumores de las furias, el camarlengo Costa todavía ardía con el fuego de la ambición prendido por Satán, por muy mayor que fuera bíblicamente. Un poder y una riqueza inmensos parecían estar al alcance de su garra momificada. Antes de la elección envió a su amiga de entonces para que hiciera una visita sorpresa al sobrino de Della Rovere, que estaba apostado debajo de Ronciglione. Esta puta fina era descendiente legítima de un elector imperial y, sin embargo, una ramera legendaria, exquisitamente talentosa y en grado sumo onerosa. Llegó al campamento con un séquito de damas de compañía, sus llamadas «putitas». El general se sorprendió, pero a su vez estuvo encantado al ver aparecer a aquella prostituta magníficamente escotada y bastante limpia —¡portes pagados!—, y a su asombroso séquito, pues se había hartado de satisfacer su exuberante deseo con seguidoras del campamento sifilíticas y demacradas. Aquella noche, después de que los chillidos *tenor robusto* de éxtasis sexual se hubieran propagado desde la tienda de campaña carmesí a través de todo el campamento, la odalisca de Costa transformó al Diablo Rojo en un tiple con una curva hoz alemana mientras cientos de sus soldados escuchaban desde fuera y los defensores de Ronciglione prestaban atención tras las murallas.

—¿Qué gritos son ésos que salen de la tienda del general? —preguntó un joven soldado—. Ya no son de placer. Suenan como los de un hombre en el infierno.

—Placer, dolor; para él es lo mismo. ¿Tanto disfruta con el dolor? Dejemos que se revuelque en él —replicó entre gruñidos el capitán de sus guardias personales.

Denunciaron que el sobrino del cardenal había muerto desangrado. También se dijo que la cortesana y sus doncellas le habían llevado a su «Pequeña muerte egipcia», un ritual sexual por el que ella y sus chicas arrastraban una mala fama en los palacios de toda Europa, antes de rebanarle para que encontrase la grande. Sin embargo, las muertes pequeña y grande del general alteraron en cierto modo las eventualidades del escrutinio papal. Cuando Giuliano della Rovere recibió la noticia ofreció varias misas por el alma sin duda ardiente del joven, pero puesto que ya no tenía la esperanza de conseguir el oro de Ronciglione, la esperanza de alcanzar el hábito blanco se desvaneció; al menos, en esa elección. Pero estaría perdido si permitía que Costa ganase. Della Rovere lo odiaba porque, dos décadas atrás, el camarlengo había estrangulado a una Magdalena particularmente prenúbil de Della Rovere en un ataque de celos. Por tanto, informó a los partidarios del camarlengo en el Sacro Colegio que, si elegían al anciano, Della Rovere ordenaría a sus soldados que clavaran a la amiguita de Costa con estacas a través de sus partes pudendas en el puente levadizo de cerezo de Ronciglione, pues ella y su cortejo seguían estando en manos del ejército de Della Rovere.

Esa amenaza, según se imaginaron todos, refrenaría el entusiasmo del camarlengo por conseguir el trono de san Pedro, pues era sabido que quería a su habilidosa barragana como a una hija. Sin embargo, en la capilla Sixtina se emitieron otras siete votaciones indecisas, que hacían un total de doce escrutinios. Después de cada uno de ellos, salía una bocanada de humo negro de la chimenea para que fuera visto y maldecido por el océano humano reunido en la plaza de San Pedro. La noche posterior a la emisión del duodécimo voto el camarlengo Costa y Giuliano della Rovere acudieron a la celda de papá. La celda disponía de las comodidades que se consideraban vitales para todos los cardenales: un asiento para las descargas del estómago, dos orinales, cuatro cajas de bombones, una caja de piñones garapiñados, mazapán austríaco, una libra de azúcar de caña, galletas, jarras de agua y vino, tinto y blanco, y un salero de plata. Pero todo aquello había sido retirado hacía poco a fin de motivar a los cardenales a tomar una decisión. Por entonces, lo único que tenían los capelos rojos era pan y agua.

Papá ordenó a su guardia que se fuera.

—No me asesinarán —le dijo al guardia—. No tengo suficientes votos para que valga la pena matarme.

—Fray Borgia, he rezado al Señor —dijo el camarlengo una vez se hubo ido el guardia—. Me ha contestado: alabado sea. Le concedo los votos que están en mi dominio.

Papá se volvió en su silla conmocionado por aquel pronunciamiento. Más tarde me contaría que se había quedado estupefacto, pero también me dijo que esta noticia había caído como un rayo que tan sólo el mismo Dios podía haber enviado.

—¿Y qué quiere a cambio de mí, hermano —preguntó papá, finalmente—, suponiendo que esté en lo cierto en cuanto a la voluntad del Señor?

—Mi dulce doncella, que está en Ronciglione. Quiero que envíe tropas papales para que la saquen de las garras de la milicia de cerdos depravados de Della Rovere y la escolten hasta aquí. La quiero viva e ilesa. Ya no me quedan fuerzas para hacer el papel de Abel con el Caín de fray Della Rovere.

Della Rovere suspiró.

—Yo también he buscado al Señor. Yo también le ofrezco mis votos, Borgia. Usted ha sido el más diestro de todos nosotros al limitarse a observar y esperar hasta que los demás nos quedáramos sin dinero.

Papá se quedó pasmado. Los votos de Della Rovere o del camarlengo Costa de nada servían por sí solos. Sin embargo, juntos eran más que suficientes para decidir la elección. Más tarde, papá me contó que se había sentido como un súbito san Pablo alcanzado por un rayo en el camino de Damasco.

—¿Y vos, fray Della Rovere? ¿Qué exige usted a cambio?

—Exijo Ronciglione. Una vez que sus tropas blancas y doradas hayan rescatado y devuelto a la ramera sobre todas las rameras, júreme que se quedarán ahí y me ayudarán a tomar la fortaleza.

—¿Para qué? —preguntó papá—. Para entonces, la utilidad de su oro se habrá desvanecido.

Della Rovere sonrió.

—Por la estética de la cosa. Ronciglione constituye la mitad de un todo costero conjuntado. Géminis no es géminis con tan sólo un gemelo. Y el oro siempre es útil. Tal vez pueda comprarme la salvación.

—¿La suya? —cacareó el camarlengo—. Incluso a Midas le falta oro para eso.

Papá miró a los dos hombres. Inclinó la cabeza, cerró los ojos y dirigió la mirada al interior de su alma buscando la voluntad de Dios. Así es como se toman las decisiones que mueven el mundo. Es el método Poncio Pilatos. He visto a papá y a César hacerlo juntos, y yo misma lo he hecho cientos de veces. Una vez se acaban los consejeros y los consejos doctos resultan infructuosos, uno vuelve la mirada hacia su interior en busca de la respuesta celestial, pero, desgraciadamente, raras veces encontramos una. Por tanto, lo único que puedes seguir es la dulce voz de tu propio deseo, que sólo Dios sabe si será Él quien te susurra el destino al oído o será el diablo que te murmura la perdición.

Papá tomó las manos de los cardenales, una en cada una de las suyas.

—Sé que es la voluntad de Dios —dijo sin el más mínimo indicio de vacilación.

Pero ¿por qué le ofrecieron sus votos a Rodrigo Borgia cuando había otros doce, además de Della Rovere y Costa, dispuestos a agarrarse al hábito blanco? Allí esperaba agazapado, por ejemplo, Ascanio Cardenal Sforza de Milán (dos votos), que había realizado una campaña atroz y que incluso podría haber ganado de no haber sido porque a sus treinta y siete años se le consideró demasiado joven. También estaban el cardenal napolitano Carafa (un voto); el cardenal Michiel, arzobispo de Venecia, quien desde luego disponía del dinero de San Marcos y ya se imaginaba papa en Venecia (dos votos), y Bernardino Cardenal Carvajal, el candidato de sus majestades católicas de España, Fernando e Isabel (un voto).

Papá nunca lo supo, aunque la leyenda cuenta que el soborno tuvo mucho que ver; algo de unos burros transportando plata. Sin embargo, en mi experiencia, la leyenda es por sí misma un burro, poco segura para montarla incluso para Jesucristo.

—Éste es el misterio de mi vida —dijo en más de una ocasión—. Tal vez fuera el pan y el agua de mi celda.

Papá se encogió de hombros. Nunca he escuchado una explicación plausible, aunque de noche he imaginado miles. Todas ellas han resultado ser equivocadas al final, excepto la única incontestablemente cierta que me llega cuando me duermo. Fue la voluntad de Dios. El siguiente escrutinio del Socro Colegio, el decimotercero, eligió a mi padre. Se quedó sentado debajo de su dosel, erguido, llorando con largos sollozos temblorosos mientras el humo blanco espantaba a todos los cuervos del tejado. Aunque más tarde muchos acusaron a papá de mostrarse hipócrita y afectado en aquel momento, sus lágrimas eran genuinas. Genuinas porque era Vanita, y su inminente pérdida, que lo colmaban. Una cosa era que un sacerdote, un obispo e incluso un cardenal tuviera una amante —todos tenían al menos una, y los más ricos incluso varias o una docena—, pero era totalmente distinto para el papa, pues la santidad de su posición siempre había sido más sensible a los chantajes y a las acusaciones. Los hijos —César y yo, e incluso nuestros hermanos y hermana— eran aceptados. No éramos más que accidentes de la naturaleza previos a su nombramiento y la voluntad manifiesta de Dios. Sin embargo, una cosa es que un Sebastián o un Pablo moderno bendiga al acólito ocasionalmente complaciente con una rápida fornicación, y otra bien distinta que lo haga Jesucristo.

—El dedo sagrado de Dios —cacareó entonces el camarlengo a la herradura de hombres encarnados y a los tronos blancos—, te ha señalado a ti, Rodrigo Borgia.

Ese pronunciamiento algo ambiguo le ofreció a Rodrigo una visión instantánea del dígito sin duda sagrado del Todopoderoso, como me contó más tarde, cargando contra su rostro agresiva y eternamente en un simulacro del conocido gesto indecente. Mi padre alzó la cabeza. Las lágrimas corrían por sus mejillas.

—Os lo ruego, hermanos; no estoy preparado. Dejad que este cáliz pase a otro.

Una dicción, poco candorosa y groseramente presuntuosa, ésa la de mi padre, pero era un gran hombre y en aquel momento fue sincera, pues sabía que nunca volvería a sentir el pecho de Vanita debajo de su mano. Estaba intentando recordar con exactitud la manera como su pezón se «erguía encantadoramente debajo de la seda», como lo expresó él, en un escalofrío provocado por una brisa fugaz, la manera como lo había visto y sentido hacer miles de veces. Frotó suavemente la punta en forma de bellota del brazo de su trono a fin de recrear la sensación. Pero a pesar de aquella mnemónica, según contó, en aquel momento no consiguió evocar la imagen.

—Nunca he sido capaz de volverlo a hacer —me contó más tarde—, aunque he dejado que mis manos se deslizaran por el pecho de más de una estatua de Afrodita. Es una parte de mi alma que se ha perdido para mí.

—El cáliz con la sangre de Dios no puede ser traspasado —pió el camarlengo—. Tienes que beberla, al igual que Nuestro Salvador la bebió, para sus heces o para su gloria.

Rodrigo alzó la vista y miró el crucifijo detrás del altar, y a la estatua de la Virgen debajo de él y a la izquierda. Con la mirada recorrió la herradura que le envolvía. Sus dudas se desvanecieron. Había luchado contra aquellas cabezas de muertos durante treinta y cinco años. Había tenido razón cientos de veces durante los concilios, y ellos habían estado equivocados, pero se habían impuesto, a pesar de que él había sido el vicecanciller de su anterior santidad. ¿Realmente era la voluntad de Dios permitir que unos necios tomaran decisiones desleales y diabólicas en nombre de su Iglesia? Había conspirado, había luchado y se había convertido en uno de ellos, y entonces le habían ofrecido el dominio sobre todos. Sostendría las riendas espirituales del mundo y las herramientas para reinar sobre más que su espíritu. Ni un solo hombre entre ellos era indigno de su desprecio. Desde entonces aplastaría a cualquiera a voluntad. Desde entonces sería su señor feudal y su verdadero Señor. Cumpliría su juramento y le devolvería la puta a Costa, tal como había prometido, fuera éste un coste bajo o una consecuencia duradera. ¿El oro de Ronciglione? Bueno, era una opción que debía considerar —tal vez sí, tal vez no— en cuanto estuviera sentado en el trono de san Pedro. Inclinó la cabeza ante la voluntad celestial.

El semicírculo rojo aplaudió y aclamaron con un «¡Bravo!», como si él fuera un cantante campesino que acababa de cantar una aria vagamente agradable.

—¿Qué nombre tomarás, Rodrigo Borgia? —preguntó el camarlengo.

¿Qué nombre? ¿Por qué nombre decidirse? El tiempo pasaba mientras todos permanecían sentados goteando charcos de sudor. Cinco minutos. Diez. Una docena de santos pasaron por su cabeza. Sabía que debía tomar el nombre de un santo en el que quisiera convertirse. Pero ¿quién? Tan sólo deseaba ser él mismo, pero más. Quince.

—Ha llegado la hora —dijo el camarlengo—. Decídete. Un papa no puede vacilar.

Papá le miró amenazadoramente. Costa bajó la cabeza ante papá en señal de arrepentimiento.

—Alejandro —dijo mi padre, pues no recordaba ningún santo con ese nombre, decía siempre.

—Alejandro —respondió el círculo, pretendiendo dar una muestra de aprobación aunque incapaz de ocultar enteramente una vibración de miedo al escuchar aquel nombre en particular pagano.

—El conquistador —dijo el camarlengo Costa en el tono más animado del que es capaz un octogenario—. Quiera Dios que conquistes Oriente, tal como hizo tu tocayo, y liberes Jerusalén de la maldición de Alá.

—Y que triunfes ante las puertas del infierno —añadió Della Rovere, lo que papá interpretó como que Della Rovere le estaba diciendo que debería irse al infierno.

El Sacro Colegio en pleno se puso en pie y, todavía aplaudiendo, se precipitaron a felicitar a Alejandro VI. El cardenal Della Rovere, todos ellos. Se arrodillaron ante él. Besaron sus manos, sus pies y los faldones de su hábito. El camarlengo le leyó a papá las palabras de Jesucristo de Mateo 16: «Et ego dico tibi quia tu es Petrus, et supra hanc petram aedificabo ecclesiam meam, et portae inferi non praevalebunt adversus eam.» «Y yo también te digo que tú eres Pedro y sobre esta piedra edificaré mi Iglesia, y las puertas del Hades no prevalecerán contra ella. Y a ti te daré las llaves del reino de los cielos, y todo lo que atares en la tierra quedará atado en los cielos, y todo lo que desatares en la tierra quedará desatado en los cielos.»

*Sotto voce*, como la bandada temerosa de pájaros encarnados que eran, los cardenales empezaron a murmurar.

—Santo Padre..., que tu reino sea grandioso... Papa.

Desde entonces, toda la humanidad le llamaría papa. Supe de su elección por medio de uno de los guardias palatinos que más tarde, aquel mismo día, acudió a Subiaco para recogernos a César y a mí. Recuerdo el sonido de una docena de grandes corceles; sus pesadas herraduras crujían y trapaleaban contra el empedrado de la entrada de nuestra casa de campo como la caballería macedonia. Recuerdo las pisadas más pesadas que haya oído jamás en la vida, acompañadas por el fuerte entrechocar de armaduras, que se hizo más sonoro a medida que subían por las escaleras de mármol. Quedó grabada para siempre en mi mente la imagen de mi hermano y yo observando a Vanita, que intentaba desesperadamente mantener la puerta del triclinio. Recuerdo el sonido de voces germanas al otro lado de la puerta, tan ásperas como escofinas mojadas. Finalmente, obligaron a Vanita a dejarles paso. De repente, la puerta se abrió, y los guardias, vestidos con sus cómicos uniformes a rayas y sus armaduras relucientes, entraron a empellones en la estancia. Vanita corrió hacia nosotros gritándoles a los guardias que no tocaran a sus hijos, pero antes de que pudiera alcanzarnos, dos palatinos macizos la agarraron.

–No te preocupes, mamá; todo irá bien. Han venido para llevarnos al lado de Su Santidad –oí gritar a César.

Vanita se revolvió entre los brazos del guardia y se volvió hacia César en el instante en que otro lo agarraba de los brazos.

–¡Han venido para llevaros a vosotros a su lado, no a mí! –gritó Vanita, que entonces se volvió hacia el guardia palatino y le atravesó el rostro con una uña–. ¡Suéltame! ¡No toquéis a mis hijos!

Vi al capitán acercándose hacia mí. Lo recuerdo gigantesco y tan ineludible como una montaña de los Alpes en movimiento, rocoso como una columna. Se agachó y me cogió entre sus brazos a rayas. No sabía por qué, pero no tenía miedo de estar entre aquellos brazos; tampoco César parecía preocupado. Se me llevaron y escoltaron rudamente a César desde Subiaco. Lo último que recuerdo de mi primer hogar es mi madre, sostenida por dos guardias papales y gritando por su sangre mientras ellos le sacaban un cuchillo de la mano. No tuve miedo por lo que pudiera pasarle. Vi que la manera como la trataban estaba destinada a calmarla, no a someterla a la fuerza ni a hacerle daño, cosas que podrían haber hecho fácilmente; podían haberle retorcido el pescuezo con una mano enguantada.

–¡Es la voluntad de Dios, mamá! –le gritó César.

–¡Mataré a Dios! –gritó ella cuando la perdí de vista.

Los guardias palatinos se santiguaron, horrorizados.

–¡No te preocupes, mamá! –le grité–. Estaremos bien.

Las implicaciones proféticas de su temor finalmente me inundaron.

Los guardias bajaron las escaleras a toda prisa con César y conmigo. Fuera, aguardaba un coche. Era de papá, pero en sus puertas reconocí el escudo de armas dorado del papa con las llaves de la Iglesia entrecruzadas.

Vanita nos llamó desde el balcón de su dormitorio.

—¡No me olvidéis! ¡Acordaos de mí, os cuenten lo que os cuenten y por mucho que os den! ¡Recordad que nunca habrá nadie que os quiera como os quiero yo!

—¿Adónde nos lleváis? —le pregunté a mi guardia.

Me dejó suavemente en el interior del coche.

—Vais al Vaticano.

—¿Por qué? Papá no se ha convertido en el papa, ¿verdad?

—Vais a vivir allí. Ha sido bendecido por encima de todos los hombres de la tierra. Se ha convertido en Jesucristo —dijo el guardia, volviendo a hacer la señal de la cruz.

El capitán metió a César en el coche a empellones y cerró la puerta de golpe. Restalló un látigo, y el sonido que se produjo resonó contra la colina. Nuestro coche empezó a moverse. Las campanas de Subiaco comenzaron a sonar. Tres horas más tarde, cuando subíamos por otra colina, el monte Vaticano, me pregunté qué había querido decir el capitán. Yo sabía quién era Jesucristo, pero ¿qué significaría que papá se había convertido en Él? ¿Acaso el papa era en realidad Jesucristo? El tío Calixto no se parecía en nada a Jesucristo; tampoco papá se parecía a Él. Sería una noticia espectacular para papá, pensé. Recordé que Jesús había sido soltero. ¿Era ésa la razón por la que mamá no podía venir con nosotros? Pero ¿acaso la cortesana Magdalena no había ido a todos lados con Él?

Pronto Vanita se instaló en el palacio recién construido del cardenal G. B. Zeno, el palacio de Santa María en el Pórtico, a la izquierda de la entrada de la residencia papal, el mismo en el que nos hospedábamos César y yo, pero en otra planta. Incluso había acceso al palacio de San Pedro desde la capilla del palacio, a través de una puerta secreta que conducía a la capilla Sixtina.

Sin embargo, Vanita no estaría nunca a solas con su amado en esta vida. Abandonó Santa María a la mañana siguiente para irse nunca supe adónde. A lo largo de los años seguí oyendo rumores acerca de ella. Había adquirido una posada con la que se mantenía a sí misma. Se había convertido en una madame muy cara del clero mayor. Se había hecho rica especulando con bienes inmuebles. Poseía peluquerías en las que las muchachas se teñían su pelo oscuro al estilo sulfuroso de la condesa Nani. Había dado una fiesta aquí o allá. Pero nunca supe si alguno de estos rumores era cierto. Mi propia y preferida opinión era que se había encerrado en un convento, a poder ser en el de Subiaco, en el que esperaba impacientemente a papá o a la muerte. Pasarían muchos años hasta que pude volver a hablar con ella y la eché de menos cada hora a lo largo de todo ese tiempo. De hecho, papá instaló a una cortesana en Santa María del Pórtico —en realidad, a dos, Adriana Mila Orsini y Giulia Farnese—, pero lo cierto es que nunca las amó, ni ellas a él tampoco, durante tanto tiempo y con tanta fidelidad como a Vanozza Cattanei.

Giulia era una belleza. Era la mujer adecuada para un papa. Su cuñado, Lorenzo Pucci, escribió infamemente: «Llamé a la puerta de Santa María del Pórtico para ver a la madona Giulia, quien, cuando la encontré, acababa de tomar un baño y estaba con la madona Lucrecia, la hija de nuestro señor, y con la madona Adriana al lado del fuego. La madona Giulia se había vuelto de lo más bella para los ojos. En mi presencia se soltó la melena, que le cayó hasta los pies cubriendo su cuerpo, y luego se lo volvieron a recoger revelándonos así a todos el Paraíso. Después se lo cubrió con una especie de red tan ligera como el aire y quedó entretejido con hilos dorados que parecían rayos de sol. Madona Lucrecia hizo lo mismo con todo detalle, pero los hilos apenas eran visibles, pues sus mechones ya eran dorados. Llevaba un chal napolitano, pero poco después madona Lucrecia se lo quitó y cogió un vestido largo escandalosamente forrado casi por entero de satén de color púrpura. Se cubrió con él y, al hacerlo, maldije para mis adentros este segundo destierro del Edén.» Por aquellos tiempos, lo que esta descripción tenía de infame no era nuestra desnudez, sino la soltura con la que yo había osado mostrarme en púrpura imperial.

# Dos

La coronación de Alejandro VI tuvo lugar aproximadamente diez días más tarde, la tercera semana del mes de agosto de 1492. Roma todavía se ahogaba y sudaba. Había habido tanta actividad y tanto calor en el Vaticano durante aquellos diez días que, aunque no debería haberlo hecho, me escabullí y fui a visitar a Vanita en su prisión de lujo. La curia nos había instalado a César y a mí en el palacio apostólico donde papá viviría; en otra planta, por supuesto. Vanita nunca reconoció mi presencia, ni siquiera durante mi visita. Sólo hizo que echarse sobre una alfombra turca, llorar y quejarse de que añoraba a papá y que quería matarle. Y luego se fue. En cuanto a papá, César y yo raras veces lo veíamos, salvo a cierta distancia, cuando atravesaba a grandes zancadas alguna enorme sala en que nos encontrábamos, seguido por una docena de abigarrados y susurrantes apóstoles, todos ellos cardenales u obispos de la gigantesca curia, *plumbatores*, timbradores de las bulas papales o cualquier número de sus veintiséis secretarios.

—Cada uno de estos funcionarios ha comprado su santo oficio —dijo papá.

—¿Por qué? —preguntó César.

—Nuestras iglesias, nuestros sacerdotes, altares, ritos sagrados, nuestras oraciones, nuestro cielo, incluso nuestro mismísimo Dios, están a la venta —dijo papá con sorna.

Yo corría hacia él. Él se detenía, despedía a sus acompañantes con un gesto de la mano, besaba y abrazaba a César, y luego se agachaba hacia mí, me besaba y me cogía en sus brazos como si fuéramos las almas más importantes de la tierra. Pero pronto volvía a marcharse. En aquellos días nos convertimos en huérfanos.

Y todo era tan grande. Estancias enormes, comidas enormes, muebles enormes. Enormes cabelleras y pechos en las mujeres, y enormes sombreros y braguetas en los hombres. Mi nuevo dormitorio en el palacio apostólico –¡sólo para mí!– era más que grande. Seguía esperando ver nubes justo encima del altísimo techo. Las monjas a cuyo cargo estaba eran muchas y amables, al igual que los guardias papales y los cientos de huéspedes y prelados que conocíamos constantemente. Nos presentaban a alguien a cada momento con una retahíla de títulos más larga que el Sermón de la Montaña. Toda esa gente se inclinaba ante nosotros. Cuando nos presentaron al representante del santo emperador romano, Maximiliano, y aun él se inclinó creí que César se caería muerto. Todo el mundo se mostraba amigable –más que amigable, francamente adulador– con mi hermano y conmigo, de un modo y hasta un punto que no recordaba haber visto a nadie comportarse así con nosotros. Todos nos felicitaban con una sonrisa monstruosa y barrían el suelo con el sombrero gigante al inclinarse para rendirnos homenaje. Comía lo que me venía en gana, incluso helado para desayunar. Un anciano monseñor me regaló unos cachorros de setter. Al macho le puse el nombre de *Labios Dulces*, y a la hembra, el de *Bello Veneno*, porque tenía un pelaje precioso y por la noche emitía unos gases asfixiantes.

–Unos grandes cazadores de aves de Inglaterra –dijo César.

–Son cachorros de Tívoli, estúpido –contesté.

Los tres cachorros se mearon en las tres grandes fuentes del Belvedere: Tíber, Nilo y Cleopatra. Yo también lo hice, pero nadie me regañó. Intenté que César se uniera a nosotros.

–Papá me nombrará cardenal-arzobispo de Valencia –dijo–. ¿No crees que chapotear con niñas y cachorros meadores en una pila para pájaros tal vez esté por debajo de mi dignidad?

–Si fuera una pila para pájaros de oro lo harías.

–Pero no lo es. Sólo el meado es dorado.

Acudieron sastres para tomarnos las medidas. César estaba encantado con el sastre porque le había dicho a mi hermano que iba a hacerle un traje entero de tela de oro con motivo de la coronación. Yo sabía que toda aquella solicitud extraordinaria con la que se nos trataba únicamente tenía que ver con el hecho de que nuestro padre estaba a punto de convertirse en Jesucristo, algo que, según entendía, era milagrosamente bueno. Sin embargo, resultaba imposible para la niña que era suponer subrepticiamente que no fuera yo quien, por alguna razón oculta, mereciera todo aquello. César, por otro lado, jamás se molestó en considerar que tal vez le trataban de esa manera gracias a papá. César era tan tolerante como un serafín próximo al trono de Dios; asentía y sonreía con las alabanzas del universo como si estuvieran dirigidas a él.

−Estoy a punto de convertirme en príncipe, después de todo −decía constantemente−; en un *princeps* como César Augusto.

La noche anterior a la coronación de papá fuimos testigos de la Carrera de las Prostitutas en el campo Dei Fiori. Miles de prostitutas romanas demasiado pobres para ser cortesanas, en diversos grados de desnudez, aguardaban en la cima de una colina abrupta. Al son de una señal empezaron a gritar enloquecidas y, con los pechos volando hacia todos lados, se precipitaron colina abajo para acabar en los brazos de cientos de muchachos adolescentes, mayoritariamente bandidos, que se movían y se zafaban para colocarse en el camino de las putas más atractivas. Las prostitutas que palmeaban el trasero de un muchacho eran declaradas «Potras de carrera» y recibían un ducado de oro de las arcas papales.

La mañana de la coronación papá representó la *posessio*, la procesión con la que tomó formalmente «posesión» de la ciudad de Roma. Papá se hallaba al final de la procesión, bajo un baldaquín dorado. Delante de él iban los capitanes de todos los distritos de Roma, los caballeros de San Juan, los barones romanos, los secretarios papales, los cantores papales, el clero no romano, los abades de los monasterios de la ciudad, los cardenales, la curia y finalmente César y yo, él montado sobre un corcel dorado de crin y cola blancas, y yo, sobre un caballo blanco. El papa electo se desplazó desde la piazza de San Pietro hasta el castillo de Sant'Angelo; luego, cruzó el puente de Sant'Angelo hasta el monte Giordano, donde se encontró con los judíos de Roma.

«Ecce vicit leo de tribu Juda, radix David», dijeron. «Contemplad el león de la tribu de Judea, descendiente de David.» Vi a uno que ponía los ojos en blanco.

Papá les recordó que era Alejandro, no otro León, y que Jesucristo era su hermano judío, y sin embargo, unos judíos lo asesinaron. Gimieron de dolor emitiendo un lamento parecido al de los búhos. La procesión siguió adelante y pasó cerca del extremo septentrional de la piazza Navona, donde había una fuente en forma de buey (1) que chorreaba agua y vino tinto; luego continuó hasta la iglesia de San Marcos, cruzó el Capitolio, atravesó el foro, pasó por Quattro Coronati hasta los *colossi* gemelos de Alejandro Magno, un rápido gesto de deferencia hacia el pagano ecuestre Marco Aurelio delante del templo de San Juan de Letrán y después volvió, dando un círculo, a la basílica de San Pedro. Las tres últimas paradas simbolizaban el paso del gobierno del mundo desde el Imperio helénico, al Imperio romano y finalmente al Imperio de Jesucristo. Durante ese grandioso circuito estuve siempre justo detrás de papá, sintiéndome como Atenea detrás de Zeus envuelta en mi túnica dorada —en honor del nuevo Alejandro, me contaron— y con una corona de platino y diamantes. Finalmente, se celebró la coronación —Papá se convirtió en Dios— con gran pompa en el altar principal de la antigua basílica de San Pedro. Sin embargo, antes de la coronación se celebró una pequeña y extraña ceremonia en la sacristía de la basílica de San Pedro, en su vestidor, que era vieja, oscura y tan grande como toda una iglesia de dimensiones normales. Los abades escoltaron a papá al interior, donde el Sacro Colegio Cardenalicio al completo le aguardaba. Se hizo el silencio; papá se volvió y miró hacia la puerta. Tres gigantescos jesuitas, cuya orden está acusada de imponer los enigmas más espinosos de la ortodoxia, transportaron un amplio y corto trono de mármol y pórfido hasta la sacristía. Gruñían y boqueaban tras el esfuerzo. Este trono era la *sedia stercoraria*, me contó César, la «silla excremental». Su forma resultaba algo extraña. El asiento era muy alto y estaba tallado como la figura del ojo de una cerradura, y el pie, abierto hacia adelante. Parecía el sillico de Goliat. El respaldo estaba reclinado en un extraño ángulo, incluso parecía demasiado inclinado para cualquier movimiento del cuerpo. Las patas eran, asimismo, insólitas: dos garras de león, pero cuyo centro, debajo del ojo de la cerradura, se veía abierto y despejado. Entonces papá se levantó los ropajes y tomó asiento en aquel extraño trono.

—¿Podría el miembro más joven del Sacro Colegio dar un paso adelante y cumplir con su deber? —dijo el camarlengo.

Dos décadas atrás habría sido papá y dos semanas más tarde lo sería César, pero entonces fue Ascanio Cardenal Sforza, el adversario dema-

---

(1) El buey, como ya es sabido, es la divisa heráldica de nuestra familia.

siado joven de papá. Se separó del resto del Sacro Colegio y se postró de rodillas ante papá. Alargó la mano por debajo de la silla donde se encontraba el ojo de la cerradura y la movió hacia arriba. Los ojos de papá se abrieron de golpe, sorprendidos. Entonces, Ascanio buscó a tientas un rato, mientras papá se encogía de dolor y le echaba una mirada feroz.

—Espero que estés disfrutando, Sforza —dijo papá, y todo el Sacro Colegio se rió, excepto Ascanio, que se puso en pie.

—*Penis est. Testicula habet* —dijo Sforza—. *Hominus est.*

«Hay un pene. Tiene testículos. Es un hombre.» Aunque apenas ciceroniano, el Sacro Colegio aplaudió recatadamente.

—En absoluto sorprendente —pió Della Rovere—; su santidad es conocido por atraer a las damas como un imán atrae limaduras de acero.

Este trono y la posterior ceremonia son para prevenir una repetición de lo que pasó con el papa Juan VIII, que fue nombrado papa en el siglo X y reinó durante siete años, hasta la Nochebuena de 956. Resultó que Juan VIII había engañado a Dios, y en realidad, era Juana I. Este travestismo embarazoso fue descubierto al final de una misa del gallo particularmente agotadora, celebrada por Juana I en la Nochebuena del año 957.

«Ite, Missa est», dijo Juan para, acto seguido, dar a luz a un niño después de arrastrarse hacia el pesebre dispuesto con motivo de las Navidades en las escaleras del gran altar. La ironía de este acontecimiento no pasó desapercibida para los devotos de la misa del gallo, que despedazaron a la madre y al niño, nacido muerto, en las escaleras exteriores de la basílica de San Pedro y esparcieron sanguinariamente sus pedazos por toda la ciudad.

Después de la ceremonia de las «pelotas», todos los prelados representaron προσκυησισ —el *proskyneisis*, u «homenaje formal»— y besaron alegremente el pie cubierto de una pantufla dorada de papá. Nos trasladamos a la basílica de San Pedro, adonde aquel día habían acudido representantes de tres reyes, y el embajador del Sacro Imperio romano había cruzado Europa para dar testimonio, junto con su séquito al completo, así como otros cientos de miembros relucientes de la congregación, incluidos docenas de familiares españoles de papá vestidos con refinadas mantillas y grandes gorgueras; 1492 era el año de la gran reconquista, por supuesto, y a sus majestades católicas, Fernando e

Isabel, les hubiera gustado mucho asistir a la coronación de un papa español, sobre todo a la de un descendiente de los Atares, la antigua casa real de Aragón, aunque la situación con los moros seguía siendo demasiado precaria para que sus personas se ausentaran de España.

Papá —a punto de convertirse en Alejandro— estaba sentado en una plataforma elevada sobre un trono de oro en el ábside de la iglesia. Todo el Sacro Colegio Cardenalicio lo rodeaba. Cientos de prelados menores, obispos, monseñores, sacerdotes y abades, un foso masculino de sedas rojas y púrpuras, rodeaban a su vez a los cardenales. Entre esa multitud había también dos figuras aparentemente anómalas, César y yo, profusamente vestidos con ropas doradas sirias y sentados uno a cada lado del papa electo. Sentí como si hubiéramos sido trasladados a una especie de reino de cuentos, todo él de oro y límpidos satenes, en el que todo el mundo se inclina ante una niña y su san Jorge. El incienso, los cientos de monjas cantoras, las sensaciones puras que me rodeaban, habían echado al traste mi previo sentido de las proporciones, como lo hubiera hecho con cualquier muchachita en un lugar y un momento como aquéllos. Percibí a César al otro lado de las piernas de papá. Parecía estar más cerca de la dicha de lo que nunca le había visto.

El camarlengo octogenario se balanceó describiendo un meandro ondeante con la tiara de oro macizo escaleras arriba hasta llegar a mi padre, haciendo un alto para un resuello ocasionalmente fatigoso y flemático. Parecía Sísifo soportando la roca en su ascensión eterna, y a la vez se mostraba tan poco confiado como Sísifo de alcanzar en alguna ocasión la cima. César y yo casi podíamos oír el crujir de sus huesos antediluvianos por aquel esfuerzo doloroso. Nos miramos el uno a la otra, yo conteniendo la risa con el mayor esfuerzo y las manos apretadas contra la boca con todas mis fuerzas. Recuerdo que pensé que ése sería el primer santo milagro del reinado de mi padre, una manifestación de la aprobación divina, si Costa conseguía llegar al último peldaño. Mientras el camarlengo continuaba su eterna ascensión, el cardenal oficiante cogió unos pedacitos de papel arrugado. Sostuvo un pedacito delante de los ojos de Alejandro y le prendió fuego con la llama de una vela. El pedacito desapareció en un feroz destello, y las negras cenizas flotaron lentamente en el aire como almas en el infierno hasta caer en el suelo de mármol.

Mientras se consumían los papelitos, el cardenal oficiante le susurró a mi padre al oído aquello que le había sido susurrado al del césar con motivo de sus triunfos: «*Ricordari memoria custodire, Papa, sic transit Gloria mundi.*» «Recuerda, Padre Santo, la gloria de este mundo es pasajera.»

Desde mi posición elevada eché una mirada por toda la basílica y pensé que la suya había sido una afirmación injusta. Todo lo relacionado con nosotros era un reflejo de la eternidad. Nada tan grandioso, magnífico y bello podría alguna vez ser olvidado, del mismo modo como la palabra de Dios, representada mediante esa gigantesca sala, no pasaría al olvido. Mi papá, de pronto padre de toda aquella grandeza, jamás pasaría al olvido. Ese momento sería la naturaleza verdadera e imperecedera de mi mundo. Sabía todas esas cosas con certeza.

Tras cinco o seis pequeñas piras, el cardenal oficiante se quedó sin papelitos arrugados, y finalmente el camarlengo, exhausto, alcanzó la cima de la escalinata resollando, tambaleándose y tosiendo de tal manera que temí que fuera a morirse allí mismo. «Gracias a Dios —pensé—, aquí llega al fin la aprobación divina.» Con un último estallido de energía decrépita posó la triple corona de oro sobre la cabeza de mi padre. Alcé la mirada para contemplar al nuevo papa y me sentí tan orgullosa que podría haber volado hasta Dios sin alas. Sin embargo, papá no parecía estar orgulloso ni feliz, tal como había estado a lo largo de todo aquel día hasta entonces. Su mirada estaba apagada y fija en algo en su interior, algo en receso. Yo sabía tan bien como conocía mi propia respiración que Alejandro estaba pensando en Vanita. La pompa y la situación que me habían abrumado durante la ceremonia se fueron desvaneciendo de mi mente. Sabía lo que él había sabido desde el momento del escrutinio. Sabía lo que, en cierto modo, todos aquellos arreos y toda aquella magnificencia engañosa estaban destinados a ocultar. Mi madre estaba perdida para mí, al igual que el amor de la vida de papá estaba perdido para él. Una lágrima se deslizó por mi mejilla.

—Lo siento, papá —dije.

El papa me saludó con una inclinación de la cabeza. Cerró sus ojos igualmente llorosos e hizo una reverencia en señal de humildad o de dolor. Miré hacia César, que estaba sentado al lado de la pata opuesta del trono. Totalmente deslumbrado, acariciaba la superficie de oro del trono con la mano, como intentando memorizarla. Estaba mirando encantado las vestimentas doradas de nuestro padre, el crucifijo de oro macizo, el anillo del Pescador.

—Papá —dijo a la vez que acariciaba su propio jubón de tela dorada—, cuánto oro. No hay duda, somos los emperadores del mundo.

Mi padre abrió los ojos. Se los secó con la mano enguantada de cabritilla. Miró el anillo de san Pedro en el cuarto dedo, sobre el guante. Miró a César. Contempló fijamente a la multitud, a los representantes de los reyes y del emperador, a los nobles y a los santos; todos ellos le rendían homenaje. Luego alzó los ojos hacia el cielo de la iglesia sobre su cabeza, como para mirar a los ángeles, que también lo ensalzaban. Vi cómo se adaptaba a las cuarenta libras de peso de la tiara. Miró de nuevo el anillo del Pescador que llevaba en el dedo; sus lágrimas todavía brillaban con más fuerza que la piedra central del sello papal. Volvía a dominar todo un continente con sus ropajes; era el hombre más grande del mundo. Era más grande que toda Asia y toda Europa juntas. No sólo para mí, sino para todo aquel que entonces se encontraba en la iglesia. Para cada partícula del cuerpo de Jesucristo. Para todo ser vivo en el mundo y más allá de este mundo. Era omnipresencia sentada en una silla de oro. «Sus lágrimas de hace un momento lo habían encogido», razoné. Se las había secado y había renacido. Se había convertido en Alejandro, soberano del cosmos. Papá despidió al cardenal con un gesto impaciente de la mano. Bajó a César y lo besó en los labios. Besó mi cabellera dorada y volvió mi rostro hacia él.

—Lucrecia, hija nuestra —dijo entre risas amables—, ¿podrías bailar como solías hacerlo para los reyes del mundo?

Inicié mi tarantela al pie del trono de papá. César me miró. El aburrimiento y el berrinche potencial llenaban sus ojos, y luego volvió la mirada hacia nuestro padre.

—¡No ese ridículo baile de campesina! —refunfuñó de repente—. Yo no veo arañas por ningún lado. ¡Piensa en dónde estamos!

Sin duda, todos los que allí estaban congregados pudieron oírle, lo que —y estoy convencida de ello— a César no le importó ni lo más mínimo. Sin embargo, Alejandro se limitó a reírse. Al principio, amable y silenciosamente, pero luego prorrumpió en una risa grande y poderosa que acompañó recostando la cabeza coronada en la cabecera del trono. Su cuerpo empezó a temblar de júbilo. Su risa no estaba destinada a ridiculizarme. Me sentí tan bien que yo también empecé a reírme en medio de la danza, acompañando así la risa de papá. No podíamos parar de reír. Pronto el cardenal encargado de la ceremonia nos siguió con toda la fuerza de su garganta; después se oyó el cacareo del camarlengo, que se unió a nosotros con su risa. Finalmente, nos acompañaron Della Rovere y todo el Sacro Colegio al completo. Más tarde irrumpieron los rangos menores de los prelados, con sus rojas y púrpuras risitas sofocadas; luego, los sacerdotes y los monjes, que se habían ganado el derecho a reír gracias a las risas de sus superiores. Desde el altar, nuestras risas se propagaron a través del cerco hasta la congregación, que, al principio, vaciló, temerosa de que la risa pudiera ser un sacrilegio en un momento y un lugar como aquéllos. Sin embargo, al ver a los tres plenipotenciarios de los reyes, y finalmente, al enviado del emperador retorciéndose de risa, incapaces de contenerse y unidos a nosotros, la basílica entera se incendió en un estallido de júbilo. Papá me agarró y me subió a su trono. Cogió a César por la cintura. Su santidad nos inundó de besos en la boca, las manos y las mejillas, e incluso las narices; su risa todavía iba en aumento, y toda la iglesia era por entonces una cacofonía.

–¡Qué júbilo, cardenal! Un comienzo feliz para un papado, ¿no le parece? –le susurró un cardenal entre risas a Della Rovere, justo detrás de nosotros.

–¿Realmente le parece un buen augurio, eminencia –contestó Della Rovere–, que el vicario de Jesucristo, subido al trono y ante el mundo entero, se regocije tanto con sus bastardos?

El primero, en respuesta, asintió gravemente con la cabeza intentando sin éxito detener el temblor de su enorme barriga. Los miré de manera feroz. Papá tenía razón. Esos hombres eran dignos de desprecio por cuestionar un júbilo como aquél. El júbilo no es más que un instante que pasa tan rápidamente como el destello de un papelito. Recelar de la alegría es un pecado. Recordad a Lucifer, el antaño «lucero de la mañana».

Entonces lo oímos. Fue como un trueno, como los maremotos de los que se dice que llegan a tierra desde el Atlántico en el Nuevo Mundo. Irrumpió en la basílica de San Pedro a través de las «buenas y hermosas» puertas de bronce de Filarete. Era la risa de cincuenta mil fieles desde la plaza de San Pedro, delante de la basílica. Estaba segura, mientras César y yo reíamos con mi padre, de que Dios nunca había oído, desde que Noé desembarcó en tierra firme, una risa tan grandiosa. Sin embargo, años después, mientras escribo estas líneas, pienso que, de hecho, el oído de Dios, sometido a la voluntad de la Virgen, no hizo ni el más mínimo caso a nuestra grandiosa risa. Estaba demasiado ocupado vigilando a Vanozza Cattanei, que se hallaba unas cien filas más atrás, entre los feligreses, fuera de la vista de embajadores, cardenales, duques o papas. Para Dios no era más que una figura insignificante, una nada mundana, tal como debió de parecerle a Él la Virgen aquel viernes desde la cruz, perdido y solo entre la multitud de felices centuriones romanos y fariseos festejantes.

Nadie en toda la historia tenía menos vocación para llevar una vida dedicada a la Iglesia que César Borgia. Sin embargo, dos semanas más tarde, papá le nombró cardenal-arzobispo de Valencia. César era muy consciente del abismo existente entre sus aspiraciones y cualquier cardenalato.

—¿Quiere decir eso que tengo que ir a España? —lloriqueó miserablemente.

—Serás un gran hombre de la Iglesia al lado de los Reyes Católicos, Fernando e Isabel —le recordó papá—. Tendrás poder y oro. Tuvimos que ofrecerle ciento cincuenta mil ducados a un cardenal que nos votó; a ti te daremos cien mil.

—Agradezco el oro, pero no quiero ser un simple monje glorificado y no me interesa ni lo más mínimo tener como amigos a un par de carniceros inquisidores. Deja que mi hermano Juan se convierta en prelado. Él lo preferirá mil veces a ser el soldado en que se ha convertido por orden tuya.

—¿Cuándo ordenamos nosotros eso?

—Cuando le obligaste a casarse con la prima del rey de España.

—¿Yo? Bueno, qué más da. Sabemos que quieres algo. ¿Qué es?

—Quiero ser mi nombre. ¿No era eso lo que pretendiste al elegir el nombre de Alejandro?

Papá consideró la cuestión por un instante.

—¿César Borgia?

—En latín.

¡Ah! Quieres ser *caesar*, emperador. No podemos decir que te falte ambición. Estas cosas no se excluyen mutuamente, como ya sabrás.

—Papá, todo este asunto del «nosotros» me hace buscar a alguien más a tu lado.

—Ese alguien es Dios; ya lo sabes.

—Por supuesto. Tú y Él. «Nosotros.»

—Pedimos perdón por cualquier confusión que se pueda haber originado.

Juan no cabía en sí de alegría por ser soldado; le encantaba todo de su condición. César lo sabía de sobra, aunque Juan realmente aborrecía a la prima de España y todo el mundo decía que apenas compartía la cama con ella. Tal vez al representar aquel papel, César aprendió el arte del disimulo, del que se convertiría en un gran maestro y que, más tarde, sería una de las páginas más demoníacas de su particular mito.

César acababa de cumplir dieciocho años y su aspecto resultaba ridículo durante su dignificación, con aquel enorme sombrero rojo y su traje de viejo, aunque lo llevaba bien, teniendo en cuenta las circunstancias. Sin embargo, el resultante rencor disimulado, estoy convencida, desempeñó un papel significativo a la hora de alejarle del resto del mundo. Pasó lo que quedaba de su enrevesada y joven mayoría de edad desde aquel día en adelante en aislamiento gélido de todo —el primer y último refugio del decepcionado—, salvo de mí y de papá. Sus antiguas sensibilidades, que eran muchas, tal como mis mañanas compartidas con él debajo de la mesa de tejo demostraban, se torcieron para convertirse en crueldad. Su solipsismo era su castillo, y utilizó su valentía y su arrogancia inhumanas para servir a otros dioses menos al Único, en cuyo nombre había sido nombrado príncipe: el poder y su manifestación más concreta, el oro.

Durante un año o más, el nuevo Santo Padre y yo vivimos más o menos felices. Adquirí una copia del *Mirabilis Urbis Romae*. No podía leerlo, pero incluía mapas e ilustraciones para los cientos de miles de peregrinos anuales, que en su mayoría tampoco sabían leer. Visité el sepulcro de mármol de san Pedro, donde también vi el sudario. Es el paño con el que Verónica lavó el rostro ensangrentado de Cristo de camino al calvario. Visité la basílica de San Pedro y su fuente, que manaba del derramamiento de la sangre de san Pedro. Pero no pude encontrar, por mucho que dediqué toda la tarde en su búsqueda, el bloque SPQR. Visité el templo de San Juan de Letrán, en el que se guardaban las cabezas de Pedro y Pablo. En el interior de la Porta Latina vi el lugar en que san Juan Evangelista, mi santo preferido junto con la Virgen Santísima, fue hervido en aceite mientras escribía: «Vi la ciudad sagrada, la nueva Jerusalén, descendiendo del cielo.» Vi el pesebre del hijo de Dios. Vi otros cientos de reliquias, sepulcros, milagros y puertas sacras. Roma parecía un lugar lúgubre, o al menos solía serlo. Sin embargo, Roma, lúgubre o no, no existe del mismo modo como lo hacen otras ciudades, como una comunidad humana. Es más bien un vasto, misterioso y poderoso santuario, la puerta del cielo, cuyas llaves custodia san Pedro. La manera adecuada de ver este *Caput Mundi* no es con los ojos de la mente: percibiendo, analizando, comprendiendo; sino con los ojos del alma: contemplando, admirando, venerando y alabando. Roma no es sólo una idea, como dice el cliché clásico; Roma es una idea en la mente de Dios.

Vivíamos en el palacio de San Pedro, en el conjunto de estancias más grandioso que jamás he visto o he podido imaginar hasta la fecha. Papá había empezado las estancias de los Borgia bajo la dirección del maestro Pinturicchio, pero todavía no estaban listas. Les había observado a él y a sus hombres –¡uno de ellos una mujer!– aplicar *El descenso del Espíritu Santo* o *La Asunción de la Virgen* en las paredes y exclamar que podían crear un universo de yeso coloreado tal como Dios había hecho del polvo. ¿Acaso los hombres –hechos, al fin y al cabo, a su imagen y semejanza– se habían convertido en Dios con aquellas pinturas? A finales de año, nos trasladamos a las estancias de los Borgia, que, según me contaron, conservarán su nombre para la eternidad. En 1494 llegó un tiempo en que el Vaticano y Roma entera bullían de terror por el acercamiento invasor del rey de los francos, Carlos VIII. La gente lo comparaba con Alarico, jefe visigodo, y rezaba porque papá dispusiera una mejor defensa que Inocencio I, bajo cuyo papado los visigodos saquearon Roma tres veces entre 408 y 410 a. J.C. Los espíritus malignos y la magia negra empezaron a asolar el país. Una noche, en Puglia, aparecieron tres soles en el cielo, envueltos de nubes y truenos. En Arezzo fue visto un número infinito de jinetes durante varios días atravesando el cielo con un terrible estruendo de tambores y trompetas. En muchos lugares a lo largo de toda Italia las imágenes sacras sudaron y sangraron abiertamente. Incluso en la capilla Sixtina vi una imagen de santa Ana que sangraba lágrimas del color del vino por los ojos. Nacieron hombres y animales monstruosos. La península entera estaba aterrorizada por el renombrado poder francés y la ferocidad de los galos, que ya en una ocasión anterior habían saqueado toda Italia, pillado Roma y lo había asolado todo con fuego y muerte, visigodos aparte. Con toda la Bota presa del pánico, Carlos invadió Italia para apropiarse del reino de Nápoles que, según insistía, era su herencia legítima y propiedad feudal por medio de sus ancestros de Anjou, los mismos angevinos que reivindican su derecho sobre prácticamente todo el territorio, desde Irlanda hasta Jerusalén. El vil y cruel rey de Nápoles, Ferrante de Aragón, acababa de morir *sine luce, sine Cruce* y *sine Deo* (sin luz, sin la cruz y sin Dios). Carlos creyó que había llegado su momento, entonces que una bestia terrible como Ferrante había dejado de ocupar el trono de Nápoles. Alfonso II estaba, pues, donde antes había estado Ferrante, gracias, en parte, a la bula de investidura de papá. Mientras tanto, César, en ese momento cardenal-arzobispo de Valencia, había empezado a negociar por su propia cuenta con Carlos a fin de quitarle el trono a Alfonso y ofrecérselo al rey franco por dos toneladas de oro francés, para gran disgusto de Alfonso y papá.

—Ese enano mocoso traicionero. Y después de haberle ofrecido el sombrero rojo —se quejó papá.

—Papá, si César es tan amigo de Carlos, tal vez puedas utilizar esa amistad para un propósito más sagrado —le susurré al oído.

—Lucrecia, nos sorprendes gratamente. Teníamos que haberte dado el sombrero a ti.

Sus palabras me inflamaron con vanidad infantil y me atusé la trenza.

—De hecho, el color rojo me sienta extremadamente bien.

Para llegar a Nápoles desde Francia, claro, Carlos debía atravesar, en primer lugar, los Alpes, y luego casi toda la península italiana, desde el Milán de los Sforza, aliados de Alfonso, a través de la Roma de papá, hasta llegar al golfo de Nápoles y la fortaleza de Alfonso en la Torre del Greco. Al igual que todos los conquistadores exitosos, Carlos tenía cierta tendencia a devastar todo lo que encontraba en el camino hacia su objetivo. No le importó perderse Milán, pero tan sólo porque el duque de Milán, Ludovico Sforza —ese traidor— firmó un tratado de autorización que permitía a Carlos cruzar su territorio. Pero en todas partes arrasó hasta las trufas. Un día se dijo que Carlos estaba a apenas unas doce millas de la Ciudad Eterna. Todo el mundo esperaba violaciones y saqueos con terror fatalista, pero esa clase de terror, como de costumbre, tenía en muchos casos el efecto contrario al que cabía esperar.

Mucha gente estaba de un humor disoluto y se decía: «Si no hay orgía ahora, ¿alguna vez se nos brindará otra ocasión?»

Aquella tarde yo me encontraba representando mi papel favorito, al que llamaba «cortesana imperial», desfilando arriba y abajo por el vestíbulo, como si llevara un largo vestido con joyas incrustadas, y besando un busto de Marco Aurelio. El vestíbulo comunicaba con el gran salón del trono, la Sala de las Sibilas. Podía oír a papá, que, enojado, había alzado la voz en respuesta al obispo Allatri, que era el embajador de Carlos ante papá. El obispo había acudido para acordar la rendición oportuna del Vaticano y conseguir una nueva bula de investidura de papá para Carlos VIII, que reemplazaría a Alfonso a los ojos de Dios. Por lo que pude oír, utilizaba el tono de voz más sedante y aterciopelado que era capaz de articular. Me asomé subrepticiamente al salón del trono.

Papá estaba sentado debajo del fresco *El profeta Oseas y la sibila de Delfos*.

—¡Lo ordenamos! —casi le gritó a Allatri—. Lo ordenamos. ¿Acaso nos desafías?

—Pero Su Santidad...

—Tu amo retirará sus tropas de delante de la ciudad.

—No es mi señor quien está obligado a retirar tropas.

Los dos estaban solos junto con un puñado de palatinos. Por entonces, los palatinos llevaban doce años al servicio del Vaticano, tras haber sido reclutados por Sixto IV como parte del convenio con los cantones suizos. A veces se dice hoy en día que fue idea de Julio II, pero no es más que uno de los cuentos más míticos del perennemente creciente mito de Della Rovere, como el que cuenta que fue idea suya contratar a Buonarotti para que arruinara la capilla Sixtina y levantara aquella interminable monstruosidad de nuevo rico. En cualquier caso, los palatinos eran tan sólidos como el hielo de las montañas y tan leales como un perro de San Bernardo. Eran conocidos por ser algo menos devotos que, pongamos por caso, los guardias iberos o irlandeses podían haber sido. También eran exageradamente puntuales, metódicos demonios contra lo anómalo, así como casi patológicamente neutrales en cuestiones políticas, un rasgo muy común entre habitantes de países insignificantes y vulnerables. Y en aquellos días, la política era mucho más peligrosa para un pontífice que la religión. Sobre todo me encantaban los uniformes a rayas y los ridículos cascos de los palatinos, que siempre me recordaban a los payasos bohemios que solía ver en las fiestas.

—Pero, beatísimo padre, el juramento que hizo a mi señor —dijo Allatri— no fue oponerse a él en su readquisición legítima de sus propiedades. ¿Y ahora decís que tiene que retirar su ejército por completo?

—El reino de Nápoles de Alfonso puede que sea de su propiedad o puede que no, de acuerdo con la voluntad de Dios. Pero ¿desde cuándo Roma es de su propiedad?

—Pero usted juró que permitiría cualquier cosa que mi señor juzgara necesaria.

—Eso fue entonces, excelencia, con su ejército ebrio en Marsella. Esto es ahora, con su ejército sobrio a las puertas de Roma.

–Pero Su Santidad, un juramento es eterno. No hay un ahora ni un entonces, ni sobrio ni ebrio que valga cuando se trata de un juramento.

–No sea estúpido, excelencia. Toda idea que se nos ocurra, cuando la pensamos, es la nueva eternidad que reemplaza la antigua. Compare 1 Reyes 20, 31-42, o Salmos 68, 20-23, con Lucas 6, 27-38.

–Veo que Su Santidad conoce la Biblia. ¿Quién lo hubiera dicho?

–¡Ah! Ironía. La reconozco. Tal vez deberíamos meterle a usted en ironías.

–*Mea culpa, Sanctissimus.*

–El antiguo Altísimo y Padre Eterno Yahvé, piedra angular ética del universo y justo asesino de su pueblo elegido en el desierto, se ha transustanciado en un instante en el Único que da de comer a los hambrientos y pone la otra mejilla al recaudador de impuesto de Tiberio y a los centuriones crucificadores. Cambió de sempiterno parecer. Lo que nosotros queremos es ahora la voluntad de Dios; su voluntad era otra entonces. Hoy quiere que tu señor viva. ¿Mañana?... Nosotros queremos lo que Él quiere.

–Lo que usted mande, Su Santidad –susurró Allatri–, se hará, al igual que el cangrejo debe apresurarse tras los gemelos.

El obispo Allatri empezó a andar en círculos alrededor del trono de papá. Vi los ojos de los guardias siguiéndole y manos cerrándose alrededor de las alabardas.

–Pero si fuera a ordenarle al rey de los francos que retire sus tropas que ha traído de allende los Alpes con grandes costes, supongo que no le he escuchado bien y temo que, cuando llegue el amanecer, encontraremos que las tropas no se han movido.

–¿Desafiando nuestra voluntad?

–*Mirable dictu.* No es un desafío a su voluntad, Su Santidad. Más bien a pesar ella, al igual que el diablo puede tentarnos a pesar de las amonestaciones de Nuestro Señor en sentido contrario. Ni siquiera su beatísimo padre es más poderoso que Nuestro Salvador en estos asuntos.

–Argumentas como lo hizo tu mentor Satanás con Nuestro Señor en el desierto –exclamó papá–. Ordenamos lo siguiente: las tropas se habrán retirado de las puertas de Roma al amanecer, excelencia.

–Las tropas no se moverán porque usted lo ordene, Su Santidad, al igual que los Alpes se negaron a moverse por usted. Y no lo olvide, mi señor tiene al cardenal Borgia, su hijo, como colateral de los Reyes Católicos de España para asegurarnos que usted cumplirá su promesa.

No tengo más que avisar, y el pequeño cardenal Borgia ascenderá a los cielos, de lo que, de todos modos, estoy seguro que hará.

—Asesinaréis a César pase lo que pase. ¿Es ésa la intención de tu señor?

—Mi señor jamás haría una cosa así, jamás permitiría que un invitado se hiciera daño. Pero yo, siendo un hombre de la Iglesia como vos, anhelo el *summum bonum*, el mejor resultado, no la caballerosidad. Esta opinión particular es sólo mía.

—Tenga cuidado al salir de la Ciudad del Vaticano. No olvide que nuestra voluntad es la de Dios y nadie más que Él, ni siquiera los emperadores y los santos, conoce la hora de la muerte de un hombre.

Allatri ladeó la cabeza, como si estuviera escuchando.

—¿Ese repique, Su Santidad? ¿Lo oye?

Presté oídos, pero no escuché ninguna campana, ningún repique ni campanada.

—Vi sus sagrados labios moverse —prosiguió el obispo—. Pero no pude descifrar lo que decían. Dígame, ¿fue una amenaza?

—¿Qué campanas? —dijo papá—. ¿De qué me está hablando, excelencia?

Allatri hizo un gesto alrededor de sus orejas grotescamente peludas, como si de pronto les pasara algo horriblemente malo.

—¡Oh!, por favor, Dios mío, *Sanctissimus*, sería un lector de labios. Pero, ¡ay de mí!..., deben de ser el yunque, el martillo y la tenaza malignos de Satanás —dijo—, que resuenan en mi campanario.

Eso fue demasiado para mí. Ese imbécil estaba desafiando a papá e iba a matar a César.

—¡No es el maligno yunque de Satanás en su campanario! —le chillé—. ¡Es el horrible postizo de Satanás sobre su campanario!

Me deshice en un vendaval de risitas y carcajadas desabridas, algo a lo que son propensas las muchachas adolescentes. Salí de mi escondite, ya que me había descubierto. El poder de la risa inesperada nos acompaña durante el resto de nuestras vidas. Todavía recuerdo la risa sofocada de papá al verme y oír mi insulto infantil que sustituyó su horrible semblante de hacía apenas un instante.

—Piensa como piensan los hombres, no como pensamos nosotros, reverente señor mío —dijo papá con un suspiro—. Fuera de mi vista, Satanás.

—Puede esperar la entrada de su majestad en Roma en tres días —replicó Allatri cuando se volvió para marcharse.

Los ojos de Allatri se pegaron a mí cuando atravesé la imponente estancia. Le había visto antes y sus ojos siempre estuvieron soldados de alguna manera a mi culo. Todavía era demasiado joven y sólo a duras penas podía imaginarme por qué, aunque sabía que en cierto modo estaba ligado con la concupiscencia. Pronto, sin embargo, mi entendimiento se vería ampliado extraordinariamente.

—Como usted mande, Su Santidad —dijo Allatri, evidentemente habiéndose el herrero satánico tomado unas repentinas vacaciones. Entonces, el obispo, con la mirada todavía fijada en mí, me dirigió asimismo su sonrisa empalagosa y arrugada—. Y le ruego le transmita mi bendición a su hija blasfemamente celestial —prosiguió, haciendo la señal de la cruz en dirección, estaba convencida, de mis partes bajas—. Aunque simplemente ser hija, ¿o es sobrina?, del vicario de Jesucristo debería ser suficiente bendición para cualquier muchacha. Ésta, en particular, es una divinidad floreciente por sí misma. No parece la hija de un mortal, Su Santidad, sino la de un dios. *Formosa* Lucrecia, podrías tentar a Jesucristo.

Al decir esto, Allatri me hizo sentir temerosa, orgullosa y poderosa, todo a la vez. Papá frunció el cejo. No podía imaginarme por qué. ¿Por qué iba a preocuparse papá por sobre quién juzgaba y a quién codiciaba la mirada de Allatri? ¿Cómo podía eso ser asunto de un papa? Yo era perfectamente capaz de protegerme de una rama marchita. El obispo se inclinó ante papá, besó su anillo y empezó a recular. Papá extendió sus bellos brazos hacia mí. Corrí hacia él y al instante siguiente estuve felizmente instalada en su blanco regazo. Estaba vestido de blanco inmaculado, de la manera como lo había visto cada día durante el último año y pico. Hábito blanco con una beca blanca, botones forrados de tela blanca en el hábito y manto blanco. Llevaba el anillo de rubí de san Pedro y un gran pectoral, todo incrustado de diamantes, así como pantuflas, medias y mitra blancas. Incluso en su antiguamente oscura barba habían aparecido recientemente hebras canas, como mostrando empatía con el resto de su aspecto. Su blancura parecía flotar a través del palacio apostólico y las estancias de los Borgia. Yo había crecido mucho desde que tenía seis años y, en cierto modo, papá había perdido aquel trato continente que me había dispensado con anterioridad. Entonces siempre iba de blanco, y también estaba sin Vanita y su amor para mantener sus pies en la tierra; de ser masa continental se había alzado en nube. No un nubarrón tormentoso, aunque yo sabía que era capaz de un rayo repentino y deslumbrante, sino uno de esos gigantescos cúmulos estivales que se abovedan incoloros sobre el Mediterráneo.

Me besó en la cabeza y las manos.

—¿Y qué repugnantes pecados has cometido, tú, mi fiera y rubia Belcebú? —dijo.

Acababa de salir de mi clase. Había sido una reunión de costura con una panda de risueñas monjas costureras que se pasaron todo el tiempo riéndose a carcajada limpia de los dobles sentidos salaces que fueron soltando. Cuando dejaban ir alguno me miraban, y sus cejas bailaban arriba y abajo como las de un payaso de comedia. Muchos chistes sobre «mininos» lamiendo «nata» o sobre ellas mismas o yo dando vueltas alrededor de un «poste de mayo». ¿Acaso es un mandato celestial que las monjas tengan un sentido del humor pésimo? Pero ¿soltar risitas tontas todo el tiempo? Pensaban que no entendía sus aburridas bromas, pero lo que realmente no podía comprender era por qué me obligaban a estar sentada como una boba, cosiendo sin parar, en lugar de estudiar historia como siempre había hecho César.

—He estado aprendiendo a coser —dije entonces—, que es tan divertido como observar cómo se agria la leche.

—Es una cosa que las jóvenes doncellas deben aprender —dijo papá.

—¿Por qué? César estudiaba historia y guerra en libros en latín y griego. Yo también quiero leer libros. ¿Por qué no puedo estudiar historia y guerras?

—César estudió estas cosas porque un día las hará. Una niña aprende a coser porque un día coserá.

—Las chicas nunca hacen historia, a no ser que sean la puta de algún gran hombre —dije—. La tía Adriana me lo dijo en clase. Pero pienso que es una mierda de buey. Si no, mira a Cleopatra.

—¿Mierda de buey? Lucrecia, no seas malhablada.

—César solía decirlo a menudo y a ti nunca te importó. Lo aprendí de él. ¿Por qué no lo puedo decir yo? ¿Acaso no es la divisa de los Borgia?

Papá gruñó.

—Nuestra divisa es un buey, no sus... excrementos. Al igual que nosotros fuimos matadores, y no mozos de establo.

Las madonas Mila y Farnese eran mis tutoras, y ambas —eso decía todo el mundo— eran las amantes de papá en ese entonces. Dudaba que papá estuviera demasiado contento de ello, puesto que la tía Giulia era una coqueta y continuó acostándose con ora este y ora aquel chico guapo a lo largo de todos los años que compartió cama con papá. Siempre se veía obligado a enviar soldados o a algún cardenal para arrancarla de una casa de campo u otra, donde solía estar liada con alguien, por lo general con su segundo esposo, del que estaba separado, Orsino Orsini. Papá odiaba a los Orsini. Estudiábamos dibujo, baile, bordado con hilo de oro y plata, el laúd, buena educación y cortesía, así como protocolo cada día de la semana en una habitación al final de las estancias de los Borgia. La sala estaba situada al lado de la gran biblioteca que, según papá decía, era la mejor del mundo. Intenté una y otra vez convencer a Giulia o a Adriana para que me llevaran allí en lugar de al saloncito, pero ellas insistían en que aprendiera a hacer reverencias y a comer pasta sin sorber ruidosamente.

Debía mostrarme fina y delicada, y aprender a dar alivio a mi futuro esposo cuando volviera a casa con heridas de la batalla, fuera quien fuera a ser él.

—¡Oh!, sin duda será un gran noble, y él no tolerará a una esposa que no sepa cómo mantener limpio su castillo ni cómo quitarle el polvo a sus antigüedades —me dijeron para gran irritación mía.

—Bleccha —respondí—. Al fin y al cabo, ¿para qué están los criados si no es para eso? ¿Cuándo fue la última vez que alguna de vosotras quitó el polvo en esta casa? No pienso vivir en un frío y ventoso castillo; a mí me gustan los palacios.

—Lucrecia, las monjas y tu padre, el padre más santo, por cierto, te han prohibido entrar en la biblioteca o leer libros. Son malos para ti.

Aquel mismo día, finalmente llegué a la conclusión de que ya estaba bien y seguí a papá hasta la entrada de la biblioteca en la planta baja, al lado del Papagayo, manteniéndome cautelosamente fuera de su vista. Sin embargo, papá no entró; simplemente pasó de largo. Yo todavía no había traspasado aquella puerta, puesto que, por una razón que sólo Dios conocía, tenía prohibido el acceso a la biblioteca.

Cuando papá llevaba ausente algunos minutos, reuní todo mi coraje y agarré los picaportes redondos de hierro de las enormes puertas colgantes. Las abrí haciéndolas chirriar mientras echaba un vistazo por encima del hombro para asegurarme de que los chirridos no habían alertado a nadie.

—¡Oh, Dios mío! —exclamé desde la entrada al ver el interior de la biblioteca. Parecía la mismísima cámara de los misterios de Dios al abrirse de pronto.

—Pequeña Lucrecia —oí una voz que decía a mis espaldas—, ¿qué estás haciendo aquí?

—¡Papá! —exclamé revolviéndome avergonzada hacia él, aunque más bien acercándome a las estanterías de libros—. Quería...

—¿Sí? ¿Decías que querías qué?

—Quería leer los libros.

—Realmente eres una muchacha extraña, Lucrecia. Ni Giulia, ni Adriana, ni siquiera tu madre han abierto un libro en su vida. El bello sexo no tiene interés en la literatura.

—¿No lo tienen? ¿De veras?

—No. Escribir o hablar, en general, son formas de la impudicia; lo sabes.

Volví a reunir todo mi coraje.

—¿Cómo lo sabes, papá? —contesté—. ¿Alguna vez se lo has preguntado a alguna de ellas? ¿Alguna vez le preguntaste a Vanita si le gustaría leer?

—No tuve que hacerlo. El autor más grande, Aristóteles, nos dice que no está en la naturaleza de la mujer buscar los conocimientos más abstractos. «El principio masculino en la naturaleza —argumentó— está asociado a características activas, formativas y perfeccionadas, mientras que la naturaleza femenina es pasiva, material y depravada, y desea al hombre para ser completa», dice en su ΤηυΦτδυ, *Phisica* o *Naturaleza*.

—¿Del mismo modo como te deseaba Vanita?

—A grandes rasgos, sí —dijo papá entre risas—. Pero en griego.

—¿Aristóteles era una mujer griega?

—Por supuesto que no. Nos cuenta que Safo fue la única mujer, una puta griega, de naturaleza pervertida y desviada, que alguna vez pensó en escribir un libro.

Me mordí el labio. ¿Debía decirle lo que pensaba? «¡Oh!, ¿por qué no? —pensé—, si es papá. Es lo más cercano a Dios. Él me entenderá. Es omnisciente.»

—Entonces, Aristóteles es un burro.

Estaba convencida de que papá montaría en cólera, pero no fue así. Se limitó a reírse; con bastante alegría, me pareció. Estaba asombrada de descubrir que era capaz de convencer a papá con palabras. Estaba escandalizada por descubrir que había tal poder en mí. ¿Podía ésa ser la razón por la que a mi padre le gustaba tanto aquel lugar? ¿Y que lo protegía de mí? Muchos fueron los que más tarde dejaron correr la voz de que papá era poco erudito, que desconocía los clásicos y que estaba lejos de ser un humanista. Eso es falso, pero ha entrado a formar parte de su mito, sin reparar en que su latín, *ex tempore*, en algunas ocasiones era vacilante, como también lo eran su griego, su hebreo e incluso su toscano.

—Bueno, el gran maestro se ha equivocado en otras ocasiones —dijo entonces papá entre risas—. Se equivocó en cuanto al gobierno, la guerra y el papel de los príncipes. Tal vez también esté equivocado con respecto a las mujeres. Con una mujer poco corriente, desde luego. Los pensadores contemporáneos prefieren a Platón; es mucho más listo y actual. Según el cálculo de Platón, el alma ideal, el *imago speculi*, la imagen bruñida sobre la cual las almas de las mujeres deberían basarse sería la Virgen. Todo perfecto, si no fuera porque, claro está, nadie acusó a la Virgen de ser tan brillante como Safo. Muchos dicen que ni siquiera supo leer «rey de los judíos» en la cruz.

Eché un vistazo a la biblioteca, por los miles de libros que curvaban los estantes delicadamente con su peso. Qué mente tan privilegiada había que tener, pensé, para escribir un libro. ¿Sería yo capaz de escribir uno? Estando allí, boquiabierta, oliendo pergaminos polvorientos, sudor rancio y el olor a hígado descompuesto de la galotanina sobre el cuero, recé porque algún día fuera capaz de escribir uno, sin tener ni idea entonces de la tarea que yo misma me encomendaría en el futuro. Espero que su frontispicio venga después de mi retrato favorito realizado por Bartolomé de Venecia, pues el aspecto que tengo en este cuadro es el aspecto que mi Alfonso de Bisceglie conoció. Y estoy medio desnuda en él; eso debería vender. Pero aquel día en la biblioteca me consumía la envidia ante toda aquella brillantez garabateada.

—¿Cómo se aborda la tarea de escribir un libro, papá? —le pregunté—. Debe de ser terriblemente difícil, ¿no es así? ¿Cómo se aborda siquiera considerarlo?

—Bueno, veamos.

Al fin, papá me conducía a la biblioteca.

Un túnel cavernoso de cien pies de largo por cuarenta pies de ancho formado por miles de libros que me hacían frente desde unas estanterías que trepaban hasta un techo redondeado y bellamente decorado a treinta pies del suelo. Tres grandes estancias consecutivas conformaban la biblioteca: las estancias latina y griega, abiertas al público; la Biblioteca Secreta, para los libros más elaborados y preciosos, y la Biblioteca

Pontificum, llena de documentos papales, algunos de ellos de una antigüedad de un milenio o más.

—Contempla la imagen del Liceo de Aristóteles —dijo papá cuando entramos en la estancia griega—, pues nosotros somos la imagen de Dios.

¿Se referiría a nosotros dos?, me pregunté. Había escaleras doradas de mano correderas, como la de Jacob, que ascendían hasta los estantes superiores en ambos pisos. Papá sonrió y empezó a andar a lo largo de las columnas, describiéndome en voz baja algunos libros a medida que avanzábamos. Percibí por el tono de su voz lo mucho que los amaba. Yo estaba muy celosa de aquel amor. Lo quería para mí. Quería conocer aquellas páginas lo suficiente para amarlas como las amaba él. O para añadir aquel amor al que ya sentía por mí, pero colmada de todos sus conocimientos. ¿Aquellos estantes estarían hechos de la madera del manzano de Eva? ¿Pendería de ellos el conocimiento del bien y del mal? ¿Dónde podría encontrarse tal conocimiento sino allí?

—En el corazón —dijo papá, riéndose cuando se lo pregunté.

Colecciones, racimos y tomos sueltos. Muchos de los libros eran nuevos. Los nuevos se caracterizaban por tipos de letras más modernos, aunque imitaban el estilo de los libros antiguos, tal como se describe en el tratado de Feliciano de Verona sobre el alfabeto romano, que también se hallaba allí. Había una copia de *Ordo Scientiarum* de Casandra Fedele, un Κασσανδρα (1), realmente, tal como descubrí cuando la hube leído. También estaba el escándalo editorial de 1486 de Bartolomé Goggio, *Elogio a las mujeres*, así como Cusanus. Ficino —el filósofo de la inmortalidad de hoy—, Averroes en traducción latina y Plotino, entre cientos de otros modernos.

—La prosa de Goggio es tediosa y oleaginosa —dijo papá—, pero plantea y discute por primera vez las cuatro cuestiones a las que nuestra época debe dar respuesta sobre el cuerpo y el alma femeninos.

—¿Como por ejemplo?

—La cuestión de la castidad. La cuestión del poder. La cuestión del discurso. Y la cuestión del conocimiento.

—¿Conoceré las respuestas si leo todo esto?

—Probablemente, no. Nosotros todavía no las conocemos.

Muchos otros libros parecían tener cientos de años. Píndaro, Jeró-

---

(1) Casandra, la profetisa, previno a los troyanos del caballo de madera y les sugirió que «nunca confiaran en un griego que trajera regalos». No la escucharon.

nimo, Chrétien de Troyes, Cicerón, docenas de Homeros en griego y latín, Jenofonte, Plinio –padre e hijo–, César, Herodoto, Euclides, san Agustín, *Homilías sobre Mateo* de Crisóstomo, Atanasio, junto con montones de padres griegos y docenas de Virgilios. Unas *Obras Completas* de Josefo, *De vita Moysis* de Philo, el libro del mismo título de san Gregorio de Nisa y, uno al lado del otro, otros mil títulos hebreos y *Contra judeos*. Me mostró una caja de cuero en forma de libro con el título *Los oráculos caldeos* estampado en oro en lo que sería el lomo de un libro corriente.

–¿Quién lo escribió?

–Zoroastro. Decía que Dios es luz.

–¿Acaso no lo es?

–Tal vez. Pero fue traducido por Plethon y algunos dicen que es una impostura, que Plethon se lo inventó.

–Si es una falsificación, ¿entonces Dios es oscuridad?

Al abrir la caja, papá pasó las páginas sueltas manuscritas cubiertas de extraños garabatos, como si fuera oro oxidado, del color del té, con cientos de años a las espaldas. Me mostró libros de horas, las maravillas más maravillosas que jamás he visto; sus hojas danzaban con todos los colores y emociones del mundo. Había docenas de esos libros de horas, cada uno de ellos lleno de imágenes inspiradas en Dios y textos ornamentados en negro, rojo y dorado. Docenas de testamentos, antiguos y nuevos, en latín, griego y hebreo. Muchos de los volúmenes estaban encuadernados en piel de becerro, siguiendo el estilo más novedoso: Bernard de Clairvaux, Maimónides el Judío, John Foie, Séneca, Petronio, Aristóteles, san Ignacio, Anaxágoras, santo Tomás de Aquino y Platón.

–Platón bajó la filosofía del cielo a la tierra –dijo papá.

–¿Cómo?

–Dice que todos somos prisioneros sentados alrededor de una hoguera en una cueva. Que sólo somos capaces de ver las sombras que el fuego arroja en las paredes de la cueva.

–¿Como las sombras que proyecto con las manos?

–Exacto. Y nos imaginamos que las sombras son la realidad en lugar de imágenes. Nos dice que la verdad, tus manos creando sombras, es más profunda y más grande que las sombras, aunque no tan hechiceras; que con esfuerzo y persistencia podemos conocer la verdad, la mejor y más elevada vocación de artistas y poetas; que existe una moral basada en la verdad a la que obedecer, del deber y de la decencia, y que hay una unidad suprema en el cosmos, el Dios que hemos elegido, de manera que nada, por muy insignificante que pueda parecer, se pierda.

—¿Ni siquiera yo? ¿Si leo estos libros nunca me perderé?

—Nunca te perderás si confías en tu papá.

—¿Qué nos cuenta Aristóteles?

—Nos cuenta lo que es una buena vida.

—¿Qué es?

—Una vida de «actividad excelente de acuerdo con la razón», que siempre me pareció el subtítulo por excelencia de nuestros tiempos.

¿Una época de la razón? ¿La nuestra? No, a menos que la razón esté iluminada por una semioscuridad sangrienta.

—¿Qué es *excelente*?

—Coraje, abstinencia, generosidad, magnificencia, grandeza de espíritu, ambición, buen carácter, amabilidad, buen juicio, justicia y dos más que nunca logro recordar.

—Eres tú, papá.

Sin embargo, no pude dejar de preguntarme qué dos cualidades no lograba recordar nunca.

Y luego repasamos algunos autores de menor peso, entretenidos, como Esquilo, Sófocles, Eurípides, Terencio y Séneca el Estoico, que nos dice que debemos cultivar la miseria por sí misma, por su propia exquisitez. Papá me mostró un atlas del mundo que revelaban todos los secretos de lugares y distancias. Papá estaba fascinado con el Nuevo Mundo, tal como se revelaba en el *Atlas* de Américo Vespucio. Lo veía más como la mayor oportunidad en la historia para la divulgación de la fe que como una nueva ocasión para violar y saquear, tal como publicó en su bula de 1501. Fue él quien en mayo de 1493 lo repartió entre España y Portugal, arrojando así la dominación de Jesucristo sobre la nueva mitad de la tierra, sobre la que, sin duda, se escribirán bibliotecas enteras. Incluso hubo quien sugirió que se le llamara «Alejandría» en su memoria. Y también volúmenes encuadernados en piel de oveja de papel vitela, miles de ellos, con sus tapas blancas. Ovidios, Catulos, Horacios, Lucianos, Juvenales, Plautos, Epicuros, Livios, Apuleyos, *De Architectura* de Vitruvio, Quintilianos, Salustios y docenas de poetas latinos, griegos y árabes, algunos en original, otros en copia. Los que tenían las tapas blancas eran especialmente hermosos, me pareció, dispuestos como estaban en sus estantes, semejantes a las lentas montañas de hielo de las que los suizos dicen que se mueven una pulgada en dirección al mar cada año. Algo tan viejo y aun así tan blanco sólo podía transportar al lector hacia verdades vernáculas y puras; de eso, estaba convencida. Cien colecciones. Miles de volúmenes, por lo menos.

—¿Qué es esto? —dije señalando uno cuya vitela era rosácea.

—Es la *Historia de la Salvación simbolizada por un edificio,* de Hildegarda de Bingen —dijo papá.

—¿Hildegarda? ¿No es el nombre de una mujer? Pensaba que la única mujer que escribía libros era la cálida Safo.

—Hildegarda estaba tan rematadamente loca como el ano de Satanás —contestó papá—. Esta mujer se dejaba llevar lentamente por la escritura de sus textos, al igual que Safo, que todos empezaban racionalmente, pero que pronto se tornaban más chiflados que ella misma. El camarlengo me dijo que mi gusto es... bueno, es «católico», eso fue lo que dijo, en minúsculas. ¿Supongo que me habrás visto enviar a monjes a Ostia para que recibieran a los barcos que atracaban allí? Lo que llevan en sus bodegas son libros, ¿lo sabías? Desde que asumí el papado me he convertido en un bibliófilo en secreto. He ampliado esta colección, empezada por Nicolás V y triplicada por Sixto IV. He decorado la cámara, como puedes ver, siguiendo la descripción de Plinio el Joven del jardín de su casa de campo. Mi ambición es que algún día ocupe el lugar de las bibliotecas perdidas de la Academia ateniense y Alejandría.

—¿Has leído todos estos libros?

—En algún momento, sí.

«¡Dios mío! —pensé—, realmente papá debe de ser omnisciente.» De acuerdo, es una pequeña blasfemia. Pero también sabía que no debía cuestionar nunca a un hombre tan grande, capaz de coleccionar y leer todos aquellos libros. Yo, en cambio, no sabía nada, aparte de coser.

—¿Los ha leído César?

—Eso creo —dijo papá, riéndose.

—¿Puedo? —pregunté.

Papá volvió a reírse.

—¿Sabes latín y griego? —me preguntó.

—No.

Alargó el brazo y retiró dos finos volúmenes de un estante.

—Son una gramática latina y otra griega. Pero ¿sabes leer?

—Sí —repliqué con una mirada malhumorada.

Era una verdad a medias, por lo menos, pues siempre le pedía a la anciana monja que siguiera las palabras con el dedo cuando me leía una fábula de Esopo.

—Conozco las letras. La vieja monja me enseñó. Es increíble lo que se puede llegar a aprender bordando dichos y refranes en cojines.

—Memoriza todo lo que contienen estos dos libros. Después es posible que volvamos a hablar.

Los tomé y salí corriendo. Durante los próximos meses los memoricé de cabo a rabo. Estas dos gramáticas, escritas por sacerdotes de nombres celtas e impresas, respectivamente, por Johann Frobens, en Basilea, y Aldo Manuzio, en Venecia, eran tan frustrantes como un corsé con ballenas mal ajustado Y además, toda la enseñanza que contenían aquellos dos libros estaba en griego o en latín. Tardé poco en descubrir que resultaba más fácil aprender las dos lenguas de una pareja de sacerdotes que solían conversar en esos idiomas. El latín se escuchaba por todo el Vaticano porque era la lengua oficial de Dios. Se escuchaba el griego por doquier porque había cientos de clérigos exiliados del Bizancio recientemente musulmán del Gran Turco. Me sentaba a su lado y les escuchaba mientras pretendía jugar con una muñeca. Solían estar enfrascados en el fiero debate entre seguidores de Platón y de Aristóteles —entre la primacía de la mente y el espíritu, y de las cosas y los cuerpos—, que había hecho estragos en Roma desde la caída de Constantinopla en 1453, cuando todos los estudiosos orientales habían huido a Roma, Venecia y Florencia. De estos bizantinos deriva nuestro interés por la literatura, el pensamiento y las artes griegos que ahora se disputa la atención con el mundo de Virgilio. Sus argumentos me superaban pero aun así conseguí memorizar las gramáticas y los vocabularios de los sacerdotes. Entonces solía acudir a la biblioteca por la noche y empezaba a leer. Me costó unos cuantos libros hasta que realmente fui capaz de relacionar el contenido de las gramáticas con una verdadera página llena de palabras, pero no mucho. También me entretuve en el *Studium Urbis*, la Universidad de Roma reconstruida por papá cercana al Panteón, donde escuché a los estudiantes discutiendo en griego y latín acerca de si la sangre de Jesucristo, derramada en la Pasión y reabsorbida en la Resurrección, siguió unida a su divinidad durante los tres días en que el cuerpo permaneció en el sepulcro y con ello merecía la divinidad de *cultus* concedida. Aquel año hacía furor, pero yo no pude seguir la discusión en ninguna de las lenguas, salvo para llegar a la conclusión de que nos había salvado su muerte y no su sangre. Ya no podía acudir a la biblioteca en compañía de papá, pues las monjas supieron de mi primera visita y me prohibieron volver, hasta que finalmente él les ordenó que me dejaran en paz para que pudiera leer.

—La gente piensa que todos los Borgia están locos —les dijo—. ¿Qué hay de malo en ello?

—¿Quiere Su Santidad que se convierta en otra Safo?

—Los hombres nunca permitirán que una muchacha con una silueta como la suya se vuelva sáfica. Contradiría a Platón y a Aristóteles.

—¿Y si se convierte en monja?

—¿Quiere decir en sáfica?

—¡Santo Dios!

—Resígnense, hermanas. Es nuestra voluntad.

Y así fue.

Uno por uno, a la luz de la luna, fui extrayendo los preciosos libros de sus estantes, abriéndolos como si estuviera abriendo el Arca de la Alianza y leyéndolos. Algunos eran tan grandes y pesados como yo y resultaba una verdadera prueba de fuerza descargarlos de los estantes crujientes; pero descubrí que eran los que más me gustaban. Mientras embebía sus palabras, éstas fueron adoptando una extraña clase de vida en mi interior. Sentí que la misma naturaleza de mi mente, mi alma —¿acaso se distinguen?— empezaba a alterarse. «¿Acaso hay algo más poderoso en el mundo —me pregunté— que el renacimiento de una alma?» «Qué extraño resulta —pensé— que estos objetos de papel y de cuero hagan con tanta facilidad y tanto placer lo que las piras de la Inquisición, a menudo alimentadas con libros similares, nunca han hecho. La tinta incluso triunfa sobre la sangre.» Al coger mi pluma cada día, rezo porque este libro que tengo delante tenga el mismo poder reformador sobre otra rubia. La luz de la luna hizo que mi lectura fuera lenta y había miles de libros por leer. No podía asistir a mi lectura en las noches de luna nueva, pues en aquellas noches mi lámpara de lectura abandonaba el cielo. Sin embargo, aprendí gradualmente a amar las páginas de los libros, su olor, su polvo y todo en ellas.

Aquel día, no obstante, todavía estaba sentada en el regazo de papá y aún no había leído mi primera página. Allatri acababa de retirarse, y papá acababa de sentarme sobre sus rodillas.

—¿Y tú qué has estado haciendo, papá? —le pregunté.

Alejandro dirigió la mirada hacia el pasaje abovedado por el que el obispo acababa de desaparecer.

–Historia –dijo e hizo una pausa–. Haciendo historia mala. Resulta muy complicado ser papa. Es mucho más duro de lo que suponíamos antes de ser nosotros. Ser es más difícil que desear. Es una lección oportuna para todo hombre y toda mujer.

–César nunca la aprenderá –dije–. Porque...

Pero papá no me estaba escuchando. Estaba absorto en sus pensamientos, dándole vueltas en la cabeza al crucifijo de Brunelleschi que, de acuerdo con el dibujo de Pinturicchio, colgaba de la pared más alejada.

–Sencillamente, deberíamos hacer que asesinaran a Allatri –dijo con suavidad–, pero él lo sabe y se cuida mucho de ir a algún sitio solo.

–¿Puedo ayudarte con Allatri?

–Tú no puedes ayudarme. No eres más que una mujercita. Las mujeres sólo matan moscas y alguna que otra langosta.

–Deja que mate a Allatri por ti –gimoteé–. Le clavaré un cuchillo en el buche, tal como la tía Giulia dice que Cleopatra debería haber hecho con Marco Antonio.

–¿Eso dice Giulia?

–Constantemente.

–¿Por qué?

–Porque dormía con otras mujeres.

–Odio estar en desacuerdo con la tía Giulia, pero no creo que ésa sea una buena razón.

–Estás diciendo «yo», papá.

–En absoluto. Una horrible razón. Es una razón de pecado mortal. Tendremos que hablar con ella.

–Deja que lo mate, papá. Puedo hacerlo. No es más que un asno de obispo.

–Hubo un tiempo en que fuimos obispo –dijo papá–. ¿Éramos un asno, entonces? Y entonces fuimos padre de una niña, ¿quién es, pues, un burro?

–Allatri siempre me llama «divina» –dije–. Y siempre está intentando convencerme para que me siente en su regazo.

–¿De veras? –dijo papá–. Pero tú no lo haces.

–Hay algo extraño en su mirada cuando me lo pide.

–Algo extraño, desde luego. Lucrecia, quiero que vengas a mis aposentos justo antes de la cena. ¿Lo harás?

–Por supuesto, papá.

Tenía la sensación de que estaba a punto de entrar en la historia por mi propio pie. ¡Tal vez algún día habría un libro en la biblioteca sobre mí! Pensé en César; fuera lo que fuese lo que debía hacer yo, lo harían por mí. Sin duda, cogería una rabieta con sólo pensar que estaba a punto de hacerlo en lugar de él. «Adelante —pensé—, encolerízate. Chilla, grita, patalea, escupe y golpea la cabeza contra el suelo. Adelante, hazlo. Pero voy a salvarte la vida, y tú no puedes.»

Al atardecer, sor Angélica, la doncella de cámara de papá —no es un juego de palabras, de veras; hacía la cama, limpiaba la habitación y los orinales, y era una muchacha muy devota— me escoltó hasta el gigantesco dormitorio del papa y nos dejó solos. Gigantesco y magnífico. O más bien un embrión de su futura magnificencia. Los artistas todavía no lo habían decorado con sus milagros al óleo, como pronto harían, con algunos de los murales más bellos del mundo. «Del aspecto de las paredes del cielo», exclamó el maestro Botticelli cuando los vio por primera vez. Pero yo sabía que ya era la estancia de ensueño del Rey de las Nubes. El Rey de las Nubes estaba sentado en su cama cubierta de satén de color crema. A un lado de la cama había una mesilla hecha enteramente de marfil. Sobre la mesa, había una copa dorada de vino tinto. Más tarde aquella noche se celebraría un banquete papal, me contó papá. Se volvió hacia mí y me preguntó si me gustaría asistir. Me quedé pasmada. ¿Realmente me estaba invitando? ¿A mí? ¿A un banquete de Estado?

—Papá, ¿no está prohibido que las niñas y las mujeres asistan a los banquetes de Estado del Vaticano?

—Inocencio VIII, de recuerdo sagrado, violaba esta norma diariamente. Así fue, dicen, como tuvo dieciséis hijos.

—¿Una cena de adultos? ¿De noche? ¿Puedo tener un vestido nuevo? ¿Uno de color azul que vaya con mis ojos?

—Que niña tan vanidosa, hija de la vanidad. Pero sí, puedes.

—¿Sí? ¿Y pendientes?

—Sí.

¿Bromeaba? Por supuesto que asistiría. Me sentía como la reina del mundo. «Ésta es la estancia en la que los sueños se hacen realidad», pensé. No me había sucedido nunca nada parecido, a pesar de habérselo suplicado cientos de veces. Entonces, papá empezó a darme instrucciones de lo que debía hacer y decir, y cómo debía actuar durante el banquete.

—Papá —dije—. No tienes por qué. La tía Giulia ya se ha pasado cerca de cien años dándome lecciones al respecto.

—Bueno, estoy convencido de que así es, pero vas a tener algunas obligaciones especiales durante esta cena.

—¿Obligaciones especiales?

Haría lo que me pidiera si eso significaba que podía asistir al acontecimiento de la noche. Estaba de pie delante de él. Su lección no parecía tener fin. Un montón de cosas que ya sabía: qué cuchara utilizar para esto y aquello, a quién reverenciar, a quién ignorar. Luego empezó a explicarme las «obligaciones especiales» que se suponía tendría para con Alletri. Envuelto en su hábito blanco demostró para mí la nueva manera de andar que debía adoptar. Estaba ridículo. Se pavoneaba como una prostituta en su enorme cuerpo indiscutiblemente masculino y su falda blanca y ajustada. De hecho, parecía una hirsuta y fornida Vanita. Al final, me mostró algunas cosas raras que se suponía que debía hacer y decir al enviado francés.

—Y después de la cena, cuando todo el mundo esté hablando, cuando todos hayan tomado mucho vino y estén haciendo mucho ruido, deberás levantarte de la silla y dirigirte hacia el obispo de la manera que te he enseñado —me dijo.

—¿Así?

Recreé para él mi mejor aproximación a los andares medidos que me había enseñado.

—No tanto —me reprendió—. Sólo debes menearte un poco, pero no seas vulgar.

Menearse en demasía, me dijo, era «barato» y atraería a las avispas picadoras en lugar del zángano meloso que quiere una muchacha. No sabía exactamente lo que significaba, pero lo último que quería parecer era vulgar. Caminé hacia él. Mi imitación de Vanita me resultaba a la vez estrafalaria y, en cierto modo, evocadora, como si su pequeño movimiento de caderas contuviera la marea incipiente de un océano. Supuse que funcionaba, porque papá realmente pareció aprobarlo, y él era un gran conocedor de los andares femeninos. Me sentí muy animada. Incluso mi trenza, que me llegaba hasta la cintura, de pronto me pareció más rubia que de costumbre. Me sentí irresistible. No sabría decir cómo una nueva manera de andar podía haber conseguido todo aquello, pero así era.

—Exacto —dijo papá con una risita y una mueca de sorpresa satisfecha en el rostro—. Y cuando llegues a su lado, ¿qué te he dicho que debías hacer?

—No debo pisarle la túnica púrpura. Y entonces le digo: «¡Oh!, eminencia, ¿puedo sentarme en su regazo, por favor?» Sólo que alargo mucho el «por favor», como si sentarme allí fuera lo que más deseo en este mundo.

Mi padre imitó la respuesta de Allatri.

—¡Naturalmente, divina muchacha!

Resultó que no hacía un Allatri tan malo. Me senté en su regazo nebuloso.

—Ahora menea el trasero. Sólo un poquito —dijo papá.

—¿Tengo que hacerlo?

—¿Qué más da? Tú hazlo y ya está.

Y lo hice. Sólo me meneé un poco, haciendo lo posible por no parecer vulgar.

—Me apuesto lo que sea a que esto hará que suenen sus campanillas —dijo papá—. Al Embajador Rana le encantará.

—¿Estás seguro?

—Entonces, ¿qué me dices?

—Me pregunto... si podré besarlo.

—No pongas esa cara, ni siquiera si esta noche su aspecto se asemeja especialmente al de un anfibio. Él se inclinará hacia adelante. Cuando lo haga quiero que cojas este anillo...

Papá se quitó un anillo del dedo meñique. No el anillo del Pescador, naturalmente, hubiera sido demasiado, sino otro que yo nunca había visto antes. Tenía una piedra central de diez quilates.

—Zafiro, como tus ojos —dijo papá, que cogió el anillo y lo deslizó alrededor de mi pulgar—. Luego colocas tu mano sobre su copa de vino. —Sostuvo mi mano sobre la copa de vino tinto que descansaba sobre su mesilla de marfil—. Y mientras espera tu beso, abres esta piedra. —Me mostró cómo hacerlo, abriendo el párpado vacío de color azul del anillo por su diminuta bisagra de oro—. Entonces, giras la mano y dejas caer el polvo azul dentro del vino. Asegúrate de que lo haces en un vino fuerte y de un color rojo intenso, un Amarone o un vino de Oporto. —Papá manipuló mi mano para enseñarme cómo debía hacerlo—. Luego, le besas y le ofreces, educadamente sobre todo, su copa de vino para que beba. ¿Lo has entendido?

—¿Tengo que besarle? Siempre es tan batracio.

—Nos satisfará y somos vuestro Santo Padre.

—¿Por qué hago todo esto?

—Ha sido idea tuya. ¿Acaso no sigues queriendo ayudar a César? Y porque así lo deseamos Dios y yo.

Así que «nosotros» lo deseamos. Yo sabía que eso quería decir él y Dios. ¿No sería una blasfemia negarles a ellos un deseo?

—¿Por qué lo deseáis ambos? ¿Por qué, además, necesitáis desearlo? Sea lo que sea lo que Él desee, se cumple, ¿o no es así?

—Lo que yo deseo hoy en la tierra es lo que Dios desea eternamente en el cielo. Lo que siempre ha deseado. Es así como yo entiendo ser papa.

—¡Oh! Entonces, ¿se supone que voy a matar al obispo Allatri con estos polvos? ¿No sería eso un pecado mortal?

—Si lo que dice es verdad, la vida de César correrá peligro si no lo haces. ¿Cómo salvar la vida de tu hermano puede ser un pecado mortal, siquiera un pecado menor? De hecho, los dos decretamos que no es un pecado. ¿Quieres salvarlo?

—Por supuesto. ¿Quieres que lo haga?

Papá hizo una larga pausa.

—Depende de ti; tú decides. Eres casi una mujer; yo no tengo que tomar las decisiones por ti.

Presentía que ésa era en parte la verdad, o eso me pareció entonces.

—¿De veras? —pregunté.

—Todo lo que puedo decirte es que seas una Borgia. Toma el mundo y somételo a tu voluntad. No permitas que el mundo te doblegue. ¿Quieres entregar a tu hermano a los enemigos de tu familia?

—¿Seguirás amándome, papá, si me convierto en una asesina?

—¿Una asesina? —dijo él—. Me complacerá, Lucrecia. Al fin y al cabo, habrás salvado a nuestro hijo. Y te amaré con todo mi corazón, aunque te conviertas en el mismísimo Lucifer. No te gustaría perder el amor de papá, ¿verdad?

—Sería lo peor en este mundo.

Sonrió. Su mano se cerró alrededor de mi muslo. Un calor estremecedor, que en aquellos días era inusual pero al que, desde que soy mujer, estoy acostumbrada, recorrió mi cuerpo. Por segunda vez durante aquella conversación, aquel extraño calor.

Acercó sus labios a mi oreja y rozó mi mejilla y el lóbulo al hablarme.

—Tienes que jurarme por lo más sagrado que jamás hablarás a nadie de nuestro plan para salvar a César. Nuestros enemigos podrían matarnos si tuvieran conocimiento de él.

—No te preocupes, papá; no lo haré nunca.

—Júralo. Júralo por la sangre de las llagas de Jesucristo, cuyo cuerpo desnudo lavó la mano de la Virgen María.

Era la imagen más aterradora que había escuchado jamás. La sangre del Salvador corriendo desde aquellas terribles llagas por las manos de María, como si la sangre derramada, todavía viva, fuera la última súplica de su vida a ella; aún más terrorífica que la imprecación y la condena que tantas veces había escuchado pronunciar a la Inquisición cuando enviaba a un hombre o a una mujer a la muerte ardiente, una maldición que siempre había hecho que mi piel se estremeciera.

—Lo juro, papá. Sobre la mano ensangrentada de la Virgen —dije temblando a medida que las palabras salían de mi boca.

Papá se rió dulcemente de mi despropósito lingüístico.

Varias horas más tarde me encontraba envuelta en un nuevo vestido largo de color azul celeste que las monjas risueñas me habían cosido. Estaba sentada en una silla tapizada de damasco a la mesa oval más grande y reluciente que recuerdo, en un banquete papal celebrado en el comedor estatal, el ágape más grandioso que era capaz de imaginar. Cuando la gente comía en el cielo —sabía que era así—, atiborraba sus almas de gracia divina, de la misma manera que entonces nosotros nos atiborrábamos de exquisiteces y rarezas divinas. Alrededor de la mesa oval se sentaban dos docenas o más de miembros del Sacro Colegio Cardenalicio con sus cortesanas maravillosamente vestidas —tanto para tan pocas mujeres—, así como varios caballeros, sus damas, hombres y mujeres de la nobleza, y un surtido de miembros de la familia Borgia. Las conversaciones borboteaban a mi alrededor; las risas y los chillidos rebotaban contra el techo cubierto de nubes y querubines. Los vinos eran tan copiosos que me imaginé que papá había convertido el agua de la fuente del exterior en vino, aunque yo sólo bebí una copita de vino blanco y otra de tinto, tal como me había instruido mi padre que hiciera. Había vajillas y cuberterías de oro que podrían haber salvado reinos de la miseria. La música más celestial flotaba y se propagaba desde una orquesta que tocaba mientras sus miembros se paseaban a través de la estancia vestidos de querubines con alas y de Belcebúes con colas. Manjares de todos los países que rodeaban el Mare Nostrum eran transportados desde las cocinas del Vaticano en bandejas de plata tan anchas y largas como altares.

Papá presidía la mesa. Lo estuve vigilando toda la noche. Todos los comensales se comportaron durante la velada como si le adoraran, lo que no me sorprendió ni lo más mínimo. Tenía un aspecto espléndido y seguro, como un Mefistófeles sin una sola preocupación en el mundo. Allatri ocupaba el lugar de honor, en el extremo exactamente opuesto al que ocupaba papá. Si yo estuve toda la noche vigilando al papa, entonces los ojos del obispo Allatri estuvieron, qué duda cabe, fijados en mí. Fue un alivio que me sentaran a una mesa para que al menos no pudiera enfocar mi coño. Cuando estaba cerca el final del banquete y todos los nobles invitados estaban noblemente borrachos; cuando la juerga estaba en lo más álgido, tal como papá había vaticinado que ocurriría; cuando el viejo obispo francés, tan borracho como cualquiera y más que la mayoría, estaba babeando por mí, yo me levanté de mi cojín de damasco bordado. Miré directamente a Allatri después de haberme pasado toda la cena evitando sus ojos. Mi dura mirada enderezó su espalda normalmente doblada. Mientras realizaba mis pequeños andares medidos hacia él, el obispo se humedeció los labios como un zorro que ve acercarse un ansarino.

—¡Oh!, excelencia —dije cuando finalmente llegué a su lado—. ¿Puedo sentarme en su regazo, por favoooor?

En ese momento supe que la intención de papá y la de Dios realmente debían ser la misma. Me senté sobre sus rodillas. Lo hice tal como me imaginé que lo habría hecho Vanita, sin tener ya que pensar en cómo hacerlo. Descubrí que anteriormente con sólo pensarlo me resultaba ridículo. Él estaba encantadísimo. Me dio de comer un postre dulce de mazapán austríaco en un intento de ganarse mi gracia. Lo miré. Era mío. Lo sabía. Yo era una niña; él era el enviado de un rey, el ilustrísimo obispo de la Santa Iglesia y comandante de miles de asesinos. A pesar de ello, yo era su amante. Mientras masticaba mi mazapán lo volteé en la boca, como había visto hacer a Vanita con un bombón de mantequilla. Sabía que eso le acercaría más a la trampa que yo le había tendido. Y así fue. Meneé mi coñito sobre su regazo.

Él puso los ojos en blanco en éxtasis parisino.

—¡*Ohh la la!* —exclamó.

—¡Oh!, excelencia —dije—, ¿puedo besar su mejilla arrugada?

—Hija mía, puedes besar la parte arrugada de mí que tú desees.

Se inclinó hacia mí para recibir el beso, exactamente de la manera como papá me había contado que lo haría. Al hacerlo, yo aproveché que estaba fuera de su campo de visión y moví mi mano ensortijada sobre su Borgoña. A nuestro alrededor reinaba tal caos y regocijo, tanta música y tantas risas que nadie hizo ni el más mínimo caso a una niña y un anciano. Abrí el anillo. Volví la mano sobre su copa de vino. No pude ver el polvo caer, pero sabía que había caído en el interior de la copa. Era la voluntad de Dios. Le besé en la nariz, la única parte descubierta y lisa que pude ver. Cuando se recostó tras recibir mi beso, una amplia hendidura roja y lasciva que pretendía ser una sonrisa había invadido su rostro.

—¿Un sorbo refrescante de vino, reverendo padre?

Le ofrecí educadamente la copa de Borgoña púrpura. Me sonrió. Tras un brindis dirigido definitivamente a mi coño, Allatri se terminó el vino de un solo trago. Papá nos vigilaba con una sonrisa hambrienta atravesando su rostro. Ofrecí una oración por el alma del obispo al Espíritu Santo, pero detrás de la espalda, sólo para asegurarme, crucé los dedos.


Tres días más tarde, en la Nochevieja de 1494, Carlos VIII y su ejército ocuparon Roma. Aunque habían asesinado y habían saqueado a todos los judíos, comparados con los godos y los vándalos realmente se estaban comportando bastante bien. Sin embargo, todos los prelados, y casi toda la demás gente, se escondían en los sótanos, los establos y dependencias de sus palacios. Aquella mañana, Carlos acudió al Vaticano. Papá lo estaba esperando, entronizado en las estancias de los Borgia, solo, mientras un grupo de cardenales curiales se escondía en su dormitorio. Yo estaba a su lado. Carlos entró en el salón del trono. Me quedé perpleja. Había esperado que apareciera un Carlomagno moderno, un gran comandante imperioso. Sin embargo, Carlos VIII era un enano cojo y jorobado, con labios carnosos, ojos apagados, nariz de buitre y manos nerviosas. Medía cuatro pies y medio, pero parecía aún más bajo debido a la imponente joroba de su espalda, que lo doblaba hacia el suelo. Tenía que echarse hacia atrás por la cintura para ver algo más que sus propios zapatos. Su imagen execrable se conserva para siempre en la primera página de la Biblia, por lo demás maravillosa, de Attavante, un sacrilegio. Tras Carlos entró César a pasos largos, envuelto en sus ropajes morados y con sus ojos del color del cobalto, alto, derecho, hermoso. «Éste es —pensé— Carlomagno.» Carlos se acercó cojeando y tambaleante a papá. Se postró de rodillas sobre los peldaños que conducían al trono y besó el pie de papá, que ya entonces estaba a unas pocas pulgadas de la nariz de Carlos. Entonces, papá se puso en pie y levantó a Carlos hasta dejarlo sobre sus pies agitados.

—Su majestad —dijo el papa—. Vuestra cortesía nos abruma y avergüenza. Deberíamos besar vuestros pies. Vosotros sois aquí Alejandro. Levántense. Levántense.

—Su Santidad —tartamudeó escupiendo las palabras desde sus gruesos labios como si fueran flatulencias articuladas—. Hemos venido para rendirle nuestras felicitaciones y para trasladarle que hemos accedido a su orden y hemos retirado nuestro ejército de los muros de Roma...

—Sí, para trasladarlo a su interior.

—... así como para devolverle el cardenal Borgia, su encantador hijo.

—*Deo gratias.*

—Hemos disfrutado mucho en su compañía. A menudo nos lo hemos llevado de caza y de campaña. Nos ha parecido un caballero valiente, agresivo y noble. En una ocasión salvó nuestra vida de recibir un violento lomo afilado, muy parecida a la vez que Meleagro salvó a Teseo del jabalí de Caledonia.

—César, hijo mío, nos honras.

—También nos ha parecido, teniendo en cuentas sus hábitos *d'amour*, un hombre de la Iglesia no tan noble, no obstante.

—Horror —dijo papá—. *Quelle surprise*, como diría vuestro pueblo.

—Sea como fuere, le hemos concedido la Orden de San Luis y le hemos armado caballero por los servicios prestados. Nuestro corazón se parte al tener ahora que decirle *adieu.*

César sonrió, satisfecho.

Carlos alzó los brazos, acercó a papá a su pecho y le besó en ambas mejillas.

Papá se incorporó.

—Ahora deberíamos almorzar —anunció—. No será un almuerzo tan exquisito como en París...

—*C'est la guerre.*

—... pero será adecuado; de eso, estamos seguros.

Todos fuimos a almorzar. Yo caminé al lado del papa.

—Parece que hemos extraviado a nuestro enviado —le comentó Carlos—. ¿Han visto al reverendo padre Allatri?

—¡Oh, sí! Hemos mantenido muchos y excelentes intercambios con él. Hace tan sólo tres noches que cenamos juntos.

—Lo sabemos, pero poco después parece haberse desvanecido. Hemos oído un rumor, infundado, de eso estamos convencidos, según el cual lo mantenéis preso en una suite de invitados en vuestro castillo de Sant'Angelo.

—Eso es absurdo. Juro por Dios que no está viviendo en Sant'Angelo. Lucrecia, tú estuviste sentada al lado del obispo y os llevasteis espléndidamente. ¿Te contó adónde pensaba ir después de la cena?

—Se fue a casa acompañado por una guardia de caballeros franceses —contesté, atendiéndome estrictamente a la verdad.

Aquella tarde, tras un almuerzo siciliano a base de lenguado con una salsa de olivas y tomates secados al sol, César vino a verme. Yo estaba en la biblioteca leyendo al calavera de Petronio.

—César, no has venido a leer, ¿verdad? Papá me contó que ya te habías leído todos estos libros.

César se arrodilló al lado de mi silla. Besó mi pantufla. Entonces tomó mi mano y me besó la palma. Luego sus labios se movieron por mi brazo.

—He oído que te has convertido en asesina por mí —dijo—. He venido para darte las gracias y para decirte que tu hermano te quiere.

—¿Dónde has oído eso?

—¿Que te quiero?

—Lo de que soy una asesina.

—La pasada noche me llevé a la cama a una mujer holandesa con un nombre espantoso que sólo puede ser propagado allende los diques. Hrotswitha era la puta habitual de Allatri hasta hace tres noches. Me contó que creía que tú habías envenenado a su obispo. «Sus labios sabían a almendras», me contó.

—A lenguado a la almendra.

—¿O a veneno hecho de extracto de almendra?

—¿De qué color es el extracto de almendra?

—Mis conocimientos no son personales, desde luego. Pero dicen que es azulado.

Respiré hondo.

—No se lo contará a nadie más, ¿verdad? —dije.

—Lo dudo. Por ti la estrangulé con un garrote de plata que *le roi* me regaló.

Suspiré, aliviada.

—¿Qué pasó con los cadáveres del obispo y de la holandesa? —pregunté.

—¿Conoces a D'jem?

—Por supuesto.

D'jem era el hijo vigésimo cuarto del Gran Turco, Baz al D'jet Ottoman. D'jem era alto, de nariz aguileña, cruel a conciencia y de un modo especialmente turco, y mantenido rehén resplandeciente en virtud de algún tratado turco-vaticano. Era el compañero de puteríos preferido de César.

—D'jem estuvo de acuerdo en enviar a algunos soldados tocados con feces. Les ordenó que trasladaran los cadáveres al castillo de Sant'Angelo, los metieran en una celda de la nueva sección del edificio de papá para la evasión secreta y luego tapiaron la entrada de la celda. Ahora ya son historia.

—¿Y los albañiles turcos?

—Muertos también.

—Papá dijo la verdad. Allatri no vive en Sant'Angelo.

Yo estuve pensando largo y tendido el tiempo que estuvimos sentados juntos después de su relato mientras él sorbía vino dulce. Me di cuenta de que sabía muy poco del funcionamiento del mundo y aún menos de la manera como funcionaban papá y César, aunque el amor que sentía por ellos no disminuyó, sobre todo desde que mi asesinato había sido sancionado por el Padre que está en los cielos. ¿Sabría más después de leer todos aquellos libros? Fuera lo que fuera lo que aprendiera de ellos, estaba convencida de una cosa: no debía olvidar jamás esa lección.


Se tiene por cierto y se rumorea en las calles de Italia, y se repite en montones de volúmenes eruditos y en baladas, que mi anillo envenenó a más prelados que apóstoles eran en beneficio de mi padre. Ése es mi mito, pero es mentira. Mi anillo sólo se cobró una vida más.

Por otro lado, el paso de Carlos por Italia dejó en ruinas toda la península durante décadas. Trajo consigo las semillas de innumerables destrucciones, terribles acontecimientos y cambios en todos nuestros asuntos de Estado: alteraciones del dominio, subversiones de reinos, el asolamiento de ciudades y países, y las más crueles masacres. Pero también trajo nuevas modas, nuevas costumbres, nuevas y mucho más sangrientas formas de lucha que reemplazarían nuestro estilo de guerra, caballeroso y parecido a una partida de ajedrez, y nuevas y desconocidas enfermedades –como la sífilis– que han matado a millones de italianos a lo largo de mi vida. Si Allatri hubiera vivido, ¿habrían sido nuestras penas aún más pesadas?

# Tres

No me enamoré de Dante hasta unos días antes de la invasión de Carlos. No de Alighieri personalmente, sino de su divina trilogía, que guardábamos en nuestra biblioteca. Cada pie y cada línea de su arquitectura tolemaica erizaron el vello de mi nuca como infantería a la luz de la luna, bien de miedo y terror, o bien al reconocer el corazón misterioso de la humanidad que el poeta tuvo el poder de exponer.

Durante las últimas noches, el libro de Dante, y Virgilio, su guía espectral, ha estado iluminando mi interior hasta tal punto que imaginé que veía el esqueleto de mi alma, proyectado desde allí contra mi piel. Y lo más pasmoso de todo ello, incluso más que la historia y los personajes, cada uno de ellos tan vívido como un nacimiento, era que estaba escrito en italiano. ¡Italiano! Sabía que mi mente se había hecho al griego y al latín, pero mi alma siempre respiraría en italiano. Nunca antes me había encontrado con un libro en nuestra lengua y sólo había visto alguna que otra frase breve en algún letrero o en alguna vulgar pintada en los muros de la ciudad. Ni siquiera había oído hablar de Petrarca. La gente ha olvidado que antes de la *Divina Comedia* de Dante no había existido el italiano. Se hablaban el veneciano, el toscano, el boloñés y cientos de otros dialectos derivados del latín y/o del griego a lo largo de toda la Bota, aunque ninguno de ellos tenía una aplicación literaria más allá de, digamos, «Marco Barbo es un mono» o «Vittoria Colonia tiene unas tetas grandes». Dante fue quien, en sus estrofas de tres versos, primero inventó una lengua común, de manera que cualquiera, desde la frontera suiza hasta el reducto más lejano de Sicilia, pudiera entenderla y escribirla. Juré que algún día escribiría un libro en italiano. Me pregunté cuántas plumas de ganso requeriría un libro entero. Quería convertirme en otra Dante; no es que me imaginara que fuera capaz de remedar su calidad, pero el simple hecho de ser capaz de llenar suficientes páginas de tinta a fin de crear un libro que alguien algún día fuera a leer me parecía un milagro. Quería escribir un libro italiano con la tinta más negra, garabateado sobre el tipo de papel vitela opalescente, el llamado «abortivo», que está hecho con la piel de corderos nonatos del Señor, pero con mi nombre en la cubierta, para que a ninguna futura niña pudieran decirle en la biblioteca de su papá que leer era pecaminoso. Decidí que algún día escribiría mi viaje a través de la vida, al igual que Alighieri había escrito su viaje luminoso a través de la muerte. *Quod est demonstrandum.*

La noche anterior había llegado al canto XXXIV del *Infierno*, la escena culminante en la que al fin Virgilio y Dante se enfrentan a Lucifer en la caverna de hielo de su noveno círculo, pero el alba interrumpió mi lectura y tuve que devolver el libro a su estante a toda prisa. Al escribir esto ahora, el recuerdo del canto XXXIV todavía crepita tan fríamente en mí después de tantos años que me hace estremecer con desesperación, tal como el poeta florentino cada día hace tiritar a cientos de nosotros, simples escribidores. Temblamos porque sabemos que nunca podremos ser el poeta que fue Alighieri por afiladas que sean nuestras plumas. Él tuvo la valentía de escribir hasta el noveno círculo, la caverna en la que se encuentran las justificaciones interiores de Satanás de sus males trascendentales junto con su razonamiento del dolor infinito que ha causado al mundo y al Dios que lo amó y que probablemente todavía le quiere. Sé que me falta el coraje para escribir hasta alcanzar la caverna final de César y Alejandro. Lo que me priva de valor es el amor. Amo a César y siempre le amaré. Amo a Rodrigo y a Alejandro, mi padre y mi Santo Padre, aún ahora. Les amo a mi manera y porque sé que Vanita les amó y les ama. En la entrada del noveno círculo de mi entendimiento de ellos está apostado el guardián demonio que nosotros, los poetas menores, suponemos que es el odio, pero que descubro que se llama a sí mismo «amor». Sin embargo, prometo que seguiré escribiendo hasta que la pluma se torne llama en mi mano. Le ruego a la Virgen que me deje alcanzar, por lo menos, el octavo círculo.

Me había maldecido a mí misma a lo largo de todo el siguiente día soñoliento por no haber leído primero el final, de lejos la manera menos pavorosa de leer un libro aterrador. De vuelta en la cama, tuve necesidad de saber cómo era el infierno, en ese instante, sin esperar a mañana. Por tanto, me levanté y me encaminé descalza hacia las puertas de nuestra biblioteca, atravesando la estancia de fríos suelos de piedra. Ya estaban abiertas cuando llegué. No me había pasado nunca antes. Entré aterrorizada por encontrarme con una monja dominica que me gritaba. Sin embargo, cuando empecé a abrirme camino entre las estanterías, entreví a la luz de la luna una figura dorada, con un punto rojo en la corona que llevaba sobre la cabeza, sentada a una gran mesa de roble al final de la imponente sala, encorvada sobre un par de volúmenes casi tan grandes como ella. Los documentos estaban abiertos transversalmente sobre la mesa.

—¿César?

La figura envuelta en ropa de dormir alzó la mirada.

—¿Lucrecia? —contestó también con un susurro—. ¿Qué estás haciendo aquí?

Me acerqué a la mesa y tomé asiento delante de él.

—No se lo contarás a las monjas, ¿verdad?

—A las brujas no se les permite el acceso —me contestó con rabia. Parecía estar hablándole a una rata.

Reconocí las primeras señales de uno de sus arrebatos. No los había dejado atrás con los años; no lo haría nunca. Temí que fuera a despertar a todas y cada una de las monjas del lugar. Sin embargo, cuando lo miré, coronado por la taciturnidad del cielo iluminado por la luna, sin decir nada, su mirada empezó a suavizarse. Entonces, sonrió con esa sonrisa tan suya, siempre tan hermosa, sostenida por aquella risita dulce.

—Te quiero, Lucrecia. Si lees acabarás en el infierno —dijo.

—Tal vez en el noveno círculo.

—Pero eres mi hermana. No se lo contaré a las hermanas.

No podía respirar. Había sido tan franco, tan directo, tan inesperado. César nunca había sido el tipo de hombre capaz de decir sin más algo tierno o algo colmado de un sentimiento inocente, por lo que pensé que debía ser simple y llanamente la verdad. No recordaba que alguna vez me hubiera dicho nada de aquel modo, ni a mí ni a nadie, aunque a lo largo de los años, con motivo de un cumpleaños o alguna celebración parecida, le habían forzado a decirme que me quería para recibir la aprobación pública. Hacía poco que me lo había dicho en agradecimiento por haberle salvado la vida, pero nunca de forma tan espontánea, tan despojado de intención egocéntrica. No lograba recordar ninguna ocasión previa en que se hubiera mostrado tan impulsivo. Estaba colmada de felicidad y calor seguro y protector. Miré a nuestro alrededor, a los miles de lomos iluminados por la luna, la mayoría de ellos blancos y de vitela.

—¿Has leído todos estos libros? —le pregunté.

—No lo sé. Nunca llevé la cuenta.

Me puse de pie y recorrí con paso rápido las estanterías.

—¿Éste? —dije señalando un libro.

—Sí.

—¿Éste de aquí?

—Sí.

—¿Y qué me dices de éste?

—¡Ajá!

Señalé las obras completas de Aristóteles en griego.

—Sí.

Un *Anábasis* y un *Septuagint*.

—Por supuesto.

Seguí señalando y César contestando que «sí» a lo largo de una docena o más de estanterías.

—Muy bien, entiendo. De la A de Acaeo a...

—A la Z de Zósimo.

—Los has leído todos, al igual que papá.

Yo ni siquiera estaba cerca de haber leído cien de todos los libros que había en la biblioteca durante mi año de lecturas a la luz de la luna, ni siquiera se me había ocurrido jamás intentarlo conscientemente. Más bien había cogido cualquier libro al azar que me había parecido interesante a primera vista o me había llamado la atención ésa o aquella noche —leí *Paraíso* antes que *Purgatorio*— y hasta estos días ha continuado siendo mi modo de elegir un libro. «Qué disciplina mental tan espartana deben de haber seguido sus lecturas —pensé— y en qué amplitud de espíritu debe de haber resultado.» Yo sabía que mi hermano era listo y recordé débilmente que habíamos leído *La leyenda dorada* juntos, pero al igual que papá, César había realizado la mayoría de sus lecturas en secreto; al menos, en secreto para mí.

—¿Qué estás leyendo ahora? —me obligué a preguntarle.

—Echa un vistazo —me dijo.

Empujó los dos tomos de vitela que había sobre la mesa hacia mí y los abrió.

—¿Qué ves?

—Veo un mapa de la Grecia antigua y otro de la Italia moderna.

—Por separado, sí. Pero ¿qué ves cuando los consideras en su conjunto?

—¿A qué te refieres?

—Lucrecia, no existe Italia, de la misma manera que antaño no existió una Grecia hasta que Filipo de Macedonia y su hijo, Alejandro Magno, crearon tal lugar. Al igual que la Grecia clásica, Italia está hoy en día dividida en muchas unidades políticas de dimensiones insignificantes o, según la construcción de Herodoto, en «islas sobre tierra firme». Hoy en día, Italia no es más que un vocablo soñado por las cabezas de Petrarca y Dante.

¿Dante? Me sorprendió que él también hubiera leído a Dante, aunque, por otro lado, había leído todo lo que había allí. De hecho, vi que el mapa de Italia estaba dividido en una plétora de regiones independientes y abigarradas a una escala móvil de tamaños, cada una de ellas gobernada por una ciudad-Estado o ducado emplazado en el centro de cada color: azul marino, Venecia; rosa, Florencia; azul oscuro, D'Este; verde, Bolonia, y otra docena de colores. Los de mayor tamaño eran, por supuesto, los Estados Pontificios, la «Donación de Constantino», todos ellos de un color amarillo brillante y circundados en oro, con la Ciudad del Vaticano en Roma. Los Estados Pontificios, cuyas fronteras coincidían, más o menos, con la Etruria antediluviana, comprendían una docena de ciudades antiguas y modernas, y ciudades menores, y cubrían la mayor parte del centro de la península. El mapa de Grecia, tierra primordial de los argivos, era parecido y estaba dividido en los colores de dominio del antiguo Corinto, Atenas, Esparta, Tebas, etcétera.

César movió la mano por la península griega, desde Macedonia hasta el Peloponeso.

—Sin embargo, Filipo el Βαρβοικοσ, el Bárbaro, padre de Alejandro, transformó este caos en Grecia y luego en un imperio, hasta que finalmente el griego se convirtió en el idioma de todo el mundo antiguo, antes de que lo fuera el latín. El hierro de su espada se transmutó en la lengua de su imperio. La lengua puede ser una maldición o una bendición; la lengua puede ser suave como un gatito. Pero la lengua primero es poder, e imperio, el poder supremo, un poema épico en la mayor lengua. Si no, ¿por qué molestarse en leer todo esto? El reino lingüístico de Alejandro fue el modelo precursor y el libro sibilino del Imperio romano. Lee *Oratio in Principio Sui Studii* de Valla, de 1456, en el que llama al latín *sacramentum auctoritatis*, el sacramento del poder; si no me crees —dijo señalando—, está allí.

—Lo haré.

—¿Ves esta biblioteca que tú y papá amáis tanto? Sé que la amas. Sé las veces que te cuelas hasta aquí. Pero ¿sabes quién la creó? ¿Sabes en virtud de qué poder existe?

—El papado de papá, continuando la labor iniciada por Nicolás y por una docena de papas que crearon el poder de Cristo y su Iglesia universal.

César se rió dulcemente.

—No. El Imperio romano la creó. El papado no es más que un espectro del poder romano. *Fasces romanum* (1). ¿No serás una de esas ingenuas que piensan que un campesino de Galilea fue capaz de crear un poder secular tan monstruoso como la Iglesia apostólica, verdad?

—Sí.

César bajó la voz aún más y se inclinó sobre la mesa, hasta que pude ver la copa de su solideo morado.

—Jesucristo tiene poder para crear y mantener un cielo, un imperio del espíritu, un punto sobre el que posiblemente mil millones de ángeles bailen. Sin embargo, en la tierra no se ha interesado ni ha intervenido visiblemente en la historia durante los últimos mil quinientos años. Desde la muerte de su hijo, Él se ha tornado un tipo demasiado trascendente para preocuparse por nuestra sucia existencia aquí abajo. Dios sabe que Él solía hacerlo. O al menos, con el tiempo, es el Dios en que Él se ha convertido. Tal vez en los días del Antiguo Testamento compartió un arbusto ardiente o un urinario con un devoto favorito, pero ya no.

—El reino del Padre se extiende sobre la tierra, pero los hombres no lo ven.

---

(1) En los tiempos antiguos los *fasces* eran un ramo de varas que rodeaban un eje. Representaban la autoridad de Roma. Las varas simbolizaban el poder del castigo; el eje, el poder de la muerte.

—Del Evangelio de santo Tomás. Pero la Santa Madre Iglesia ha declarado el libro anatema.

—Pero la Virgen, su madre, no estaba demasiado orgullosa de meter sus manos en nada que no fuera humano. Cuando él murió, ella le lavó la sangre de su cuerpo.

—Lucrecia, te has convertido en una teóloga secreta. Antes de que me pueda dar cuenta estarás tan loca como Hildegarda de Bingen. En parte tienes razón, por supuesto, pero la hija inmaculada de santa Ana no era Dios, ¿no es cierto? Tan sólo su sirvienta. Y un inquisidor te sellaría la boca con un hierro candente con sólo que pronunciaras una herejía como ésa en voz alta.

—Supongo que sí.

¿Podía la Iglesia de papá, me pregunté, torturar a la gente? Siempre supe que lo hacía, pero la conexión entre mi familia y la muerte rugiente nunca había surgido en mi mente antes. ¿Y adónde iba César con todo eso? Se me puso la piel de gallina.

—Lo que la era en la que vivimos sabe, perdida durante mil doscientos años, es que en tierra crean y gobiernan los hombres. Un buen día del siglo IV a. J.C., el emperador romano y hombre Constantino despertó. Lanzó una mirada a las docenas de templos de dioses romanos y griegos del foro. Se le ocurrió pensar cuanto más felices serían cada uno de esos dioses si él o ella era declarado el Único Soberano del Universo, de la misma manera que él, Constantino, estaba contento y debía ser considerado por el pueblo el único emperador absoluto. El dios César, que resulta que también era el *Pontifex Maximus* (1) de Roma. Buscó en su vasta biblioteca, probablemente muy parecida a ésta, a una divinidad que pudiera ser de la entonces blasfema opinión que él o ella era el único ser sagrado, un reflejo celestial del emperador Augusto César, Constantino en persona. Cayó sobre el Dios hebreo, cuyo carácter irascible y arisco y cuya incansable insistencia en la lealtad y el sometimiento resuelto a Él lo convertían, en un primer momento, en un candidato ideal.

—César, cardenal o no, te abrirían el estómago y te arrancarían los intestinos por ese comentario.

---

(1) Sumo Pontífice, el mayor y más venerado cargo de la jerarquía romana y también el título formal que se da a los papas. Los romanos tenían a Bruto por un criminal, no porque asesinara a un dictador —eso se consideraba digno de honor—, sino porque asesinó al *Pontifex Maximus*.

—Cualquier opinión que pueda tener sería una ofensa merecedora de destripamiento en un hombre menor, pero un hombre tan grande como yo será el destripador, no las tripas. Dios se hizo hombre, al fin y al cabo, para que el hombre pudiera convertirse en Dios.

Señalé hacia el estante de Sófocles.

—ψβρισ, hermano —dije.

—*Hubris* sólo es en Grecia... Pero al leer la Torá, Constantino encontró unas historias condenadamente buenas, aunque la entera empresa judaica le pareció al emperador demasiado difícil, demasiado complicada. Y luego estaba esa cosa fastidiosa de la circuncisión.

Me pregunté qué sería eso. Sentía oscilaciones de duda y admiración simultáneas por la llamativa brillantez que mi hermano debía de procesar para formular una hipótesis ingeniosa como la que me estaba presentando, fuera cual fuese a ser la verdad o mentira final de una parte o de toda ella.

—Pero el estudio de los judíos le condujo al historiador Josefo, que a su vez le condujo a los rumores escritos sobre san Juan de Jerusalén, el hermano de Jesucristo, que lo condujo a los Evangelios. «ψρικα», debió de exclamar.

—¿Eureka?

—Exactamente. Echó la vista atrás, recordando. Se golpeó la frente con la palma de la mano. «¡O sea que eso era lo que había en el cielo sobre el puente Milvio!» Convocó el Consejo Imperial y el Senado a una sesión y les comunicó que, a partir de aquel día, el Imperio romano sería el Imperio romano y cristiano, lo que entonces, no me cabe la menor duda, les dejó trastornados, pues el cristianismo seguía siendo primordialmente una religión de esclavos y de amantes de esclavos de corazón meloso.

—César..., eso es extraordinario. Deja que lea el libro en que encontraste todo esto.

—No está en ningún libro. Es mío.

César volvió la cabeza hacia el mapa de Italia.

—Y los antiguos romanos conquistaron Italia de la misma manera como Filipo el Bárbaro conquistó Grecia, ciudad por ciudad. Y desde Roma crearon su imperio dorado, reemplazando el griego por el latín. El Imperio romano de Constantino se construyó sobre la conquista de Italia.

—¿De verdad? ¿Cómo?

—El pasado es futuro, Lucrecia. Papá y yo haremos lo mismo. A partir de nuestra «Donación de Constantino», las partes de Italia central cedidas por Constantino al vicario de Jesucristo, san Silvestre I, en virtud de la curación que obró sobre la lepra del emperador, un trato milagrosamente dulce, y ahora conocidas como los Estados Pontificios, pintaremos toda Italia del color amarillo pontificio. Yo bruñiré la Bota hasta que alcance un brillo dorado. Y entonces, algún día, todo el mundo aprenderá el italiano de Dante a fin de ser capaz de entender a su nuevo césar. César es romano, no franco ni teutón. *Maximus*, no Maximiliano. El santo emperador romano tampoco deberá residir en un salvaje valle entre montañas, como hace ahora, en el país del *schnitzel*. El mundo dice que la nuestra será una nueva era augusta. ¿Cómo podrá serlo sin el nuevo Augusto?

—¿Tú? César, no estás en tus cabales. ¿Está papá dispuesto a llevar a cabo siquiera una parte de lo que dices? Además, la «Donación de Constantino» es una falsificación del siglo VIII, tal como lo demostró Valla en su *Tratado*. Es tan falsa como un monte de tres cartas.

César sonrió, esa vez con absoluta seguridad.

—Ya veremos —dijo—. La posesión, como dicen...

Jamás me había hablado así antes. Para mí, éste había sido un César enteramente nuevo y sorprendente, un César que se medía con Julio César o con Barbarroja. Lo miré. Apenas había alcanzado la mayoría de edad. ¿Qué otro hombre de su edad podría haber preparado una lección de historia tan persuasiva y brillante, dejando de lado toda verdad beata con la que nos habíamos criado —algunas de ellas grabadas con fuego en nuestros corazones desde el nacimiento— como si fuera ceniza en medio de una tormenta de viento? Pero tampoco era exactamente un hombre, a pesar de llevar el solideo de un príncipe de la Iglesia. ¿En qué se convertiría a los veinticinco, o a los cuarenta años, con tal comienzo? A su edad, Alejandro Magno había empezado a subyugar ciudades. Si un pobre muchacho hubiera hecho tal diatriba jactanciosa y susurrada, podría haber sido sencillamente —aunque innegablemente brillante— algo de lo que reírse. Pero ¿qué habría pasado si un hombre hecho y derecho lo hubiera dicho? ¿Hubiera sido tomado tal orador por un descarado o por el emperador incipiente? Tuve la visión de un césar colosal —una página dorada entera en un manuscrito iluminado— contra un horizonte azul, clavando el hierro negro como la tinta de su intelecto en las palmas de un mundo postrado y coronado de espinas. Recuerdo un temblor involuntario, como el que experimenté al leer por primera vez el canto XXXIV.

Más o menos simultáneamente a la invasión de Carlos, que por cierto fue en 1494, yo tenía catorce años. Había empezado a sumergirme en la condición de mujer con todos sus deseos, temores y presagios oportunos. Había olvidado, como suelen hacer todas las mujeres jóvenes, toda lección autoprotectora que pudiera haber aprendido desde la infancia. Había olvidado a Allatri y a su Hroswitha, y el papel que habíamos jugado César y yo en sus muertes y sus entierros. Tardaría años en recordarlo y por entonces ya sería demasiado tarde. Me había convertido, gracias a la Virgen, en una belleza. No es vanidad, o eso creo. Todos los hombres, los que amaban a las mujeres en todo caso, que visitaban el Vaticano —sacerdotes, o monjes, o seglares, desde anglos cubiertos de pieles hasta etíopes desnudos, y musulmanes, y bizantinos expatriados sobradamente cultos—, todos decían lo mismo. Todos fijaban su mirada en el lugar al que Allatri siempre pegó las suyas o, más a menudo, en mis pechos turgentes, que yo misma encontraba perfectos y lucía altos, tal como había hecho Vanita. Y no eran la única herencia que recibí de ella. Mis dientes eran de un blanco papal y ni estaban podridos ni a punto de caerse, a diferencia de los de la mayoría de las mujeres. Siempre llevaba la cabellera dorada como el sol suelta en una larga trenza que me llegaba hasta por debajo de la cintura. Mis ojos habían conservado su azul lapislázuli infantil. Mis pómulos eran altos también. Mi cuerpo se erguía esbelto, como el de los maniquís que había visto utilizar a nuestros sastres más elegantes, tanto para mostrar sus mercancías de la forma más favorable como para dar una impresión halagüeña a los ricos pero sobrealimentados de cómo aquellas vestimentas caerían.

Yo estaba de pie delante del entronizado papá, que llevaba su anillo, su mitra, su palio y su cruz.

—¡Pero es viejo, y feo, y gordo! —le grité al vicario de Jesucristo, con los ojos cerrados, la boca abierta, pataleando y con las manos cerradas en pequeños puños.

Papá ni pestañeó. Estaba muy acostumbrado a mis métodos para salirme con la mía y se había vuelto tan insensible a éste como a la mayoría de los demás. Tenía prácticamente el mismo aspecto de siempre, envuelto como estaba en su nube de ropajes blancos, aunque las patillas de su barba se habían tornado algo más níveas que antes.

También se había ido levantando en los años pasados desde su ascensión al trono de san Pedro un ligero abombamiento del abdomen. Sin embargo, seguía siendo un hombre atractivo, un atractivo que sólo se veía reforzado por la soltura adquirida en el decurso de mil entrevistas, luchas y sacros actos públicos con los que había asumido el poder. Al convertirse en pontífice e incluso al pelearse con Allatri, había utilizado su autoridad como un pintor de delicadas naturalezas muertas; un toquecito aquí, una pinceladita allá. Pero a medida que fue consolidándose en la silla de san Pedro —sobre todo después de Carlos VIII— se fue convirtiendo en un escultor megalítico, desbastando grandes pedazos de piedra cuando era necesario a fin de conseguir el efecto deseado. Parecía realizar esa transición de poder de forma natural, de la misma manera en que el estilo de cualquier artista se desarrolla, en un incomprensible abrir y cerrar de ojos, de una aparente insignificancia a un genio creativo. Por entonces, me pareció que llevaba su poder con la misma soltura que una garza real lleva su elegancia. Finalmente, estaba preparado para que César lo convenciera.

—Gordo de cuerpo, gordo de espíritu —citó papá calmosamente en respuesta.

Era uno de esos pequeños aforismos que le encantaba recoger durante su audiencia anual con unos cuantos cientos de mendigos sin hogar, arramblados de las calles de Roma por la guardia palatina; en el transcurso del acto, papá solía lavarles los pies *in imitatio Christi*. Siempre me había dado risa la idea del lavado de pies que efectuaba papá, hasta que descubrí que cuando un mendigo abandonaba la audiencia privada en la que había tenido lugar el lavamiento, él o ella lo hacía con una sonrisa de bienestar y felicidad que sólo puedo describir como beatífica, completamente distinta a sus características muecas de soledad y dolor. ¿Qué es lo que les hacía papá? Un día me colé sin que él me viera para ver cómo llevaba a cabo esos milagros parecidos a los de Jesucristo.

Papá sentaba a la indigente en un banco. Lavaba sus pies en agua caliente con la misma ternura con la que antaño Vanita se había preocupado por los suyos. Los secaba con paños limpios y los besaba dulcemente mientras hablaba con ella de las desesperadas minucias de la vida de la pobre mujer como si fueran los asuntos más interesantes que ese pontífice hubiera tratado jamás. La bendecía, le otorgaba el perdón de todos sus pecados y, finalmente, cuando la infeliz estaba a punto de marcharse, papá le deslizaba un florín de oro subrepticiamente –suficiente como para comprar un caballo o un año entero de comidas– en la palma de su sucia mano. La vagabunda se quedaba mirando fijamente su destello, maravillada, y el reflejo dorado iluminaba sus ojos de la misma manera, estoy convencida, que la gracia del Espíritu Santo iluminaba su alma. Entonces, una sonrisa beatífica se extendía por su rostro arrugado y quemado por el sol. «Estos pobres –dijo Jesús–, siempre han estado con nosotros.» Citando sus jugosos dichos, cuando yo estaba de pie delante de su trono, no cabe duda de que papá se sentía muy franciscano, pero sólo sirvieron para echar leña al fuego de mi ira.

–Lucrecia, nuestra niña insensata, debes hacer esto por nosotros.

–¡Lo odio!

Papá suspiró.

–Lucrecia, el conde Giovanni Sforza de Pésaro es un hombre sumamente encantador y poderoso. César ha visitado sus tierras en el salvaje Adriático por nosotros. Incluso ha examinado sus cuentas. Y es un Sforza, como también lo es el duque de Milán, a quien, de hecho, necesitamos como aliado.

–Que por cierto es más viejo, más feo y más rico, y tiene un ejército más poderoso que Giovanni –apostilló César, jovialmente–. Lucrecia, sé justa. Don Giovanni no es tan viejo ni tan gordo.

–¿Comparado con quién? –repliqué–. Tiene una década más que tú, y tú eres viejo. Yo sólo tengo catorce años. Y además es tan gordo como papá.

–Nosotros no somos gordos –dijo el papa, sorbiendo su pastel de crema–. Al menos, yo no lo soy. Dejo que el cuerpo de Dios juzgue por sí mismo. No eres más que una *audacula*.

–Y una *homuncula* –añadió César.

–Yo no soy una pequeña bruja agresiva, ni un hermafrodita. Soy una *virguncula*.

Me miraron sorprendidos, con ojos y bocas abiertos.

Estaba escandalizada.

–Es cierto que soy pequeña. Todavía estoy intacta y desencamada, maldita sea. Aunque atractiva. ¿Qué?

Seguían mirándome boquiabiertos.

–¿Acaso no creéis que sea virgen? –chillé, indignada.

–¿Qué demonios es una *virguncula*? –preguntó papá–. ¿Y cómo sabes tú lo que es? ¿Es griego, latín, hebreo, bárbaro?

—Latín. Si me escucharas, te contaría lo que significa. Significa «pequeña y casta virgen».

—¡Ah! —dijo papá con una sonrisa orgullosa.

—¡Ah! —dijo César—. Ya lo sabía.

—¡Ah! ¡Qué alivio! —salió del conde de Pésaro con un suspiro.

Mi hermano estaba al lado de Alejandro. César había cumplido las promesas de su joven mayoría de edad en todos los aspectos físicos que yo podía decir haber cumplido también. Era alto y erguido como un árbol joven. Sus llamativos ojos atravesaban la estancia como unos grifos azules al acecho de su presa. Su cabello se ensortijaba en una corona dorada. Aquel día, como tantos otros, vestía un traje de paño dorado oriental, que se ajustaba a su cuerpo como una segunda piel. Llevaba el traje sobre unas medias francesas de color amarillo, que, tal como dictaba la moda gálica entonces, resaltaba con elegancia su fino muslo, cuya fuerza ninguna mujer era capaz de pasar por alto. Y finalmente, debo decirlo, la perfección de la belleza: en la confluencia de las calzas asomaba con fuerza una espectacular bragueta que daba alas a la imaginación, como si la cabeza cortada de un enemigo hubiera sido escondida allí para su subsiguiente reanimación por el roce de una mano femenina. El único rastro que quedaba del cardenal de Valencia era la aureola de su solideo carmesí. Se había convertido en un hombre dramáticamente bello que de sobra conocía su condición.

—Don Ludovico Sforza, el Moro, y Gian Galeazzo Sforza, el duque de Milán, tienen a su orden a miles de tropas leales y suficiente oro como para hundir una flota —dijo César—. Asimismo, gozan del profundo respeto de Carlos VIII. Carlos jamás volvería siquiera a soñar con atacar a papá si el Moro fuera su yerno.

—«La noche es la hermana más agradable del día» —salió del conde de Pésaro, que había estado escuchando pacientemente mis insultos sin hacer ningún comentario hasta entonces. Estaba justo a la izquierda, debajo del trono de papá.

«Otro maldito proverbio inmundo», pensé. Sin embargo, César y papá, como si sólo buscaran la aprobación de la sierra trillada de ese marinero, señalaron hacia el aforismo. Allí estaba. El conde Giovanni Sforza de Pésaro, dos caras de grasa de ballena ondulante tan arrugada como la momia de un faraón.

Estoy siendo injusta. Tan sólo tenía treinta o treinta y cinco años.

Sólo era gordo comparado con César, pero la opinión de una adolescente del aspecto de un hombre es ipso facto injusta, a no ser que se trate de un dios como era mi hermano. Para aquella ocasión formal, Giovanni se había enfundado en su armadura, que le confería el aspecto de un capón de hierro fundido, con unas plumas de color naranja despuntando de su yelmo en forma de pico. Cada vez que hacía un gesto, sus plumas se movían, y él emitía un sonido metálico. Para mi sorpresa absoluta, había llegado temprano la noche anterior, el 12 de junio de 1494, junto con un séquito tintineante de más o menos 120 soldados pesaranos fuertemente armados y sin afeitar, que apestaban a queso mohoso de Aciago di Montegrappa, a *tocai* friulano pasado y gambas echadas a perder. Nadie se había molestado siquiera en informarme de que sería presentada a tal *pulchinella*, ni qué decir de que iban a prometerme a él. La Ciudad del Vaticano se había sumido en un alboroto durante toda la noche por culpa de los soldados de don Giovanni, que, al provenir de familias marineras de las costas lombardas, eran lo más parecidos a pulpos en tierra a los ojos de todo romano, incluso más que los vikingos, que apestaban a bacalao. Estos lombardos –que vestían, montaban o llevaban trabucos de sus bisabuelos con los que lanzaban canicas de cristal capaces de partir cráneos, manguales en miniatura y ganchos, cotas de malla, arietes, confalones, alabardas, ballestas, picas y catapultas desvencijadas– procedieron alegremente a cumplir con su reputación batiendo las puertas de las bodegas del Vaticano y disparando sus trabucos al vinatero entre los ojos antes de la puesta de sol. Luego, bebieron hasta emborracharse perdidamente y pasaron la noche aullando como albatros adriáticos, deslizándose por las lisas barandillas del Vaticano, montando sus rocines a través de las ventanas de un segundo piso –llevándose consigo los valiosos cristales de vidrio veneciano– y violando alegremente a toda monja o monaguillo, y robando todo monedero que se pusiera en su camino. De hecho, nueve meses más tarde hubo un torrente de bebés que olían a pescado que se correspondía con el número del personal femenino del Vaticano, que convirtió uno de los claustros en una guardería. Realmente un milagro. Los guardias palatinos intentaron controlarlos, pero los lombardos los atacaron con todas sus armas anticuadas, toneles de vino rotos, puños y dientes. Todavía hoy, si uno se fija, hay marcas de dientes en las muñequeras de varios de los guardias más antiguos. A medianoche, papá ya había tenido suficiente. Se levantó, recogió a

César en su estancia y junto a él irrumpió en el dormitorio suntuoso de Giovanni.

—Mi estimado señor de Pésaro —le gritó papá al soñoliento Giovanni—. Sus hombres han perdido los estribos. Haga el favor de salir inmediatamente y frénelos. O al menos, átelos.

—¿Qué?

—Enjaule a sus hombres; se han vuelto locos.

—Perdóneme, Su Santidad —murmuró—. Tradicionalmente, los soldados lombardos son alegres, viajen adonde viajen.

—¿Alegres? ¿No cree que la bronca que han armado sus gorilas va más allá de la mera alegría?

—Bueno, Su Santidad, realmente no; no, para los lombardos. Los soldados del Moro son todos lombardos, y démosle gracias a Dios por ello, ya sabe; es por eso por lo que Carlos les teme.

Sin embargo, llegados a ese punto oyeron los gritos, procedentes del patio, de varias monjas —algunas aterrorizadas, otras extasiadas—, mujeres con las que los lombardos, por lo visto, se mostraban extremadamente joviales. Giovanni suspiró, resignado; se levantó, y él y César abandonaron la estancia juntos. Poco después se detuvieron en las escaleras del patio, donde la mayoría de las tropas de Giovanni estaban sumergidas en un caos ebrio. Papá y yo mirábamos desde el balcón del dormitorio.

—Soldados leales —gritó Giovanni—. Es hora de irse a la cama.

Los lombardos se quedaron inmóviles y se volvieron para mirar a su señor y a César. Giovanni parecía creer que las tropas lo iban a matar.

—¿Y tú quién eres para darnos órdenes, gran cobarde? —soltó uno de los soldados.

«Se supone que estos hombres —pensé—, van a ser mis súbditos.» Entonces, los asesinos tocados con turbantes de D'jem eran preferibles.

Muchos son los que han rumoreado que Giovanni era un cobarde, sobre todo enfrentado a papá, pero en mi experiencia era una afirmación injusta. Era valiente; simplemente era un hombre más dulce y desprovisto de esa *virtute* bravucona y falsamente masculina.

—Están muy borrachos, ya sabes —le susurró Giovanni a César—. Creo que lo mejor será que los dejemos solos hasta que pierdan el conocimiento, lo que no puede tardar mucho. ¿Cuánto daño pueden hacer, relativamente hablando, ciento veinte de ellos en un lugar tan grande como éste?

–Pero es que llevan borrachos desde que llegaron a Roma y hasta ahora te han mostrado obediencia.

–Sí, pero desde la puesta de sol han estado mamando hasta llegar al punto de perder la cabeza. Son marineros lombardos, ¿sabes?, descendientes de piratas de Ítaca. Nosotros les llamamos «tiburones con dos piernas». Ni el mismísimo Ulises sería capaz de controlarlos cuando están tan trompas.

–Eso lo veremos –dijo César, bajando las escaleras que conducían al patio hasta que estuvo entre los soldados–. ¡Soy el señor César Borgia! –gritó con tanta fuerza que sus palabras retumbaron contra los muros del patio.

–¿De veras, su señoría? –rebuznó uno de los borrachos lombardos–. ¿Quiere que le bese su culo dorado? ¿O le gustaría besar el mío?

La mirada de César se desplazó por el círculo de hombres que lo rodeaban. Identificó al que había hablado y se acercó a él hasta que estuvo a un pie.

–¿Eres el capitán de estos cerdos? –preguntó.

–Así es.

–Si hay un culo que besar aquí, tú deberías ocuparte de dar los besos. –César hizo una pausa cuando el capitán echó un bufido y un escupitajo resabiado–. ¿Crees que podrías matarme, capitán?

El capitán sonrió burlonamente.

–¿Por qué no?

–Haré un trato contigo. Si puedes matarme, hazlo. Aúlla hasta el amanecer, fóllate a todas las hermanas, fóllate a la madre superiora, fóllate a tu madre, bebe hasta que tus tripas revienten.

–¿Quiere luchar conmigo, su señoría?

–Te lo pondré más fácil todavía.

César desenvainó su espada de empuñadura de oro. Todos los lombardos desenfundaron la suya en respuesta, excepto el capitán. Entonces, César le ofreció la espada por la empuñadura, y el capitán la tomó tambaleándose ligeramente. César se desató su batín dorado y colocó la punta de la espada contra su propio pecho, justo encima del corazón.

–Este burro en particular es el hijo del vicario de Jesucristo y, por tanto, nieto del Señor de la eternidad.

–¿De veras, su señoría? Vaya, vaya.

–Mátame si puedes.

El rostro de César se quedó congelado en algo semejante a un pico de hielo bien parecido, y sus ojos, totalmente vacíos y tan fríos como el noveno círculo.

Desde la ventana que daba al patio vi palidecer al capitán hasta adquirir un tono lunar. Entonces, con un visible esfuerzo, volvió a reunir todo su coraje y consiguió exhibir una débil sonrisa. Se tambaleó; luego su brazo se tensó con la determinación de remachar el clavo. Pero cuando se disponía a hacerlo, le vi mirar a los ojos de César.

—Adelante —dijo César suavemente—. Te prometo que no habrá castigo. Todo lo que se exige de ti es que reúnas el coraje suficiente como para mover tu mano seis exánimes pulgadas. La longitud de una gran gamba.

La espada tembló. Entonces, el capitán recobró el valor y se dispuso de nuevo a dar la estocada. Pero en lugar de darla, se quedó inmóvil por un instante. Dejó caer lentamente la espada de César mientras su cuerpo temblaba y su sonrisa se disipaba como un carámbano rezumante bajo la mirada de mi hermano. Yo lo contemplaba todo desde mi ventana, incapaz de respirar.

—¿Quién soy? —preguntó César.

—¿Co... cómo? —tartamudeó el capitán.

—¿Quién... soy... yo?

—Eres el señor César Borgia.

—¿Y quién es él?

—El hijo del vicario de Jesucristo y, por tanto, nieto del Señor de...

—La eternidad.

—... la eternidad.

—¿Y cuál es la única actitud adecuada que puede adoptar un desecho, cebo de los cangrejos, como tú ante un hombre así?

El capitán se postró de rodillas y dejó caer la espada en el pavimento con estrépito. César recorrió el círculo entero de lombardos. Cuando llegaba a cada uno de los «tiburones de dos piernas», el hombre en cuestión intentaba mirar a César a los ojos con toda la bravura que era capaz de reunir, pero no podía, por borracho que estuviera. Entonces, se postraba de rodillas ante mi hermano.

Cuando todos estuvieron postrados de rodillas, lo ovacionaron con un bullicio de borrachos.

—¡Viva el gran señor César Borgia!

—Idos a la cama —dijo César calmosamente.

Todos los lombardos se incorporaron a la vez y se fueron tambaleándose y murmurando alegremente en dirección a los establos del

Vaticano, en los que entonces estaban evidentemente contentos de ser encerrados por los magullados, mordidos y exhaustos guardias palatinos. Giovanni, boquiabierto, miró de hito en hito a César cuando éste pasó por delante del señor de Pésaro y subió las escaleras que conducían a su estancia. Desde mi ventana recordé lo que César le había dicho a papá en una ocasión, muchos años atrás, acerca de las ratas del Vaticano: que era capaz de someterlas con una simple mirada, que con sólo mirarlas a los ojos las asustaría tanto que se morirían. César acababa de introducir una rendición similar en los ojos de aquella panda borracha de monstruos marinos. ¿Cuánto tardaría —era un hombre adulto, aunque todavía joven— en obligar al mundo entero a postrarse de rodillas ante él?

—Dios Todopoderoso —murmuró papá, que se encontraba a mi lado en el balcón—. Este chico es un Borgia, un joven Octavio para mi Julio.

—¿O un Tolomeo para tu Alejandro?

Papá frunció el ceño.

Dos días más tarde, por la mañana, volví a encontrarme ante el trono de papá con el valiente César y con el conde Giovanni de Pésaro enfundado de nuevo en una armadura, que, según descubrí, había tomado prestada del Moro, al que le habían hecho cientos de todas las tallas a medida que perdía y ganaba peso. Volvían a estar presentes algunos guardias palatinos y, esa vez, un pelotón de tiburones moderadamente bien educados. Estaba deseosa de llevar adelante lo que sabía, incluso entonces, había sido una representación cándida y malograda. Como ya dije anteriormente, Giovanni no era realmente tan viejo. Y sabía que la mitad de las princesas de Europa habían contraído matrimonio cuando tenían mi edad, e incluso siendo más jóvenes, con hombres ricos o poderosos tan mayores y rellenitos como el mercader alemán san Nicolás. Pero ésa era la única vez que estaba en posesión del poder y quise, pues, influir sobre mi destino personalmente. Papá siempre se había mostrado tan sentimental con Vanita; si lograba despertar en el recuerdo el sentimiento que había tenido, entonces tal vez podría salirme con la mía, quitarme de encima aquel chantaje acorazado y casarme con el sir Galahad de mis sueños, un hombre como César.

—Si nos casáramos —dijo Giovanni aquella mañana en mi dirección desde el interior de su casco, pese a que resultaba difícil determinar en qué dirección exacta estaba vuelta su cabeza dentro del yelmo—, a lo mejor pasaríamos tanto tiempo en la cama que me despojaría de las pulgadas que me sobran gracias al ejercicio. Es posible que llegue a perder una década ejercitándome. Entonces seré tan esbelto y eternamente joven como Paris de Helena.

Giovanni tenía buenas intenciones. Lo percibí en su tono de voz, que entonces tenía un eco ligeramente metálico. Por poco atractivo que me pareciera, no había ni rastro de arrogancia ni de rencor que acompañara a aquella voz madura, cuya buena voluntad sin pretensiones, debo confesar, sólo hizo que espolear mi inmadurez para despreciarle aún más.

—Confío en que no vaya a perder esas pulgadas críticas, mi señor de Pésaro —dijo César, reprimiendo una risita—. Mi hermana las va a necesitar para alcanzar la dicha.

Tal vez fuera hermoso, tal vez fuera un cardenal matador de tiburones, pero qué palurdo podía llegar a ser César. Los tres hombres se rieron como colegiales de su pequeña broma.

Decidí poner fin a sus odiosas risitas.

—¿O sea que queréis que ame a un cerdo? —les pregunté mirando directamente hacia el hierro protuberante—. ¿Queréis verme desgarrada entre mis dos piernas alzadas como una marrana decepcionada por la pulposa pija de cerdo de éste?

Las risitas del trío se extinguieron. A fin de subrayar mi postura volteé mi trenza dorada, que centelleó al sol que entraba por la ventana con su propio oro, así como con una profusión de diminutos zafiros entretejidos en toda su longitud. Me llevé la mano a la cintura, pues sabía que acentuaba mi esbeltez. Me volví en mi vestido largo, también bordado con zafiros y ceñido por la cintura con un cinturón dorado colgante, que hacía juego con mi cabellera. Más zafiros, éstos grandes, pendían de mis orejas y de mi delgado cuello. Al girarme, sus facetas lanzaron un arco iris de azules. En ese momento, alcancé todo mi poder —que todavía me parecía nuevo en todo su ardor virginal aunque seductor—, del que era muy consciente. Tal vez César tuviera sus poderes, pero yo sabía que estaba lejos de ser impotente. Tenía la confianza de que mi cuerpo, yo misma, también sería capaz de matar a unos cuantos tiburones y quería mostrarles a esos gallitos que al reírse de su fuerza nada despreciable corrían un riesgo. Sin embargo, el corral todavía no había acabado conmigo.

—Hija mía —dijo papá—, el amor romántico, algo de una belleza reconocida pero inútil por sí mismo, debe someterse a la voluntad de Dios. Ha sido así desde que Adán y Eva, desnudos en el Edén, cedieron a la voluntad divina. Entonces se vistieron con un paño de votos matrimoniales, dejando a un lado los deseos carnales que hasta entonces habían sentido por la carne nada amable del otro. Aquel deseo, cogido del árbol por Eva por orden de la serpiente, fue la manzana de su destierro del Edén.

—Papá, eso es una terrible chapuza de analogía, y tú lo sabes —repliqué—. Mi madre y yo estamos avergonzadas de ti. Incluso un benedictino sofista borracho en un manzanal estaría avergonzado de hacerla.

—Que sea como debe ser...

—En la casa de mi madre, cuando yo era niña —proseguí—, me prometiste al hombre de mis sueños, tal como ella tuvo al suyo. —Volví a mirar hacia el amable gallináceo de hierro—. Hay quien sueña.

—Dicen, hermana mía, que el gran Agamenón era grueso —dijo César—. A lo mejor nuestro joven conde es como él.

—¿Quiere eso decir que quieres que yo sea otra Clitemnestra y corte la yugular del conde mientras éste se halla en la bañera?

Un silencio mortal se apoderó de la estancia, salvo por el delicado y nervioso tintineo metálico de Giovanni. Fue entonces cuando vino. Empezó, como solía hacerlo, con un pataleo. Sus pies patalearon con toda la fuerza y rapidez de la que era capaz el suelo hueco de madera del entarimado que soportaba el trono de papá emitiendo un salvaje tamborileo. Luego, llegaron los chillidos que parecían empezar por sus pies vestidos de piel de cabrito y propagarse desde allí a través del resto de su cuerpo, como si la trompeta anunciadora del juicio final de Gabriel sonara desde el interior de una bota de vino húmeda.

—¡Yo lo recuerdo! ¡Aquel día en Subiaco yo estuve presente! —por fin la voz enrabietada salía en sílabas de la cabeza de César—. ¡El Santo Padre te prometió el hombre de nuestros sueños! ¡Y nosotros hemos soñado con el gordo Sforza!

—César, por favor —dijo papá con condescendencia.

Sabía que eso era todo lo que podía hacer. Una vez empezaba el berrinche, como en la infancia, la única política que podía seguir era esperar hasta que se extinguiera por sí mismo. Si César iba a reaccionar a una situación con aplomo calmado y preternatural, tal como había hecho con los lombardos, o si, en cambio, iba a estallar en una de sus rabietas y avergonzar a todo aquel que estuviera en su campo auditivo, siempre parecía estar enteramente a merced del azar. Recuerdo a papá y a mí haciendo apuestas acerca del desenlace, pero al menos sabíamos que un arrebato, en ese o aquel momento tenso, sería totalmente impredecible. Por tanto, esperamos. Giovanni traqueteaba, expectante. Yo me quedé de pie; mi trenza y mis zafiros centelleaban. Papá se quedó sentado en el trono. César vibraba como una barra de oro resonante.

—Lucrecia, hemos hecho un juramento a este hombre —prosiguió papá finalmente—. ¿Acaso quieres que Jesucristo rompa su palabra sagrada?

—Pero papá...

—Ama a este hombre, y nosotros te amaremos más de lo que he amado yo hasta ahora.

—Papá...

—Niégate, y puede ser que nuestro amor se muera, al igual que murieron las semillas arrojadas a la zanja de la parábola.

En ese momento, me atravesó una ráfaga de miedo y cólera.

—¿Como murió tu amor por mi madre?

No pude remediarlo. Durante todos aquellos años transcurridos, jamás se lo había echado en cara, pero entonces sentí que había llegado el momento.

Me di cuenta de que había sido una equivocación, no sólo porque lo único que conseguí fue encolerizarle y cerrarle a cualquier argumento e incluso sentimiento honesto que yo tuviera, sino porque le hice daño, tal como supongo que había sido mi intención. Volvió la cabeza hacia un lado para que no pudiéramos ver sus lágrimas. Vi la resolución —la resolución que yo sabía impenetrable— posarse en sus hombros. Yo le había visto aprenderla al mismo tiempo y ritmo que aprendió a llevar su poder. Esa maldita resolución me encolerizó también, porque descubrí que todas mis artimañas femeninas no me iban a permitir escaparme ni escabullirme de ella. Era tan inútil luchar contra ella como contra el Juicio de Dios.

—Sí. Elige, joven condesa.

Lo miré perpleja. Papá se había convertido en piedra. Miré a César, que estaba a su lado; podía ver la fuerza de la voluntad de mi hermano de llevar a cabo esa alianza con Gian Galeazzo y el Moro como si goteara de él inundando todo el suelo. Evidentemente, Pésaro sería su primera conquista, tomado mediante despliegue estratégico de mi carne. Sentí que los huesos de mi nuca temblaban y se ablandaban. Bajé la cabeza ante lo inevitable, de la misma manera como Vanita bajó la suya en la basílica el día de la coronación de papá.

—Aquí estoy —fue todo lo que se me ocurrió decir.

Mi padre y mi hermano sonrieron. Giovanni estaba tan encantado que la boquilla de su yelmo pareció abrirse en una sonrisa. César se apresuró a bajar la escalinata del trono, corrió hacia el gallináceo de hierro, que por entonces tintineaba atolondradamente soltando felices carcajadas autocomplacientes, e intentó envolver a Giovanni con sus brazos. Sin embargo, Giovanni, enfundado en su cascarón blindado, estaba demasiado hinchado para que César pudiera rodearlo.

—¡Hermano! —exclamó César, no obstante.

—Mi nuevo hijo —se unió papá a César.

—Mi nueva familia —tintineó Giovanni a la vez que se volvía para poder abarcarnos a los tres a través de su visera—. Qué pandilla tan linda de Borgias.


Recuerdo al menos un mes de preparaciones de boda. Todas las grandes damas de Roma, un grupo impresionante, me ofrecieron fiestas durante las cuales me llovieron los regalos, y en las que cada gran dama intentaba superar a las demás en precio y rareza. Me llegaron brocados y tapices exquisitamente tejidos desde Francia, Persia y Tierra Santa. Uno de ellos, que llevaba bordado un dragón feroz como animal doméstico de Moloch, incluso llegó con un barco negro portugués desde el misterioso Japón. Recibí animales disecados con colmillos curvos de climas que ningún europeo había visitado jamás; el colmillo de marfil de un unicornio de origen hídrico traído de la zona septentrional más lejana (dicen que el sol no sale allí durante meses por el miedo de Apolo a que el frío lo apague); cofres llenos de especias raras y preciosas y tés de más allá de los límites de la tierra; una enorme bestia viviente con un gran cuerno en la nariz que, al parecer, provenía de las tierras al sur del vasto Sahara. Este *rhinoceros* era tan grande como una vaca, y su piel, tan gruesa como la corteza de un árbol. La anciana cortesana que me lo regaló dijo, además, que no era más que un cachorro de su especie. La bestia me miraba tiernamente y ladeaba la cabeza como si fuera un niño gigantesco que le preguntara a su madre sobre las raras costumbres de este mundo.

—Rezo porque tengas hijos tan grandes y sanos como él —cacareó una vieja arpía.

—Pero espero que tengan una piel más suave —repliqué.

Lo puse al cuidado de los guardias palatinos, y ellos lo instalaron en sus establos, donde hasta este día sigue siendo su más querida mascota. Ha alcanzado, estoy segura, el tamaño de una dependencia real. Le puse el nombre de *Xerxes* al bebé gigante porque iba bien con su piel seca y áspera, y sonaba como el sonido que emitía cuando estaba contento. Todavía hoy son cientos los peregrinos andrajosos que lo visitan diariamente en la Ciudad del Vaticano. También recuerdo a papá presentándome a la multitud desde el balcón con Giovanni a mi lado. Se había reunido en la plaza de San Pedro un domingo para bramarme su consentimiento.

—¡Ah!, ¿lo ves? Me quieren —dijo César, de pie al otro lado de mi conde y futuro esposo.

—César, esto es por mí —repliqué envuelta en mi vestido de color borgoña, adornado con perlas del mar Arábigo—. Es por mí y por mi prontamente esposo, engreído montón de vanidad.

—¿Eso crees? —dijo César—. No seas tan ingenua, tonta del bote; nadie vitorea a una estúpida perra como tú al menos que se la esté follando. —Y se rió—. O tal vez allá abajo todos se imaginan que lo hacen.

—César —dijo papá—, sé que no lo puedes remediar, pero intenta no ser un cerdo.

—Tienes razón, papá. Lo siento, hermana.

—Don César —dijo Giovanni—. Los vítores son por ella. Se alegran por su futura felicidad.

Miré a Giovanni. Bueno, parecía que había sitio para mucha bondad en él. Recuerdo la compra de todos y cada uno de los artículos de mi ajuar. Creo que es algo que les pasa a todas las mujeres que se casan jóvenes. Una docena de sastres y tres docenas de costureras milanesas —enviados por el duque y el Moro— invadieron mi estancia, incluso en mayor número que con motivo de la coronación de papá. Consigo trajeron telas, montones de ellas; cada rollo parecía tener valor suficiente para pagar el rescate de un rey. Además de las telas había unas enormes pieles de color marrón oscuro; el sastre dijo que las convertiría en abrigo, y así fue. Dijo que provenían de la cima blanca del mundo y eran tan suaves como el vello de los ángeles. Recuerdo cada momento de mi primer día de boda, menos de un mes más tarde. Recuerdo el preciso instante en que desperté, cuando el sol que entraba por una lama de mi contraventana me cegó. Pensé que aquél iba a ser el último sol que recibiría siendo todavía una niña. Pensé en Vanita, y el resto del día se llenó de pensamientos que iban y venían dirigidos a ella. Estaba triste por ella porque nunca llegó a compartir un día como aquél con papá. Cada una de las personas con las que me crucé aquel día me felicitaron con una sonrisa de complicidad, como si estuviera a punto de tropezar con la más deliciosa sorpresa. Incluso los hombres —en su mayoría sacerdotes del Vaticano— me miraron de una manera distinta aquel día. Ninguno parecía capaz de resistirse a soltar una risita descarada y sucia al pasar por mi lado, pese a ser hombres que acostumbraban hacer una reverencia de cortesanos consumados. Hay algo en un día de boda que parece anular todas las habituales normas de cortesía y las reemplaza por las normas, más honestas, de una casa de putas. ¡Démosle gracias a Dios porque existen las casas de citas! Toda esta expectación sensual ejerció cierto efecto sobre mí. Empecé a anticipar los primeros momentos del amor de mi esposo con un torrencial deseo físico. Recuerdo el almuerzo de la novia —justo después del amanecer— con César y papá. Eché de menos a Vanita. Sin embargo, padre y hermano actuaron como si estuvieran gloriosamente felices por mí, besando de forma constante mis ojos y mis labios. Al echar ahora la vista atrás, me pregunto cuánta felicidad había por mi nueva situación y cuánta autosatisfacción y felicitación por la conquista de Lombardía y la adquisición de las armas de los Sforza. Sabía que al menos en parte era así, pero, por entonces, mis esperanzas y deseos habían ahuyentado cualquier pensamiento depresivo de mi mente. Hubo un momento, justo cuando terminó el almuerzo, que sé que fue absolutamente genuino.

Papá me tomó en sus brazos y volvió a besar mis labios; saboreé el alcohol del dulce moscato del almuerzo en ellos.

—Eres tan hermosa como llegó a serlo tu madre alguna vez —me susurró al oído, con su mejilla apretada contra la mía y el duro cepillo masculino de su barba restregándola—. Más hermosa. —Volvió a besarme una vez más y sentí la pasión que, temblorosa, atravesó todo su cuerpo hasta llegar vibrante a mi boca—. ¡Ojalá estos labios fueran los suyos! —susurró—. Parecen los suyos; su forma es como el higo reventado de los labios de Vanita. Cada vez que te miro, veo a mi amor. Cada día de mi vida he deseado poder disponer de veinticuatro horas con ella, tal como va a tener Giovanni contigo ahora, en este día y en la noche que le seguirá. Incluso en este momento, aunque resulte detestable siquiera pensarlo, la deseo. Desearía haberme acostado con ella cada noche de mi vida. Hubiera llevado una vida más feliz. ¿Acaso me he vuelto malvado para darme cuenta ahora, precisamente ahora, cuando ya es demasiado tarde?

Estaba a punto de responder —sólo Dios sabe lo que hubiera dicho—, pero papá alzó los brazos.

—No hace falta que contestes —dijo—. Lo siento, he brindado demasiadas veces y demasiado temprano en tu honor.

Precedido por Mambrino, el famoso cómico envuelto en un traje de terciopelo y tocado con una gorra dorada, y anunciado por el sonido festivo de flautas y trompetas, el séquito del novio se movió lentamente por la vía del Corso, pasando por la basílica de San Marcos, a través de las multitudes en el campo Dei Fiori, cruzando el puente de Sant'Angelo y llegó finalmente a Santa María del Pórtico, donde yo les esperaba. En cuanto escuchamos las trompetas del novio, las tías Giulia y Adriana me enviaron fuera con papá a fin de que esperara en una de las logias de Santa María que daba a la plaza de San Pedro para que el pueblo pudiera verme. Los miles de rostros vueltos al cielo me desconcertaron. ¿Qué era lo que todos esperaban ver? Yo sólo era consciente de la presencia de una niña y su padre. ¿Bastaba yo? Desde luego, estaba tan suficientemente vestida como mi prometido. Llevaba un vestido color marfil de seda mesopotámica de Bagdad, adornado con cientos de diamantes tallados bordados en Milán con la forma de leonas orientales del desierto. Tenía una cola con bordes de piel sostenida por una muchacha pigmea de dos pies de altura que provenía del sur del nacimiento del Nilo.

—¿Quién eres tú? —pregunté.

—Soy la virgen negra, señora. Me han traído de África para sostener su vestido.

Una virgen apóstol para llevar mi cola. Era, pues, realmente una princesa celestial. El resto del mundo se esforzaba por ser Jesús; esa diminuta discípula me bastaba. Mi vestido llevaba además bordados de hilo dorado, que entonces causaban furor. Me sentía como una falúa real avanzando. Sonreí a la muchedumbre tal como me habían ordenado que hiciera. Me gritaron su aprobación.

Pronto vislumbré a mi capón de Pésaro. Se había vestido con una túnica de paño dorado de Turquía, con un cuello de rubíes y perlas que le había prestado el marqués de Mantua. Refrenó su caballo y me saludó. Yo le devolví el saludo con una reverencia. Mi carga era tan pesada que mis piernas se doblaron por el esfuerzo de volver a incorporarme. Entonces, Giovanni desmontó y entró en el pórtico. Papá me condujo de vuelta al interior y se escabulló hacia uno de los salones del trono del palacio apostólico, el que guardaba el retrato de él adorando al Cristo ascendiendo a los cielos realizado por el maestro Pinturicchio en tamaño natural. Esperamos a que papá ocupara su puesto en el trono y luego nos dirigimos en procesión al salón del trono. Primero yo, luego la tía Giulia y la tía Adriana, seguidas por ciento cincuenta damas nobles romanas, todas nosotras conducidas por César. Entramos en la estancia, la Sala de los Santos. Una por una, empezando por mí, todas las damas besamos el pie de papá. Cuando hubo pasado media hora de besuqueo de pie, papá refunfuñó por la presuntuosidad del acto, pero estaba fingiendo; siempre le encantó la presuntuosidad. Luego, entró Giovanni envuelto en su atuendo dorado de Turquía y el cuello prestado. No mostró ningún signo de cobardía. Anduvo a grandes zancadas hasta su almohadilla, se arrodilló rápidamente y besó el pie papal.

–*Pater Sanctus* –dijo–. Soy el conde Giovanni de Pésaro. Me arrodillo ante vos, prometido con la dama Lucrecia Borgia, vuestra divina sobrina princesa. Comprometo mi persona y mis tierras al servicio de su beatísimo padre por el tiempo que mi novia y yo vivamos.

¿De pronto era la sobrina de papá? César se inclinó hacia mí.

–Una formalidad. Técnicamente, el papa es Jesucristo y no puede tener hijos –me susurró.

Todo el mundo aplaudió educadamente, sobre todo el duque Gian Galeazzo y el Moro, los nuevos aliados del papa. Giovanni y yo debíamos arrodillarnos durante la ceremonia sobre almohadillas de satén ante mi nuevo tío. Recuerdo el canto de cien monjas mientras me acompañaban hasta mi almohadilla por el todavía milagrosamente vivo cardenal camarlengo Costa. A duras penas conseguí mantenerlo erguido mientras bajábamos tambaleándonos por el enorme pasillo formado por los invitados, pues sus vestiduras de seda morada parecían por entonces tener más sustancia, color y vida que él. Cerca de cien monjas cantaron la gloria de la Virgen. Papá iba a oficiar la ceremonia, rodeado por hordas de cardenales formalmente vestidos, arzobispos, obispos, sacerdotes y un centenar de Sforzas de ambos sexos que parecían famélicas águilas.

–Es ésta una caminata más larga que la que Jesucristo realizó al Calvario –murmuró Costa a medio camino de casa, lo que, según supuse entonces, no auguraba nada bueno.

Me pregunté qué estación de la cruz habría alcanzado. ¿La estación en la que Jesucristo es despojado de sus vestiduras? ¿Aquella en la que es atado a una columna y azotado? ¿Aquella en la que es clavado en la cruz? Desde luego, no me encontraba en la estación en que es despojado de sus vestiduras; eso llegaría más tarde.

El cardenal César, el testigo, aguardaba envuelto en un traje sencillo de color negro al lado de papá, con un Giovanni insólito aunque benditamente despojado de su armadura. ¿Qué hacía mi hermano vestido de negro?, me pregunté. ¡Ah, bueno! Ese traidor. Tal vez no emitieran sonidos metálicos, pero las crujientes vestiduras turcas de Giovanni tenían suficiente tela suntuosa para vestir a varios hombres de cinturas más modestas. Finalmente, alcanzamos el trono. El camarlengo me entregó a Giovanni, un huevo para un devorador de tortillas. Estábamos debajo y frente a *Historia de Susana la Casta* de Pinturicchio, fresco en el que Susana rechaza a dos viejos violadores. ¿Tuvo éxito?, me pregunté. Supuse que sí; de no haber sido así, habría sido la Desgarrada o Avergonzada, ¿o no?

César sonrió, negra bragueta rampante. Alejandro sonrió, con los brazos en alto como Cristo, dándole la bienvenida al cielo al bendito. Giovanni sonrió, aparentemente feliz como padre complacido de mi rinoceronte. Las monjas cantaron a la Virgen Santísima. Yo centelleé cubierta de mis diamantes y lloré para mis adentros, recordando el júbilo con el que Vanita había disfrutado tiempo atrás del cuerpo de Rodrigo e imaginando el poco deleite que sin duda me ofrecería el que tenía a mi lado. Cuando me coloqué al lado de Giovanni, de pronto recordé los rezos que, siendo una niña, había pronunciado debajo de la mesa, en los que pedía ser tan feliz y abierta, cuando llegara ese momento, como la novia de tejo de las bodas de Canaán. Podía oír a algunos de los hombres de Giovanni, todavía ebrios, detrás de mí en la vasta sala. Estaban exageradamente alegres al ver a su señor «casado con un pez gordo», como nunca se cansarían de decir. Yo y todos distinguíamos su olor entre la muchedumbre, pues el mes que habían pasado en los establos del Vaticano les había imbuido, además del hedor a marisco y a bebistrajo, de un tufo inconfundiblemente equino, sólo disipado en parte por las nubes de incienso. Cantaban alguna antífona de boda lombarda con sus alientos apestosos —una cancioncilla sobre los placeres de practicar la sodomía con las esposas de los piratas y el saqueo vengativo de Troya— en salvaje contraposición a las monjas cantoras. Una pareja de desgraciados guardias palatinos vigilaba a cada uno de los lombardos. Los guardias palatinos cubrían sus mostachos con pañuelos perfumados.

Aquella noche se celebraría la recepción, un asunto extravagante, digno de los Borgia, en la sala de audiencias del palacio apostólico, la sala real. Papá y César habían querido que se celebrase en las estancias de los Borgia, pero el lugar seguía siendo un caos lombardo. Cientos de invitados salieron para probar los manjares exóticos. Había treinta mil libras de carne, un castillo hecho de pastel y un cerdo vivo, cuyos gruñidos y desesperados esfuerzos por liberarse proveían su propio entretenimiento cruel, así como un torrente de exquisiteces de toda Italia. Treinta mil libras eran mucho más de lo que podríamos consumir. Los restos se distribuirían más tarde entre el ejército de pobres que aguardaba en el exterior; tal era la costumbre después de una boda. Los invitados se tragaron los preciosos vinos de cien jarras de plata y oro recurriendo, asimismo, a una bebida aún más fuerte, las ambarinas lágrimas de grano que escocían la gola, traídas a Italia por encima del muro salvaje de Adriano, una bebida tan fuerte y ahumada como debían serlo sus hacedores caledonios. Había docenas de camareros, artistas, músicos, una compañía de la Comedia del Arte, que ofreció una representación extraordinariamente obscena y sobreactuada de *La lucha de la castidad y el amor*, y cantantes, todos ellos tocando sus distintos instrumentos a la vez y mezclándose con los invitados, así como un ruido general tan estrepitoso como una batalla. Diseminados entre los invitados había muchos miembros carmesíes del Sacro Colegio Cardenalicio, sus queridas y sus bastardos, así como montones de prelados de diversos colores, la mayoría de ellos acompañados por sus familias no oficiales.

Conocí al Moro.

—Giovanni, pero si no es... —susurré.

—El tío Gian le puso ese apodo no tanto por el color de su piel, como por las moras de su escudo y porque tiene el alma negruzca del sarraceno de Umayad.

—¿De veras? ¿Es eso bueno?

A medida que el Moro se acercaba a mí, la gente le abría paso como si fuera el Minotauro, y a las doncellas y los hombres adolescentes les dio la risa floja por el miedo que les provocaba. Había esperado que su piel sería atezada, del color del cuero de una silla de montar cordobesa, y que tendría una nariz corva; pero tenía una nariz ancha y respingona, una tez rosácea y un pelo del color de la arena, como un alemán o un inglés. Incluso podría decirse que era bien parecido. Sin embargo, sus ojos sí que estaban a la altura de su apodo. Eran negros como bubas. Cuando lo conocí, no obstante, se mostró como la encarnación de un cortesano, tan atento y elegante como el jefe de protocolo de un emperador.

—Hija mía, el cuerpo entero de Afrodita se pondría colorado de envidia al verte —dijo—. Giovanni, tendrás que darle gracias a Dios cada día por haberte procurado un ángel así. ¡Y el vestido! Como un campo primaveral en flor.

El duque Gian Galeazzo era un adolescente menos exquisito y más torpe. Se acercó a mí por la espalda, me pisó la cola, luego el vestido, derramó su Montalchino por mi espalda y eructó.

—¡Ándate con cuidado, perra torpe! Giovanni, ese vestido es suficientemente amplio como para que lo lleve una gorila encinta. —Recuperó terreno ligeramente y añadió—: ¡Oh, la novia! Entonces, no eres la gorila, ¿verdad?

—¿Que no soy una gorila? —repliqué.

—No la que está encinta.

Se produjo un silencio, como si todo el mundo a nuestro alrededor estuviera considerando el asunto.

—Hermano, no seas tan cerdo —dijo el Moro, rompiendo el silencio, y todo el mundo se rió. Pronto asesinaría al joven Gian Galeazzo y tomaría su título. No puedo decir que me supiera mal.

Besé al Moro en su mejilla atravesada por una cicatriz a modo de despedida. Él se ruborizó. Todo el mundo estaba bebido, vestido de punta en blanco con los adornos que cada uno podía permitirse. Tan sólo quedaban unas pocas gambas lombardas de Giovanni. César había convencido a la mayoría de ellos para que se trasladaran a los establos del Vaticano durante la ceremonia, pero les había proporcionado una cuba de vino llena hasta el borde, una lonja de carne roja de buey, cien carpas, cuarenta barras de pan, veinticinco putas de la calle —a las que tuvo que pagar el triple para que se avinieran a esos «peces sifilíticos»— y un monstruoso postre que consistía en un pastel hecho de vino dulce de Madeira y las manzanas de oro de las Hespérides.

Alrededor de medianoche, bien entradas doce horas ebrias de toda esa orgía, Mambrino, el famoso Pierrot, ataviado, por supuesto, de blanco inmaculado, con una lágrima y una sonrisa bermeja pintadas en su rostro por lo demás pálido y polvoreado, atravesó nuestra fiesta a todo correr. Le daba absolutamente igual tropezar con las bandejas del suelo, según experimentaron los monseñores e incluso el ocasional gran duque.

—¡Ha llegado la hora, señoras y señores! —gritó Mambrino mientras corría—. ¡La hora de reventar el dique! ¡La inundación del estuario! ¡Ha llegado la hora! ¡El caballo atestado y furtivo de Ulises está a punto de abrir una brecha en el muro troyano!

Atravesó corriendo la multitud, gritando y vociferando. Todo el mundo se reía con anticipación irreverente. Luego, se precipitaron en un estado de agitación hacia una de las salidas que daban al patio. Desde allí, salieron corriendo del palacio apostólico y entraron en Santa María, justo a la izquierda de San Pedro, por las largas escaleras, y luego tomaron el pasillo del piso superior, por el que se extendían los muchos dormitorios. Mientras ocurría todo eso, la tía Adriana y Pentesilea, una dama de honor, me hicieron atravesar una salida trasera a empujones que también daba a Santa María. Me llevaron a la suite más grande del piso superior, que antes había ocupado papá. Las dos y la tía Giulia —sin parar de reírse tontamente— me despojaron de la falúa de marfil. Luego me quitaron la combinación, las medias, el corpiño y demás piezas de ropa íntima, hasta que estuve tan desnuda como una prostituta, y me ordenaron que me echara. Insistí en dejarme puestos el collar y los pendientes.

—No quiero estar completamente desnuda. Vestida con zafiros es suficiente desnudez para mí.

—Todavía más perfecto que perfecto —dijo Pentesilea—. Me encanta.

Me eché en la suite, de acuerdo con lo que dictaba la costumbre, totalmente desnuda debajo de una sábana de satén blanco sobre un catre de mármol traído para la ocasión. Podía oír a la muchedumbre noble acercarse. A mi lado, en el suelo, la tía Giulia había dejado la bata de satén rojo con la que pronto me volverían a vestir para significar mi nueva condición que seguiría a la ceremonia venidera. La bata era tradicionalmente del color de la sangre, como la capa de un hoplita espartano, para que pudiera camuflar la sangre que pudiera haber. Unas decoraciones de oro adornaban ambas telas. Tenía frío. Me sentía como si estuviera echada sobre el catafalco de la reina de Dinamarca, con la fría piedra contra mis omóplatos, mi trasero y mis muslos. La muchedumbre irrumpió en la estancia y pronto me rodeó con sus lenguas agitándose, colgando y babeando de expectación salaz. Desde mi lecho de mármol de Carrara podía ver, asimismo, a Alejandro, César y la mayor parte del Sacro Colegio de Roma, además de varios duques y cortesanos. Recuerdo particularmente a un arcediano alto de los Balcanes que había posado su mano y manoseaba el trasero de un monje armenio rapado, un muchacho conocido por ser su anacoreta favorito. En las pintadas, la pareja solía ser representada en flagrante y recibía el calificativo de los «Bujarrones Bogomilos». Además tenían mala fama por acariciarse en las sacristías antes de una misa, de manera especialmente entusiasta antes de una misa mayor. Sin duda, algo estimulante ante la expectación de armonía gótica. Sin embargo, durante esas misas mayores el muchacho cantaba con una voz tan hermosa como la de los ángeles y tornaba el desprecio general por los sodomitas eclesiásticos en alabanzas a Dios por el regalo del canto de ese adolescente a todos nosotros, fuera cual fuera su sórdida y antihigiénica inspiración.

Desde la entrada eran cada vez más los que estiraban el cuello por el amplio arco para verme. Miré a los ojos a papá y a César, que se encontraban al lado del catre, con toda la frialdad que fui capaz de movilizar. Había resistido la inclusión de esa repugnante costumbre mediante días de despotrique y llantos. Les había suplicado a papá y a César que dejaran pasar aquel cáliz amargo, aquella maldita costumbre, que habían traído a Italia, se decía, los visigodos conquistadores siglos antes. Visigodos, realmente. Me resultaba tan bárbara como dejar ciego a un poeta. Estaba convencida de que ni siquiera los lombardos depravados de Giovanni en sus barcos pesqueros hubieran sido capaces de inventarse un ceremonial de bodas más repugnante. Sin embargo, a nosotros, a los italianos civilizados, nos había sido legado ese rito vikingo, sin duda creado en alguna cueva para el entretenimiento de una noche de los paganos, fuera cual fuera el infierno en el que tuvieran su origen los visigodos violadores, asesinos y despreciables de Alarico. Pero todas mis súplicas habían sido en vano. Finalmente, las monjas me enviaron con el camarlengo Costa, que me cacareó una disquisición erudita. Era un célebre experto en los Siete Sacramentos, sus historias y todas las costumbres relacionadas con ellos. Me contó que los cristianos habían adoptado ésa de los paganos de barbas amarillas para demostrarle a Dios, y a los miembros testigos del cuerpo de Jesucristo, que se habían cumplido los votos del sagrado matrimonio. Bueno, admitió, tenía su origen en un rito bárbaro y había sido introducido en Europa por las lanzas de los hunos, aunque había sido santificado por siglos de costumbre cristiana. Nosotros, almas sofisticadas temerosas de Dios, lo mantenemos, no por el placer terrenal y primitivo del espectáculo, sino para que no haya duda de que el sacramento ha sido cumplido enteramente por vírgenes y esposos amantísimos y para que no quepa duda en el futuro ni ante el trono de Dios de que nuestro matrimonio es legítimo. Mi himen ceremonial y públicamente desgarrado sería una prueba irrefutable, sometida a un examen riguroso por parte de un grupo de expertos que dejaría fuera cualquier duda. A partir de entonces, nadie podría negar la santidad de mi matrimonio, ni en esta vida ni en la siguiente.

—¿Tendré un himen que examinar en la próxima vida? —pregunté.

—Veamos cuál es la opinión de Aquino al respecto, ¿te parece? —dijo Costa, alcanzando el tomo *Quaestio Disputata de Veritate*.

—No encontrará la respuesta aquí —dije—. Pruebe con *De perfectione vitae spiritualis*. En él, el santo doctor dice que por cada parte del cuerpo noble hay una correspondencia espiritual.

—Pues allí tienes tu respuesta —dijo Costa con una sonrisa de alivio.

—¿Cree usted que el himen es noble?

—En mi opinión, noble siempre será el que noblemente se comporte.

—Buena observación; realmente esclarecedora.

Su boca se frunció en una sonrisa desdentada.

Ahí estaba, pues, helada y desnuda, aguardando el saqueo visigodo de mi interior. Aparté mi mirada fría de papá y César, y atravesé la estancia dirigiendo la vista hacia otro lado.

Giovanni. Venía hacia mí. No vestía ni el hierro tintineante ni la noble túnica de paño turco, sino su desnudez. Venía tan desnudo como llegó al mundo por la gracia de Dios. Era todo un espectáculo.

—¡Monta la yegua! —gritaron mis invitados y mis criados—. ¡Derrumba el muro! ¡Revienta el dique!

—¡Conduce a Saladino al Paraíso! —añadió D'jem, tocado con turbante, desde el fondo de la sala.

Todos los cristianos abuchearon amistosamente el hurra islámico de D'jem, aunque lo disfrutaron. De pronto comprendí con toda exactitud y tristeza qué era lo que todas aquellas sonrisas lascivas y risas lujuriosas habían esperado todo el día.

—¡Métela en la caverna pegajosa!

Todo el mundo volvió a reírse. Por fin, Giovanni llegó a mi cama. Retiró la sábana de satén blanco dejando al descubierto mi torso, lo que provocó un murmullo momentáneo de aprobación entre nuestros invitados, sobre todo entre las mujeres profesionales. Giovanni rodó sobre mí. Se tambaleó durante unos instantes, como si intentara localizar el receptáculo apropiado. Debo admitir que yo no era de gran ayuda. Estaba tan desinteresada como una isla fría, y tan fría como una felicitación escandinava. Siguió luchando un rato más, hasta que por fin encontró el portal que buscaba. Jamás en mi joven vida había sentido algo menos placentero. Cualquier visión escabrosa que pueda haber tenido una doncella de la consumación de un momento de sexo público no se acercaba, ni por asomo, al vacío húmedo y frío que ese momento produjo en mí. Volví a mirar hacia mi padre y mi hermano, deseando que mi mirada helara su sangre, de la misma manera como se había helado la mía. Pero entonces pensé por un segundo en papá en la *sedia stercoraria*, la silla tocapelotas. ¿Podía haberse él sentido más cómodo pasando por aquello que yo por eso? ¿Por qué tuvo que soportarlo? Podía haberles pedido a todos que se fueran al infierno. ¿Acaso no era más bien un sacrificio que se había permitido hacer en nombre de la voluntad de Dios y de su elevada posición? No podía detener la humectación pusilánime de mis ojos. Finalmente, para escapar de la forma en que debe hacerlo una niña, como la niña que seguía siendo, los cerré. Intenté recordar a Vanita, en uno de sus momentos de placer más cálidos, cuando mi padre empezaba a hacerle el amor, un aire de delicioso arrebato amoroso en su rostro al arrastrarlo a su dormitorio con una risa como un manantial burbujeante de agua caliente. Lo intenté, pero no conseguí traer la imagen maternal a mi mente.

—¡Casandra, hija de Príamo, ha aceptado el semental cargado de dones de Ulises! —exclamó, finalmente, Pierrot, exaltado—. ¡Los griegos están en la ciudad! ¡El argivo de Ítaca de muchos ardides ha hincado su espada de bronce en el emparrado de Casandra!

Papá dirigió los vítores embriagos. Entonces, Pierrot hizo sonar sus campanillas, las tocó una y otra vez. Todo lo que fui capaz de recordar en aquel momento fueron aquellas otras campanas cuyo repique, siendo una niña en Subiaco, me habían asustado tanto. Esas campanas que siempre anunciaban las ausencias venideras de mi hermoso padre y las horribles penas de mi mágica madre.


Recuerdo que algunos meses antes, el día en que finalmente nos mudamos a las estancias inacabadas de los Borgia, lo primero que hice fue entrar en mi nuevo dormitorio. Todavía no había muebles en el dormitorio, salvo por la cama y un tocador. Sobre el tocador vi un joyero de ónice. Lo reconocí. Había sido de mi madre. Me acerqué a él temblando y lo abrí. Dentro se hallaba el anillo de bisagra de papá con su enorme zafiro. Al lado encontré una diminuta ampolleta con el polvo azul que, según recordaba, iba dentro del anillo para matar por medio de una copa de vino. No había nada más. ¿Para qué era? ¿Acaso se trataba de una sugerencia? ¿Una orden? ¿Para que matase a Giovanni?, me pregunté. ¿O a otro? ¿Quién lo había dejado allí? ¿Papá? ¿César? ¿Vanita? Me resultaba demasiado raro para siquiera llevarme a pensar que la respuesta obvia se encontraba en la caja. ¿Había sido Vanita, venida de donde fuera que se encontrara su gruta de ninfa, que le ofrecía a una hija su solución desesperada?

# Cuatro

Pronto Giovanni se fue para volver a Pésaro, donde le aguardaban montones de facturas de la boda. Se apresuró a enviar un mensajero a papá para que le pidiera un adelanto de cinco mil ducados de mi dote de treinta y un mil. Él y papá acordaron que me dejaría en paz «durante un par de años» para que madurara porque, decían, seguía siendo mayormente una virgen inexperta y no se podía esperar de mí que fuera a cumplir con las obligaciones conyugales con regularidad. Él y papá me ponían enferma. Sentía que tendrían que haberlo pensado antes del saqueo visigodo. Al haber pasado la prueba pública, me sentía más que preparada para satisfacer «los deberes conyugales con regularidad». La idea de cumplir con esos deberes junto con Giovanni no me complacía demasiado, pero era mi esposo y, por tanto, el proverbial pájaro-polla en mano.

La separación de dos años no funcionó. Antes de que hubiera pasado un año, una buena mañana Giovanni entró de nuevo en Roma con estruendo, en armadura completa y escoltado por los locos de Pésaro de siempre, para reclamar a su esposa.

—Papá —le dije aquel día durante el almuerzo—, Giovanni quiere llevarme a Pésaro.

—No. Eres una niña.

—No lo suficientemente niña como para una desfloración pública.

—Lucrecia, por favor. Eso no fue más que una cortesía.

—Pero estoy preparada. Quiero irme con él.

—Ni hablar. Carlos el Franco sigue causando disturbios. Es peligroso viajar. ¿Acaso no quieres quedarte aquí con nosotros? ¿Ya no quieres a tu padre? ¿Ni a Jesucristo?

—Soy una mujer casada. Pertenezco a mi esposo. Carlos no me atacará. Teme al Moro, que me escribió para contarme que me quiere como un padre desde que nos conocimos el día de mi boda.

—Tienes un padre. Nos tienes a nosotros; no lo olvides. Éste es tu sitio, a nuestro lado, bajo nuestra protección; no al lado de algún mercenario milanés asesino y de dudoso linaje —dijo mirando a mi esposo—. ¿O es que ya no encuentras viejo y gordo a ese capón de hierro de los Sforza?

Le había hablado a papá de la impresión de «capón» que mi esposo me había dado. Entonces lo miré, moviendo mis guisantes hasta formar un collar de esmeraldas en mi plato de *risi bisi*. Me daba cuenta de que la resolución estaba a punto de tomar forma en la cabeza de papá. Si alguien no decía algo con rapidez, su decisión sería grabada directamente sobre tablas de piedra.

—Su Santidad, este año vuelve a hacer un calor insoportable en Roma —dijo Giovanni.

—Un purgatorio lleno de vapor. ¿Y qué tiene eso que ver con el asunto que nos preocupa?

—El calor enrarecerá el aire. Pronto habrá una plaga en la ciudad. «No hay salud en nuestra carne, no hay paz en nuestros huesos por culpa de nuestros pecados.»

—Sí, papá, han pasado diez años desde el azote de 1485; ha llegado la hora. ¿No querrás que muera a causa de la peste, toda cubierta de pústulas rojas negruzcas, verdad? Por cierto, ¿tendré fiebre? Esposo, tócame la frente.

Así lo hizo.

—Tal vez una pizca —dijo sonriendo al papa.

El 31 de mayo de 1495 partimos hacia la costa adriática. No íbamos solos. Estaba, naturalmente, el centenar de lombardos, todos ellos siguiéndonos zigzagueantes al trote. Bebieron y cantaron durante todo el camino; sus canciones populares adriáticas tan sólo debían haber sido cantadas pirateando las costas asiáticas o arponeando calamares gigantes. Detrás de los hombres de Pésaro venía la tía Giulia Farnese; la tía Adriana de Mila; la dama de honor de Giulia, Juana Moncada, y otra Lucrecia, Lucrecia López, pues papá había insistido en que me acompañara; finalmente, mi Pentesilea. Pronto se unió a nosotros Francesco Gacet, el espía de papá. Aquel día, Giovanni se hartó de este grupo intruso, le quitó las riendas de nuestro carruaje al cochero y pronto dejó atrás a los demás, excepto a los lombardos. Recorrimos a la carrera las colinas cubiertas de olivos y los castillos amurallados de Umbría, y luego descendimos hasta los límites y el ducado de Urbino. Pasamos a medio galope por prados inundados de sol, bordeados por amapolas de color carmesí y anaranjadas, donde de vez en cuando se escuchaba a algún pastor andrajoso tocando una flauta de cerámica rústica para reunir a su rebaño. Pensé que algunas de esas melodías servirían para crear grandes polifonías. Todo mi mundo empezó a parecerme prometedor y joven, y colmado de promesas. Sin embargo, cada vez que empezaba a descansar en mí misma, miraba a Giovanni sentado a mi lado sobre el pescante, todavía atrapado en su armadura ruidosa y que empezaba a ponerse rígida por el óxido en codos y rodillas. Me parecía viejo, gordo y corroído. Así se lo dije al pensar en él en medio de una situación amorosa debajo de mí. Era una bruja cruel.

Me pilló mirándolo, estoy segura, como una arpía.

—Lucrecia, niña —dijo—. El valor de un hombre no reside en su apariencia externa ni en su edad, sino en su alma.

—¿Le gustaría hacer el amor con una mujer fea, señor mío?

—Bueno, no. Entiendo tu punto de vista, pero yo soy un hombre.

—¿De veras? Os creía un gorila, tal como vuestro primo Gian creyó de mí.

—Quiero decir... El amor por la belleza forma parte del alma masculina, pero no tanto de la femenina.

—¿De veras? Entonces, ¿por qué no os amo? ¿No será porque, a mis ojos, le falta a usted belleza? No se me ocurre otra razón. Por eso me veo en su lugar obligada a codiciar lo que mi alma totalmente femenina ni siquiera es capaz de entender. ¿He entendido correctamente el asunto?

No me contestó. Me sentí como la Tomasina de Aquino del buen ver.

En un hermoso claro en las estribaciones de los Apeninos, verde creación y con un murmullo de aguas cayendo en la cercanía, Giovanni obligó a nuestro carruaje a detenerse. Por entonces, llevábamos viajando dos semanas desde que abandonamos Roma y tardaríamos al menos siete días más en llegar a nuestro destino. A una distancia respetuosa de nosotros, el centenar de caballeros lombardos siguieron durante todo el camino galopando y eructando, eternamente borrachos, tanto de día como de noche. Al menos, su olor a pescado se lo llevaba el viento. Iniciamos el viaje con unos cien caballeros, pero antes de que alcanzáramos Pésaro, su número se había reducido a cerca de cuarenta. Habían caído inconscientes de sus caballos más de la mitad tras haberse golpeado contra las ramas gruesas de los árboles durante sus galopadas delirantes y embriagadas, y habían sido abandonados a su suerte.

–¿Cómo consiguieron siquiera llegar a Roma? –le pregunté a Giovanni.

–¡Oh!, cuando partimos de Pésaro creo que eran unos doscientos.

Hasta entonces, Giovanni y yo nos habíamos detenido en unas cuantas posadas y hospicios. Giovanni había encontrado que todos y cada uno de ellos eran románticos, preciosos o encantadores. A mí todos me habían parecido establecimientos más adecuados para criar cerdos. En cada uno de ellos, Giovanni había organizado una comida para nosotros; me ocupé siempre de hacerle saber, sin tapujos, que la había encontrado repugnante, al comparar aquella simple dieta campesina con la *haute cuisine* a la que yo estaba acostumbrada en Roma. Tras alguna que otra asquerosa salchicha campesina nos retirábamos a los aposentos de seis patas infestados de bichos que estaban a disposición de los huéspedes de buen linaje, en los que había insistido, para mi horror, en mantener relaciones carnales. Poca cosa podía decir al respecto, aunque, no obstante, conseguí decirle unas cuantas. Al fin y al cabo, era mi esposo y le debía, en virtud de la costumbre y las leyes eclesiásticas, el deber de abrirme de piernas. En cuanto al golpeteo de cientos de patitas escabulléndose, le di las gracias a Dios por no haber nacido cucaracha, bella y rubia.

Aquel día, en un verde claro, el lacayo bajó las escaleras de nuestro carruaje. Durante nuestro viaje al este, Giovanni había estado parloteando todo el día sobre esa o aquella colección que era su pasión, un alijo de antiguas monedas de cobre y oro, o los dátiles áticos o peloponenses, por cuya elaboración mostraba, a mi entender, un interés ridículamente desmesurado. Bajé del carruaje y corrí en dirección a la cascada de agua susurrante que podíamos oír desde el claro. No miré atrás. Sólo quería largarme de allí, sentirme libre, aunque sólo fuera por un momento, de monedas, lombardos gordos y borrachos, sexo, chinches, salamis y, sobre todo, Giovanni. Cuando atravesé corriendo los álamos que se mecían al viento y los sauces llorones hacia el sonido del agua que caía, lo oí detrás de mí, sacando del carruaje la cesta de nuestro almuerzo, que me imaginé llena de aquel intestino grueso relleno de carne que a él tanto le gustaba. Giovanni salió de nuestro carruaje a trompicones y corrió detrás de mí, resoplando y jadeando (en la medida, en todo caso, en que correr era posible para una masa corpulenta y metálica como él).

Cuando finalmente me alcanzó, yo ya había llegado a la cascada. Me había quedado contemplándola, considerando el suicidio, de la manera que suelen hacerlo los jóvenes y los desdichados de amor, saltando a sus aguas bordeadas por las rocas. Estaba recordando todas las novelas que había leído a la luz de la luna en la biblioteca de papá, en las que la doncella víctima del desamor, obligada a casarse con el ogro, da el último salto a la corriente fría y transparente que fluye cerca de su castillo, y cómo, a partir de entonces, todo el mundo, después de haber recuperado su cuerpo empapado y cubierto de crisantemos, se entristece porque ella ha muerto y se culpan —la trágica venganza de la doncella— por haber descuidado sus ansias románticas durante su preciosa vida. Entonces, rebusqué en mi mente hasta llegar directamente al discurso de Agamenón sobre el cadáver de Ifigenia; era el Agamenón postrado de dolor que se parecía hasta la confusión a papá. En mi imaginación, papá-Agamenón, tambaleándose ligeramente sobre sus blancos coturnos demasiado altos, pronunciaba, para mi satisfacción, un discurso sobre mi cadáver calado, con la voz temblorosa y sofocada por las lágrimas:

*Ya mi omnívora compulsión se ha consumado.*
*Contemplad mi corpulento ejército, ceñido alrededor*
*[de mi vieja flota;*
*Y con ellos, todos esos reyes adiposos de Grecia*
*con armaduras descomunales y vellones dorados.*
*Son demasiado gordos para navegar hasta las torres de Ilión,*
*demasiado viejos para saquear tocadores troyanos,*
*hasta que, cumplido el augurio del Calcas de trasero gordo,*
*el destino fue sellado por el acto abnegado de mi hija.*

O algo por el estilo. ¡Oh!, en mi propia mente había urdido trágicamente una figura para los siglos de los siglos en verso hexámetro dáctilo. Entonces, oí la respiración estentórea de mi ogro particular a mis espaldas.

—Vaya, por el ruido que hace debe de ser Aníbal —dije—, que ha vuelto a Italia con su elefante.

—¡Lucrecia! —exclamó.

Había corrido envuelto en su armadura, llevando a cuestas la imponente cesta de nuestro almuerzo. Estaba exhausto.

Por un instante, temí que se muriera. Pero qué había de malo en ello, reflexioné. Me quedé impasible, de espaldas a él con los brazos cruzados, mirando fijamente al agua estancada como una Antígona maldiciente. ¡Oh!, estaba de lo más melodramática, al mejor estilo de Eurípides.

—Mi señora —volvió a gritar.

Parecía indispuesto, probablemente sólo estuviera enervado, pero debo confesar que recé porque le diera un ataque al corazón, a los que son propensos los gruesos.

—¿Qué? —dije—. ¿Quieres hablar conmigo? ¿Para que almorcemos? ¿Para que te hinches con ese repugnante embutido? ¿Para luego hincharme a mí con el tuyo?

Giovanni suspiró, no con un suspiro de impaciencia que mi comportamiento infantil y despreciable justificaba, sino de angustia genuina. Al igual que el día en que se selló ese matrimonio ante el trono de papá, no había ni astucia ni rencor en la enormidad acorazada de Giovanni. Sentí sus ojos sobre mí; me volví hacia él. Respiraba con dificultad. Tuve una visión de Giovanni acercándose a mí en mi noche de bodas, echada sobre la tabla de mármol, y me estremecí.

Volvió a respirar hondo.

—Mi señora, ¿puede un cerdo poco atractivo hablarle con sinceridad a un sueño de ángel como usted? O, si un puerco dijera la verdad, ¿volvería usted a azotarle con su cruel lengua?

Eso me echó atrás. Estaba a punto de azotarle de nuevo, tal como había dicho, pero otro ángel, mi ángel de la guarda, me hizo callar.

—De acuerdo, habla.

—Desde nuestros desposorios, y sobre todo desde nuestra noche de bodas, me ha tratado como el perro rabioso más bajo. Lo siento, señora, si soy demasiado viejo para vuestro sueño romántico, si soy un Lancelot demasiado grueso para la historia de vuestra vida. —Bajó la mirada hacia su corpulenta armadura como un niño sorprendido, incapaz de imaginar cómo ha pasado algo que, sin embargo, él mismo ha ocasionado—. Cuando estoy solo, lloro porque el Todopoderoso ha hecho que mi carne indigna le resulte tan abominable a usted. Y que haya tanta abominación.

—Mi noble señor de Pésaro...

—Permítame terminar. La gente dice que soy un cobarde y desmiente mi sangre Sforza, la sangre del Moro y de la virago Catalina, de todos modos. Sin embargo, no están equivocados. Nunca encontraré el valor para volver a empezar si usted me detiene. —Hizo una pausa—. Difícilmente podría decirse que soy un humanista sofisticado como su señoría, pero tampoco soy un necio. Sé que una belleza como usted no podría amar a alguien como yo. Sé que le fui impuesto. Cuando su hermano me abordó, de haber sabido que usted era un ángel, mi timidez me habría impedido ir a Roma. —Giovanni abrió la cesta del almuerzo y empezó a extender su contenido a mis pies, sobre la hierba. Vi pajaritos asados y un modesto tonel de clarete—. Sin embargo fui, tal como me ordenaron el aterrador Moro y la virago. Y al veros, por la Virgen Santísima, una visión dorada aguardando como el tesoro del arco iris, no pude remediar amaros. No puedo esperar que correspondáis mi amor, señora. Pero os ruego de rodillas que simplemente no me odiéis. Seré bueno con usted, como puede serlo un cobarde feo y viejo, y os protegeré y os serviré con todo mi corazón y mi valor hasta mi muerte, y todo lo que poseo será vuestro y de nuestros hijos. Creo que encontraréis mi corazón, y mi patrimonio, tan grande como el resto de mí. —Terminó de extender nuestro picnic sobre la hierba e hizo un gesto hacia mí—. ¿Tiene hambre? Yo mismo asé las codornices trufadas esta mañana mientras usted dormía.

Mis brazos cayeron lentamente. Estoy segura de que parecía una perfecta idiota. Se quitó el yelmo tocado con plumas naranjas y lo dejó en la hierba. De pronto, su rostro descubierto me pareció el más espiritual que había visto jamás; un rostro de una gran belleza inesperada y de una juventud intempestiva. Lo miré, maravillada.

—Sí, mi señor —susurré, todavía conmocionada por mi descubrimiento—. Almorcemos. Es tarde. Parece famélico.

Ambos nos reímos silenciosamente. Nos sentamos en la hierba, yo sin poder apartar la mirada de él. Él volvió la cabeza. Vi que seguía avergonzado por la manera como él pensó que debía de verle yo. Besé su mejilla. La vergüenza por ser ése el primer beso que le daba a mi esposo ruborizó mis mejillas.

—Me sabe especialmente mal —murmuró él— la ceremonia del visigodo y la virgen durante el banquete de bodas. Sé que la aborreció. Es una práctica antigua y vulgar, impuesta a las mujeres jóvenes por hombres viejos.

—Mi señor, es costumbre en Italia.

Comimos nuestro picnic. El capón trufado estaba delicioso, como si hubiera sido preparado por un maestro florentino; el clarete era tan delicado como el que cualquier viejo tonel del Vaticano pudiera contener. Poco después, al son del agua corriente, me despojé de todas mis ropas y las arrojé a la cascada en un suicidio a medias, pensé, mucho más feliz. Desaté, una por una, las correas endurecidas por el sol y la lluvia que sostenían su armadura. Se la quité pieza por pieza. Hice lo mismo con su ropa interior. Le ordené que se echara sobre la suave hierba verde. Me senté a horcajadas sobre ese repentino Lancelot y lo follé, como Ginebra ante Dios a la luz de su sol torrencial, para procurarle todo el placer del que era capaz mi inexperiencia. Su calor en mi interior fue como una bendición para mí. Le besé los párpados y la boca, como se hace a un niño querido. Las lágrimas corrieron por su rostro y cayeron sobre los brote verdes.

—Mi señor —dije—, estáis llorando.

—Mi señora, cuán mejor es verla ahora como un ángel en el arco iris de mis lágrimas.

Mientras lo follaba y después, echados en la hierba, con la ligera brisa y la llovizna fresca de la cascada que caía sobre nuestra piel, y luego, más tarde, cuando trepé a la sima del salto de agua para recuperar mi ropa, antes de volver paseando a nuestro carruaje, comprendí que era el hombre más encantador y hermoso que había conocido en toda mi vida; de acuerdo, tal vez exceptuando a papá y a César. Aunque no es verdad. Sabía que parte de su belleza, a diferencia de la de papá y la de César, residía en el carácter incondicional de su amor. Di las gracias a la Virgen por no haber permitido que mi infantilismo, mi orgullo y los clichés de los libros me privaran de Giovanni. Le agradecí el valor de Giovanni al enfrentarse a mí, esa repugnante niñita. Me felicité por mi reacción a su discurso, por mi madurez recién descubierta. Cuán adulta me había tornado al percibir la falta de atractivo físico de Giovanni como algo meramente superficial. En qué mujer tan mundana me había convertido, antes tan sofisticada, para disfrutar amando y haciendo el amor con el alma de un hombre, en lugar de hacerlo únicamente con su cuerpo. Dante y Cicerón, respectivamente, me hubieran loado en versos y discursos. ¡Oh!, pronto estuve tan satisfecha conmigo misma como anteriormente me había mostrado trágica. Pero sí amaba a Giovanni. Su discurso en la cascada había tenido el efecto de una buena azotaina. Amarle no era la fantasía de una niña.

Era la verdad; sigue siendo verdad. Tal vez no fuera un amor apasionado —¡oh!, bueno, tal vez pensé que todavía estaba a tiempo de experimentarlo—, pero le amaba. Era el hombre más lleno de bondad sencilla e inocente que jamás había conocido, y lo sigue siendo hoy, tras mi larga hilera de hombres.

Retomamos nuestro viaje hacia el Adriático, cada vez con menos caballeros lombardos ebrios y más alejados de nosotros a medida que avanzábamos. Una noche, desde un risco, oímos y vimos la fiesta de las tías y los espías, debajo de nosotros, en las profundidades del acantilado, festejando bajo las estrellas con un becerro asado a la parrilla. Encendieron una hoguera que ascendió hasta nuestro risco antes de explotar en una gran ducha lustrosa de gotas de fuego. A medida que avanzábamos, oíamos cada vez menos caballeros cantando sus alegres canciones sobre carnicerías, sexo ilícito y venganza mientras galopaban detrás de nosotros en la distancia. Hicimos el amor en una noche sin luna a la orilla de un lago en el que se reflejaba la Vía Láctea. Volvimos a hacerlo en una plaza pública de Forli después del anochecer, riéndonos como si fuéramos bebés. Un día nos detuvimos delante de un monasterio de la orden franciscana en el que supuestamente había pasado la noche el mismísimo san Francisco. En ese viaje aprendí que si sumabas todos los lugares de Italia en que los lugareños dicen que durmió san Francisco, descubrías que debió de malgastar durmiendo más noches que las noches de los novecientos años de Matusalén que recoge el Testamento hebreo. El abad de esa institución dijo que san Francisco recibió el estigma en una roca que guardaban en el sótano abovedado del monasterio, una piedra que san Francisco solía usar como tabla penitencial. En el monte Verna, san Francisco la había golpeado con su gruesa vara, y fueron miles los que sanaron con el agua que manó de debajo de ella. Los monjes la habían traído hasta allí desde Verna, y los petirrojos del nido que había en un viejo roble sobre el lugar, nos juró el abad, eran los mismos petirrojos centenarios a los que san Francisco había dado los buenos días al descender de la cima después de la estigmatización. Por supuesto, de san Francisco se dice que fue estigmatizado en prácticamente el mismo número de rocas que lugares en los que durmió y debió de llegar a la tumba con tal profusión de agujeros que debió de parecerle a san Pedro una rueda de piadoso queso helvético.

El abad nos condujo por las escaleras ruinosas y luego nos dejó solos en la cámara subterránea, delante de la roca sobre la que, nos aseguró antes de irse, había tenido lugar la estigmatización.

—San Francisco recibió el estigma en esta misma roca —dijo mi señor Giovanni con un susurro sacerdotal.

—¿Sobre esta roca apócrifa? —pregunté.

Asintió con la cabeza.

—¿Le importaría concederme un polvo legendario sobre esta roca, mi señor?

Se quedó horrorizado.

—¿Aquí?

—Esta roca movió el cielo por san Francisco. A lo mejor, mueve el mundo por nosotros. Por lo menos, el estigma debería darle una vitalidad celestial a la penetración.

Giovanni intentó con toda su solemnidad Sforza-lombarda mantener un semblante serio; no pudo y en su lugar estalló en una risa ahogada de culpabilidad. Nos arrancamos las ropas tan rápidamente como pudimos y lo hicimos sobre el canto rodado de san Francisco. Realmente vitalidad estigmática, y una excelente fornicación sobre la sagrada roca de Verna; si no notablemente mejor que de costumbre, los continuos gorjeos de los petirrojos confirieron al acto una cierta aura franciscana y bestial.

Tras una semana más de viaje alcanzamos la fortaleza de Pésaro. A medida que nos acercamos a las rocas de la costa lombarda, pude vislumbrar, tras una breve carretera elevada, el castillo de Giovanni elevándose en el crepúsculo de la puesta de sol. Era grande; no diseñado al estilo del Vaticano, por supuesto, sino de piedra vista. Vi almenas, un foso y un puente levadizo. Era una antigüedad construida, me contó Giovanni, por sus ancestros Sforza y angevinos para defender Pésaro de los piratas merodeadores griegos, chipriotas y venecianos.

—Se dice por estos pagos que los lugareños son descendientes de la tripulación de Ulises, desviada por Caribdis y Scila, y abandonada aquí para siempre en su camino de Troya a Ítaca, que se encuentra exactamente al otro lado del Adriático —me contó Giovanni.

Cientos de campesinos argivos vitoreantes fueron a nuestro encuentro en la carretera elevada. «Ignorantes», hubiera dicho César de esa gente, pero el amor que sentían por su señor estaba escrito en todos los rostros que vi, incluso, después de que se les hubiera pasado la borrachera, en los de los caballeros resacosos. De hecho, la sobriedad pareció caer sobre ellos como una losa en cuanto sus pies tocaron tierra pesarana. Cada uno de los caballeros se dirigió a toda prisa hacia su arpía lombarda corvina, la levantó del suelo y la estrechó entre sus brazos. Resultó que aquellas ancianas de ojos negros como el carbón y manos de araña eran las madres de los caballeros. Giovanni me contó que los tiburones se habían desemborrachado con tanta rapidez porque estaban aterrorizados por el castigo que les podían infligir aquellas nudosas garras femeninas si aparecían ebrios en público ante las mamás de los demás. Las madres cuyos hijos se habían golpeado contra las ramas de los árboles de camino a Roma y de vuelta —con mucho, la gran mayoría— simplemente se retiraron con calma, dando las mismas muestras de dolor que una langosta que ha perdido una gota de huevas. Un grupo de pescadores nos introdujo a Giovanni y a mí en otro carruaje rústico, del que tiraron, jubilosos, ellos mismos, tal como me contaron que era la costumbre de bodas en Pésaro, y empezaron a arrastrarnos en dirección al castillo de Giovanni, que se cernió peligrosamente al llegar al final de la carretera elevada.

A lo largo de nuestro itinerario, los animados lombardos nos ovacionaron, cantaron, lanzaron flores y tocaron burdos instrumentos en honor de nuestra llegada. Las canciones eran mordaces y toscas, marcadamente no romanas. Hablaban de pasiones terrenales con las letras más francas que jamás había escuchado, dejando de lado las que salieron de la boca de un arriero de bueyes. Hablaban de las partes del cuerpo de los amantes, de *vendettas* que asesinaban a un hermano —su sangre volaba por el aire—, incluso de las náuseas del embarazo. Sin embargo, cada canción, por triste que fuera, estaba bañada de alegría, de niebla lombarda, amor y la suprema e insondable gracia de Dios. Al llegar al puente levadizo contuve la respiración. La fortaleza era realmente grande, una antigua monstruosidad normanda.

—Es rústica, fea y grande, mi señora —dijo Giovanni.

—Giovanni, es maravillosa. Prométeme que me violarás al menos una vez en cada estancia.

Vislumbré cientos de ventanas en sus muros, cada una de ellas con una vela. Detrás de cada ventana había sombras vacilantes de una estancia.

—Muchas estancias —dijo Giovanni.

—Tan poco tiempo.

—Empezaré esta misma noche.

—Ahora mismo.

Giovanni tomó mi delgada mano en la suya, grande y ancha.

—Espero que seas tan feliz aquí como tú me has hecho a mí.

Le di un largo beso en los labios. Los lombardos portadores de antorchas lo celebraron con un rugido fuerte y musical.

Las tías y los espías se unieron a nosotros dos días más tarde, y todos festejamos estupendamente con vinos friulanos, marisco y pasión durante quince días. A los pesaranos les volvían especial y decididamente locos las gambas del Adriático y alababan sus pequeñas manoplas crustáceas. Las langostas enanas de caparazón duro, con sus ojos compuestos y sus cuerpos de insecto, estaban por doquier. Desayuno, almuerzo y cena. Fritas con *fusilli*, al vapor con cebollino, hervidas con *rutabaga*, insertadas al estilo de Habsburgo como bayas de múltiples patas en sabrosos buñuelos y hechas al fuego, y como rellenos en barras de pan con cantidades ingentes de mantequilla. Durante las tres primeras noches, Giulia, Adriana, Juana Moncada, Lucrecia López, Pentesilea y yo anduvimos después del atracón de langostas a lo largo de las almenas a sotavento, mostrando nuestros vestidos parisinos y milaneses a los campesinos de abajo. Aplaudían educadamente a cada una de las mujeres, hasta que salía yo.

Entonces, irrumpían en ovaciones, silbidos y gritos de «bravo».

Pronto empezaron a sacar de quicio a Giulia.

—¿Qué es lo que tanto les gusta de ti, condesa de Pésaro? —me preguntaba, malhumorada—. Carlos VIII encargó que me hicieran este vestido especialmente para mí en París, en el salón de costura de la reina de Francia. Vale más que el castillo entero. Tú no tienes nada que se pueda comparar con él.

—Algunos aplauden el vestido, tía —dijo Giovanni—. El resto aplaude lo que quieren ver sus ojos.

—¿Qué diablos quieres decir con eso? —preguntó ella, doblemente irritada por lo de «tía».

—Las mujeres aplauden el vestido. Los que silban y vociferan se felicitan por su propia imaginación.

—¿Qué?

—Los hombres dan gritos de admiración, no por el vestido, sino por lo que se imaginan que se esconde debajo.

—¡Hummm! Bárbaros.

Y ése fue el fin de los pases de moda.

Durante los setecientos días que pasé en Pésaro fui por primera vez en mi vida la señora encantada de todo lo que contemplaba a mi alrededor, una verdadera señora feudal. Los súbditos de Giovanni eran todos tan amables y alegres como podía llegar a imaginarse que fuera su condesa, exceptuando los ocasionales sobresaltos de los que son herederos los hijos de Eva. Todo el mundo cuidaba de mí maravillosamente, también mi esposo. Sus sirvientes y súbditos, siempre solícitos, velaban asimismo por nuestra felicidad, pidiéndome incluso diariamente mi opinión acerca de cualquier cosa, desde la salsa para el pescado hasta el mantenimiento de los servicios. Nadie desde Vanita había pedido jamás mi opinión de nada, salvo alguna que otra vez César, cuando quería saber lo hermoso que era. Tal vez, echando la vista atrás mientras escribo esto, no me hallara entonces en un estado que algún trovador provenzal podría denominar «amor apasionado», pero fuera lo que fuera aquella cordialidad continuada, no cabe duda de que mi sentimiento era inequívoco y profundo. Sentía cariño por Giovanni, por su casa llena de ventanas y sus docenas de siempre presentes familiares dicharacheros –el cardenal Ascanio, Ludovico el Moro, Gian Galeazzo, y muchos más–, así como por nuestros muchos súbditos y vasallos. Incluso empecé a sentirlo por su colección de monedas y medallones, con la que pasaba horas. Me explicaba cada una de las piezas, la panoplia de la historia pasada en su viaje a través del tiempo. Empecé a comprender por qué estaba tan enamorado de ellas y me uní a él en su estudio, de pronto fascinada, y nos pasábamos horas en la estancia de la torre en la que las conservaba –también tenía una ventana– inventando historias fantásticas de cada una de ellas, sobre la procedencia de ese y aquel disco de metal. ¿Le había dado un descreído César una propina al adivino con ésa el 15 de marzo? ¿Había pagado Cleopatra, a semejanza de Isis, por el anuncio del suicidio de Marco Antonio con aquélla?

A lo largo de aquel año, Giovanni cumplió la promesa que me había hecho aquel sorprendente día en la cascada a capazos. ¿De cuántos hombres en su vida, o tres vidas, puede una mujer decir tanto? Después de hacer el amor, y con la mirada fija en la costa bañada por las olas, rezaba cada noche en la cama porque le hubiera proporcionado y siguiera proporcionándole a Giovanni tanta satisfacción como la que él me había obsequiado. La única decepción de nuestro año juntos fue mi incapacidad para concebir un niño; aunque, la Virgen lo sabía, lo intentamos en todas y cada una de las habitaciones, armarios y escaleras traseras del enorme lugar.

Si alguien me hubiera preguntado a mi llegada a Pésaro si quería tener hijos, habría respondido que sí de la manera en que todas las mujeres jóvenes –aquellas que no están destinadas a tomar el hábito– siempre han contestado que sí a esa pregunta. No puedo imaginarme un mundo en el que pudiera existir otra respuesta posible para una mujer... Perdonadme, es mentira. Sí puedo imaginármelo, pero es que es un pecado que está tan severamente prohibido escribir que tengo que mojar mi pluma en el tintero al vuelo para disimularlo. Ahora, que soy vieja, sí puedo imaginarme un mundo así. Tal vez, en un futuro, Dios reconozca la existencia de un mundo así, de la misma manera que recientemente reconoció la existencia del Nuevo Mundo. Si algún día algún Colón descubre un lugar así será tan nuevo como un octavo día de la semana y requerirá valentía. De todos modos, Giovanni y yo creímos que todavía teníamos años por delante para tener hijos.

Oía hablar de papá regularmente y de vez en cuando de César a través de los muchos familiares y las visitas que constantemente infestaban el lugar. A finales de 1495, la última avanzada de Carlos VIII en Nápoles se rindió a la Liga Santa de papá. Los napolitanos estaban encantados de recuperar la corona de Aragón, puesto que ellos, entre todos los pueblos de Italia, son célebres por la inestabilidad y el amor a las revoluciones diarias. Savonarola, de Florencia, arrojaba insultos al papa públicamente, acusándole de toda clase de pecados, sobre todo del de la lujuria –«el más carnal de los hombres» decía de Alejandro–. También le acusó de avaricia, paganismo, fraude, adoración de ídolos, asesinato y soborno, y de la venta de birretas de cardenal y de mitras de obispo. Y qué, pensaba yo; eso es lo que hacen los papas. Sixto lo hizo; Pío lo hizo, e incluso Inocencio lo hizo. Y finalmente lo acusaba de hurto, calumnias, bastardía –un insulto sin sentido, más dirigido a César, a quien nunca le importó ser hijo ilegítimo, siempre y cuando tuviera oro suficiente– y simonía, así como de una serie de herejías, por ser secretamente un templario de *Devotio Moderna*, con su *Imitatio Christi* demasiado cercana para un consuelo.

A papá no le preocupaba demasiado Savonarola, me contó Ascanio Sforza.

—¿Los Médicis no quieren asarme este sacerdote pendenciero? —le dijo papá de pasada al embajador florentino mientras comían brochetas.

—Sería de gran ayuda para nuestros abogados, su santidad, si lo excomulgarais.

Y, por supuesto, fue lo que hizo. Y lo que hicieron ellos, sometiendo a Savonarola al «Juicio por el fuego» en el que murió en la hoguera. Ese juicio consistía en comprobar si realmente era inocente; si lo era, las llamas no le quemarían, por supuesto. Parecía justo y satisfizo a todo el mundo, incluso al mismo monje incinerado posteriormente.

El papa entró en guerra con los Orsini, los poderosos barones romanos. En un mes, conquistó diez castillos de los Orsini. Los magnates Sforza se habían unido a la Liga Santa, para gran satisfacción del papa y enfurecimiento y pesar de Carlos.

Durante todo ese tiempo lejos del Vaticano, el aire despejado del Adriático y la presencia de Giovanni me permitieron ver en perspectiva mi anterior vida en Roma junto a papá, los libros y César. Pésaro apestaba a honestidad y a una especie de claridad nebulosa que nunca había conocido antes. Ahí no parecía haber ningún noveno círculo, ni ninguna doblez, ni adulterio; no había ocultación alguna. Era la princesa del contento. ¡Ojalá pudiese haberme llevado Pésaro cuando volví a la Ciudad de Lucifer!

Recuerdo un día en especial de aquellos años. Estaba leyendo en un diván en la estancia grande de Giovanni. Tenía pocos libros, pero los que tenía eran sorprendentemente buenos, sobre todo los griegos. Me contó que habían sido rescatados de un barco de piratas y estudiosos bizantinos que había naufragado debajo de nuestro castillo. Todos se habían ahogado o habían muerto contra las rocas o a manos de los hombres tiburón. Me sorprendió aquella constelación de piratas y bibliófilos. La era moderna está llena de hombres eruditos y cultos en los lugares más extraños. De pronto, mientras estaba leyendo el relato de Plinio sobre la destrucción de Pompeya, y el Vesubio en erupción me recordaba el tapiz del dragón que me habían regalado con motivo de mi boda y que entonces estaba colgado en la pared a mis espaldas, oí un repentino alboroto de gritos y lloros proveniente del pasillo adyacente.

—¡Mi señora! —gritó una voz aguda—. Tengo que ver a la condesa. Os lo ruego, ¿dónde está?

Salí rápidamente al pasillo, donde había tres o cuatro sirvientes sosteniendo por la camisa andrajosa a un campesino de unos dieciséis años, todo cubierto de barro. En cuanto el campesino me vio cayó de rodillas como si le hubiera alcanzado un rayo. Las lágrimas corrían por su rostro.

–Por favor, señora, tiene que venir conmigo. Por el amor de Dios, tiene que venir conmigo ahora mismo.

–¿Qué es todo esto? ¿Qué pasa?

El miedo se apoderó de mí, poniéndome la piel de gallina. Me imaginé que mi señor de Pésaro había sido víctima de algún terrible accidente o de asesinato; ambas posibilidades eran comunes desde el inicio de la guerra con los Orsini.

–¿Le ha pasado algo a mi señor Giovanni?

–No, señora –dijo un sirviente–. Se trata de la mujer de este hombre.

«Te amo, Virgen Santa –pensé–, por no permitir que le haya pasado algo a mi esposo.»

–¿Qué pasa? –volví a preguntar–. ¿Qué puedo hacer yo?

–Sólo usted, condesa, sólo usted puede ayudarla –gimió el campesino, postrado de rodillas–. Por favor, venga conmigo ahora mismo.

Pensé en preguntarle por qué sólo yo, pero estaba demasiado afligido para razonar. Arrojé el libro de Plinio sobre una mesa y volví a mirar al muchacho. Acabo de escribir que estaba «afligido», pero esa palabra no representa bien cómo estaba. Parecía un niño en el infierno. Fuera el que fuera su problema, esa gente siempre se había mostrado encantadora y buena conmigo. Se puso de pie, se volvió y salió corriendo. Yo lo seguí. Delante del torreón, esperaban un caballo y una mula. El caballo era mío, regalo de Giovanni. La yegua ya estaba ensillada con una silla de amazona y las riendas en su sitio, obviamente esperando a que apareciera yo. La mula llevaba un gruesa manta, que era todo sobre lo que un campesino solía montar. El hombre, lloroso, me subió a la silla, y luego montó la mula.

–Sígame, señora. No hay tiempo que perder –gritó y partió a un galope tambaleante montado sobre la mula en dirección a su aldea, que vislumbré a aproximadamente una milla de distancia.

Alcanzamos el grupo de chozas. Oí los gritos de una mujer. Vi que él también lo oía y se llevó la mano al abdomen, como si le hubieran acuchillado. Desmontó, me ayudó a bajar de la silla de montar y entró a toda prisa en la choza que había sido su destino todo el tiempo. La choza estaba hecha de tierra compactada desigual y paja. En un primer momento, todo estuvo negro, un negro sólo roto por dos puntitos de sol otoñal que caían a través de unas hendiduras en el tejado de paja y barro húmedo. No había ventanas. Podía haber sido la caverna de un oso a no ser por el huso de una rueca. Sin embargo, cuando mis ojos se acostumbraron a la oscuridad, vi el objeto de su terror. Había algo parecido a una cama hecha de paja cubierta con una colcha confeccionada con retales contra la pared más alejada de aquella diminuta estancia, que apenas era mayor ni olía mejor que la casilla de un establo. El suelo estaba negro de suciedad. Un olor húmedo procedente de aquella suciedad dominaba la estancia, una especie de gachas mezcladas con paja en descomposición, así como el hedor cobreño de la sangre fresca. Sobre el lecho yacía una mujer desnuda, bañada en sudor, con el pelo largo pegado a su delgado rostro y cuello, y el vientre tan abultado como la cúpula del Panteón. Pude ver los músculos de su abdomen hinchado estirándose y contrayéndose. Estaba de parto y cada punzada muscular provocaba un grito que parecía el de una víctima sometida a la picota. Al lado de la cama, había otra mujer, mayor, alta, con un rostro esquelético picado de viruelas. La mujer mayor era la célebre partera de la aldea, de todas las aldeas de la zona.

—¿Qué pasa? —le pregunté a la comadrona—. ¿Por qué no hace nada? Ayúdela. Ayúdela a parir.

—No puedo, mi señora. He hecho todo lo que estaba en mi poder. El bebé no quiere salir.

Durante un instante de impotencia me quedé contemplando el castigo de Eva.

—¿Qué hacemos? —pregunté—. ¿Por qué me han llamado? Haga algo, mujer. ¿Qué le pasa?

La partera era incapaz de contestarme. Simplemente, bajó la cabeza dejando correr las lágrimas que caían sobre el suelo.

—La Santa Madre me ha abandonado —susurró.

Entonces, la mujer que yacía en la cama volvió a gritar cuando le arremetió una nueva contracción. El niño esposo cayó de rodillas, sollozando y ocultando sus ojos. Desde la cama, la madre alzó los ojos hacia mí.

Tenía unos doce o trece años, aunque en su agonía podía haber pasado por tener cuarenta.

—Ábrame, señora. Ábrame. Salve a mi hijo. Deje que viva mi hijo. Os lo ruego.

Me quedé estupefacta.

—Pero... no sé cómo hacerlo. No conozco la técnica...

La partera me ofreció una cuchilla de piedra.

—Córtela, señora. Es la única salida que queda.

—No sé cómo hacerlo... Nunca he... Tendrá que hacerlo usted. Usted debe saber cómo hacerlo.

—No puedo.

—¿Por qué no?

—Abrirla significará su muerte. Esto es Lombardía. Para mí, acabar con su vida será acabar con la mía propia. Es la ley no escrita. No es una ley de la nobleza, sino del pueblo. Ha sido la ley desde mucho antes que existieran las leyes.

Ése era el duro filo de la mitología.

—Pero si yo lo hago, se morirá igualmente.

—Pero para usted quitarle la vida no es un crimen ni una ofensa. Nuestras vidas están en manos de nuestro señor y nuestra señora. Pueden quitárnoslas libremente cuando les convenga, pues está en sus manos concedérnoslas o quitárnoslas. Ábrala, mi señora.

—Ábrame la barriga, mi señora —volvió a suplicarme la mujer desnuda—. Percibo que mi bebé se está muriendo. Corte ahora, antes de que ambos muramos. —Entonces la mujer alargó la mano, le quitó el cuchillo a la partera y me lo ofreció—. Tómelo. Corte. —Entonces, volvió a gritar en medio de otra terrible contracción—. ¡Corta, perra timorata!

Tomé el cuchillo.

—¿Cómo te llamas? —le pregunté.

Pero el dolor era demasiado fuerte para permitirle responder.

—Vanozza, mi señora —contestó el marido—. Mi señor de Pésaro le puso este nombre. Hubo un tiempo en que fue su chica de cama. Su nombre es Vanozza.

Vacilé un instante, acongojada por aquel nombre, pero entonces caí en la cuenta de que la mitad de las mujeres de la zona se llamaban Vanozza y la mitad de los hombres eran Aristóteles iletrados.

La partera tomó mi mano, que sostenía la piedra afilada. La guió hacia el costado de la mujer desnuda.

—Aquí —dijo apoyando la punta de la cuchilla contra la piel abombada—. El corte debe ser tan amplio como la cabeza de un bebé. El corte debe ser profundo, para que el cuchillo penetre el músculo fibroso, pero no tan profundo como para que llegue a tocar al niño.

—Corte —suplicó la esposa.

—Corte —repitió el marido entre sollozos.

Corté, rezándole a la Virgen, y la mujer se abrió como un pez cargado de huevas en manos del pescador. No gritó ni protestó, pero un chorro de sangre fluyó de entre sus dientes apretados como pelo entre los dientes de un peine. Vislumbré el cuerpo del bebé entre la sangre y las entrañas de la madre. Una hija que emergía de su herida; «como Atenea debió de salir del cráneo de Zeus», se me ocurrió. Entonces vi dentro de la mujer un segundo bebé. Éste había sido el dilema mortífero. A menudo, los gemelos son una bendición mortal. Asenté a la niña entre los brazos de la partera. Ella guió mi mano para que cortara el cordón umbilical. Llevé las manos al interior de la carnicería del vientre de la mujer. Con la mayor delicadeza de la que fui capaz retiré al segundo hijo una vez hube cortado el cordón umbilical. Con mano experta, la partera despejó las vías respiratorias de los dos niños, que empezaron a gritar, aunque éstos eran gritos de júbilo. Los gritos de la vida. Acercamos a los dos bebés a los pechos de la madre, y ellos empezaron a mamar. El rostro de la joven Vanozza se iluminó en una repentina expresión de júbilo —«como la Santa Madre en el establo», pensé— que jamás he vuelto a ver desde entonces. Vanozza cerró los ojos, mientras su camada mamaba, y murió. Contemplé a los dos niños mientras Aristóteles los acariciaba tiernamente por primera vez. De pronto recordé que el gran Julio César había nacido aquel día —César, «el que fue extirpado»— sin llegar jamás a conocer a su Vanozza. Me pregunté si algún día ese hijo sería el amo del mundo. O tal vez esa hija sería su ama.

El 1 de abril de 1497, un nuncio papal, un monseñor enano, de nombre Lelio Capodiferro, de aspecto ligeramente enfermizo y escoltado por una compañía vestida de blanco, dorado y amarillo, de caballeros igualmente nauseabundos que llevaban banderas papales y el escudo de armas de los Borgia —blancas con la llave de oro de las puertas del cielo de san Pedro y negras con el buey de los Borgia—, aparecieron en el puente levadizo del castillo de Giovanni exigiendo mi inmediata comparecencia ante el vicario de Jesucristo.

—¿Yo también? —preguntó Giovanni.

Lelio Capodiferro era un mensajero que, según se sabía, papá solía enviar cuando quería que fueran entregadas suavemente noticias, por otro lado, amargas. Sin embargo, aquel día Lelio demostraría que había una lado más feo de aquella lengua bonita.

—Definitivamente no, mi señor —contestó el diminuto nuncio con una voz mayor que su persona.

Era uno de esos hombres que el Todopoderoso, evidentemente, ha creado sólo con el propósito específico de hacer anuncios y declaraciones a las multitudes.

—Al infierno con Roma. Me niego a ir a Roma —dije—. Si papá supiera lo feliz que soy aquí al lado de Giovanni no se le ocurriría obligarme a volver.

—Su Santidad se mostró muy claro. Su orden va acompañada de la amenaza de excomunión de los dos si se niegan a acatarla.

—¿Qué pasa? ¿Por qué se muestra tan porfiado?

—Tu hermano mayor ha muerto. Me han enviado para que te lo comunique.

Sentí un hierro atravesando mi corazón.

—¿César ha muerto?

—No, Juan, el duque de Gandía. Lo encontraron con nueve cuchilladas en el cuerpo.

Le di las gracias a la Virgen postrada de rodillas porque no fuera César el que hubiese muerto, pero corrí a la torre y lloré por mi estúpido hermano Juan, aquel niño divertido e inocente. Dejé caer las monedas griegas y romanas sobre la mesa como lágrimas entre mis dedos. Resonaron sobre la superficie de piedra de la mesa como el sonajero de plata de un bebé en la cuna. ¿Tendría el César de ese denario una hermana? ¿Lloró esa hermana el 15 de marzo del año 44 a. J.C.? ¿O acaso esa Cleopatra/Isis había reconstruido el cuerpo de Osiris/Tolomeo, asesinado por César? ¿Habría conocido a Tolomeo tan vagamente como yo había conocido a Juan, una figura distante, con una corona de cinco puntas? ¿Depositó ella dos de esas monedas sobre sus ojos para pagar a Caronte? Lelio me había contado que las sospechas recaían sobre los Orsini. También sobre el Moro. Un hombre de piel oscura, con vestimentas nobles y nariz aguileña había sido visto aquella noche en las inmediaciones del Tíber, de donde, a la mañana siguiente, los guardias palatinos habían sacado a Juan, descabezado.

—Pero el Moro no tiene la piel oscura ni una nariz aguileña —gemí—. Parece un germano.

—Todos los moros son de piel oscura y narizudos —comentó el nuncio.

—Pero él no es moro. No es más que un apodo.

—El apodo de Inocencio III era *el Malvado*. Supongo que estarás de acuerdo conmigo en que era más malvado que inocente.

Entre la mayoría de la gente, César era un sospechoso natural. César había estado celoso de Juan desde que papá le había investido duque de Gandía, desterrando a César, o así lo había expresado él, a una vida de chacal bajo un sombrero rojo. Esos celos habían explotado abiertamente cuando papá le había concedido a Juan el bastón dorado de la Liga Santa, el bastón de mando del supuesto ejército de Dios o, adaptándolo al estilo antiguo de los cruzados templarios, *Militia Dei*. César codiciaba aquel bastón con todo su cuerpo y alma.

—Su oro fue templado con la sangre de santos guerreros. Guarda el poder de sus corazones y de sus almas —solía decir con una sonrisa afectuosa e *in hoc signo*, con una mirada al cielo.

Una lágrima cayó sobre una de mis monedas. La recogí. La habían bruñido y su imagen se había alisado por el tacto de millones de dedos a lo largo de sus mil seiscientos cincuenta años de vida, pero el perfil del rostro de Alejandro de Macedonia todavía era inconfundible bajo la palabra ΑΛΕΞΑΝΔΡΟΣ. Esto me llevó a pensar en Alejandro VI. Papá. Papá siempre había amado intensamente a Juan, un amor que a César siempre le había molestado. Me pregunté si César había interpretado el papel de Caín con el Abel de Juan.

—*¿Cui prodest?* —me contaron que papá había preguntado al Sacro Colegio acerca del asesino—. ¿A quién beneficia?

—*Caesar Augustus adulescens aureus* —había graznado el camarlengo—, el joven César Augusto dorado —poniéndole vocecita a lo que gargantas más jóvenes no osaban siquiera susurrar.

—De hoy en adelante, sólo se otorgarán beneficios a aquel que los merezca. Pretendemos renunciar a todo nepotismo —contestó papá en un repentino arranque de contrición.

El Sacro Colegio farfulló algunos balbuceos obligados de elogio agradecido.

¿Había un papel que todavía pudiera interpretar una hermana en ese drama apócrifo? Mientras tanto, contemplé desde la torre el oscuro Adriático que azotaba los muros de nuestro castillo que daban al mar. ¿En qué pensaba? El infierno con César. El infierno con mis impotentes y sentimentales lágrimas de niña, la lástima que sentí de mí misma y mi dramatización. Papá debía de ser quien más sufría. Debía de ser terrible. Su niñito, muerto, decapitado. Sí, estaba temerosa de dejar a Giovanni, pero no estaría fuera por mucho tiempo. Además, ¿a quién le debía mi vida en Pésaro? A papá, que había insistido en que me casara con Giovanni Sforza, a pesar de mis quejumbrosas y novelescas objeciones. Hacía dos días, papá había dicho la misa de réquiem por Juan, había caído sobre las andas y había llorado con voz ahogada y gritando como un hombre entre las llamas del infierno ante la entera congregación y de nuevo en la tumba. De no haber sido por papá —y por César—, yo no habría tenido a Giovanni ni a mis cariñosos súbditos pesaranos; no habría sido la señora feudal de nadie. No habría tenido un hogar que pudiera llamar mío. No tenía tiempo para llorar la muerte ni la amarga aunque temporal pérdida de mi dulce guarida adriática. Debía volver al lado de papá a toda prisa. Lo imaginaba deambulando a medianoche, solo y desdichado, con un cirio en la mano, por las estancias espectrales de los Borgia. Tenía que detenerlo.

Giovanni me tomó en sus amplios brazos al despedirse de mí.

—Tengo el mal presentimiento de que no volveré a verte en este mundo, muchacha hermosa —dijo—. Moriré antes de que el arco iris del ángel de Lucrecia Borgia vuelva a abombarse sobre el Adriático...

—Mi señor, tan sólo me quedaré allí hasta que las aristas del dolor de papá empiecen a aliviarse. Estaré de vuelta en Pésaro dentro de quince días; a más tardar, dentro de un mes.

—No me interrumpas. Lo he ensayado, y si me detienes ahora, nunca encontraré el coraje suficiente para terminar.

Pero no pudo encontrar el coraje, no pudo continuar, fuera cual fuese la idea que hubiera ensayado. Habría sido agradable, pues he podido observar desde entonces que los hombres fornidos suelen hablar bien. O tal vez simplemente esté en mí el recuerdo de sus palabras pronunciadas al lado de la cascada aquel día de picnic. Siempre he añorado no tener su adiós ensayado en mi memoria, no haberlo escuchado, no poder de evocarlo para suavizar ése o aquel momento doloroso con la sonrisa melancólica de un recuerdo más edulcorado. Pero no está allí. Lo único que supo hacer entonces fue llorar entre sus manos como un niñito rechoncho, temblando y meciéndose de dolor en toda su entrañable corpulencia. Me introduje en el carruaje.

—Que Dios te acompañe, mi pequeño petirrojo estigmatizado. Rezaré por ti cada día que Dios me conceda.

Eso fue todo lo que Giovanni finalmente dijo, llamándome cuando las ruedas de mi carruaje ya rodaban entre crujidos y chirridos envueltas en una nube de polvo oscuro y avanzando en mi último atardecer lombardo.

—¿Que Dios te conceda? ¡Déjalo! ¡Pensaba que yo era un amasijo de autocompasión! ¡Estaré de vuelta antes de que puedas haberte dado cuenta de mi ausencia!

A mi lado, conduciendo el carruaje, Lelio sonrió. Unos soldados de la Militia Dei nos seguían.

Cuando tomamos la carretera en dirección este que nos llevaría a Roma junto con el nuncio, topamos con un campesino que estaba en el borde de la carretera con el torso desnudo. ¡Dios mío! Inevitablemente pensé que tenía el cuerpo de un dios griego. La antigua Ítaca de Giovanni debió ser un lugar de residencia extremadamente interesante cuando acuñaron aquellas monedas. Todos aquellos luchadores desnudos y provocativos δισχοβολοι —lanzadores de discos— moviéndose pesadamente por el lugar con toda su perfección muscular y untados de aceite de oliva. ¿Cómo debía ser que te hiciera el amor un hombre como aquél? Sentía un gran afecto por mi Giovanni, pero seamos sinceros. Me abaniqué, haciendo ver que me quitaba el polvo de la carretera y a la vez pensando que..., bueno, que nunca lo llegaría a saber. Recé porque pudiera despachar rápidamente lo que fuera que papá necesitara de mí en Roma y volver a casa al lado de mi dulce y encantador gordo, al que prefería ver comiendo aceite de oliva que untándose con él. Al pasar por el lado del dios griego lo reconocí. Era el esposo viudo de Vanozza, el padre de los gemelos.

Hizo la señal de la cruz.

—Que el amor de Dios te acompañe, dulce madre de todos nosotros —gritó hacia el interior polvoriento de mi oscuro carruaje. Alzó el niño en sus brazos, ofreciéndomelo—. ¡Uno vive! —me gritó con un ronco y húmedo bramido, que parecía haber sido proferido por Poseidón—. Rezamos juntos cada noche para que algún día vuelvas.

¿Cuál de ellos vivía? ¿Habría sobrevivido el niño o la niña? Nunca lo supe.

—Besa al niño de mi parte —le grité—. Prometo que volveré para veros a todos de nuevo.


—Pero, papá —le dije entonces al blanco Alejandro que estaba sentado en su trono apostólico—, el señor de Pésaro es el hombre más dulce y bueno bajo el cielo. Me ama. No podría hacerle algo así.

Había pasado una semana de viaje desde mi despedida de Giovanni y de mis lombardos. César acudió a mi estancia en cuanto llegué al Vaticano y me puso al día de las nuevas circunstancias desde el asesinato de Juan. Yo debería casarme con Alfonso, duque de Bisceglie, heredero del príncipe de Salerno y sobrino de Federico I de Aragón, por entonces rey de Nápoles y de las Dos Sicilias, y uno de los señores más poderosos y más ricos de Italia. Yo estaba furiosa.

—Dicen —terminó César secamente— que es el hombre más hermoso de Europa, mejorando lo presente, por supuesto. —Y me envió su sonrisa más chispeante.

—¿Cómo podría hacerlo si ya estoy casada?

—Habrá que anular ese matrimonio equivocado. Serás declarada *virga intacta* en virtud de la *impotentia* de Giovanni. Esta pareja es mucho mejor y preferible a la que hacías con el cobarde de Pésaro.

—¿Y por qué es impotente?

—Nigromancia.

—Pero tú, papá, y la mitad de los prelados de Europa visteis a Giovanni haciéndome el amor en mi noche de bodas.

—Eso es lo que aparentemente pasó. Sólo Dios y Satanás pueden saberlo.

—Aparte, es de suponer, de Giovanni y yo.

—Tal vez ni siquiera vosotros dos lo sepáis. Si llamas aquel lamentable evento de tu noche de bodas «hacer el amor», realmente te compadezco. Pero la noticia es que Giovanni es impotente porque llevas tres años casada con él y todavía no te ha «conocido» en el sentido bíblico a causa de las maldiciones arrojadas sobre la unión matrimonial por Hecateo el Francés. *Quod non cognoverim*, Lucrecia; no te ha conocido.

—Al contrario; en él he encontrado a un experto bíblico más allá de cualquier duda. ¿Cuántas habitaciones crees que hay en la fortaleza de Pésaro?

—No tengo ni idea. ¿Cincuenta? ¿Cien?

—Doscientas ocho. Giovanni me ha hecho el amor en cada una de ellas. En algunas, hasta dos y tres veces.

—Se dice que posiblemente Giovanni no sea el único que desee el divorcio —dijo César.

—¿A qué te refieres?

—Me refiero a Marino Sanuto...

—Ese alcahuete.

—Sí, es un alcahuete, pero, en este caso, eso sólo hace que sea más fiable. Dice que has tenido un amante, Pedro Calderone, el poeta español conocido como *Perotto*, asesinado por el señor César, yo mismo, y arrojado al Tíber por miedo a que os pudiera sonetear y hacer pública vuestra relación. Dice que ha obtenido esta información a través de la amazona Pentesilea, la otra puta de Perotto y tu dama de honor.

—Eso es absurdo. Perotto es el criado de papá y un idiota. Yo no me acuesto con el servicio. Y tengo la sensación de que Pentesilea no se acuesta con hombres.

—Así es. Pero es lo que dice la gente, según me han contado.

«Dios ha sellado mi destino al de Giovanni y su pueblo», pensé. Yo era feliz con él y con ellos. ¿Por qué tenían que meterse en ese asunto César y papá? Quería precipitarme sobre papá y abofetearle hasta que la nube que era lloviera agua salada, y advertirle que no jugara con la hija de Vanita y de Rodrigo si no quería buscarse la desgracia, y decirle que quemara el cadáver de Perotto amenizando la quema con la lectura escenificada de *Incendio di Troja*. Incluso llegué a hacerme ilusiones de que a papá le podría gustar; podría gustarle ver a la mujer fuerte y espinosa en que se había convertido su hijita durante su estancia en la costa lombarda. Sin embargo, astutamente por parte de papá —e incluso sabiamente, como resultaría más adelante—, dejó que me cociera a fuego lento en mis propios jugos durante unos cuantos días. Aquel estofado no hizo que se aplacara mi enfado, pero sí me hizo más débil y llorosa, añadiendo así más caldo salado a la receta. Seguí pensando en Giovanni. Su rostro me venía constantemente a la mente, el giro tormentoso que tomaría la situación cuando él descubriera lo que nos esperaba y que nunca me volvería a ver, tal como había predicho. Pensé en el niño regordete o la niña —o los gemelos— que ya no tendría con él y, sobre todo, en cómo lloraría Giovanni la pérdida de aquella posibilidad. Cuando pensaba en ello, lloraba amargamente. Y cuanto más lloraba, más débil me sentía. Cuanto más débil me sentía, más fácil me resultaba el llanto, y así sucesivamente. Llamé a la antes mencionada Pentesilea. La recordaba muy bien, pues medía más de seis pies y se cimbreaba como una afectada acróbata circense al andar. Había decidido acabar con ella si me provocaba lo más mínimo.

—Eso no es cierto, mi señora. Usted no pudo ser la... puta de Perotto, ni ninguna otra mujer podría haberlo sido.

—Sanuto también dice que tú fuiste la amante de Perotto.

Soltó una risita profunda y larga.

—Perotto era un célebre caballero de caballeros, de la misma manera que yo soy una dama de damas. Era un homosexual desvergonzado. Sólo podría hacerse una pareja de nosotros dos en el purgatorio, y ahora mismo me lo estoy pasando demasiado bien con muchachas aquí para estar allí. Perotto era el amante de Sanuto. Lo que hace Sanuto es divulgar esos rumores para alejar las sospechas y los prejuicios de su propia persona y pasárselos a usted.

—Gracias, Pentesilea. Te estoy muy agradecida por habérmelo contado. Me refiero a lo de Perotto, por supuesto; no lo tuyo.

—¿Está satisfecha con el servicio, señora?

—¿A qué te refieres?

—Si está satisfecha con mis servicios.

—Por supuesto. ¿Por qué debería preocuparme?

—Si necesita conocer con mayor profundidad el camino sáfico, estaría más que dispuesta a enseñárselo...

—No, no te molestes. No es que haya nada pecaminoso en ello, salvo formalmente, por supuesto. Conozco a muchas abadesas, obispos, arzobispos y cardenales, incluso a santos... ¿Es ésa la razón por la que los hombres odian la poesía de Safo? —Alcé la vista, sorprendida al descubrir que ella seguía allí—. ¿Fue Hildegarda de Bingen una habitante metafórica de Δεσβοσ? ¿Una lesbiana?

—Nuestra hermandad laica dice que no.

—Esa hermandad siempre da a entender que todo el mundo lo es. Puedes irte.

Salió de mi estancia tambaleándose sobre sus tacones altos como una jirafa sensual, prácticamente rebotando contra las paredes del pasillo. Para entonces, cuando dos de los apóstoles de papá y dos palatinos por fin me condujeron ante Su Santidad, había perdido cinco kilos de mi ya de por sí delgado cuerpo y había alcanzado la condición de una mujer que ha sido interrogada mediante el hierro candente del Santo Oficio, dispuesta a decir cualquier cosa si eso sirve para que paren los llantos.

Mi hermano se hallaba al lado de papá, pero ya no vestía de cardenal, ni siquiera llevaba el birrete carmesí. Lucía un perpunte de paño dorado, una gorra florentina a juego, medias doradas y botas con hilos de oro que bajaban por la canilla. Al entrar, me pareció tan hermoso como el sol naciente.

—César —dije—, ¿qué ha sido de tu cruz pectoral y de tu anillo?

—He renunciado al Sacro Colegio. Ya no soy Valencia. Vuelvo a ser un Borgia.

—¿Has renunciado a toda caridad para con tu hermana, a la vez que a tu tocado rojo? Poco más he hecho que llorar durante los últimos dos días desde que hablé contigo la última vez.

—Lucrecia, cielo —dijo él—. Este nuevo casamiento es cien veces mejor que el que celebraste con el impotente y cobarde de Pésaro.

—No mentes a Giovanni, hermano, o tendré que cortarte la lengua. Últimamente he estado practicando la extirpación.

—Perdóname, Lucrecia, pero el tío de Bisceglie es el soberano más poderoso de Italia, si dejamos de lado a Su Santidad. Es posible que Alfonso llegue a ser su heredero, suponiendo que antes mueran los familiares adecuados y, créeme, lo harán.

—Lo sé. Pero amo a Giovanni.

—Serás una duquesa de primera —insistió César—, y una princesa tras la muerte del padre. Y después del fallecimiento del de Nápoles, una reina. El hijo que tendrás con la corona de Aragón hará historia.

—¿Debería follármelo por mor de la historia? ¿Qué ha hecho la historia por mí hasta el momento? Giovanni me hace feliz. Él se esfuerza, incluso se sacaría el corazón por satisfacerme.

—El deleite de una arpía —se mofó César—, que tira hacia la cama de un viejo.

—¿Viejo? Tiene treinta y siete años.

—¿Acaso no deseas el amor de una mujer con un joven de la belleza de Apolo? Alfonso es un hombre con el que soñar, casi tan digno de admiración como yo.

«¡Oh!, César sigue siendo tan engreído como siempre», pensé. Sin embargo, al contemplarle en aquel momento, debo confesar ahora que me pasó por la cabeza que sería de una belleza innegable disponer, algún día, del cuerpo de un hombre tan hermoso como el que tenía a mi lado.

—Amo a Giovanni a mi manera. No te atañe a ti, hermano, juzgar nuestro amor.

Papá se dispuso a tomar la palabra.

—Ni siquiera le corresponde a Su Santidad —le frené—. No creo que sea una cuestión de fe ni teológica con quién comparto la cama.

—Te infravaloras —murmuró papá.

No estaba furiosa, ni siquiera gritaba, tal como había hecho anteriormente en aquella sala, cuando papá y César me expusieron unos planes románticos no solicitados ni deseados por mí. Estaba demasiado llena de una tristeza enervadora para ello, una tristeza que perduraba desde que me había despedido de Giovanni: tristeza al pensar que no volvería a ver jamás su dulce corpulencia; tristeza por la pérdida de sus hijos no nacidos; tristeza por la nube de inevitabilidad que parecía envolver aquella sala como una débil réplica de la nube de papá; tristeza por la atmósfera cargada de rumores que se había convertido en parte de mi vida. Exhausta, sabía cuál sería el resultado. «Me resistiré», pensé entonces, de la misma manera como los interrogados suelen imaginar que resistirán cuando los tienden sobre el potro de tortura por primera vez. Sabía que me estaba mintiendo a mí misma. Podía luchar hasta el día del Juicio Final, pero lo que sería, sería. La gentuza me tendría por una asesina adúltera, fuera cual fuera la verdad, hiciera lo que hiciera. Resulta tan imposible resistirse a los deseos de Dios como dar a luz a un niño sin dolor ni pena. Así, no obstante, era como justificaba mi debilidad. Estaba a punto de darme por vencida. «Podré retirarme a mis aposentos en el Vaticano y, por lo menos, al fin dejar de llorar», pensé cuando empezó el pataleo. Luego, comenzó a sonar la gaita de César.

—¡Lucrecia, por Dios! Si no das tu consentimiento, mis enemigos, que son muchos y poderosos, como los Sforza, los Colonna, los Médicis, una docena de cardenales de todas partes, Carlos VIII, los venecianos, el Lupus Magnus rey de las Dos Sicilias, utilizarán el fracaso de esta alianza para destruirme. El Moro me cortará la cabeza como cortó la de Juan. ¡Me asesinarán! ¡El amor que siento por ti, que siempre ha estado muy cerca de mi corazón, desaparecerá de la faz de la tierra!

—César, por favor —suspiró papá.

Con gran dificultad, César consiguió tranquilizarse. ¡Qué niño tan odioso y tramposo era César! Sin embargo, percibí algo más en él. Tras su discurso pomposo había habido una verdad, de la misma manera que siempre hay una pizca de verdad irónica en lo absurdo. Al mirarle entonces, no hubo ni rastro en su perfecto rostro de nada que no fuera la más sentida sinceridad y preocupación por mi felicidad. Es la honestidad de Satanás y no sus mentiras, demasiado cacareadas, la que ha constituido eternamente su arma más peligrosa. «César me ama realmente» pensé. ¡Oh, sí!, desde luego había pensado en sí mismo al urdir sus complots para mí. Pero ¿acaso no podía pensar sinceramente en Lucrecia también?

—Hija —dijo papá—, eso es lo más indicado que puedes hacer. Ya verás, al final serás más feliz.

—Papá —repliqué—, no me hagas esto.

—Has estado en Pésaro el suficiente tiempo como para haber tenido un hijo en edad de empezar a andar —dijo con la misma dulzura repentina en la voz con la que me había hablado cuando tenía seis años, según recordé—. Todavía no estás encinta. El disgusto de Dios por un matrimonio siempre encuentra su expresión en la esterilidad de una mujer. La semilla de Alfonso te dará hijos.

¿Podría eso ser cierto? No lo sé, pero era, al menos, el caballo de Troya de papá para mi Casandra.

—Pero, papá...

—Se hará la voluntad de Dios por tu propio bien.

César sonrió, feliz; supuse que porque entonces el Moro y el Gran Lobo de las Dos Sicilias permitirían que conservara la cabeza.

Bajé la cabeza. Pero no iba a ser tan sencillo. Al llegar la humedad gélida de la última semana de diciembre de 1497 me encontré tendida bajo el altar principal de la capilla Sixtina, totalmente desnuda sobre otra fría plancha de mármol, con los pezones tan tiesos de frío como los remaches de una coraza. Me pasó entonces por la mente que había estado desnuda en algún momento durante todas las ceremonias en las que había participado en los últimos tiempos. Una vez más, sólo había una sábana de satén blanco entre el frío aire matinal y mi cuerpo. Estaban las mismas monjas invisibles de siempre cantando a la Virgen desde el fondo de la sala. «O tal vez a la virgen —pensé—. ¿Por qué nunca veo a esas condenadas monjas —me pregunté— durante ninguno de esos ceremoniales en los que suelen cantar?» Volví la cabeza y vislumbré una nidada de cardenales, media docena de ellos, reunidos para cumplir su deber obstétrico en el ala inferior de la nave. En medio de la bandada se encontraba el camarlengo Costa, que había sobrevivido —otro extraordinario milagro, alabemos al Señor— unos años más de una decrepitud amenazada por la gripe. Entonces parecía un fantasma envuelto en una sábana carmesí. Estaba muy nervioso y se perdía en evasivas. Su anciano rostro ruborizado se crispaba en muecas de embarazo bajo el tocado carmesí. Los demás cardenales empezaron a empujarle hacia mí.

—De acuerdo, de acuerdo, hermanos —se lamentó—. No me empujen. Conozco mi deber. Ya voy. ¿A qué se deben estas prisas impropias?

«¿Prisas?», pensé mientras el anciano se arrastraba interminablemente pasillo arriba hacia mí. El Todopoderoso se había mostrado más presto a la hora de determinar el día del Juicio Final.

Por fin, llegó a mi lado. Yo alcé la vista; él la bajó.

—Señora... doña Lucrecia Borgia —empezó diciendo—, he venido para..., para..., para...

—¿Para qué, su eminencia?

—Sabe perfectamente para qué, jovencita.

—Sí, pero quiero oírselo decir.

—¿*Quapropter*? —me dijo, quedándose boquiabierto.

—¿Por qué?

Por un momento sonrió, aunque rápidamente se desvaneció su sonrisa hasta volver a la perplejidad senil que solía caracterizar su rostro.

Me apiadé de él.

—Porque forma parte de la ceremonia, ¿no es así?

Miró cohibidamente hacia el techo de la capilla, escandalizado porque yo conociera el significado de lo que había dicho. Parecía estar pensando que tal vez el *quapropter* bastaba por sí mismo para desmentir mi virginidad.

—Mmm, bueno, sí, supongo que sí... Pronunciar... lo que sea, quiero decir.

—De acuerdo, dígalo.

—Sí, señora Borgia; he venido para... estoy aquí hoy para..., en presencia de Dios... y de mis hermanos..., para examinar... su..., para indagar..., para investigar...

—¿Mi coño?

No pude resistirme a intentar escandalizarlo. Había pasado los últimos dos días pensando en lo que diría para conseguirlo. Era la despreciable venganza de la virgen. Estaba tan mono vestido con su túnica de abuelo. Sus dedos, todos ellos como pasas y nerviosos, temblaban, aunque todavía intentaba actuar despreocupadamente. Pero de pronto pareció que lo que le había dicho le había concedido todo un tierno siglo de vida. Mi intención había sido escandalizarlo, como ya he dicho, pero en su lugar le había procurado alivio al hablarle de mi sexo, sin que pareciera importarle la palabra utilizada. Para los hombres no suele ser algo que haya que rehuir —estoy convencida de que el camarlengo nunca rechazó, ni por un instante, el órgano de una puta– como lo es para nosotras. Para los hombres es más normal nombrarlo.

–¡Sí! –chilló alegremente–. ¡Para catequizar su noble coño!

–Bueno, inquiera todo lo que quiera, eminencia –proferí, un comentario que también estaba ensayado.

Una vez hubo terminado su sacra ginecología, volvió tambaleándose por el pasillo al lado de sus expectantes hermanos cardenales, que habían estado todos en primera línea, comiéndose con los ojos la ceremonia de «la penetración de la virginidad» durante el banquete de bodas celebrado casi cuatro años atrás.

–Bien, ¿es...? –preguntó, jadeante, Ascanio Sforza, todavía el más joven de los petirrojos, al camarlengo.

–¿Si es qué? –contestó el anciano, habiendo evidentemente olvidado la razón por la que estaba allí.

–¿Está intacta, cardenal?

–¿Intacta, quién? ¡Ah!, ya sé. Ahora me acuerdo. La inspección del coño. –Hizo una pausa–. Un milagro, hermanos –exclamó regocijado–. *¡Virga intacta!*

La bandada roja aplaudió, sorprendida, con satisfacción, aunque también con moderación.


El 18 de noviembre de aquel año, en Pésaro y bajo amenazas de Gian Galeazzo y el Moro, Giovanni firmó una *confessio* ceremonial en la que declaraba que *nunquam* me había «conocido», y el 22 de diciembre, justo antes de Navidad, papá disolvió formalmente mi matrimonio con el de Pésaro, absolviéndome de él y de todo lo que allí amaba. Lloré. Luego, me quedé con papá en las estancias de los Borgia mientras se negociaba el contrato con mi próximo marido. Veía a papá a menudo e intentaba consolarle por la muerte de Juan. Sin embargo, parecía haberla superado, o al menos no estaba receptivo a mis intentos de procurarle consuelo.

–Juan está en el cielo, algo inusual para un Borgia –me había dicho–. Tiene suerte. ¿Quiénes somos nosotros para cuestionar la voluntad de Dios? Estamos sólo para aceptarla.

–Pensaba que tu voluntad era un fiel reflejo de la voluntad de Dios. Me contaste que eran una misma cosa, ¿no es así?

–El Padre ha dicho que Él es nuestro reflejo.

Un carámbano atravesó mi columna.

–¿O acaso fue realmente tu voluntad y sólo tuya? ¿Rezaste porque tu decisión fuera la de Dios cuando seguiste tus propios deseos? ¿El método de Poncio Pilatos?

–Nunca podría lavarme las manos de culpa estando involucrados mis hijos.

–Su Padre sí pudo.

Pero ¿acaso la blasfemia era una prueba? Nada más lejos de la verdad. Había tantos sospechosos; incluso los corredores de apuestas apostaban contra la culpabilidad del papa. Todos los demás sospechosos tenían motivos más apremiantes. ¿Habría asesinado papá a Juan? No, no era posible. ¿Un bastón de mando para César como nuevo *imperator* del ejército de Dios? Vaya pesadilla que iba a ser para papá. ¿Creía papá que había visto todas las rabietas de mi hermano? ¿Qué nuevos Apocalipsis cabía esperar entonces del mariscal de campo Rabieta? ¿Iba a aprovechar un descuido para invadir el Sacro Imperio romano? ¿O Inglaterra? Lo que papá había dicho acerca de sus sentimientos para con sus hijos –y su uso sumamente insólito del *yo* al decirlo– tuvo aquel incuestionable viso de verdad, más verdadero incluso, lo puedo garantizar, que los sentimientos del Padre por su propio hijo. «Es imposible que él haya asesinado a Juan», decidí, aliviada.

Aquella noche me puse una capa negra. Tomé mi silla de amazona, un regalo de Giovanni, hecha por sus artesanos campesinos. Me dirigí a los establos palatinos, donde localicé una hermosa potra negra, con unas vistosas crines ondeantes y la cola trenzada, de nombre *Diana*. La ensillé, me subí a la silla y salí del Vaticano por la Puerta del Pueblo, desde donde tomé la vía Appia en dirección norte. Fui a Subiaco. No a Subiaco exactamente, sino al convento-monasterio de San Sixto. Allí me recibió una novicia, una tal sor Ana, que me condujo inmediatamente ante la abadesa, la madre Fortunata, que estaba rezando en la capilla debajo de la estatua de san Sebastián.

Me acerqué a ella por detrás.

–¿Ama a san Sebastián, reverenda madre?

Se volvió hacia mí lentamente y sin esfuerzo aparente, como si fuera un ángel haciendo una pirueta.

–Le rezo. Es nuestro principal baluarte contra la plaga, hija.

—Pero ¿lo ama en sus oraciones?

La madre Fortunata se sonrojó, aunque sus ojos siguieron tan infranqueables como las puertas de un claustro.

—¿Acaso no le amamos todas?

—Sebastián desnudo —dije—. Mi madre solía maravillarse ante él. ¿Sabe usted, reverenda madre, por qué siempre lo representan en una actitud tan sensual en su martirio agonizante?

—Es su intento de marcar con hierro candente el sacrificio en nuestras almas.

—Sin duda. Está lo suficientemente caliente como para dejar su marca en cualquier mujer.

—No seas irreverente, hija. ¿Qué puedo hacer por ti?

—Me persiguen, madre, impulsándome contra mi voluntad hacia un grave pecado de adulterio. ¿Podría procurarme asilo?

—Es nuestro deber. Ven conmigo.

—No soy virgen, reverenda madre. No tiene ningún deber para conmigo.

—No contigo, hija mía, sino con la Santísima Virgen —dijo señalando a la Virgen predilecta de mi madre con el dedo—, cuya virginidad fue un sacrificio por todas nosotras.

Hasta aquel momento no había comprendido plenamente el significado de la palabra *sacrificio* utilizada en un sentido religioso. Al igual que tantos otros religiosos enclaustrados que había conocido, la reverenda madre Fortunata era una mística milenarista, que adoptaba la idea apocalíptica de la historia de Joaquín de Floris, según la cual ésa no iba a ser una época renacentista, sino la de la gran y final muerte, la época del Espíritu Santo —sobre quien Fortunata estaba íntima y diariamente informada— y del día del Juicio Final. Me trasladó que, en su opinión, papá era el papa perfecto para ese día. Me zafé de hacer cualquier comentario al respecto. También era una de esas raras monjas espirituales que parece que no anden por los sombríos pasillos de un convento, sino que floten, pues realmente sus pies no llegan nunca a tocar el suelo. Me condujo a una celda vacía, hizo la señal de la cruz y me dejó sola para que yo pudiera descansar.

A la mañana siguiente me dirigí a la capilla, una vez más, para rezar a san Sebastián y a la Santísima Virgen. Al entrar vi a una niña de unos diez años e imaginé que era una de las bastardas que el convento adoptaba regularmente y criaba. Estaba delante de san Sebastián, evidentemente rezando, con la pequeña mano posada con dulzura en una de sus flechas. Se volvió para verme entrar.

—Buenos días, susurró.

—Buenos días.

—¿Quién eres?

Me acerqué a ella, intentando sonreír, pero por alguna razón inexplicable para mí, los nervios me atenazaron y apenas fui capaz de sonreír.

—Lucrecia Borgia.

Puso cara larga. Pude ver su rostro y sus piernas, que no paraban de temblar. Ella no trató de sonreír, sino que frunció el ceño.

—No puede ser.

Al llegar a su lado, observé que la niña tenía un extraño parecido a mí a su edad: la trenza dorada, los ojos del mismo color, aquel lápiz de labios bermejo ligeramente corrido. Me pregunté si tendría algún hermano bastardo en algún lugar. «¡Qué adorable! —pensé—. Esta niña no sabe la suerte que tiene por conocer a alguien tan bello y célebre como yo.» Debía de ser su heroína; se había convertido en una copia de mí.

—¿Y por qué no puedo ser Lucrecia Borgia?

Alargué la mano para acariciar su hermosa cabellera. En ese momento, llegué a desear que fuera mi hija.

—Porque yo soy Lucrecia Borgia.

Me quedé helada.

—No puedes serlo.

La miré fijamente. «Debe pensar que soy una idiota —me dije—, en lugar de un paradigma.» ¿Era posible aquello, aunque sólo fuera remotamente? Ese lugar era un refugio de niñas bastardas; recorrí mentalmente la imagen de mis hermanos, intentando acordarme de alguno que pudiera haber mencionado o indirectamente dado a entender que existía tal niña. No se me ocurrió ninguno. ¿Y por qué ponerle mi nombre? ¿Quién en nuestra familia, si era cierto, tendría la disciplina de hierro y la motivación para convertir un regalo de Dios tan precioso como aquel en un secreto? ¿Y quién había resuelto arriesgarse a ocultar tal regalo justo debajo de la casa de campo de los Borgia?

—¿Quién es tu padre?

La niña sonrió abiertamente.

—El gran señor César Borgia —proclamó.

Claro, César, el sublime guardador de secretos. Pero ¿sería cierto? Repasé las docenas de muchachas y mujeres con las que César se había acostado. ¿Y debió de acostarse con su madre a qué edad? ¿A los quince? Bueno, eso sí era posible. Y si yo era el modelo de la niña, tal vez simplemente deseaba que fuera así.

—¿Y tu madre?

—No tengo madre. No la necesito. Papá me dijo que él y su oro son todos los padres que necesita una niña como yo.

Entonces, era verdad. Sólo César podía haberle dicho algo así.

—Me da oro cuando soy buena con él. Soy buena con él cada vez que viene a verme.

Un escalofrío recorrió mi cuerpo. Permanecí en San Sixto diez días, o tal vez más, casi dos semanas. Pasé todos los días junto a la madre Fortunata o la pequeña Lucrecia. Empecé a enseñar a la niña a leer. Ella insistió en que leyéramos *La leyenda dorada*.

Le dije que se la podría leer a César la próxima vez que lo viera, porque se sentiría muy orgullosa de ella.

—No puedo —me dijo—. Papá dice que lo único bueno es ser bueno con él. Papá dice que las palabras escritas están para ocultar la verdad y que Dios nos las dio para ocultar nuestros corazones en ellas. Dice que son como un capullo con una repugnante mariposa muerta en su interior. «Leer es malo», dice. No me dará oro por leer.

Tendría que mantener una pequeña charla con mi hermano.

—Nunca pensé que a mi padre le gustara que yo leyera, pero ahora creo que sí le gusta.

—¿Te refieres a papá Dios, evidentemente?

«Eso es creativo», pensé. La niña podía convertirse en una creadora de palabras.

—Papá dice que todo lo que dice y todo lo que sabe lo ha adquirido de papá Dios.

—No todo.

Hablando de papá Dios, cada día algún cardenal nuncio llevaba un anuncio de papá de mi cada vez más execrable excomunión y, a renglón seguido, me comunicaba cuán seguro y profundo iba a ser mi descenso a los infiernos, llegada la hora. Estaba muy por debajo del noveno círculo de la perdición —en algún lugar entre el decimotercero y el trigésimo tercero— cuando se personó el último nuncio. En la oscuridad profunda del amanecer, ni siquiera sé qué hora era, la pesada puerta de mi celda se abrió de golpe con un ruido parecido al que hacía el puente levadizo de Giovanni al bajar. Cuando, con gran acopio de fuerzas, abrí soñolienta los ojos, creí que eso era lo que estaba oyendo.

Sin embargo, alcé la vista hacia la puerta y me llevé una sorpresa.

—¡César!

Llevaba armadura, jubón dorado, guanteletes de hierro y una espada maciza con empuñadura de oro que me hizo pensar en el gladiador romano del viejo Amphitheatrum Flavium de Calígula, que nosotros llamamos Coliseo.

César se acercó a mi catre.

—He venido a por ti, hermana. Mi caballo está aquí para comerse a tu reina. Tus tiempos de juegos y flirteos con la condición monjil han llegado a su fin.

—Aquí tengo asilo.

—Asilo —escupió César con desprecio—. ¿Acaso quieres asilo de tu propia fe? Bueno, pues a ver si maduras; todos queremos asilo, pero sólo lo conseguimos en los libros. ¿Y de qué terrible providencia quieres buscar refugio?

—Quiero hacer el amor con el hombre que yo elija. Lo mismo querrá tu hija cuando le llegue la hora.

—¿Qué demonios tiene de excitante enescar a ese leviatán?

No pude remediarlo. Solté una risita.

—Mi hija es asunto mío —prosiguió César—. Déjala en paz. Te gustaría profanar tu nombre. Te gustaría dejar de lado la ambición, el patrimonio de los Borgia, y hacer el tonto con algún idiota impotente. «¡Oooh, te quieero, Gianni, Gianni! ¡Y sobre todo quiero a tus campesinos y a sus bebés pececitos!» Te estamos ofreciendo la llave de un trono.

—¿Tú y papá Dios?

—Sí.

—Si no puedo amar a Giovanni, me haré monja como mi madre y como la madre Fortunata. Seré la madre de la pequeña Lucrecia, puesto que ella ahora mismo cree que salió de tu monedero. Se está muy a gusto aquí, y las hermanas son muy amables.

—¿Ahora quieres un hábito hecho de sacos de patatas? La chica de las túnicas doradas y los zafiros. Dime, ¿quién podría vestir mejor?

—¿Mejor?

—Algún día tal vez luzcas una diadema imperial. Con una joya así, podrías aparecer desnuda ante el mundo y nadie diría que estás desnuda.

—¿Una diadema imperial? ¿De qué me estás hablando?

—He preparado tu destino por ti. No seas cobarde. Cásate con tu destino. Sé quien yo sé que es mi hermana, Lucrecia Borgia, hermana de César —dijo descolgando mi capa negra de una percha y arrojándomela—. Póntela. Tempus fugit.

Sentí que me sobrevenía una oleada de deseo, pero no de deseo por el cuerpo de un hombre, sino por el alma de César, el alma de un Borgia. Sentí el ímpetu de Cleopatra cuando César le mostró el foro romano. Tenía que capear la ola. Corrimos a toda prisa desde mi celda hasta el vestíbulo principal de camino a la puerta de salida, que siempre estaba abierta. Pensé en la Lucrecia menor, pero decidí abandonarla a su propio destino. De pronto, apareció la madre Fortunata en el oscuro arco abierto de la puerta.

Se volvió para enfrentarse a César.

—¿Adónde va mi Lucrecia?

—A cumplir la voluntad temporal del Santo Padre —dijo—. No tenemos tiempo para esto. Carlos el Franco está en camino para asesinarme.

Tenía el badajo de la campana con la que congregar a los monjes en la mano.

—Lucrecia Borgia tiene asilo aquí. No se va a ningún sitio, por mucho que haya llegado el fin del mundo, o una apoteosis de franceses.

—¡Soy César Borgia! ¿Acaso crees que tengo intención de hacerle daño?

César estaba temblando.

Fortunata se dispuso a hacer sonar la campana.

—Tiene asilo incluso frente a los arcángeles.

—¿Asilada para mí? —exclamó César en plena rabieta—. ¡Soy el maestro de los serafines!

En un solo movimiento agarró con las dos manos a Fortunata por el velo y atravesó su cuello con el estoque, que produjo un inconfundible tintineo al chocar contra su columna vertebral. La campana de alarma se cayó al suelo e hizo un sonido parecido al de la campana de una vaca mareada. Fortunata se desplomó con un jadeo. De su tráquea abierta emergió un gemido en medio de una nube de pequeñas burbujas de color rosa, como las pompas de jabón que tal vez algún día haría la pequeña Lucrecia en su día de cumpleaños. De pronto, caí en la cuenta de que cada glóbulo podía contener un pedazo de su alma. Los círculos cristalinos ascenderían al cielo, donde reventarían contra el rostro del Padre y mancharían de sangre su barba blanca y sus sempiternos bigotes.

—Su Apocalipsis de burbujas, madre —dijo mi hermano.

Extrañamente, el cadáver cubierto de sangre de la madre me afectó poco, pero ver su toca encarnada me provocó arcadas, como a un bebé aquejado de un cólico. Estaba tan ensangrentada que había perdido el apresto y ya no era más que un babero rojo. Cuando tenía la edad de la pequeña Lucrecia, había imaginado siempre que la toca era donde las monjas llevaban las manchas del pecado, como si su vestimenta fuera su alma. La que tenía delante de mis ojos parecía una repentina reencarnación de mi fantasía infantil, en la que el pecado fluía sobre ella en oleadas rojas. César me arrastró por encima del cadáver sin reparar en que pisábamos la sangre y me sacó de allí. Pude oír cómo unos monjes acudían a toda prisa para auxiliarla, pero ya era demasiado tarde. César me condujo por un sendero donde aguardaban dos caballos ensillados. Me lanzó literalmente en mi silla de amazona. Al agarrarme a sus brazos tras la sacudida noté sus músculos bajo la piel, parecidos a los tirantes de los que suspenden los puentes. César azotó a *Diana* con su fusta y salimos de allí al galope.

Recorrimos la carretera sur hasta llegar a Roma en medio de la oscuridad sin luna. Al principio, yo rezaba porque pudiera ver de nuevo a mi sobrina y me preguntaba cómo sería entonces. ¿Dónde estaría en ese momento? ¿Sabría ya qué había sido de la madre Fortunata? Al pensar en ella, recordé que no la había visto sonreír ni una sola vez durante todo el tiempo que pasamos juntas. ¿Por qué? Percibí que mi sobrina sabía algo que Dios no quería que supieran las niñas pequeñas. ¿Qué podría ser? ¿Podría ser la diferencia entre la mente y el alma? ¿Sería realmente la respuesta tan deprimente? Pero no se le permitía leer. ¿Se daría cuenta de que hay una diferencia?

César iba delante. Sin que mediara estímulo alguno por mi parte, *Diana* galopó para mantener el ritmo de su semental. Me sacudía locamente en la silla de amazona, tanto por el movimiento del galope de la potra como por la pena que sentía y que me golpeaba en grandes oleadas asfixiantes. Sor Fortunata me había afectado como una Vanita menor, acariciando mi mejilla, intentando protegerme en aquel convento de San Sixto, debajo del Subiaco de Vanita. Lloré por las dos. Lloré por mí. Todo lo que había significado algo en mi vida se había tornado sangre y aire de una sola estocada. ¿Por qué? ¿Qué significado podía tener? ¿Y qué sentido tenía que entonces me fuera con el asesino? Apenas conocía a

Fortunata, a pesar de que se había convertido en otra Vanita en mi mente. ¿Otra amante de san Sebastián? ¿Qué significaría para César, o para papá, haber matado a una santa, haber martirizado a una Virgen? ¿Significaba algo para mí? Había tenido lugar en el claustro de Vanita. ¿Era eso relevante? ¿Por qué san Sebastián no había detenido a mi hermano? ¿O acaso san Sebastián se había convertido en mi hermano? Éstas son las cuestiones meramente racionales que, sin duda, debieron conmoverme en aquel momento. Pero por entonces mi mente era como un vacío tormentoso. De hecho, en aquel momento empecé a sentir que la aglomeración de pedazos que siempre había llamado «mi yo» estaba siendo vaciado, como si fuera un cubo de helado vertido en un cucurucho lleno de plumas. Pensé en el grito de agonía de Marsias desollado a manos de Apolo: «¿*Quid me mihi detrahis?*, ¿por qué me despojas de mí mismo?» O como si mi centro fuera una mano alada que estaba sacando de un guante de piel de cabrito. Como el canto de Alighieri dice:

> *Entra en mi corazón y cólmalo con tu aliento*
> *como liberaste al sátiro Marsias*
> *de la envoltura externa de su piel.*

Oí un ululato y alcé la mirada. Un búho de color amarillo dorado sobrevoló nuestras cabezas siguiendo la misma dirección que nosotros. Sentí como si mi centro se elevara en el aire desde mi potra cubierta de sudor —de la misma manera que Fortunata había flotado entre espumarajos— para convertirse en el búho. «Atenea salió del cráneo del rey dios», pensé, recordando el libro de mi infancia que César me había leído sobre ella. Ella era el búho de la sabiduría. ¿O era yo? Me estaba cuestionando si era o no el sabio búho cuando recordé que Felipe el Noble, de los Capetos, había dicho que el búho era una «ave hermosa, pero por lo demás estúpida e inútil». ¿A quién le era útil yo? Era hermosa. Si ser hermosa es lo que te hace ser hermosa, ¿no era yo estúpida, no eran el latín y el griego de mi biblioteca inútiles —*nihil prodesse*, μη χραομαι—, siendo incapaz de detener el asesinato sin sentido de una santa por culpa del parpadeo del ojo de una ave? Miré hacia abajo, moviendo las alas para mantenerme en el aire, y nos vi a César y a mí, al semental y a *Diana*, galopando en dirección a Roma. Intenté pensar; pero todo pensamiento, toda mi vana inteligencia, permaneció debajo de mí, dentro de mi cuerpo en movimiento, montado en la silla de amazona. Todo lo que yo era, toda mi alma de búho, resultaba una claridad cierta y cálida. Una aprensión inmediata, sin necesidad de raciocinio ni de sensaciones. Cerré mis ojos celestes. «Supón que tus ojos son un animal —dijo Aristóteles—. Entonces la vista sería su alma.» No necesitaba verlos para conocer su color. Ni tampoco los necesitaba para seguirnos a César y a mí. La lluvia empezó a caer —como diría Hesíodo, a través de grandes «agujeros en el cielo», con los rayos de Zeus descargando a nuestro alrededor en busca de muérdago. Lo único que oí fue el sonido de las ráfagas de viento y los truenos estériles, y lo único que olí fue la caída acuosa de su rastro vacío y eléctrico. Por fin, experimenté, para mi asombro, la diferencia entre la mente y el alma. Dormí en la oscuridad y volé a través de la lluvia iluminada por los dioses.

Los rayos del alba abrieron los ojos de mi depredador. Nos estábamos acercando a Roma. Todo estaba resplandeciente. El viento me había secado; había parado de llover. Entramos por la Puerta de San Giovanni, una ironía que ni siquiera mi alma inarticulada pasó por alto, y bajamos por la vía de San Giovanni, en Laterano, hasta llegar a la vía Papele; cruzamos el puente de San Elio; pasamos por el castillo de Sant'Angelo; por el viejo Borgo y entramos en la Ciudad del Vaticano y la plaza, hasta llegar al palacio apostólico y el de Santa María del Pórtico y las estancias de los Borgia. César y yo desmontamos; yo entré en Santa María y él en el palacio apostólico. Mi alma sobrevoló la plaza durante una hora, hasta que reaparecí en un balcón alto de Santa María. Me volví un momento, y la alta y espigada Pentesilea me trajo una silla pequeña. Tomé asiento mirando hacia la plaza. Mi alma de búho bajó en picado, directamente hacia mi pecho, con las garras extendidas, hasta que se hundieron en mi corazón. Me había convertido en el «gorrión entre las garras del grifo» y había vuelto a mí misma, volvía a ser un ser íntegro, en la medida en que era consciente.

Estaba sentada en el balcón iluminado por el sol de la mañana, metida en mi nuevo vestido de boda; esperaba a Alfonso, el bastardo de la corona de Aragón, duque de Bisceglie, príncipe de Salerno, mi prometido y futuro esposo. Papá había dicho que aguardaban la llegada de Alfonso ese mismo día. Si Dios lo quería, aunque el primer visigodo me había salido sorprendentemente bien, éste no sería otro esposo gordo y viejo. Miré hacia la plaza a través de la gasa de mi velo nupcial, como la virgen de tejo de la pata de la mesa de Vanita. Por ninguna razón aparente, daba por supuesto que sería feliz.

# Cinco

No oí, ni vi, ni siquiera percibí de modo alguno su llegada; ni el estruendo de los cascos de su caballo, ni los gritos de sus compañeros de sangre azul y de sus jóvenes familiares napolitanos sobre zancos rojos, ni siquiera la polifonía de las trompetas y los tambores, y la muchedumbre vitoreante compuesta por un millar o más de soldados con sus rugientes arcabuces y sus banderas ondeantes de la corona de Aragón que le seguían. Mi búho partenogenético hacía tiempo que se había alejado, aleteando tímidamente entre la neblina matinal declinante. No percibí que mi dama de honor Pentesilea boqueó al verle por primera vez desde su altura de ave zancuda, aunque sí la avisté en un momento dado saliendo al balcón furtivamente y colocándose detrás de mí como una cariátide lesbiana. Yo estaba sentada con los brazos cruzados delante de ella, entre los escombros de mi sabia trascendencia. Cantaba para mí una y otra vez las mismas tres insípidas estrofas de una nana que mi madre, por alguna extraña razón, acostumbraba cantarle a Rodrigo. Tal como solía hacer a los cuatro años, estaba practicando el bizqueo y el movimiento de orejas, talentos que entonces todo el mundo encontraba adorables. No había perdido la habilidad. Me sentía como el tonto del pueblo del Vaticano.

—Señora, ¿cree que ha venido a buscar una esposa o al tonto del pueblo? —dijo entre dientes la disgustada Pentesilea.

El sol brillaba en lo alto del cielo. Podía sentirlo sobre mis hombros, la frente y el regazo. Entonces fue cuando le oí.

—¡Mi señora! ¡Mi señora Lucrecia!

El mundo sensual estalló en mí como si hubiera sido una niña sorda y ciega cuyos orificios Dios había reventado. El azul del cielo se abrió ante mis ojos como si fuera la eternidad. Olí el inmenso y admirador rebaño debajo de mí; oí los fusiles, los tambores, los cantos y las trompetas. Saboreé el humo de los arcabuces. Sentí mi cabellera retirándose de mi rostro en cálidos soplos de aire, en los que encontré bocanadas de aliento de Sangiovese di Romagna, lo juro.

—¡Mi señora! —repitió la voz de tenor—. Señora Lucrecia Borgia, eres mía, ¿no es así?

«¿Por qué me cuesta tanto localizar esta voz? —me pregunté mirando a derecha e izquierda—. ¿Adónde demonios se habrá ido? ¿Por qué no lo encuentro por ningún lado? Y él me está llamando; tiene que estar viéndome ahora mismo.» Sin embargo, las únicas formas humanas que veía eran las estatuas cubiertas de excrementos de palomas. Descubrí que lo estaba buscando a la altura de los ojos por la plaza de San Pedro. ¡Pero si no vuela! ¡Mira hacia abajo, simplona!

—Por el amor de Dios, señora, ¿quiere hacer el favor de mirar hacia abajo? —refunfuñó Pentesilea—. ¿Acaso se lo imagina como el novio de pájaros y abejas?

Salté de la silla y me asomé al balcón.

—Dios, concédeme un Lancelot, pero si no puede ser, al menos que no sea gordo.

Vi a un hombre montado sobre un corcel blanco. A su derecha y justo detrás de él, César montaba su caballo de siempre. El caballo de César avanzó un par de pasos para ponerse a la altura del otro corcel. Él y mi hermano alzaron la mirada hacia mi palco.

—¡Lucrecia! —gritó Alfonso.

Sentí la lengua demasiado gruesa como para ser capaz de representar mi papel.

César se inclinó hacia Alfonso en la silla de montar.

—¿No es, señor mío, tan bella como le conté en Nápoles?

—Lo es. Más de lo que podía haber imaginado. El Padre celestial tuvo que seguir trabajando un octavo y un noveno día para crear una criatura así.

César se inclinó hacia Alfonso.

—De hecho, mi padre siempre dijo que así fue. Yo siempre he pensado en ella como en Helena de Troya. Pero permítame, desde mi experiencia, que le advierta que es preferible que actúe como si ella fuera Minerva y no Afrodita. Siempre ha preferido verse a sí misma como intelectual que como la fantasía carnal que realmente es. «Si es lista, dile que es hermosa; si es hermosa, dile que es lista.» ¿Fue Aristófanes quien lo dijo?

Alfonso le envió a César una mirada de soslayo sospechosamente ambigua.

—¡Lucrecia Borgia! ¡He venido a rescatarte! —me gritó entonces.

Guardé silencio, incapaz todavía de encontrar la voz, aunque con las piernas temblorosas había empezado a ejecutar una especie de espectáculo de mimo exaltado de bienvenida, saltando de un pie a otro mientras mis rodillas se doblaban bajo el peso de mi angustia.

—Llama la atención lo callada que es para ser una intelectual —le susurró a César.

—Verás cómo en el futuro llegarás a apreciar el silencio ocasional.

Juntos se adelantaron a la muchedumbre festejante y alzaron la vista hacia mí.

—Señora —dijo Pentesilea—. Su lengua, ¡úsela! Éste es su esposo. No vacilará para siempre. ¡No es el momento para la pantomima!

—Tu lengua, trágatela —le espeté, y me volví rápidamente hacia Alfonso—. ¿Rescatarme? —chillé con el timbre de voz de un periquito—. ¿De quién?

—¡De cualquier Arturo en armadura que os tenga presa entre sus garras! De vos misma. ¡De una sola hora más de infelicidad!

Rodeó a César con el brazo. Los dos centauros me miraron entre risas. Me dejaron pasmada. Allí estaba César, el Apolo de belleza rubia, de barba roja y vestimentas doradas. Pero también estaba Alfonso. Llevaba un perpunte color ciruela de terciopelo y unas medias azul celeste que, según descubrí maravillada, hacían juego con sus ojos. Sin embargo, parecía realmente el vicario de la modestia al lado del pequeño César. No llevaba ni barba ni bigote; su pelo castaño le caía despreocupadamente en una onda sugerente sobre la frente. Tenía el cuerpo de un muchacho de dieciocho años —como también yo lo tenía— como un esbelto διοχοβολοι (1), sobre todo vuelto de la manera que estaba sobre la silla de montar. Su torso parecía un triángulo invertido de Pitágoras

(1) Lanzador de disco griego, escultura grecorromana predilecta.

–ancho de hombros, estrechándose hasta la nada por la cintura–; sus músculos torneados estaban listos para lanzar el disco. Era la perfección física de todas mis fantasías adolescentes, y recé porque él me encontrara su mujer análoga. Sin duda, era rotundamente más guapo que César. Nos miramos de arriba abajo, hechizados. Todos pudieron ver cómo temblaba mi cuerpo, cómo bailaba mi trenza; «como el cuerpo de una ménade lujuriosa», me diría más tarde Pentesilea. La multitud rugió y clamó su aprobación durante un cuarto de hora más. Todos y cada uno de los poetas que estuvieron presentes aquel día, y muchos otros que no lo estuvieron, han utilizado la misma palabra para describir la reacción que tuvimos el uno con el otro. Se ha convertido en parte de mi leyenda, la palabra en el cenit del arco de mi historia: *fulmen*, el rayo.

Papá cambió el *carnevale* de fecha para que coincidiera con nuestra boda. Los bailes, los banquetes, los juegos, las corridas de toros y las comedias de Plauto procuraron el espectáculo continuo, el entretenimiento y las fiestas, de las que dos –Ναυμαχια, *Naumachia* o naumaquias– se celebraron en barcos y barcazas que flotaban en las aguas pestilentes del Tíber. Uno de los barcos trasportaba a Pentesilea, mi dama de honor; era el que representaba la gloria y llevaba la inscripción GLORIA DOMUS BORGIE (1) pintada en el costado. A medida que avanzaban las fiestas, los remeros de la popa de las barcazas iban y venían para complacer el deseo de este o aquel participante de tomar parte en la celebración junto a este o aquel participante de otra embarcación. En ambas *Noctes aquae* o Noches de Agua, un constante banco de barcas de remo y botes de vela se deslizó alrededor de las barcazas como si se tratara de un grupo de patitos nadando detrás de la madre cisne. Los barcos repartían comida, bebida y cortesanas a los solteros, así como «cortesanos» a las damas igualmente solteras. Una de las barcazas volcó. Todos los invitados del bote hundido se hundieron como rocas por culpa de las rocas que llevaban alrededor del cuello y de la instantánea succión de sus trajes de fiesta empapados. Sin embargo, los sirvientes tenían listos los bicheros. Se quitaron la ropa, saltaron al agua, nadaron hasta alcanzar a los invitados que estaban a punto de ahogarse, engancharon los perpuntes y los vestidos a los bicheros, tiraron de las cuerdas y los sirvientes que estaban en los barcos, expertos en esta tarea, izaron a los náufragos. Me contaron que durante la última boda en la que se

(1) Gloria a la casa de los Borgia.

había celebrado una naumaquia se habían ahogado casi una docena de invitados; entre ellos, desgraciadamente, el novio y la novia.

—Mi amor, tienes que sentarte en tu barco, para que la brisa no confunda tu vestido con una vela y te lleve al agua —dijo Alfonso.

—Jamás nadie se ha ahogado en las miserables aguas del Tíber —repliqué.

—Y pensar que la otra novia tuvo que venir desde el Gran Canal para ahogarse en el pequeño y miserable Tíber —dijo el sirviente que me había contado la desgracia.

Me senté en el bote de remos y, a partir de entonces, me negué a moverme. Durante las celebraciones, tanto en tierra como en el Tíber, todo sirviente aragonés o napolitano, abuela renqueante, todo primo y amigo presuntamente muerto y olvidado, o todo conocido que pudiera tener algún interés en la aptitud o la conducta de una futura duquesa de la corona —o incluso reina, si Dios lo quería—, se pasó la mayor parte de la fiesta investigándome y vigilándome. ¿Cuántas puntas se permitían en una corona ducal? ¿El mismo número que en la de un gran duque? ¿Y en la real? ¿Qué artistas eran admisibles para pintar los retratos de los hijos de un duque? ¿Se sentaba a una duquesa viuda del presente titular del ducado en primera línea durante la ejecución de un familiar consanguíneo de ambos? No me importaba ninguna de sus preguntas. Estar en el ojo del huracán era un bajo precio que debía pagar si el último martillazo del subastador servía para confirmar que sería la esposa, amante, duquesa —o tan sólo la yegua reproductora, en realidad—, de mi dios meridional. Los palacios del Vaticano encendieron antorchas que iluminaron cada tela y cada piedra preciosa del mundo llevadas por los invitados, tanto masculinos como femeninos. La sempiterna guerra de sexos pareció entonces ser librada, primordialmente, entre las víctimas sediciosas de sastres y joyeros. Toda celebridad que estuviera a menos de dos semanas de viaje a caballo y muchos no tan célebres o nada célebres acudieron a esas fiestas, en las que me resultó fácil cumplir con mi deber de mostrar una constante sonrisa encantadora, pues yo por entonces ya flotaba más o menos como un copo de nieve a través de todos y cada uno de los asuntos y las relaciones.

Sin embargo, para mí lo más llamativo de las celebraciones fueron los regalos de un artista —de dos artistas, en este caso—. La séptima noche era la de la aceptación formal de los regalos de boda por parte de ambas familias. Aquel mismo día, Alfonso había firmado las capitulaciones matrimoniales en la capilla Sixtina, con Ascanio Sforza y César como testigos. En ellas aceptaba mi dote, cuarenta mil ducados de oro, una suma enorme pero apropiada, mayor que la donada en mi primer matrimonio. Yo estaba satisfecha con aquella cantidad. Haría que ese compromiso matrimonial fuera más real, más válido y también más valorado a los ojos del mundo que el anterior. La noche estaba reservada a los «regalos del corazón». Cantidades ingentes de joyas, tres libras de perlas, una libra de esmeraldas, muebles, vajillas de oro y plata, más animales exóticos, kilómetros de telas preciosas y, finalmente, el plato fuerte, una estatua desnuda de Apolo de oro y cabellera de esmeraldas de parte de papá y Federico, rey de Nápoles y de las Dos Sicilias, y tío abuelo de Alfonso. Apolo rodeaba cómodamente con los brazos a una Venus desnuda de platino, de cabellera amarilla de diamantes, y sus caderas estaban atrevidamente aleadas una a la otra en un precioso acto de amor metálico. Resultaba difícil discernir si los gritos sofocados de los invitados se debían a la riqueza de la pareja —tres pies de alto y un peso de cerca de una tonelada, con mil quilates de piedras— o a su encuentro impropio pero, con todo, divino.

—Nosotros pagamos por el Apolo. Es de oro macizo. —Papá se levantó de su trono para hacer callar a todo el mundo—. La Venus es de nuestro hermano de Nápoles. Él fue quien adquirió el platino.

Todo el mundo prorrumpió en gritos de admiración y aplausos.

—¿Y la amalgamación? —inquirió César—. ¿Quién se ocupó de ella?

Alfonso se postró sobre una rodilla y pasó lentamente su hermosa mano por el pecho, el costado y la pierna de Venus. Lo juro; noté sus dedos acariciando mi propio pecho, pasando por mi costado y por la parte interior del muslo. Volví a estremecerme.

Alfonso me miró.

—Lucrecia y yo seremos la amalgama.

Todo el mundo profirió gritos de entusiasmo y aplaudió. Alfonso se quedó allí; el momento que había estado esperando había llegado. Iba a ofrecerme su regalo personal, como cuando mi gordo Giovanni me había obsequiado con una moneda de plata con la imagen de Herodes Antipas, de la que se decía que era una de las originales «treinta monedas de plata». ¿En qué consistiría el de Alfonso? ¿Sería muy personal? Mi regalo a él había sido un vial árabe que contenía un precioso aceite de mirra; confiaba en que evocaría de forma lo bastante explícita la manipulación lasciva que su cuerpo disfrutaría, parte por parte, bajo mis manos. Esperaba la máxima intimidad del suyo también; tal vez un ligero artículo de lencería de oro hilado para envolver mis pechos, o un cinturón que había visto de cadena de oro minúscula con diamantes o esmeraldas incrustadas que la novia llevaría alrededor de la cintura para que pudiera seguir brillando una vez que el novio la hubiera desnudado.

Alfonso seguía de pie. Estaba en las escaleras que conducían al trono de papá, justo debajo de él, precisamente donde había visto a mi hermano tantas veces antes. Les hizo unas señales a cuatro hombres que se hallaban en el fondo de la sala. Ellos avanzaron portando, de dos en dos, dos cuadros ricamente enmarcados; cada uno de ellos, de tres por cuatro pies. Se los llevaron a Alfonso, que los instó a dejarlos sobre las escaleras del trono, debajo del papa, vueltos hacia fuera. Eran retratos de tamaño natural. Me quedé helada cuando me alcanzaron sus miradas. Los dos retratados me aturdieron de la manera en que el genio evidente de un verdadero artista lo haría una y otra vez a lo largo de mi vida. Había visto cientos de retratos impresionantes, muchos en las estancias de los Borgia. Justo encima de mi cabeza, colgado en la pared, había otro retrato milagroso, un mural que me representaba a mí, *Las artes del trivio*, del maestro Pinturicchio. Había posado para el entronado central, «Retórica». Sin embargo, esos dos cuadros menores de Alfonso me dejaron helada. Eran antiguos, sin tanto color ni tantos claroscuros como se estila hoy en día. En principio creí que el primero era de Alfonso, hasta que vi su mirada más de cerca. Era el retrato de un joven señor; el pelo le llegaba por debajo de las orejas, como a Alfonso. Su rostro, del color del marfil viejo jaspeado, transmitía una tristeza más allá de la imaginación terrenal. Su nariz era prominente y recta, casi clásica; sus labios, rosas y llenos de vida; sus ojos, de un profundo y suave marrón, todos los rasgos se asemejaban a los de Alfonso. Pero a diferencia del hombre de carne y hueso que tenía delante de mí, esos ojos estaban colmados de restos de una agonía suprema, más parecidos a los ojos mirones de papá. Ese retrato parecía ser el de un hombre que había extraviado su futuro y sólo había retenido un pasado muerto. En sus manos esbeltas, sostenía un martillo y, con delicadeza, un anillo de oro con un solo rubí. Llevaba una túnica púrpura, tan oscura que casi parecía negra, y una cadena de oro alrededor del escote. Era uno de los hombres más bellos que he visto en toda mi vida. Tan bello como el gemelo de mi pronto señor.

—¿Quién es ese hombre? —pregunté.

Federico dio un paso adelante, viejo pero todavía tan derecho como una espada.

—Es nuestro abuelo y el tatarabuelo de Alfonso —dijo el rey.

—Lo pintó del natural Rogier Van der Weyden hace un siglo —prosiguió Alfonso—. Se llamaba Francisco de Aragón. Fue un gran hombre, pero sólo de la manera en que los trovadores suelen llamar «grande» a un hombre.

—Van der Weyden tenía el don del pincel —dije—. ¿Por qué tiene ese aspecto Francisco?

—¿Qué aspecto?

—Tan triste, tan vacío, o colmado de la nada de la tristeza. ¿Qué es ese anillo que tiene en la mano? ¿Qué es ese martillo?

—El anillo perteneció a mi tatarabuela. Él se lo regaló en su día de bodas. Cuando este retrato todavía estaba húmedo, ella acababa de morir al dar a luz al único hijo de Francisco, mi bisabuelo. Mi tatarabuelo hizo construir un sepulcro de mármol y plata para ella al borde de la caldera del Vesubio, donde el humo sulfúreo lo tiñó con el negro del Tártaro en una semana. Dicen que durante trece años Francisco subió cada día montado a caballo hasta su tumba para rezarle a la Virgen y a Hades alternativamente, para que devolviesen a su mujer a la vida. Una blasfemia, sin duda. Cuando su ataúd fue depositado en el sepulcro, los enterradores habían clavado la tapa como de costumbre. Se supone que el martillo que tiene en la mano, cuya cabeza era enorme, es el que se llevó al sepulcro para soltar los clavos del ataúd en caso de que ella despertara presa del pánico. Muchos hombres santos, algunos de los cuales la Iglesia más tarde canonizó, así como arzobispos y cardenales, acudieron a la montaña para apartarle de sus tenebrosas oraciones, pero todos fracasaron en su intento. A lo largo de esos trece años escaló solo la montaña del sepulcro cada mañana y cada atardecer volvió a casa solo. Algunos de los más ignorantes fueron incluso tan lejos que propagaron rumores sobre él; según éstos, mi tatarabuelo realizaba perniciosos ritos prohibidos en las alturas, en un intento de liberar el alma y el cuerpo muertos de su amada del sepulcro con la ayuda de Satanás.

Me volví hacia el otro retrato.

—¿Y esa muchacha? ¿Es tu tatarabuela?

—No —dijo Alfonso en un susurro—. Nadie sabe quién fue realmente esa muchacha.

Una joven ingenua, dulcemente llamativa, me hacía frente; debía de tener unos dieciséis años y vestía con un estilo muy antiguo. Su piel, a diferencia de la de Francisco, era tan blanca y monocroma como la nieve recién caída. Su rostro era más redondo que el de él, con una frente alta y suavemente ovalada, como si tan sólo los pensamientos espectrales pudieran penetrar en su interior. Su pelo, del color de la tinta, estaba recogido sobre su cabeza y cubierto con una gorra alta y negra, que se ceñía debajo de la barbilla con unas tiras de tela negra. Su nariz era pequeña; la barbilla partida, algo débil y ligeramente recesiva, aunque bonita de un modo femenino, como si pudiese haber encajado cómodamente en el interior del tulipán de un holandés. Alrededor de su cuello centelleaba un collar de oro tripartito e incrustado de diamantes negros de una clase desconocida para mí. Nunca he visto unas piedras como aquéllas en el mundo real. La piel del cuello y de la parte alta del pecho era tan uniforme y blanca como la del rostro. Llevaba un vestido negro de cuello alto. La preponderancia del negro en el retrato era una prueba más, si es que se necesitaba alguna, de la habilidad del pintor, pues son varios los que me han contado posteriormente que el negro, en apariencia tan sencillo, es con mucho el pigmento más difícil de dominar. Miraba cautelosamente, de reojo, como si se asomara por la esquina negra del purgatorio buscando a un amante esperado durante siglos, tal como están condenados a hacer allí los antiguos amantes. Sus ojos brillaban con el mismo fulgor oscuro del cuervo que las piedras de su collar, con una luz apenas terrenal.

—Parece una criatura sólo en parte de este mundo —dije.

—Parece una Lucrecia pálida —suspiró Alfonso.

—Gracias, señor mío. Es el cumplido más bonito que he recibido jamás.

—Pero nada en comparación con los que recibirás mañana por la noche durante la Ceremonia de los Visigodos —dijo César entre risas.

—César, no seas patán —dijo papá con una mirada desaprobadora, pero anticipándose claramente a una rabieta.

Sin embargo, César sonrió, plenamente satisfecho de sí mismo.

—La historia dice —prosiguió Alfonso— que una mañana humeante de otoño mi tatarabuelo Francisco estaba arrodillado ante el sepulcro negro rezando, como de costumbre, cuando de pronto alzó la mirada y vio a una muchacha desnuda, una mujer que nunca había visto antes, de pie sobre el sepulcro de mi tatarabuela y enmarcada por una corona de fuego en erupción. Estaba calada de la cabeza a los pies por un vaho que fluía en chorros negruzcos de su cuerpo. Él siempre dijo que su piel desnuda le llamó la atención, no por su desvergüenza, sino por ser la expresión natural de una *diabola* bien vestida. Nadie sabe qué se dijeron, o si se dijeron algo. Según la leyenda, ella no volvió a pronunciar palabra durante el resto de su vida. Él la envolvió en su túnica y descendieron de la montaña juntos. Hicieron el amor por primera vez en un campo de flores rojas, cerca del pie de la montaña. Él nunca volvió al borde de la caldera, hasta que lo metieron en el sepulcro negro. Nunca se casó con la muchacha, por supuesto, pues había jurado que no volvería a casarse. Sin embargo, la muchacha volvió con él y fue su fiel acompañante de día y de noche hasta el fin de su vida. Ella nunca pareció envejecer, ni un solo día, durante el resto de la corta vida de Francisco, pero desapareció, sólo Dios sabe adónde, el día en que Francisco fue enterrado al lado de mi tatarabuela. Momentos después de que el cortejo fúnebre hubiera abandonado el lugar, el Vesubio entró en erupción, y el sepulcro y su contenido desaparecieron volatilizados. El hijo de Francisco, mi bisabuelo, envió caballeros para que recorrieran toda Italia, toda Europa, con este cuadro y cien piezas de oro, a fin de recabar cualquier información sobre su paradero. Este cuadro fue pintado del natural, o del estado en que realmente existiera aquella muchacha, por el maestro Petrus Christus.

Yo estaba profundamente enamorada, tan enamorada como era capaz de estarlo un Borgia; con una gran capacidad amatoria, lo sabía, recordando el amor de Vanita y papá.

Al dormirme aquella noche pensé en Alfonso. El relato de sus tatarabuelos y de la muchacha de cuento de hadas me había impresionado enormemente. Estaba turbada porque un hombre con un aspecto tan ardiente y viril era capaz de hablar con tanto sentimiento de un suceso del pasado tan potencialmente lacrimoso. No estaba acostumbrada a ello. Desde luego, era impropio de papá. Era completamente imposible que a César, al que no le faltaba imaginación ni retórica, se le pudiera ocurrir alguna vez siquiera soñar con mentar tales estados sentimentales. Incluso era improbable que lo hiciera alguna vez el dulce Giovanni, a quien le habría encantado la historia; sin duda, la habría contado con entusiasmo, pero también se habría concentrado mucho más en el relato —con una extensa cita de la carta de Pompeya de Plinio, no me cabe la menor duda— y en la ciencia que envuelven los sucesos ocurridos en un pasado lejano. En cambio, Alfonso se había concentrado en las personas y en sus estados interiores. Y se había resistido a definir o limitar esos estados, dejándolos abiertos para que nuestra imaginación pudiera desarrollarlos –los muertos y los vivos–, como un artista que nos descubre la máscara interior describiéndonos la exterior.

Pero ¿era el arte verdad? ¿O no sería la leyenda de Francisco un cuento que alguna anciana napolitana le había contado a Alfonso? El rey no lo había creído así. ¿O la habría interiorizado, como la había interiorizado su nieto, como todas las familias suelen interiorizar la mitología familiar?

En los días previos a mi boda estuve pensando en todo lo que me había pasado en tan poco tiempo. También había empezado a preguntarme, de la manera como suelen hacerlo las muchachas necias y demasiado religiosas, si mi felicidad podría ser pecado. Seguía preguntándole a la Virgen, una y otra vez, en sueños y despierta, si el amor repentino que entonces sentía por un segundo hombre –por mucho que temblara con sólo pensar en sus caricias y por virginal que el Sacro Colegio pudiera proclamarme– si ese segundo amor no estaría manchado por la corrupción y el mal, sobre todo cuando pensaba en el rostro de Giovanni diluyéndose en la neblina del Adriático al despedirse de mí con amargura. Sencillamente tenía que ser pecado, ¿no era así?, causarle tanto dolor a un buen hombre como el de Pésaro. Tras la segunda Ναυμαχια, durante la que se hundió la barcaza, estas ideas se convirtieron en una obsesiva secuencia de cubos de agua que yo lanzaba al fuego que Alfonso había prendido en mí. El delicioso rostro de Giovanni era una acusación constante contra mí. Pero por mucho que prestara oídos a la voz de la Virgen Santísima y por mucho que le rezara, no alcanzaba a oír su respuesta en mi interior, ni siquiera en las historias, por lo general alentadoras, de Alfonso. El silencio interior me hizo sentirme aún más insegura y necesitaba una respuesta; incluso una que no quería escuchar. Sabía que la única forma de conseguir una respuesta definitiva era confesando, descubriéndome completa e íntimamente en el pequeño ataúd del confesionario. Decidí someterme al sacramento de forma inmediata.

Acudí a la confesión matinal que mi Santo Padre seguía celebrando de vez en cuando en la capilla Sixtina. Incluso el papa es sacerdote, y no es demasiado elevado para oír en confesión a una alma en pena, por humilde o aparentemente insignificante que ésta pueda ser. Descorrí la

pesada cortina marrón, entré, me arrodillé y esperé, mientras escuchaba las penitencias y los perdones pronunciados por papá en un tono
monótono al penitente anterior a mí. Mi pequeña ventana de rejilla se
descorrió. En medio de la oscuridad pude ver el contorno de la barba
blanca de papá, su solideo blanco, el centelleo de sus dientes y del anillo de san Pedro.

—Bendíceme, padre, porque yo, hija de Eva, he pecado, como han
pecado todas sus hijas —empecé diciendo a la vieja usanza, con la esperanza de devolverle su antigua vida a la mente—. Han pasado muchos
meses desde mi última confesión.

—¿Lucrecia...?

—Papá, por favor —le interrumpí—, deja que seamos meras almas sin
nombres. Permite que tú y yo seamos contadores de la verdad en el
sacramento, y no papá y Lucrecia.

—De acuerdo.

—Prométemelo. Júralo por la sangre de nuestro Salvador que la Virgen
retiró de sus heridas con las manos.

Tenía que estar completamente segura. Tenía que saber que no habría
ningún orden del día, ni siquiera in péctore; que papá no amañaría sus
respuestas por mor de la política. Recordé su juramento hecho en mi
infancia, el más terrorífico y fuerte. Nadie, ningún cristiano, ni siquiera
Judas, me figuré, podría romperlo.

Me miró con gravedad. Frunció el ceño.

—¿Tan serio es?

—Sí.

—Estábamos convencidos de que este esposo sería suficientemente
atractivo para ti. Por Dios, Lucrecia, es tan bien parecido que casi estoy
considerando acostarme con él.

—Es tan magnífico como Lancelot, pero es muy posible que eso sea
precisamente parte del problema.

Papá hizo una pausa momentánea, evidentemente a fin de darse
tiempo para considerar las implicaciones.

—Lo juro, hija mía.

De acuerdo, pues.

—Padre, ¿es condenable amar a dos hombres?

Escuché el goteo del cirio pascual de la capilla Sixtina, los murmullos de los pecadores que se habían confesado. Vi cómo una sonrisa, una
sonrisa en cierto modo de alivio, irrumpía en su rostro.

—No, hija mía —dijo—. Es condenable *expresar* amor por dos hombres a la vez... Por cierto, ¿qué dos amores?

—¿De Lucrecia? Papá, me lo juraste.

—Mea culpa. Continúa.

—Mi padre y mi hermano me dieron en matrimonio a un hombre que yo odiaba, pero que llegué a amar. Creí que no podría amar a otro hombre, pero estaba equivocada. Todo ocurrió tan rápidamente. Sólo hace unos días que conocí a este otro. ¿Es un pecado? ¿Acaso su belleza me ha cegado para que peque?

—¡Oh!... Por un momento pensé que te referías a César.

—¡Papá! Pero ¿qué dices?

—Nada. Una estúpida equivocación de papá. Lo siento. —Se quedó pensativo un instante—. ¿Cómo llegaste a amar al primer hombre?

—Porque era dulce y bueno... Y porque mi padre y mi hermano me lo ordenaron.

—¿Y por qué al segundo? ¿Acaso no te ordenaron que lo amaras también?

—Porque mi sangre canta cuando entra en una estancia, cuando escucho su voz o pienso en él.

—¿Y sabes lo que significa un canto como ése?

—¿Qué, padre?

Papá me miró directamente a los ojos a través de la rejilla; un punto de luz solar cayó sobre su labio desde un agujero hecho en la cortina por una polilla.

—Significa que este segundo hombre es un regalo de la Virgen. Ella nos ofrece su regalo, si es que lo hace, una sola vez en la vida. Es un pecado rechazar a la madre de Dios. Acéptalo.

Eso era precisamente lo que quería escuchar de la boca de un sacerdote, pero caí en la cuenta de que se trataba de una perfecta tapadera para una mentira.

—¿De verdad, papá? Tú conoces a Dios. Tú y Él ocupáis el mismo Ser, por así decirlo. ¿Es ésa la verdadera respuesta de Dios?

—De cualquier modo es la mía. Deja, aunque sólo sea una vez, que Dios hable por sí mismo, si así lo desea. —La sonrisa se le borró del rostro—. Me ocurrió a mí. La Virgen me concedió este regalo. Lo eché a perder por conseguir un hábito blanco. El resultado es que ahora soy el hombre de Dios que camina condenado con un par de zapatos de pescador.

Había sido sincero. Al contemplar el rostro de papá mi corazón se partió. Tuvo que ser verdadero el amor que supuse que había entre ellos cuando era niña. Me pareció correcto que allí, en el confesionario de Dios, y entonces, justo cuando su felicidad perdida estaba a punto de recaer sobre mí, papá hubiera decidido, haciendo de tripas corazón, revelarle sus sentimientos a su hija. Papá me bendijo y me absolvió. Mientras lo hacía, el precioso rostro de Giovanni se tornó espectral en mi mente —como hace tiempo debió de convertirse en espíritu la geniecilla de Francisco—, aunque siempre permanecerá en mí cierto amor por mi corpulento señor. Muchos son los que han llamado a papá un gran embustero; a menudo me ha mentido a mí, y sus mentiras han tenido consecuencias dolorosas. Pero si pusiera todos los engaños de su vida en la balanza de mi corazón junto con las palabras que pronunció durante aquella breve confesión —tan dolorosa para él—, la balanza se decantaría con tal violencia a su favor que todos los actos viles que ha cometido volarían al cielo. Hiciera papá lo que hiciera, consintiera lo que consintiera a partir de entonces, incluso la fantasía de amores prohibidos entre César y yo, por horribles que fueran sus consecuencias, de no haber sido por su gran sabiduría y ternura aquel día de confesiones, tal vez no habría compartido el tiempo que compartí con Alfonso. O al menos lo hubiéramos pasado sometidos a mis constantes dudas corrosivas. No cambiaría el tiempo perfecto que Alfonso y yo compartimos por nada en el mundo, ni por notar los brazos de Vanita rodeándome, ni por mil millones de siglos en el Paraíso. Mientras estuve arrodillada allí, con las piedras preciosas encastadas en mi vestido horadando mis rodillas como en una penitencia, no se me ocurrieron unas palabras de Jesucristo que contuvieran más amor o simple comprensión humana que las palabras acerca del pescador, condenado en la tierra, que mi padre acababa de dispensarme. Sé que es una blasfemia escribirlo, pero también sé que es verdad, y de todos modos, yo soy una mujer realmente blasfema. Mientras todavía estaba en el confesionario, le hablé de los retratos. Sentía que había algo perteneciente a otro mundo, a un mundo espiritual, incluso en la pintura de varias capas de los retratos, y quería saber si eran un mal augurio.

—¿Realmente rezó Francisco al borde del Vesubio a los señores de la oscuridad? —dijo Papá con una sonrisa.

—No, papá. No fue más que un rumor propagado por un ignorante supersticioso. El rostro del joven que vi era el icono de un santo.

—Entonces, la muchacha debió ser un santo regalo a Francisco, como este Alfonso lo será para ti. ¿Qué es lo que acabo de contarte acerca de esta clase de regalos?

Y unos días más tarde, el 28 de julio de 1498, una vez más con aquellas monjas en el fondo de la sala cantando a la virginidad, a los sayos de pelo de caballo y a la visión beatífica, atravesé las estancias de los Borgia hasta llegar al Salón de los Misterios Divinos, hasta el altar, con su bosque de cirios encendidos para una ceremonia cuyo propósito oculto era santificar la lujuria. Llevaba otro vestido de bodas, éste de color azul con un tono púrpura y detalles de color crema. Unos diamantes de color azafrán lo cubrían, y el camarlengo no pudo más que murmurar que parecía «el cielo nocturno que se eleva hacia la dicha». Detrás de mí se extendía una cola de armiño azul y blanca de cien pies de largo, llevada por las doce vírgenes de siempre, unas vírgenes que no repetían, creo.

El camarlengo volvió a escoltarme hasta el altar y hasta papá.

—Aquí tiene, mi noble co...

—Gracias, eminencia, es suficiente —le interrumpió papá.

Me coloqué en mi sitio. Papá alzó los brazos, poniendo los ojos en blanco por el senil despropósito lingüístico del camarlengo. El papa inició la misa nupcial. César, naturalmente, volvía a ser el testigo. Recuerdo a papá en aquella misa inclinado sobre el cáliz de oro adornado con piedras preciosas en el momento sagrado en que debía convertir el Merlot en la sangre de Dios. Me pregunté cómo habría sido lavarme las manos en aquella sangre nueva, tal como había hecho antaño la Virgen en la vieja. ¿Limpiaría aquel licor carmesí mis manos o, por el contrario, las encarnaría para siempre? Me pregunté si incluso la Virgen Santísima habría permanecido virgen tras un lavamiento como aquél. Papá habló directamente al cáliz; primero al vino, y luego, al transustanciarse éste, a la sangre. *«Hic est enim Calyx Sanguines Mei...* —dijo—. Porque éste es el cáliz de mi sangre.» Los monaguillos hicieron sonar sus campanillas y, por un instante, aquellas terribles campanas de mi infancia se tornaron el sonido de la dicha. Recuerdo la frase de papá, elevada por el carillón. Todavía oigo las palabras y el ángelus, como si los pronunciara ahora mismo, como si sonaran en este mismo instante en la estancia contigua. Armonizan con las campanadas de su elección.

Dios me ha castigado con una alma llena de campanas. Por último papá dijo: «... y por el poder que Dios nos ha concedido, os declaramos un solo cuerpo, una sola alma. Lo que Jesucristo ha unido para siempre, ningún hombre podrá separarlo, so pena de sufrir nuestra maldición por siempre jamás.»

Alfonso me tomó en sus brazos y me besó. Con el contacto, el gusto y el aroma a cerezas de su boca contra la mía, me sobrevino un recuerdo de Vanita, un recuerdo tan fuerte que juro que me llegó una bocanada de perfume árabe. ¿O se trataba del nuevo aceite arábigo? La fragancia era la misma. ¿Por qué Dios ha unido los sentidos del olfato y el gusto tanto más que nuestros demás sentidos a nuestra memoria, como una vitela liada alrededor de un libro de papel vitela? Tiene que haber una razón divina, oculta para nosotros.

Pero el aroma del aceite arábigo tan sólo duró un suspiro, durante el cual el tiempo se detuvo en su larga andadura. Nuestras lenguas se entrelazaron. Papá, el rey de las Dos Sicilias e incluso César empezaron a reírse con nuestra felicidad.

Recordé la gran risotada de la coronación de papá.

Miré el anillo que Alfonso había puesto en mi dedo. Un aro de oro con un solo rubí, como el del retrato. El anillo de su tatarabuelo, o uno idéntico. Me había convertido en la duquesa de Bisceglie. Amaría el cuerpo de mi dios italiano. Las leyes del Creador del universo habían sido burladas para reconciliar mi lujuria y mi destino. La voluntad de los Borgia había lubricado mi renacimiento.

En el mismo patio en que había consumado mi matrimonio con Giovanni, se celebró aquella noche otro, éste entre Alfonso y yo.

Primero hubo una cena; César había ordenado que fuera una recreación, plato por plato, de la gran cena del año 40 a. J.C., celebrada con motivo de la boda entre Antonio y Octavia, hermana de Augusto. No pude evitar pensar que era un ágape de la vida soñada de César. Había extendido una orden al Vaticano según la cual él estaría a cargo de todos los planes de boda. Siempre era fabuloso en las ceremonias; no me opuse. De hecho, en aquel día de la antigüedad, Antonio y Octavia habían compartido dos menús, como hicimos nosotros, uno para los hombres y otro para las mujeres:

| **Menú de los hombres** | **Menú de las mujeres** |
|---|---|
| GUSTUM (APERITIVO) | GUSTUM |
| *Remolachas con mostaza* | *Pasta de anchoas frita* |
| *Ensalada variada de mariscos* | *Melón* |
| *con salsa de comino* | |
| | MENSA PRIMA |
| | *Pichones rellenos* |
| MENSA PRIMA (PRIMER PLATO) | *Pan de hierbas y queso* |
| *Estofado de cerdo con manzanas* | *Calamares rellenos de sesos de ternera* |
| *Piel de cisne rellena de carne picada* | |
| | MENSA SECUNDA |
| MENSA SECUNDA (SEGUNDO PLATO) | *Higos y plátanos* |
| *Ananás y helados aromatizados* | |
| | VINI |
| VINI (VINOS) | *Tinto: Barolo, Gattinara y Oporto* |
| *Blanco: Ischia, Frascati y* | |
| *Lacrima Christi* | |

Un alfabeto clásico de platos romanos. Todos los utensilios y cubiertos estaban dispuestos de acuerdo con *De la sociabilidad* por Giovanni Pontano, una reproducción del *Banquete suicida de Dido*. Me pareció que todos los platos tenían un sabor picante, como el nombre de Alfonso, y no me harté de comerlos. Volví a sentirme debajo de la mesa de Subiaco, con los aromas del amor flotando en el aire. Me había convertido en la novia de las bodas de Canaán. El aire estaba saturado asimismo de una nevada de millones de notas de los motetes de Josquin Desprez, al que César había tomado prestado de Ascanio Cardenal Sforza, con todas sus homofonías actualizadas y sus cadencias polifónicas. Le pregunté al maestro Desprez cómo podría duplicar yo su música en el futuro, en Bisceglie, y él me dio tres «partituras», las llamó él, recientemente impresas en Venecia por Petrucci.

—Hoy en día, se puede pasar la música al papel con la misma rapidez que la poesía, mi señora —me contó.

Ventiscas contrapuntísticas de puntos ovales. ¿Por qué los griegos no tenían una escritura como aquélla?

—Los ovales son los sonidos, mi señora. Ahora existen libros enteros con puntos como éstos.

Si bien más armoniosa, al menos la comida era más escasa de lo que había sido en la boda con el hambriento Giovanni, pero seguía habiendo más de mil raciones de cada plato —sobre todo, las pieles de cisne rellenas y los invulnerables calamares, que la mayoría encontró demasiado aterradores para comérselos–, más una docena de toneles de vino y un oso corpulento, cocinado en su propia piel, para llenar a reventar y emborrachar hasta el vómito y la pérdida de conciencia a la muchedumbre reunida en la plaza. En cualquier caso, los mismos invitados enjoyados se lo comieron, junto con el brillante séquito napolitano, pese a que la corona de Aragón parecía estar más ebria que los Sforza estuvieron antaño. Los mismos artistas y sirvientes, el mismo espectro de hombres de la Iglesia. El mismo estrépito. Después de la cena, las mismas tres horas progresivamente más ebrias regadas en oporto y lágrimas dulzonas de Cristo.

–¡Señores, señoras, ha llegado la hora! –chilló finalmente Pierrot, corriendo como la última vez a través de la muchedumbre–. ¡Ha llegado Ulises, rodear para saquear, con su caballo sobresaliente para abrir una brecha en los muros de Troya!

«¿Abrir una brecha en los muros troyanos?», pensé. Hacía tiempo que mi rechoncho señor adriático había abatido todas y cada una de las piedras hasta hacerlas añicos. Sin embargo, todo el mundo hizo la carrera virgen-visigodo hacia el salón en el que yo aguardaba, testimonio público de que mi cuerpo había recuperado la virginidad milagrosamente. Pero los milagros no son nunca como la multitud espera que sean, y yo no estaba totalmente desnuda, gracias a Dios. Estaba de pie, envuelta en mi vestido de diamantes incrustados y con una larga trenza cayendo por mi espalda, ante el catafalco drapeado con una tela de satén sobre el que había soportado durante la última ocasión social a esa misma fría congregación. Alfonso estaba a mi lado.

Cuando los invitados nos rodearon, pude oír sus gritos sofocados y cientos de susurros. «¿Qué está pasando?... Esto es un escándalo... Este matrimonio nunca aguantará... Y parecían tan felices...» Y así continuaron, pronunciando comentarios similares.

Cuando los murmullos de la multitud empezaron a calmarse, Alfonso alzó la mano.

–Señores y señoras, todos nuestros invitados –gritó, y el silencio reemplazó los últimos susurros en el salón, como si estuviéramos a punto de anunciar una muerte–. No habrá ninguna «perforación de la virginidad» esta noche, al menos no será pública. –Una barahúnda escandalizada se apoderó de la sala y el patio–. Es una costumbre estúpida, traída a Italia por invasores provenientes de países fríos y repulsivos, exentos de imaginación. Ha llegado la hora de ponerle fin.

Yo había compuesto aquella frase por él; la había robado copiando la mayor parte de un discurso de Medea a Jasón, del que era autor Séneca. Volvió la algarabía, esa vez confusa y alarmada.

—También pienso que podría causarle vergüenza a mi señora.

Gritos de «¡No!... ¿Quién se ha creído que es?... ¡Pervertida introvertida!», fueron seguidos de un alboroto cada vez más estruendoso, aunque cambió gradualmente y empezó a parecer aprobatorio.

—En la esperanza, no obstante, de que os satisfaga nuestro amor... —anuncié.

Rodeé a Alfonso con mis brazos y le besé larga y tendidamente, y sus sabores y olores entraron en mí acompañados de un breve indicio de aceite arábigo. Una muchacha bajita y regordeta, de unos catorce años y cabellera negra, que llevaba un vestido verde bosque, saltó en el aire, me arrebató las flores y las levantó en señal de triunfo. La multitud dio vivas y aplaudió en señal de aprobación. De haber tenido Giovanni una hermana de catorce años, posiblemente habría tenido el aspecto de aquella muchacha.

—¡El Ulises de los múltiples ardides penetra el muro troyano con un simple beso! —gritó Pierrot—. ¡Casandra lo acepta con el lanzamiento de un ramo de flores a una virgen esperanzada! ¡Una nueva costumbre!

Y ése fue el principio. Pierrot dio un salto, entrechocó los tacones en el aire e hizo sonar sus campanas; nuestra fiesta recomenzó. La celebración terminó con tres mascaradas alrededor del tema «La apoteosis de Apolo y Afrodita», en las que supuestamente nos representaban a Alfonso y a mí. Eran lascivas y deliciosas.

Había deseado desesperadamente celebrar una «luna de miel», esa vez con Alfonso. Sin embargo, parte del acuerdo matrimonial que había firmado estipulaba que viviríamos exclusivamente en «Roma o sus alrededores» durante al menos dos años, para que papá pudiera retener a Alfonso, llegado el caso, como rehén.

—No podríamos soportar volver a estar sin nuestra dulce muchacha. Perderte nos mataría —había dicho él para justificarse.

—Pero papá...

—Complace a tu papá. Sálvanos la vida. Nos moriríamos si te fueras.

—¿Aunque sólo sea a Nápoles?

—Nápoles es un pozo negro. Los enemigos se encuentran por doquier. No queremos arriesgarnos.

Por tanto, una luna de miel estaba descartada.

Me mantuve tan alejada de César como pude durante las celebraciones previas a la boda, pues el asesinato de Fortunata pesaba demasiado en mi mente.

Sólo fue por un tiempo, de todos modos. Sin embargo, desde el momento en que Alfonso apareció debajo del balcón cogido del brazo de César, como si fueran gemelos siameses, se tornó cada vez más difícil mantener las distancias. Desde el instante en que lo conoció, Alfonso amó a César. Cada momento que no pasaba a mi lado, lo pasaba dándole coba a César. Hacían una pareja natural. Ambos eran hermosos. Ambos eran codiciados por las mujeres. Ambos eran espadas, jinetes y, en general, atléticos. De la misma clase, del mismo sexo. Físicos y mentes similares. Alfonso, naturalmente, no era ni por asomo un humanista tan erudito como César, pero le encantaba ese rasgo en los demás, sobre todo en mi hermano −y esperaba que algún día sabría apreciarlo en mí−, y siempre les insistía a César, a papá o a cualquiera de los célebres humanistas de la corte papal para que le contaran historias de Virgilio. También adoraba el entredicho espartano «Con ello o en ello». Por otro lado, se pirraba por la escena de muerte de Sócrates y por las últimas palabras del conocedor de sí mismo: «Cuando el veneno llega al corazón es el final.» Alfonso se echaba a llorar cada vez que las escuchaba. Por tanto, César le recitaba *ad nausseam* las dos últimas páginas de la escena de muerte del *Fedón*. Tras una semana de escuchar a mi hermoso marido repetir una y otra vez el «Titán de bondad e intelecto» que era César, y a papá arrullando y diciendo que los dos chicos se habían convertido en «los nuevos Géminis del firmamento», me di cuenta de que mi enojo con César estaba perdiendo fuerza, sobre todo cuando pensaba en la posible reacción de Alfonso ante mis sentimientos encontrados. De hecho, cualquier sentimiento que no fuera apto para contárselo a mi marido empezó a parecerme no apto en general.

César se había acercado a nosotros durante el banquete de bodas, cuando llegamos a los higos y los plátanos. Su mano suavemente posada sobre mi hombro tenía un tacto cálido y cariñoso cuando me masajeó el cuello entumecido por las fiestas. Recuerdo preguntándome en aquel momento si, después de todo, habría estado en lo cierto al hacer lo que hizo. ¿O lo había hecho por mí? Estaba convencida de que había asesinado a muchos enemigos en su corta vida, por papá o, sin saberlo yo, por mí.

−Hermana, he hecho planes para tu luna de miel −me dijo con la mano apoyada en mi hombro.

–No podemos tener una luna de miel –contesté masticando ruidosamente mi plátano.

–Prometí... –empezó a decir Alfonso.

–Da igual, he organizado una con mucho esmero y os prometo que no entrará en conflicto con ningún juramento o contrato. Los dos saldréis esta noche, después de la ceremonia visigoda. He preparado un caballo y un carruaje para ti, hermana, y un carro para tu esposo.

–¿Un carro? –preguntó Alfonso.

–Muy oportuno, como ya descubrirás esta noche. ¿Alguna vez has llevado uno, hermano?

–No.

–Funciona como un carruaje con un solo caballo, pero vas de pie. Es muy clásico. Muy troyano. Serás Eneas.

–Eso suena *ludus*.

–Bien, hermano. Será realmente divertido. Todavía podemos hacer de ti un experto en Virgilio. Lo será. También he dispuesto un alojamiento espectacularmente romántico para vosotros esta noche, a dieciséis millas al nordeste de Roma.

–¿Dieciséis millas?

–Técnicamente todavía *sub urbe Romae;* dentro de la ciudad de Roma si se tienen en cuenta los alrededores.

–¿Tal como los definió quién?

–El emperador Adriano, a quien le encantaba fijar límites.

–Servirá –dije–. ¿Cómo sabremos llegar al lugar en cuestión?

–He ordenado que se dispongan señales indicativas. Seguiréis las que aparezcan en latín.

–César, esto es inesperadamente amable por tu parte –dije mirándolo–; muy pero que muy considerado.

–Y yo estoy honrado de tener un nuevo hermano tan bueno y atento –dijo Alfonso con los ojos inundados de buenos sentimientos–. Y de amar en un carro, como Eneas. Gracias para siempre, hermano.

–¿Atento por qué? –dijo César con una sonrisa burlona en los labios, y se volvió hacia Alfonso–. No me des las gracias todavía. Lo harás por partida doble mañana por la mañana, tras una noche digna del Paraíso.

Horas más tarde nos encontramos en la carretera en dirección nordeste después de habernos despedido de papá, que lloró como si fuéramos camino de Erebo, y de los restos de las fiestas en el palacio y la plaza. La fiesta de la plaza era mucho más animada, con hombres andando sobre zancos, hogueras y sexo omnívoro y lascivo. Alfonso condujo realmente su carro como un Eneas. Le encantaba y no paraba de azotar el caballo para que se adentrase a toda prisa en la noche, como si fuera un troyano chiflado entrando en un circo argivo. Encontramos unas señales, tal como nos había prometido César, que nos indicaban la dirección que debíamos tomar para llegar y la distancia que nos separaba de nuestro destino: nuestra noche de bodas. Una formación mareante de aves de color gris marengo nos acompañó a lo largo de todo el camino. Eran diminutas, más pequeñas que mi puño. De hecho, en medio de la oscuridad y el aleteo caótico, no pude distinguir realmente ninguna ave, pero sí pude oírlas, tanto sus alas como sus gorjeos, cuando pasaron rozando mi cabeza. Las alas sonaban como pedacitos de papel vitela susurrando salvajemente en el aire cerca de mis orejas, haciendo que la noche de luna llena sonara como si estuviera colmada de almas de bebés desamparados. Recé porque más tarde, aquella misma noche, pudiera rescatar una de aquellas almas y concebir un hijo. Tras recorrer las primeras quince millas, las señales de César alcanzaron una frecuencia de una indicación por cada cincuenta pies. Topamos con un bosque y la carretera se adentró en él.

—Creo que hemos recorrido cerca de dieciséis millas —dijo Alfonso—. Tal vez ésta sea la entrada de nuestro destino.

—Sólo Dios lo sabe. O tal vez Dante. ¿No habrás visto un hombre pálido envuelto en una capa con capucha, verdad?

—No. ¿Quién podría ser?

—Virgilio.

No árboles precisamente, sino más bien un cerco de arbustos gigantes con una entrada-pasaje visiblemente definida. El pasaje entre los arbustos del seto era tan amplio que los dos podíamos atravesarlo juntos montados cada uno en su carro. La entrada de arbustos se prolongaba unos cien metros en línea recta; luego, daba un giro, o se bifurcaba y teníamos que escoger una de las direcciones. Sabía por el mito del Minotauro que en un laberinto es preferible ser consecuente; no nos quedaba otra, pues no habíamos traído un ovillo de lana que pudiéramos dejar a nuestro paso. Por tanto, decidimos tomar consecuentemente el camino de la izquierda.

—La dirección del corazón —dije.

Deambulamos durante una hora por el laberinto. En cuanto nos adentramos en él, desaparecieron las señales. No dejaba de recordarme a mí misma que ésa era mi noche de bodas. Debería haber estado haciendo el amor con mi marido, frotándole con aquel aceite. Me recordé a mí misma que había perdido a Giovanni porque supuestamente él no me había hecho el amor. Me cortaría el cuello si perdía a Alfonso por esa misma razón y, una vez más, sin que hubiera sido culpa de mi esposo. «¿Por qué estoy perdiéndome una noche de bodas en este laberinto sin sentido?»

Nuestros caballos estaban nerviosos; al final se dejaron llevar por el pánico, se encabritaron y empezaron a tirar de nuestros vehículos en círculos, y a brincar, y a dar patadas en el suelo y a los arbustos, o a arrancarlos con los dientes. El de Alfonso dejó de parecerme un caballo, aunque sabía que seguía siéndolo, para adoptar la apariencia del ciervo blanco espectral de Laura. Alfonso me dijo que el mío tenía el mismo aspecto. Tuvimos que seguir luchando para mantenerlos en el sendero, suponiendo que hubiese uno. Alfonso cortaba las ramas con la espada, en un intento de abrirnos paso y salir, pero los troncos principales de los arbustos eran demasiado gruesos para el arma. A medida que avanzaba, los pájaros levantaban el vuelo para quitarse de en medio como enjambres de avispas gigantes, y Alfonso gritaba como un loco intentando apartarlos de su rostro y arremeter contra ellos con la espada.

Los pájaros nunca nos abandonaron. Se posaban en grandes grupos en las ramas de los arbustos que nos rodeaban y emitían un sonido que ya no se asemejaba al llanto de párvulos, sino a un millón de recién nacidos en el infierno.

Gracias a Dios, los pájaros no se interesaron por mí, ni siquiera cuando intenté quitárselos de encima a Alfonso con la fusta. Sin embargo, la lógica de la izquierda de Ariadna nos trajo suerte. Finalmente, salimos a través de un arco frondoso, idéntico al que habíamos atravesado al entrar. Detrás de nosotros, los pájaros levantaron el vuelo en un enjambre chirriante, que por un momento eclipsó la luna. Juntos emitieron un sonido parecido al grito de un dragón soprano. Alfonso y yo fuimos presas del pánico, y los caballos corcovearon y relincharon, sacando sangre por la boca y chorreando sudor por los flancos. Cuando salimos, topamos con una flecha que señalaba hacia una ladera y descendimos a toda prisa por ella, ambos dando gritos de alegría, para luego subir cuando la pendiente se allanó. Nos habíamos desviado hacia un patio enlosado en cuyo centro había un gran estanque o alberca. A la luz de la luna, alrededor del patio salpicado de robles, vimos unas estatuas tenebrosas de los dioses del Olimpo. Reinaba un silencio sepulcral.

—¡Oh, gracias, César! ¡Éste es el escenario perfecto para una luna de miel! —grité.

—Se parece más a algo relacionado con san Jorge, el de *La leyenda dorada*.

—¿Tú también la has leído?

—Me la leyeron. ¿Dónde estamos?

—Reconozco el lugar.

—Yo no.

—Papá me trajo aquí en una ocasión, hace mucho tiempo, con César... Estamos en Tívoli, el palacio veraniego construido por Adriano.

Unos amenazadores muros palaciegos nos rodeaban.

—¿Y ahora qué?

Miramos a nuestro alrededor, pero no advertimos ninguna pista que pudiera indicarnos qué hacer seguidamente.

—Bueno, es nuestra noche de bodas —dije intentando hacer lo imposible para que mi voz adquiriera un tono seductor, pero lo que salió de mi boca fue un chillido horrorizado.

—¿Pretendes que hagamos el amor aquí? —chilló Alfonso en respuesta—. Hace frío.

—Evidentemente, pero el calor lo generará la intensidad de nuestra fricción.

Alfonso se rió tontamente. Se acabó la seducción. Entonces, vi al guardián. Un antiguo legionario romano estaba apoyado en el roble más grande. Incluso a la incolora luz de la luna pude distinguir que vestía totalmente de dorado. Peto, sandalias, muñequeras, faldones dorados, capa y un yelmo dorado con cresta de crin de caballo. Sin embargo, el yelmo no era propiamente romano. Era de estilo tarquinio o de gladiador, y la visera de oro cubría su rostro por completo. Del rostro sólo vi los ojos detrás de unos agujeros en forma de oliva.

—¿Quién eres?

—¿Quién o qué demonios es, señor? —gritó Alfonso a la vez que desenfundaba la espada. Sin embargo, su grito no fue del todo firme.

El guardián desenfundó una espada de hoja de acero con empuñadura de oro.

—Soy el guardián de la Rama Dorada.

−¿Es eso cierto? −ladró Alfonso−. ¿Qué demonios se supone que significa eso, si no le importa decírmelo?

Los pájaros chillones seguían zumbando sobre nuestras cabezas.

−Ambos estáis muertos. Éstos son los Campos Elíseos...

−Bueno, qué descanso.

−... pero tendréis que luchar conmigo hasta la muerte antes de que podáis disfrutarlos.

La voz salió con eco y sonó como si alguien dentro del yelmo intentara disfrazarla. Mal. Y luego estaba el uniforme dorado. ¿A quién conocíamos que vistiera así?

−Todo esto suena muy etrusco −susurré.

−¿Toscano? −salió de mi esposo−. ¿Están los Médicis detrás de esto?

−Etrusco. Me parece poco factible que esto pueda ser obra de unos contadores.

−¿Por qué debo luchar hasta la muerte con este etrusco?

−No es etrusco. Es...

−Es el ritual. Así está escrito.

El personaje hizo una pausa y ladeó la cabeza dentro del yelmo, como si intentara recordar algo.

−¿César? −dije−. ¿Eres tú? Si ésta es una de tus bromas, yo misma lucharé contra ti hasta la muerte.

−Aquel que intenta robar la Rama Dorada debe morir por mi mano y renunciar al Paraíso −dijo el guardián.

Alfonso lo miró de soslayo.

−¿No acabas de decir que ya estábamos muertos?

−¡Oh, sí! Pero créeme, en los mitos las reglas son muy complejas.

Alfonso azotó el caballo con las riendas. Caballo, carro, yo y carrero nos lanzamos contra el árbol y el guardián.

−¿*Creerte*? ¡Sólo los temerarios creen a un contador!

−¡Alfonso! −grité.

Se lo estaba tomando en serio y, por entonces, yo estaba convencida de que se trataba de César, que me estaba gastando una broma sacada de *La leyenda dorada*.

El legionario se dejó llevar por el pánico. Recogió su escudo y lo alzó, aunque pronto se dio cuenta de que sería inútil contra dos mil libras de ataque impetuoso, y lo dejó caer mirando a su alrededor como un loco a través de sus agujeros de oliva. El roble era enorme; lo rodeó a toda prisa y se escondió detrás de él, esperando sin duda que Alfonso se estrellara contra el tronco. Pero al contrario de lo que cabía esperar, Alfonso condujo caballo y carro por detrás del guardián con gran habilidad. El perseguido y el perseguidor corrieron tres veces alrededor del tronco macizo, ambos dando gritos, y el guardián intentando alcanzar a Alfonso, que corría detrás de él, aunque lo único que consiguió fue pinchar el fuste con la espada. Alfonso seguía blandiendo la espada contra el guardián, pero también erraba sus embates, arremetiendo en su lugar contra el pobre roble y talando la esporádica rama dorada. Finalmente, ambos se detuvieron, uno a cada lado del tronco, más o menos simultáneamente, tanto por agotamiento como porque debieron darse cuenta de cuán ridículos debían parecerme.

Una risita incontrolable impedía a Alfonso recuperar el aliento.

El guardián nos miró con un perfecto semblante de ofendida confusión sin rostro. Enfundó su espada.

—Las cosas no han ido como tenían que haber ido. Este ritual no estaba destinado a convertirse en un ejercicio con el que ponernos en ridículo mutuamente. ¿Es que no has leído a Virgilio?

Definitivamente era César.

—Sí, César. Yo sí he leído a Virgilio —dije—. Y no recuerdo ninguna escena cómica.

—Bueno..., da igual. Lo has echado todo a perder.

César se agachó y recogió dos ramitas de hojas amarillentas de una rama verde que había caído del roble. Se acercó a nosotros y nos ofreció una ramita a cada uno.

—¿Muérdago? —preguntó Alfonso.

—La Rama Dorada —le aclaré de acuerdo con Virgilio—. El fuego vivo de Júpiter tomado del cielo.

—Venid conmigo —dijo el guardián, cruzando a grandes zancadas el patio en dirección a las oscuras ruinas del palacio—. ¡Seguidme!

—¿Y qué hacemos con los caballos?

—Los silfos se encargarán de ellos —respondió.

—¿Silfos? —preguntó Alfonso—. ¿Quiénes son los silfos?

—Pequeños semidioses sin alma —le expliqué.

—Lo sabía. Aparecen en Virgilio, ¿no es así?

—No, ¡te equivocas! —exclamó el guardián, desapareciendo entre las grandes fauces del palacio—. Lucrecia, ¡si quieres que siga viviendo este chico vas a tener que educarle!

—Ya te educaré yo a ti, hermano —le gritó Alfonso—. ¡Hoy era el día de bodas de esta mujer!

Bajamos del carro para seguirle al trote y adentrarnos en la gran casa de campo de Adriano, hecha de ladrillo y penumbra. La negra boca del lobo nos devoró. No había ventanas ni arcos exteriores; todo estaba sumido en la oscuridad del Hades. Pensé en mi viejo Giovanni, aquel primer día, pues la única forma de seguir al guardián era por el rechinar metálico de su uniforme.

—Otro laberinto, no —dije.

—No juzgues precipitadamente; la situación podría mejorar.

—¿Cómo? ¿Y arruinar la calidad de cuento de hadas de todo esto?

La oscuridad no se prolongó demasiado, y apenas unos cien metros más allá se convirtió en un acogedor baño de luz proveniente de cirios y antorchas dispuestos en candelabros a lo largo del techo y en candeleros colgados en las paredes, así como en un flujo de glorioso calor que parecía subir en cascada desde el suelo. El guardián llegó a un amplio arco en el muro de piedra y se detuvo a nuestra izquierda.

Giramos al llegar al pasaje abovedado y lo seguimos. Lo primero que recuerdo de aquel momento fueron mis ojos doloridos cerrándose involuntariamente de la manera como lo harían ante una salida de sol brillando inesperadamente a través de una ventana. Las más o menos cien llamas del vestíbulo habían sido reemplazadas por varios miles, que ardían en una tremenda estancia de lujo bajo un techo de cincuenta pies de altura desde una araña. Esta araña de cien velas colgaba a unos ocho o diez pies por encima del suelo en el que descansaba el elemento central y definitivo: una inmensa cama cubierta con una tela de seda, satén y brocado de oro. Tenía almohadas del tamaño de un niño de diez años y postes en las esquinas, como los de la cama de Ulises y Penélope, hechos de robles vivos, cuyas copas estaban entrelazadas con muérdago de colores brillantes.

—Éste fue el dormitorio imperial —anunció el guardián.

Alzó la mano, y una música de cuerda empezó a sonar a través de la estancia desde Dios sabía dónde. Entonces, el guardián nos condujo hasta la cama, en la que Alfonso y yo nos sentamos expectantes, preguntándonos en silencio qué nos depararía el futuro inmediato. El guardián cogió dos enormes tinajas que contenían dos líquidos dorados, se acercó a nosotros y los sirvió en dos copas de cristal veneciano que había sobre la mesilla de plata, al lado de la cama.

—¿Es ésta su luna de miel, señora?

Conocía la pregunta. Era la que le hizo san Jorge a Ginebra, que esperaba a Arturo en su noche de bodas, en *La leyenda dorada*. Por tanto, di la respuesta de Ginebra.

—Eso dicen.

César siguió con el diálogo del cuento.

—Me pregunto si comprende lo que está diciendo.

Yo hice lo mismo.

—¿Qué pretende decirme, señor?

Y él también.

—Estas tinajas contienen el origen de las lunas de miel. Verá, cuando vierto de ésta es miel, miel de los tréboles y los naranjos del laberinto de Adriano. —En *La leyenda dorada* hubiera sido simplemente «del césar». César prosiguió siguiendo el texto del libro—. Ahora le añado vino blanco, el regalo del sol, y creo un licor dulce. Este licor, que ambos beberéis cada día durante un mes, o un ciclo lunar, simboliza los días más dulces de vuestra vida conjunta. La miel para una luna.

—¿De dónde proviene esta leyenda?

—De la noche de los tiempos —dijo concluyendo así la escena de *La leyenda dorada*—. Y no es una leyenda. Probadlo. Bebed.

Yo lo hice y resultó ser la bebida más satisfactoria que jamás pueda haber degustado. Tenía un sabor cercano a un Sauternes, pero con un matiz rebosante, como un gran vino renano, aunque nada empalagoso. Alfonso también lo degustó, y su rostro se transformó, adoptando una expresión de satisfacción mucho mayor que la de Giovanni tras haberle dado el primer mordisco a una sublime salchicha boloñesa. El guardián cogió una vela y encendió el fuego de la chimenea de diez pies. Un calor seco y radiante empezó a sustituir la suculencia que durante un tiempo había notado subir desde el suelo.

El guardián hizo una reverencia.

—Os dejo con vuestras vidas —dijo cuando ya salía de la estancia. Pasó por debajo de la bóveda y se fue—. Adiós.

—Guardián César —grité—, ¿qué hacemos ahora?

—Sabes griego. Sé filosófica. ¡Lee *De Rerum Natura* de Epicuro! ¡Busca el placer! ¡O deja que aquí Don Ignorante lo decida por ti!

Y se fue.

—¿Eres César? —le chillé, pero no hubo respuesta audible.

Decidimos dejar las velas encendidas. Cada vez que Alfonso me hizo el amor aquella primera noche y luego, a lo largo del primer mes de nuestro matrimonio, me sobrevinieron pensamientos dedicados a Vanita: del placer con el que, según recordaba, su cuerpo había disfrutado del de Rodrigo; de cuando Vanita había gritado su nombre, y César y yo la oímos a través de la puerta. Yo sabía que estaba en presencia de lo que ella antaño había experimentado, en compañía de todo lo que había visto en ella cuando, aun siendo una niña, descubrí que aquellos sentimientos eran la esencia de la condición femenina. De pronto, los reconocía y los sentía todos en mí misma: cada emoción que mi corazón de niña había anhelado, cada deseo de trovador con el que pude haber soñado; cada grial y cada Ginebra que había imaginado en brazos de Lancelot.

—¿Has visto? —seguí susurrando—. Al fin me he convertido en ti.

Ese sentimiento atravesaría inevitablemente mi cabeza en momentos absolutamente inapropiados, justo cuando el dios italiano empezaba a juguetear sensualmente conmigo, por ejemplo, y yo me deshacía en risas. Alfonso no paraba.

Mientras bebíamos miel y vino en la casa de campo aquel primer mes de nuestro matrimonio, esa vez pensando que *luna de miel* era una expresión de lo más apropiada y acertada, empezamos a oír rumores acerca del césar a través de los silfos, que en realidad eran los sirvientes que nos había proporcionado César. Se trataba de rumores militares. Por fin, había persuadido a papá para que le cediera un pequeño ejército de tropas papales; no para asesinar a artistas y cantantes, evidentemente, sino para someter ciudades, sobre todo en la Emilia-Romaña, los antiguos Estados Pontificios que, hacía tiempo, se habían separado del Vaticano para convertirse en pequeñas repúblicas o ducados. Papá le había pedido a César que empezara a reunir Italia bajo el dominio político absoluto de la Santa Sede. César se convertiría, una vez cumplida la primera parte del acuerdo, en el recién creado duque de Romaña. En cuanto yo me convirtiera en la reina de las Dos Sicilias, él emprendería la segunda parte del plan. «Por fin, un sólido comienzo», debió de pensar César, para su futuro como conquistador de Italia y del resto del mundo.

Creo que debió de ser por entonces que el buitre empezó a seguir a mi hermano y al hedor a carroña que se levantaba larga y sangrientamente tras sus batallas. Ese buitre sobrevoló el campo de batallas cuando César entró en la recién conquistada ciudad romañola de Forlì, en cuya fontana recuerdo haber hecho el amor con mi Giovanni. Un día los silfos me hablaron del ave que ya formaba parte del mito de mi hermano en la mente de su ejército y que nunca volvería a apartarse de su lado. Siempre me he imaginado el buitre como una furia, o euménide, por su parecido con los espíritus griegos, de similares alas negras y de mítica y vengativa furia. Los griegos las temían tanto que las apodaron irónicamente *euménides*, las benévolas, en lugar de utilizar su verdadero nombre, *erinnias*, las furias de la venganza, para no enojarlas. Ésta, en particular, flotaba en lo más alto del cielo sobre la cabeza de César. A su vista yacían los muertos, cientos de ellos, ante y dentro de las puertas de Forli; a la vista de César, los supervivientes de la ciudad, con los ojos apartados y lacrimosos por sus muertos. Contempló cómo los apóstoles menores del buitre, los cuervos negros, se posaban sobre los cadáveres de los hombres, y con amarillos y afilados picos y garras empezaban su cena. La euménide esperaba en lo alto, con el ganchudo pico soltando agua y volando en círculos.

También recuerdo de aquella larga luna de miel el sonido del agua burbujeante de un arroyo, una vía húmeda de poca profundidad para patitos y renacuajos. La noche siguiente, después de haber engullido vino con miel hasta el anochecer, paseamos a lo largo del arroyo. Fluía del noroeste y vertía sus aguas en el estanque de la casa de campo. Recuerdo que me reí al oír un torbellino batiente y, temerosa de encontrarme con la tormenta de golondrinas, alcé la mirada con Alfonso para descubrir, en su lugar, miles de tórtolas arrulladoras revoloteando como gigantes copos de nieve palatinos sobre nuestras cabezas. No sonaban como bebés muertos, sino como un coro de niños risueños. Entonces, de algún lugar de detrás de los pájaros, a lo lejos, de detrás de la siguiente colina o más lejos, oímos un chasquido, una especie de estampido, y luego otro, seguido por un repentino silbido retumbante. Eran mucho más fuertes que cualquier silbido que pudiera haber emitido un hombre o un animal. Una pirotecnia de girándulas de doce pies de alto explosionó con un resplandor tan intenso como la luz del sol en la cima de la colina que teníamos delante, un mar de azules, verdes y rojos. En el cielo apareció «A y L —entrelazadas con fuego— DE ARAGÓN», cruzando nuestro horizonte en letras llameantes.

—¡César! —chillé esperando que estuviera allí, en algún lugar, escondido entre las llamaradas de la noche—. ¿Eres mi ángel de la guarda? ¿Eres tú?

Tras dos semanas en el Paraíso y dulces fuegos artificiales, Pentesilea me trajo una carta.

—Es cuestión de vida o muerte para vosotros —dijo.

Imaginé que, viniendo de una lesbiana de seis pies de altura, debía recelar de ello, pero no ignorar el aviso. Por regla general, los preocupados suelen tener a Dios de su lado.

—¿La has leído?

—Por supuesto.

—¿Cómo? El sello está entero.

—En la sala de plancha de las muchachas. Solemos...

—No quiero saberlo.

Pentesilea hizo una profunda reverencia y partió hacia Roma. Me llevé la carta al dormitorio de Adriano; Alfonso no estaba. A pesar de que era de papel, y no de pergamino, la carta estaba enrollada y sellada —y evidentemente vuelta a sellar— con un blasón de cera: un dragón en medio de una corona real en proceso de devorar a un hombre. La elección del papel me decía que el remitente no tenía miedo a la modernidad, la cera, que pertenecía a la nobleza. Rompí el sello del dragón, desenrollé el bello papel Arno —tenía tres pies de largo, era perfecto y liso, con huellas dactilares sangrientas en los márgenes y estaba escrita con una letra angulosa y muy masculina— y empecé a leer:

*Imola, agosto de 1498.*

*Mi queridísima hermana en Cristo:*

*Hace un mes empezamos a ver a la negra euménide flotando entre las nubes sobre mi ciudad de Forlì, como si el ave fuera un ejemplo exitoso de las máquinas en forma de gigantescos murciélagos que construye el maestro Da Vinci con pieles de animal oscuras y madera de balsa.*

*El buitre que vimos seguía a César, tu bastardo y mentiroso hermano, y a su ejército. Atacaron mi ciudad excediéndose en la carnicería y el sufrimiento más allá de lo necesario, y lo digo aunque no soy especialmente sensible a los excesos de sangre. Pero este géiser de asesinatos expulsará de Italia la caballerosidad durante un siglo.*

*Luego, le vimos desde los muros de nuestra fortaleza llevarse la roca de Ravaldino. Vimos a tu cobarde hermano César atravesar la llanura a galope tendido, y después subir hasta los dominios de mi palacio, que antaño pertenecieron a mis dos esposos de valerosa memoria. Pero no tuvo compasión conmigo, la viuda Catalina Sforza Riario, duquesa de Forlì y de la misma familia que el Moro, al que tu hermano no osa atacar. Antaño fui una mujer atractiva, todavía soy valiente. Aquel día yo llevaba armadura, de la cabeza a los pies, era célebre por mi belleza y temida por mi valor y mi habilidad para el manejo de armas, habiendo matado a cientos de ídolos de la caballería con mi propio acero cortante. El mundo me concedió el nombre de la Virago en reconocimiento a mis méritos, que me confieren asaz categoría para sentarme al lado de Lancelot a la mesa redonda de Arturo. Pero no te equivoques; soy igualmente célebre por no ser una virgen, por ser una mujer con hijos engendrados con un escuadrón de auténticos nobles, esparcidos por toda Italia, desde Aosta hasta Termini. Estoy tan orgullosa de ello, de mis apetitos sensuales, como lo estoy de los apetitos belicosos. Tengo entendido por mi primo, el cardenal Ascanio Sforza, que tú también te distingues por tu sensualidad. Teniendo en cuenta esto, Lucrecia, te he tenido por hermana desde que contrajiste matrimonio con mi primo Giovanni. La noche de bodas, al verte en la ceremonia visigoda de procedencia sacra, me pareciste un melón de miel a punto de reventar de dulzura corpórea. Tampoco puedo recriminarte por haber dejado a un lado a Giovanni, tal como te lo recrimina mi tío (1). Yo nunca hubiera durado tanto como tú al lado de esa masa sebosa de tocino cobarde. Pero no olvides nunca que tener una reputación basada en tu sensualidad puede suponer tu destrucción. Tómate tus placeres cuando tropieces con ellos, pero mantenlos en secreto, ése es mi consejo. La reputación de una asesina es buena, pues los gusanos temen a una dama así; pero la de una amante es peligrosa, pues, en lo más hondo de su ser, todos los hombres se amedrentan ante el amor de una mujer fuerte.*

*La euménide y César debieron ver a mis caballeros muertos en los colores y en el emblema coronado de mi orgullo con el dragón devorahombres, desparramados por mis tierras y tirados en los pasajes de la ciudad como si se tratara de merengue de fresas aplastado. Sin duda, la euménide debió imaginarse recompensada por su astucia al haber seguido a César. Ella es fría; siempre es lógica. La venganza siempre es*

---

(1) Caí en la cuenta de que su tío debía de ser Ludovico Sforza, el Moro y duque de Milán.

*filosófica y fría. La euménide sigue siendo, desde la noche de los tiem-*
*pos, una diosa de la venganza. César echó un vistazo por el patio del*
*palacio hasta que descubrió las puertas que había venido a abrir. Las*
*que dan a mi llamado Ravaldino, mi calabozo y mi mina.*

*—Abridlas —dijo.*

*César relució a la luz del sol. Iba montado sobre un alazán, con las*
*guarniciones, la silla de montar y los faldones de brocado de oro.*
*Conozco al maestro toledano que le construye las armaduras, puesto*
*que a mí me hizo un traje de marfil chapado de ébano. Construyó el*
*arnés a la perfección, al estilo moderno, como si fuera un traje de paño*
*del taller de algún sastre milanés, aunque imitando el de un caballero*
*antiguo imaginario de Jerusalén de la primera cruzada. Su alazán era*
*enorme, criado en Dinamarca para arrastrar árboles talados destinados*
*a la construcción de dragones vikingos. El semental tenía que ser enor-*
*me, pues, de no ser así, nunca podría haber soportado su colosal peso*
*en oro.*

*Dos caballeros le trajeron a Catalina Sforza. Estaba cubierta de*
*sangre.*

*—¿Mi antigua señora de Forli? —preguntó César.*

*—Señora Sforza —dije—. ¿Sí, niño Borgia?*

*César, que durante todo el día había sido la viva imagen del calmo-*
*so e imperturbable conquistador, al igual que yo, la clase de mariscal*
*de campo al que los hombres siguen de buena gana a través de las puer-*
*tas del infierno, de pronto enloqueció. Se volvió un niño de cinco años*
*en medio de un torbellino, sumido en la clase de berrinche que aterro-*
*riza a un padre por miedo a que explote el corazón de su hijo.*

*—Forli es ahora mi nombre en este palacio —rugió, con los ojos sal-*
*tándole de la cara y pataleando como un loco en el polvo ensangrenta-*
*do—. ¡Si crees que el apellido del feo Moro me asusta, es que eres más*
*niña pequeña que yo niño!*

*Estaba perpleja, pero no tenía miedo. Contemplé el arrebato de César*
*como si estuviera observando a un ingenuo loco inca.*

*—Tal vez, a lo largo de un día de suerte, un niño con el carácter alte-*
*rado de una ardilla rabiosa logre asesinar a suficientes hijos de buenas*
*mujeres para abrir una brecha en los muros de una ciudad —dije—. Pero*
*un mocoso bastardo como tú pronto descubrirá que gobernar sabia-*
*mente es un hueso mucho más duro de roer de lo que imaginaba.*

*César me dio un puñetazo en la boca con su guante de malla.*

–Además, no necesito a ningún Moro. Aún ahora, podría cortarte los huevos si no fuera tan difícil encontrarlos –grité escupiéndole mi diente canino ensangrentado a la cara.

Tu hermano, temblando todavía de pies a cabeza, me miró con recelo. Sacó su puñal adornado profusamente con piedras preciosas y colocó su punta debajo de los tirantes de mi coraza. Los cortó.

–Juguemos al juego de Heracles y Melanipe, ¿le parece, duquesa?

–¿Tienes huevos para hacerlo? Yo, sí –dije–. Yo, sí.

Cortó mi cinturón, mis ligas, mi camisón. Al final cortó mis calzas. Me quedé desnuda a la luz del sol. «Realmente, una criatura de belleza estimulante», me confesó más tarde mi torturador. César puso la hoja del puñal en mi cuello y dibujó el trayecto de mi carótida.

–¿Te lo estás pasando bien? –pregunté.

Envainó la daga y se acercó al Ravaldino.

–Traedme al coño –dijo.

Los dos soldados volvieron a cogerme por los brazos y me arrastraron detrás de César, aprovechando ambos la ocasión para manosear el cuerpo de la duquesa de Forli, la Gran Virago.

–Claro que sí; llevaos también mi coño –dije–. Nunca voy a la cárcel sin él.

Los soldados de César me llevaron a mi propia sala de torturas, donde me estiraron en el potro hasta que alcancé una longitud superior a la de cualquiera de mis maridos. La sensación es fascinante. Sientes unos suaves estallidos de cartílago cediendo dentro de una Escila alargada de dolor. Luego, me violó repetidamente durante toda la noche, hasta que llegó el amanecer, mientras yo permanecía tensada sobre el potro como la cuerda de un arco. No me sorprendió descubrir la afición a la caballería de tu hermano, pues tiene un marcado aspecto de semental sentado en una silla de montar. Entre embestida y embestida, tu hermano volvía a despertar aquel miembro equino en la misma estancia revolcándose desnudo en los enormes montones de monedas de oro de Forli.

–Follarte es como introducir mi flecha en una ballesta tensa –me comentó.

–Eres un niño –dije desde el potro–. Un niño necesita a su padre. Cuando el Gran Alejandro muera, Borgia, habrás tenido tu último despertar.

Tu devota cuñada ilegítima, si se me permites llamarte así. Vale.

*Catalina,*
*Deo gracias Sforza Riario,*
*la duquesa violada de Forli e Imola.*

Incluso después de lo que había hecho con Fortunata, me dolió leer una historia tan rencorosa y llena de odio sobre César como aquélla, sobre todo viniendo de una dama con un estilo de escritura tan poco elegante y belicosa. ¿Ya se habrían convertido aquellos crímenes –violar a Catalina, a la infame Virago, sobre la cual ya se había creado más de un mito–, en parte de su leyenda? Esperaba que no. Por razones de seguridad y prudencia, guardé aquella carta en la biblioteca junto con el resto de la correspondencia general del Vaticano a partir de 1498. Me imagino que debe seguir allí, si alguien desconfía o piensa que me he inventado sus calumnias. Al volver a Roma, César se concedió un triunfo clásico, con todos sus adornos y su ceremonial. Llevó pancartas que rezaban: «*Roma triumphans.*» Y otras que decían: «*Aut Caesar, aut nihil*»; o sea, «O César, o nada».

Sin embargo, yo tampoco era imbécil ni simple. «¿Será algo de eso verdad?», me pregunté. Estaba segura de que César no dejaría que ningún sentimiento se interpusiera en su camino hacia la victoria, y que no permitiría que nada le apartara de grabar el mito de la derrota hasta los mismísimos huesos de un enemigo o, en ese caso, en las partes más blandas de su cuerpo. Por ello, debió parecerle tan naturalmente aterrador al conquistado como debió parecerle César a Vercingetórix. Pero ¿y el resto? Yo me había sonrojado al leer los comentarios de aquella mujer acerca de la masa que descansaba propiamente detrás de la perilla de la silla de montar de César. Pero ¿la tortura de una mujer de la nobleza y su violación? Eso me parecía sumamente increíble. ¿Mi hermano, que solía leerme historias de Ginebra y de amores palaciegos? ¿Que siempre nos tuvo en gran estima a Vanita y a mí? ¿Que me había concedido un mes de luna de miel de un lujo legendario? Y los Sforza, exceptuando a Giovanni, eran célebres por las intrigas políticas y la traición; sobre todo Catalina la Virago. Es del dominio público que los esposos de la Catalina enviudada podían haberlo atestiguado fácilmente desde sus tumbas. ¿O acaso aquello que es de dominio público no es más que chismorreo público? ¿Habían sido los agentes de Forli la fuente del complot que se desbarató en el último momento, sólo porque César lo descubrió y asesinó a Fortunata para salvarnos a todos, sobre todo a mí? Incluso decían que el Moro no permitía que su sobrina entrara en Milán estando él allí. «Hay asesinato en cada una de sus miradas, cuchillos en sus sonrisas –decía a menudo el hombre más temido de nuestra generación–. Es más macabra que el hombre de la guadaña.»

Me convencí a mí misma de que así habían ido las cosas. En cualquier caso, había guardado la carta junto con todas los demás indicios y advertencias. Sin embargo, para mayor seguridad, envié una carta a Pentesilea. Le ordené que vigilase a César tan de cerca como le fuera posible, pero sin que, en ningún caso, la descubrieran haciéndolo. «Puede ser cuestión de vida o muerte para nosotras», fue mi posdata.

Por entonces, Alfonso y yo todavía corríamos a través de uno de los campos de los vastos jardines de Tívoli. Un riachuelo corría a nuestro lado, el que habíamos visto cuando contemplamos los epónimos fuegos artificiales de la otra noche. Habíamos hecho un picnic en aquel campo, y yo había pensado en Giovanni y en su pollo relleno en la cascada. Sin embargo, a lo largo de aquel día, después del tiempo que habíamos compartido Alfonso y yo en aquel bello lugar, y al traer a la mente el rostro fantasmal de mi gordo y encantador primer marido, empecé por primera vez a aceptar todo el dolor que le había causado. Todavía me arrepentía –ni siquiera la absolución del mismísimo Jesucristo podría borrar jamás mi remordimiento–, pero también sentí cierto consentimiento. Estando entre los brazos de Alfonso, me di cuenta de que incluso Giovanni, sobre todo Giovanni, habría deseado esa felicidad para mí; que sobre todo Giovanni habría entendido ese momento como el cumplimiento del juramento que me había hecho aquel día en la cascada. Cristo había sido un buen hombre; Giovanni había sido un buen hombre. Ninguno de ellos habría titubeado ni por un instante si un sacrificio suyo hubiera significado la redención para alguien a quien amaban.

Tras haber hecho el amor con Alfonso en los campos sembrados de flores azules, nos quedamos desnudos en la hierba porque el sol del mes de agosto era cálido y el aire húmedo que soplaba aquella mañana desde el mar era tan sedante para nuestra piel como un baño de vapor. Corrimos cogidos de la mano a través de la pradera hasta el riachuelo; el aire en movimiento nos quitaba el calor del sol con refrescante deleite. La fértil marga se metía entre los dedos de nuestros pies con un suave chapoteo. Contemplé los hermosos músculos de mi esposo, tensándose y aflojándose en cada una de sus zancadas a través de las flores, y su pecho expandiéndose y contrayéndose. Contemplé la deliciosa fuerza de sus costados, que los hombres tienen más definidos que las mujeres cuando respiran; «los músculos intercostales», creo que los llamó Galeno. Con las flores de fondo y su cuerpo perfecto, parecía un Héctor corriendo por una pequeña playa de azul Escamandro.

—Tu cabellera es como la cola de un cometa —dijo Alfonso, mirándome.

Sentí mi talismán de oro flotando detrás de mí como la melena de un yelmo troyano, y mis pechos, como un peto moviéndose al compás. El campo estaba colmado de flores azules y encarnadas. Sus capullos nos llegaban a los hombros.

El júbilo es la criatura alada más veloz de Dios; sale volando con la rapidez de un abejorro, zumbando a través de la hierba calentada por el sol. Pasado ya el mes que nos habían concedido, nos pareció que apenas habíamos pasado un día en Tívoli y sus jardines. Me había llevado el manual de filosofía marital de 1415 de Francesco Barbero, *De los deberes de la mujer*, de la biblioteca del Vaticano. Había causado furor en Roma desde su reciente reedición —muchos decían que era un plagio de *Conjugalia preacepta* de Plutarco— con nuevas ilustraciones. Sólo se distribuía en el Vaticano. «Pero ¿qué es un plagio —me pregunté—, si todo pensamiento es un robo creativo, ya habiendo el Padre pensado todos los posibles pensamientos en toda posible transmutación, mucho antes de su creación del universo?» Las nuevas ilustraciones, realizadas por un dominico desconocido, eran profusas e imaginativas más allá del texto, y describían posturas y actitudes destinadas más bien a procurar placer, a pesar de que pretendían ser meras ayudas para el embarazo. Los censores pontificios habían restringido su publicación al Vaticano, donde, naturalmente, nadie se preocupa por los embarazos.

Alfonso y yo repasamos juntos el libro de Barbero echados en la cama dorada de Adriano. Alfonso disfrutó sobre todo con los grabados, mientras que a mí me gustaron los artículos. El volumen señalaba que Alfonso tendría unos orgasmos más perfectos e intensos que yo, mientras que yo probablemente disfrutaría de unas convulsiones más devastadoras y largas.

—Sí, tiendes a prolongarte —dijo Alfonso.

—Y tu actitud parece ser la de *tempus fugit* cuando soy yo quien se lo está pasando bien. Soy una dama que tiene inteligencia en el amor.

El manual mostraba ilustraciones del marido estimulando a la mujer para prepararse para la concepción correcta, que es más probable que tenga lugar, según enfatizaba el texto, si la mujer disfruta de un orgasmo. Yo le dije que debía frotar con sus dedos mis principales puntos erógenos y también prolongar el acto acariciando mis pechos con las puntas de los dedos, la lengua y la boca. Debía besarme largamente y con fuerza, recreándose en mi boca y asegurándose de que excitaba también el área debajo de mi ombligo, alternando el coito con cualquier cosa que le viniera a la mente sin consumarlo realmente. Alfonso colgó una ilustración en particular en la cabecera de la cama, que me prepararía para la concepción, decía el libro. Después del acto de amor, Alfonso debía aplicar en mi sexo una pomada de algodón empapado de almizcle, de goma de hojas de lada...

—¿Qué es una hoja de lada?

—Es como una rosa. Usan su goma en perfumes —dije.

—Yo utilizaré rosas. Hay un millón de ellas en los jardines. Y añadiré algunos capullos de rosa amarillos al sumidero de Nani.

—... y de diversas especies: romero, tomillo, salvia y perejil picado.

Resultó sumamente agradable, pues Alfonso insistió en aplastar los pétalos de rosa sobre mi cuerpo desnudo para preparar la goma.

Entre toda esa explicitud visual y literaria, Barbero intentaba concentrarse en la manera como hombres y mujeres (en ese caso, Alfonso y yo) debían sobreponerse a la lascivia y cultivar la intelectualidad. ¿Estaba loco? Ya estábamos follando como conejos atolondrados cuando finalmente Barbero llegaba al tema; demasiado tarde para detenerse y reconsiderar la situación. Por favor, tened compasión. El encanto de los libros sucios y los mejores textos médicos es ipso facto animal y no deberían tener que ser edificantes. Seamos grecorromanos; dejemos que la pornografía sea pornografía.

—No sé tú —dije—, pero tras años de haber tenido la nariz hundida entre las páginas de un libro, ya he tenido suficiente intelectualidad.

Llegados a ese punto, estábamos listos para graduarnos y pasar al siguiente capítulo, que era «Posturas exóticas y eróticas», un capítulo para acróbatas de circo. La mayoría de las posturas resultaron ejercicios físicos antes que estudios biológicos. Alfonso y yo probamos unas diecisiete posturas, todas las que conseguimos descifrar y adoptar. ¿Quién es capaz de contorsionarse para adoptar la postura *Nodus gordii*, el «nudo gordiano»? Virgen Santísima, si, ya de por sí, la mera contemplación de la ilustración te causaba un hormigueo en el espinazo. Nosotros preferíamos la *Cave canem*, «ojo-con-el-perrito», y la *Meretrix supra*, la «puta-encima», que había realizado con Giovanni aquel día en la cascada sin conocer el nombre de la postura. Dios mío, siempre había pensado que esa cosa de la supermeretriz estaba fuera de este mundo, pero la postura no había tenido ni la mitad de sabor en las estancias de Pésaro que el que tenía bajo esas circunstancias, mucho más efervescentes. A Alfonso le gustaba una que, según el texto decía, se había «inventado en la Arabia musulmana» —el hombre del grabado de madera llevaba un turbante, y la mujer, un velo que cubría su rostro— por tanto, era un «pecado mortal para los cristianos» y, por tanto también, «sólo inteligible debidamente si se usaban números árabes». La postura tenía el número sesenta y nueve.

—¿Cómo pudieron inventarla los musulmanes? —pregunté.

—¿Por qué no?

—¿No crees que el velo le quita todo valor al esfuerzo?

—A lo mejor la mujer se quita el velo.

—Pero entonces, ¿no sería también un pecado mortal para un musulmán?

—D'jem me contó que los musulmanes no barajan esta clase de pecados mortales. Alá insiste mucho en lo de la carne de cerdo y el vino, pero se muestra tolerante en cuanto al acto físico del placer.

El tiempo pasaba raudo y veloz, capítulo tras capítulo, a paso rápido y abrupto, cuando lo que queríamos disfrutar era el tiempo que tardaría Aquiles en cazar a la tortuga de la paradoja de Zenón. Habíamos hecho el amor cada día y cada noche. Llegados ya a la tercera fase de aquella lunación, yo llevaba contabilizadas ciento doce veces. Queríamos alcanzar otras ciento doce mil más. El número real apenas parecía ser digno del derrame de Arquímedes. Pero lo más importante era que yo sabía que el cuerpo de Vanita, estuviera en el cielo, en el infierno o en Umbría, cantaba con nosotros en cada una de las variaciones del acto sexual. Hicimos el amor con mayor pasión de la que Adriano pudiera haberle expresado a Antonino, por legendaria que pueda haber sido su intimidad. Con la llegada de la luna nueva decidimos quedarnos.

César nos trajo más miel y más vino.

–No sigáis follando mucho más tiempo. Papá está anatematizando a cualquiera que le quiera escuchar: desea que le devuelvan a su niña –dijo–. El Sacro Colegio está preparando una bula para que la firme a este efecto. O sea que acabad vuestra orgía sexual dionisíaca y volved a casa antes de que nos excomulgue a todos.

–Hemos jurado que lo haríamos doscientas cincuenta veces –contestó Alfonso–. No podemos detenernos ahora.

De todos modos, la clave debió de estar en la *Cave canem* o en la *Meretrix supra*, desde luego no en la «sesenta y nueve», por divertida que pudiera resultar, pues cuando finalmente volvimos a la Ciudad Eterna, descubrimos, para la gloria del Señor, que los gratos propósitos que Barbero tenía para nuestros encuentros amorosos realmente estaban destinados a la procreación. Cada mañana vomitaba vino con miel.


El 29 de marzo de 1500, tras la victoria de César en Forli, la violación torturada de la Virago, el cesáreo retorno triunfal de César y meses de aprobación entusiasta por parte de los ciudadanos de Roma, tuvo lugar un momento histórico, sin duda ignorado por Dios, de terribles consecuencias para todos los italianos. En la basílica de San Pedro, papá alzó los brazos en la tradicional aceptación del cuerpo de Jesucristo. Sostenía la Rosa Dorada, una rosa con una tallo largo y espinoso, hecha de oro y zafiros, y que los papas en raras ocasiones concedían a alguien a quien querían honrar especialmente o como divisa para distinguir a algún alto cargo. Habló a los prelados, caballeros y señores reunidos, todos ellos vestidos con sus mejores galas de día.

–Proponemos al señor César Borgia, nuestro amado y dulce hijo, que ya le ha procurado a la Santa Sede grandes conquistas, muchos triunfos y gran honor, para el Santo Oficio y para el título de capitán general de todos los ejércitos de Dios, así como para recibir todos los beneficios, privilegios y derechos inherentes a ellos.

César inclinó la cabeza. Estaba arrodillado, envuelto en una toga de brocado de oro con un borde púrpura –el atuendo de un emperador romano–, que caía hasta el suelo bajando por los escalones de mármol del altar.

–Hágase vuestra voluntad, santidad –contestó–. Acepto humildemente vuestro glorioso cargo. Asesinaré, sacrificaré y asolaré a vuestros enemigos y a los de Cristo, aunque se cobijen en sus guaridas, en sus tiendas de campaña secretas, aunque sea ante los ojos de sus hijos y de sus mujeres, hasta que la sangre corra como el diluvio de Noé y se desborde por los límites de este país.

Papá se había quedado atónito. Se inclinó hacia adelante.

—César, haz el favor de mostrar un poco de control lingüístico en público —susurró.

—Perdón, papá. Me invade un gran entusiasmo cuando pienso en la tarea que me aguarda.

—¿De dónde has sacado ese discurso tan rimbombante? Está bastante bien, aunque no es del todo adecuado.

—En parte, es una cita del discurso que Aníbal hizo a sus elefantes, con algunas mejoras de cosecha propia.

—¿Crees que puedes mejorar a Aníbal?

—Y a cualquiera.

—Tendremos que buscarte un elefante... ¿Una cita? ¿De qué autor la has sacado?

—Livio.

—Interesante. No la recordamos.

Entonces, el papa volvió a dirigirse a la congregación.

—¡Ojalá llegue el día en que la bota de Italia cubra nuestro santo pie, al igual que Aarón, por la gracia de Dios, cubrió el pie de Moisés con la sandalia real de Amalek! Concédanse a nuestro amado hijo las botas de la virtud y la autoridad que Josué y Guideón llevaron en la batalla.

—Papá, ¿quién demonios es Amalek? —le susurró César.

El papa se encogió y golpeó a César en la cara con la Rosa Dorada.

—¡Ay!

Luego le tocó una vez en cada hombro dorado con ella y finalmente se la entregó.

# Seis

Durante los siguientes meses, que pasé en Spoleto, me moví de un lado a otro como una pelota de tenis entre la alegre felicidad y el vil miedo; felicidad al pensar en mi futuro hijo, temor cuando la memoria de aquella choza en Pésaro me abrumaba. Allí había abierto de un tajo a la Vanozza campesina, y Aristóteles habría tenido que ver cómo la destripaba. Estaba aterrorizada por la idea de dar a luz gemelos, de los que los libros decían que eran el resultado de la práctica desmesurada y ávida de sexo en el momento de la concepción. Pensé que había perseguido aquel embarazo lo suficiente como para tener sextillizos. No temía tanto la muerte como la mera idea de mi vientre abierto y mi cuerpo destrozado —sobre todo, si Alfonso iba a ser testigo de ello—, que siempre me hacía llorar desconsoladamente. Veía con ojos soñadores mi trenza dorada, hundida en la sangre de mis entrañas, estrangulando a mis preciosos gemelos.

Papá y César me habían enviado a Spoleto para que me educara en las artes de la política y por razones de seguridad.

—Nueve meses de descanso y ociosidad. ¿Dónde podrías estar mejor? —dijo papá con el centenario *Virgen y niño* de Marco Palmezzano colgando sobre su hombro izquierdo.

Necesitaba aprender de política, y papá pensó que Spoleto sería un lugar adecuado para hacerlo, ya que, como subrayó mi hermano, llegaría el día en que sería «emperatriz, y tenía que saber cuándo y cómo ejecutar a alguien y cuándo no». Debí de ser una mala alumna, pues sólo llegué a ejecutar a una docena de asesinos, violadores y algún que otro hereje. Todo el mundo opina que la violación es un extraño pecado capital.

—¿Has visto el cuerpo de esta muchacha? El pueblo se sublevará. No puedes ejecutarlos por no ser unos santos —llegó incluso a decirme Alfonso—. ¡Es un milagro que no la violen a cada minuto!

—Haz el favor de no hablar como un proxeneta napolitano —dije mientras él se sonrojaba.

Spoleto era un lugar tranquilo, apartado de la discordia, la política y la traición de Roma, y a su vez, estaba lo suficientemente cerca del Vaticano como para que fuera posible volver a toda prisa y resguardarse con sus armas y soldados. Por entonces, Luis XII de Francia estaba invadiendo Italia utilizando los mismos métodos que su tío enano Carlos había aplicado antaño, y nos encontrábamos lo bastante cerca como para escapar inmediatamente y regresar a Roma en un día o dos. Alfonso quería que estableciéramos nuestra residencia en Nápoles, bajo la protección del abuelo Federico, aliado de Luis. En un principio, estuve de acuerdo con él, pero durante nuestra cena de despedida en el comedor privado del papa, papá, con las lágrimas cayéndole sobre el hábito blanco, convenció a Alfonso de que la sola idea de que un asesino calabrés de sangre de ajo pudiera atacarnos durante el viaje —tal como le había pasado a Juan— le provocaba dolores punzantes debajo del pectoral y en el brazo izquierdo. ¿Acaso no estaríamos más seguros y mejor protegidos de todo peligro bajo la inmensa protección del papa? Sin embargo, Alfonso se resistió tenazmente.

—¿Eres un cobarde que sólo se siente seguro en el regazo del abuelito? —estalló César.

—Mi familia luchó al lado de Carlomagno en Roncesvalles. Desde entonces, no ha habido ni un solo cobarde en la corona de Aragón.

—Cuéntaselo al Moro, el aliado de Aragón, que sin duda esperaba recibir alguna ayuda de Federico antes de que Luis y Venecia le robaran Milán y le arrojaran a los brazos tiroleses de Maximiliano I.

—No fue Aragón. ¿No fue más bien el cobarde César quien traicionó al Moro? ¿O acaso no fuiste tú quien siguió a Luis como un perro faldero cualquiera cuando éste entró en Milán? En cuanto a la cobardía, deberías mirarte a ti mismo.

Ambos se pusieron en pie instantáneamente y volcaron las sillas.

—Chicos, chicos —dijo papá—. *Misericordia Dei.* Por favor, vais a alterar a Lucrecia en su estado. Comportaos bien.

—Mis más sinceras disculpas, estimado hermano —César sonrió, pero no había duda de que su mano sostenía el tenedor con fuerza.

—No, no, perdóname tú, por favor —gruñó Alfonso mientras se limpiaba los labios con una servilleta como un cazador primerizo probando la sangre de su presa.

Sin embargo, mi esposo finalmente se rindió ante papá y nos quedamos en Roma. Papá había llorado en los brazos de Alfonso, rogándole que reconsiderara su postura, hasta que el estado de papá, boqueando, con la mano apretada contra el corazón y un aspecto alelado, se tornó descaradamente embarazoso.

—Me mantuve firme —me dijo más tarde Alfonso—, hasta que empecé a notar que mi hombro se mojaba con las lágrimas de tu padre.

¿Sería sincera la emoción de papá? ¿Sería real su miedo a los asesinos? Ahora me doy cuenta de que los asesinos de Juan, al menos indirectamente, estuvieron trabajando para papá y/o César, por lo que no estoy segura. No tengo nada por lo que guiarme, salvo mi propio deseo. Admito que todavía hoy deseo, tal como lo deseé entonces, que papá hubiera hecho las cosas porque me amaba y porque amaría a mi hijo, o al menos que hubiera hecho algunas cosas por esta razón de vez en cuando. Elijo vencer mis dudas, aunque me corroen. En ese tiempo, decidí que sus emociones eran sinceras, y su angina de pecho, real. Decidí que tenía verdadero miedo de los asesinos de los Borgia y que quería a mi esposo, aunque su política —por entonces todavía oculta para mí— estaba destinada a destruir simultáneamente a Alfonso y a toda la dinastía aragonesa. Pero, en cierto modo, y me avergüenzo de admitirlo, entendí perfectamente que aquella política era propia de un príncipe. Mi comprensión de la situación pudo haberme venido de mi experiencia en Spoleto, donde había aprendido que la mejor política raramente es la mejor elección personal. Muchas son las veces en que he dejado escapar al violador y he quemado a la violada por culpa del poder de una familia o de las amenazas del populacho. Francia no sólo se disponía a someter de nuevo a Italia, sacándole las entrañas al papa y robando todas las recientes conquistas de César, sino que el Moro también había amenazado, si papá no le ayudaba inmediatamente a luchar contra Luis, con convencer a Baz al D'jet, el Gran Turco, para que atacase al Vaticano, algo con lo que los turcos llevaban soñando durante siglos. En aquel momento, papá quería evitar a toda costa atacar a Luis porque estaba negociando para que César desposara a la hermana de Luis, lo que solucionaría sustancialmente, de golpe y de una sola tacada visigoda marital, todos sus problemas en el exterior.

Tras aquella noche, Alfonso empezó a sentirse culpable por la pequeña riña que había tenido con César.

—Después de aquel extraordinario regalo de bodas, yo voy y le llamo cobarde a la cara delante de su padre. ¿Qué clase de cerdo desagradecido soy yo?

—Me parece que fue él quien primero te llamó cobarde a ti, y eso delante de tu esposa y de tu suegro —le recordé, y eso que yo estaba tan agradecida a César como él, pues aquel tiempo en Tívoli, con su mítico guardián, su dormitorio imperial, sus vinos, sus silfos, su comida, sus fuegos artificiales y el amor, fue el regalo más dulce y considerado que he recibido en toda mi vida—. Pero también me parece que fui yo quien te concedió el regalo más sensual de tu vida, y no mi hermano meticón.

Alfonso se rió, pero parecía aturdido.

—Sí, claro..., por supuesto.

—Me alegro de que pensemos igual en este asunto.

Pero no importa. Alfonso se propuso hacer de César su mejor amigo y se pasó. Él y César fueron juntos a cazar jabalíes en el campo toscano, sólo con alabardas. Un jabalí de quinientas libras desgarró la pierna de Alfonso. El jabalí se volvió y le hubiera matado de no ser porque César —al darse cuenta de que la escolta de caballeros aragoneses de Alfonso podía ver la situación pero estaba demasiado lejos para acudir en su ayuda— saltó del caballo, se interpuso entre el jabalí atacante y el indefenso Alfonso, y medio descabezó al jabalí gracias a una cuchillada perfectamente calculada. Alfonso bromeó con su herida en la pierna pidiéndonos que le llamáramos el nuevo rey de Ítaca, y yo, sin embargo, no pude evitar imaginarme a Giovanni mirando hacia Ítaca desde su torre numismática. Durante el ridículo intento de Alfonso de batirse con César —por todas las cosas— en un torneo, mi hermano lo derribó del caballo, y su lanza rebotó en el escudo de Alfonso y lo alcanzó entre los ojos del yelmo; todo como si todavía viviéramos en los tiempos de Perceval. Alfonso bromeó con que era el nuevo caballero desdichado. Desarrolló un repentino interés por las grandes armas de fuego de César, esos artilugios negros de pólvora de Da Vinci que el ejército de Dios de César hacía explotar entre los enemigos, convirtiendo a los hombres en relleno para salchichas. Los dos habían estado trabajando en uno de esos artilugios toda la mañana cuando se le ocurrió a su alma incendiaria estallar por alguna razón sólo conocida por Hefesto. Murieron cuatro hombres, dos soldados de César y dos caballeros de Aragón. Los cuatro habían estado más alejados del trasto que Alfonso momentos antes de la explosión. César se encontraba ausente en el instante en que estalló, pues, después de excusarse, se había retirado detrás de un árbol para cumplir con la llamada de la naturaleza. Un motivo malicioso para aquella feliz coincidencia resultaba más de lo que yo entonces era capaz de admitir y es algo que elijo no llevar, todavía, al campo de mi conciencia.

¿Fueron genuinos los actos y aparentes intentos de rescate de César durante esos incidentes, tal como había creído anteriormente que habían sido los de papá? Así lo creí entonces. Todavía tenía pocas razones, por mí conocidas, para pensar lo contrario. ¿Sigo pensando así, sabiendo ahora lo que llegaría?... Por favor. Tal vez sea la hija obtusa de mis necesidades y mis deseos, pero no su bufón. Estoy convencida de que los tres incidentes fueron escenificaciones preparadas y decididas previamente por César para asesinar a Alfonso. Por otro lado, se requería un notable talento y valor para matar el jabalí. Nadie le habría reprochado a César que se hubiera alejado del animal para salvarse a sí mismo. Varios caballeros valerosos, reconocidos por ser unos demonios en el campo de batalla y que se habían enfrentado personalmente a un jabalí a punto de atacar, me han contado que ellos habrían huido llegado el momento crítico. Sin embargo, César se quedó allí, se enfrentó y mató a la bestia. El maestro Perugino, de hecho, inmortalizó el momento de la muerte del jabalí a manos de César en un lienzo que papá consideró una obra maestra y en el que César recordaba a Ulises.


Éste fue también el momento en que la mosca del arte picó a papá. Esta mosca zumba constantemente por la Ciudad del Vaticano y siempre ha sentido predilección por el sabor a papa. No era que papá no hubiera apreciado alguna pieza bella de pintura o de piedra antes —al fin y al cabo, contrató al maestro Pinturicchio—, pero pasó, repentinamente, de sentir interés a obsesionarse. Su antigua obsesión por los libros, la biblioteca y la búsqueda literaria fue sustituida por una ofuscación aún más fuerte por los óleos y el mármol. Sentía especial predilección, como en sus lecturas, por las obras estrictamente clásicas, y no mostraba interés por el arte del oscuro milenio, entre la caída del Imperio romano y el siglo XIII.

—Basura de la edad oscura —decía con desprecio de aquel milenio de pigmentos y escoplos—, producida por hombres sin ninguna confianza en su propia capacidad, que creían que el mundo estaba dominado por troles y demonios cornudos en lugar de por Dios, expresado a través de la perfecta y dúctil imagen divina que es el hombre.

Sin embargo, al darse cuenta con rapidez de que los artistas realmente clásicos llevaban un milenio siendo sombras en el Hades, se agarró a los vivos, sobre todo a aquellos que trabajaban el estilo estrictamente moderno y neoclásico. Ordenó a todos los artistas de Italia que desarrollaran ese estilo que se presentasen ante él, y una vez que estuvieron allí, los interrogó durante horas acerca de las minucias de sus oficios, para gran satisfacción mía como para el aburrimiento desesperado de Alfonso y unas terribles ganas, a menudo expresadas, de César de matarlos a todos. La primera idea de papá fue, por supuesto, contratar al maestro Pinturicchio para que pintara las estancias de los Borgia. La segunda fue redecorar el centenario interior de piedra de la basílica de San Pedro, construida por Constantino, así como resucitar su vieja idea de repintar el techo y el muro apagado detrás del altar de la antigua capilla Sixtina. Le concedió una audición pictórica al maestro Pinturicchio para la capilla Sixtina, durante la cual le permitió pintar *La disputa* en mi estancia, representación centrada en la figura a tamaño natural de santa Catalina, con su preciosa cabeza envuelta por una aureola de cabello dorado, conmigo de modelo. Sin embargo, papá la detestaba.

—Tú eres mucho más guapa que eso —se quejó.

Una lástima, porque el retrato era extraordinario y me pareció que yo estaba especialmente arrebatadora. Solía pasarme horas contemplándolo. Luego, papá la tomó con el maestro Bramante, su arquitecto petrino del principio, y discutió la idea que tenía Bramante para la nueva cúpula de San Pedro, que, según él, debería tomar como modelo Santa Sofía.

Apareció un enano mocoso y estevado, de nombre Buonarotti, que apenas había salido de la adolescencia. Este Buonarotti andaba por toda la ciudad tan caliente como un arcabuz por culpa de un menudo Baco bebé que había esculpido con uvas en el pelo. ¡Qué original! Se presentó ante papá cubierto de polvo blanco y le convenció de que la basílica de San Pedro de Constantino, la iglesia más sacra de la cristiandad, era una anticuada «porquería inerte, gótica y amanerada» y debería ser «arrojada al sacro montón de basura de la historia» y sustituida antes de que se desperdiciara más pintura en ella. Papá estaba temperamentalmente receptivo a sus sugerencias y le oí decir entre dientes y en voz baja «porquería romana amanerada» durante varios días en señal de conformidad. Este Miguel Ángel trajo un modelo de su propuesta para la nueva basílica. Una insensatez. Miguel Ángel también consintió, aunque la escultura y la arquitectura le parecían disciplinas más divertidas, en realizar los frescos del techo y el muro del fondo de la capilla Sixtina recreando nuevas imágenes y retirar a golpe de cincel la vieja «mierda» santificada por el tiempo.

—¿Y qué imagen propones para detrás del altar en lugar del estiércol que hay ahora? —le preguntó papá.

—El Juicio Final, Su Santidad.

—Podría estar bien. ¿Y en el techo?

—No lo sé. Algo lleno de color y muy llamativo.

—¡Mmm, vaya! ¿Y cuánto tiempo crees que se tardará en construir este behemoth (*), maestro Buonarotti?

—No mucho, Su Santidad.

—¿Cuánto es no mucho? —pregunté.

—¡Oh!, podría construirse en poco más de un siglo. ¡Oh, hija de Su Santidad! He desarrollado una nueva manera de construir la cúpula. Otros arquitectos tardarían mucho más, ¿sabe?... Por cierto, acabo de empezar una nueva *Pietà*. No le parecería bien posar para la Virgen, ¿verdad?

—Me encantaría —dije sonriendo, a la vez que bajaba la mirada hacia mi abdomen protuberante—. Pero ¿no le parecería algo inapropiado? Me refiero al asunto de la virginidad.

—¿Cien años le parecen poco tiempo? —dijo César—. Su Santidad está harto de aplazar la conclusión de sus asuntos. Tiene que empezar ya; tiene que terminar mañana. Los plazos que ha propuesto dan por supuesto que vivirá para siempre. Rezo para que así sea, pero lo dudo. Dios creó el universo en una semana. Un hombre y una mujer crean un hijo en un abrir y cerrar de ojos, ¿no es así, Lucrecia? Nunca he entendido por qué vosotros, maricones del arte, tenéis que tardar tanto.

(*) En la Biblia, animal enorme y monstruoso. *(N. de la t.)*

—Dios nunca se mostró crítico con su producto final, mi señor. Tiene que saber que incluso estas anticuadas y horrendas catedrales, con sus agujas y sus torpes gárgolas, requirieron cinco siglos.

—Al infierno con la basílica de San Pedro. ¿Cuánto tiempo para hacer el techo de la capilla Sixtina? —dijo papá, interrumpiendo a César con una mirada irritada—. Nos gustaría ver algo terminado mientras todavía estemos con vida.

—¿Visto desde la perspectiva de la eternidad? Un instante. No más de veinte años.

—Estamos convencidos de que viviremos tanto tiempo —refunfuñó papá—. ¿Y cuánto nos cobraría? Nos referimos a la capilla Sixtina, no a la nueva basílica de San Pedro.

—Es difícil determinarlo, Su Santidad. Voy a necesitar un gran andamio, pigmentos y un centenar de toneladas de yeso a, pongamos por caso, media docena de ducados por tonelada. Y tinte; este techo va a necesitar una montaña de color para la pintura. Y luego está mi tiempo, que no es barato. Pero sólo porque se trata de Su Santidad rebajaré su precio... Digamos que un veinte por ciento. —Buonarotti sacó un ábaco que emergió de entre una nubecita de mugre blanca. Empezó a revolver enloquecido las bolas, que chirriaron, polvorientas—. Veamos. Veinte años sobre mis espaldas, ¡oh, sí!, todos somos putas del arte, diez horas al día por veinte años, por trescientos sesenta y cinco días, menos las fiestas de guardar...

César se inclinó hacia adelante y le susurró algo al oído a papá.

—Le has dado la impresión a mi hijo de que eres un hombre que siente predilección por las puertas traseras de los hombres jóvenes, maestro Miguel Ángel —dijo papá—. ¿Es eso cierto?

Realmente, el artista, ignorando por completo mi belleza, había tenido los ojos firmemente fijados en las ancas bien formadas de César durante gran parte de la entrevista. Yo lo había atribuido a mi estado de gestación.

—Vaya, sí, Su Santidad —contestó Buonarotti—, pero muchos artistas del mundo clásico, el período de arte más grandioso, sintieron predilección por el inmaduro trasero masculino, siendo su perfecta y sensual redondez una expresión concreta de la belleza geométrica del cosmos y, por tanto, de notable interés estético.

—¿Está utilizando la ironía con nosotros?

—Desde luego que no, Su Santidad. Mi trabajo nunca es irónico. De hecho, estaba considerando el valor del trasero de su hijo para una recreación en mármol.

—¿Mi culo en la *Pietà*, junto con mi hermana? —se rió disimuladamente César.

—Lo encuentro un ejemplo inspirador del género. Eres un escalador del Helicón, donde viven las musas clásicas, Su Santidad, y yo soy un clasicista trepador desde la punta de los dedos hasta el final de mi entusiasmo varonil.

Lo miré, sorprendida, y él asintió con un gesto de la cabeza dirigido a mí.

—No pretendía ofenderla, señora Lucrecia.

—No lo estoy. No sabía que vivían allí Calíope y sus hermanas.

—Lucrecia está al corriente del entusiasmo varonil, creo, como demuestra su condición abultada —contestó papá—. Personalmente, somos de la opinión que la lujuria no es pecado, sino que creemos, al igual que los griegos, que es una bendición de Dios. Por tanto, sea cual sea el deseo lujurioso que Él nos haya inculcado por cualesquiera objetos repugnantes, incluidos, supongo, los traseros clásicos, debió de instalarlo allí por alguna razón sagrada. *Mysterium Dei.* Nuestros cardenales y teólogos siempre nos excorian por mantener esta opinión, pero si vieras algunos de los objetos por los que sienten ellos afecto, te sorprenderías.

—¡Qué tolerante y cristiano por su parte, Su Santidad! —chilló alegremente Miguel Ángel.

—Por supuesto que somos cristianos. Somos Cristo.

—Naturalmente.

—Y dejando de lado el clasicismo, lo que tú inviertas de tu propio tiempo no nos incumbe, maestro Buonarotti —prosiguió papá—. Por otro lado, no queremos que el techo de un edificio sacrosanto como la capilla Sixtina de Sixto IV acabe embadurnado de las pintorescas fantasías de tu perversa imaginación. No queremos alzar la mirada un día para ver alguna representación desnuda de Dios Nuestro Señor con músculos homosexuales, su entusiasmo viril engendrador del universo colgando a la vista de todo el mundo y dando brincos con un Adán de trasero matemáticamente perfecto sobre el sacro altar.

—¡Qué idea, su santidad!

—Y toda esta sobreexposición masculina pendiendo amenazadoramente sobre el suelo en el que los vicarios de Cristo son elegidos. Cuando nosotros muramos, ¿qué especie de Anticristo elegirá la Cámara Apostólica, teniendo que votar en un museo de maricones como éste? Incluso es posible que se decidan por elegir a ese vulgar visigodo de Della Rovere.

La anterior alegría del maestro Buonarotti por las ideas liberales de papá acerca de la lujuria se tornaron, al ver que aquellas opiniones no se extendían a su arte, en un ofendido y explosivo acceso de rabia, que le llevó a sacar espuma por la boca y a patalear como un poseso, ante el cual papá, tras años de convivencia con César, se mostró indiferente. Miguel Ángel insistió una y otra vez a gritos en su dedicación a las musas clásicas y cuánto habían apreciado los florentinos su *David* desnudo. Luego, se quejó de que los tres éramos unos filisteos incultos, faltos de buen gusto, y nos contó que él estaba tan entregado a su oficio que lo había aprendido entrando de noche y a escondidas en los cementerios, y cortando en pedazos los cuerpos de los recién fallecidos con el propósito estético de ver cómo el Artista Todopoderoso, el primero y más grande de todos, había diseñado milagrosamente su interior para que funcionara. Papá se mostró tan paciente con aquel acceso de rabia como siempre lo había hecho cuando César los había sufrido, pero Buonarotti se detuvo repentinamente cuando papá le recordó tranquilamente que ese tipo de disección de los fieles se consideraba un pecado capital, puesto que los ocupantes de los cementerios, en cuanto la Santa Madre Iglesia los acogía allí, debían estar tan prístinos como fuera posible en el día de la Resurrección de Jesucristo.

—Por tanto, haz el favor de callarte —dijo papá, bruscamente—, antes de que permitamos que nuestro hijo del fundamento apolíneo se salga con la suya y te desolle vivo, y te tueste hasta convertirte en un crujiente asado neogótico en la terriblemente románica y anticuada plaza de San Pedro.

Sin embargo, después de pensárselo bien, papá decidió, como de costumbre, zafarse y dejar que algún sucesor emprendiera los proyectos para la capilla Sixtina y la basílica de San Pedro. Además resolvió que tener al maestro Buonarotti constantemente merodeando por el Vaticano le volvería loco.

—Necesitamos dos Césares chillones tanto como necesitamos otra crucifixión —dijo—. ¿Y su nueva basílica de San Pedro? Demasiado aburrida, aunque tal vez me gustaría más con estatuas encima.

De todos modos, nadie habría ubicado una cúpula titánica como la que propuso Miguel Ángel para coronar la abertura titánica que diseñó.

Si Buonarotti hubiera estado versado en los antiguos autores, se habría dado cuenta. El panteón de Marco Vipsanio Agripa es reconocido mayoritariamente por ser la cúpula más grande que permiten las leyes físicas de Dios. Sin embargo, con otros muchos artistas, toda su sabiduría se habría esfumado y guardaba un disparatado deseo de huir hacia adelante eternamente. Papá abandonó las nuevas ideas para la basílica de San Pedro y la capilla Sixtina, y volvió sus ambiciones estéticas hacia las estancias de los Borgia. Todos dimos gracias a Dios.

El Santo Padre impuso un antiguo impuesto, una «penitencia especial», que se deduciría de los beneficios exentos de las ciudades del nuevo ducado de Romaña de César, empezando por Forli, con el fin expreso de conseguir dinero para la decoración de la suite a la que Alfonso y yo acabábamos de trasladarnos. Intenté no sobrecargar las ciudades con gastos. De todos modos, se lamentaron amarga e interminablemente. Cada día aparecía algún emisario quejándose a papá de lo derrochadora y mimada que yo era. ¿Qué le parecía madera en lugar de marfil para ésta o aquella pieza? ¿Peltre holandés en lugar de plata castellana? ¿Realmente tenía que ser lapislázuli? ¿No podía conformarme con concha cerúlea? Era mucho más barata. Y dale que te pego con esa misma estrechez de miras. Señalaron que ya no podrían enviar ejércitos para defender a la Santa Madre Iglesia, pues mis gastos de decoración suponían un desangramiento para sus arcas. Pregunté para qué demonios querían un ejército. ¿Acaso no eran Estados vasallos, parte integrante de la Santa Sede? ¿Acaso las fuerzas de mi hermano no habían eliminado a su ejército y se habían abstenido de quemar Forli hasta los cimientos únicamente porque yo se lo había pedido? Su antigua soberana, Catalina Sforza, era entonces la invitada de César y se alojaba en una celda del castillo de Sant'Angelo. Sugerí que tal vez les gustaría hablar con César acerca de sus pagos destinados a la nueva basílica de San Pedro, en lugar de perder el tiempo con nuestra diminuta estancia. Cada vez que pronunciaba el nombre de César, me salía con la mía, y sus rostros se crispaban y empalidecían. Pero no debería quejarme; acabaron cumpliendo con su deber para conmigo, aunque fuera a la fuerza. Intenté decorar nuestra suite de un modo menos formal y majestuoso que la mayoría de las demás estancias Borgia. Creo que lo conseguí. El objeto que más me gustaba del nuevo lugar era una mesa de comedor que el camarlengo me regaló. Dijo que estaba hecha en madera de ciprés. Me recordaba a la mesa bajo la que César y yo habíamos jugado siendo niños, en la casa de mi madre. La nueva, al igual que la de mi madre, también tenía escenas de la vida de Jesucristo talladas en ias patas: las bodas de Canaán y el Niño Jesús en el templo. Aunque no recogía la crucifixión de Pedro ni la degollación de san Pablo por el SPQR, era lo suficientemente parecida como para hacerme sonreír cuando me sentaba a comer.

Mi blanco y santo padre se sentó en la estancia de Alfonso y mía, en una amplia sala de recepciones, de la que destacaba una repisa de malaquita recién instalada, tallada para recrear una chimenea de la Alejandría helénica. Un pelotón de caballeros de Aragón, enviados por Federico y entonces mezclados con los guardias palatinos, cercó la habitación. Alfonso y yo todavía vestíamos de púrpura. Mi vestido de seda japonesa estaba bordado con diamantes amarillos, que formaban dibujos de estilo oriental. Mi marido me dijo, la primera vez que me lo puse, que la seda púrpura, junto con el centelleo solar de las piedras, hacía que la piel de mi rostro y cuello pareciera tan fina como el vientre de un serafín. El perpunte de Alfonso también era de color púrpura, como lo eran también las vendas que todavía envolvían sus piernas tras la reciente explosión.

—Te animamos, hijo mío, a que renuncies a tu título y lo cedas a nuestro capitán general, tu amado hermano, César. Te lo pedimos por el amor que te profesamos.

Papá estaba sentado en el asiento de honor, delante de la repisa de malaquita. Alfonso se encontraba en el otro extremo de la habitación, sentado en una silla bizantina, debajo de una luneta de cupidos musicales realizada por el maestro Pinturicchio.

—¡Santo Padre! —exclamé—, ¿te has vuelto loco? ¿Renunciar a su título? ¿Al patrimonio de su padre y de su abuelo, al reino de Nápoles y de las Dos Sicilias?

Estaba perpleja, aunque todavía no me había enfadado; la sugerencia de papá era demasiado absurda para enojarme.

—Hija... —empezó a decir papá.

—¿También mi título?

Entonces, empecé a recobrarme, y la ira se trasladó con más fuerza a mi voz.

Todos los cínicos dicen que un título es algo venial, y tal vez lo sea para los que nunca tuvieron uno. Yo señalaría, en cambio, a los muchos hombres y mujeres, que ahora suponemos grandezas, que murieron de buena gana por tales venialidades. Tras una corta posesión, mi título de duquesa y el futuro de reina me parecían tan importantes e incuestionables como las cualidades que se suponía que representaban: el orgullo, la lengua, el honor y la palabra de las tierras y el pueblo napolitanos.

—¿Acaso Belcebú te ha confundido el cerebro? —le pregunté a papá, haciendo acopio de toda mi buena educación—. ¿Te ha golpeado la raqueta del Gran Turco en la cabeza? ¿Acaso la senilidad, Dios no lo quiera, ha desprendido tu mente de su anclaje?

Papá suspiró.

—Os proporcionaremos a ambos unos excelentes títulos a cambio. César ha sugerido que os nombren y se os conozca de hoy en adelante como príncipe y princesa de Pésaro.

—¿Pésaro?

Tendríamos que vivir en Pésaro. ¿La próxima vez que viera a Alfonso en aquel castillo cubierto de monedas al lado del mar, vería también al fantasma lloroso y corpulento de Giovanni asomándose por las paredes?

—Enviaremos a Giovanni a algún lugar agradable. De todos modos, nunca sintió gran entusiasmo por gobernar, y su tío, el Moro, ya no sirve de nada a nadie.

—¿Y qué se supone que haremos en Pésaro? ¿Capitanear a unos comerciantes de pescado y a sus mujeres-pez que viven en chabolas de barro? ¿Has conocido alguna vez a un pesarano? Un hedor a langostinos rebozados anuncia su presencia diez minutos antes de su llegada.

—Según me contaste, hubo un tiempo en que te gustaba el lugar. Y además, a nuestro parecer, Pésaro, al igual que Mónaco, tiene futuro. Y nosotros tenemos ineluctablemente razón, ya lo sabes.

—¿Siempre tienes razón? ¿Quién lo ha dicho? ¿Dios, supongo?

—Es una doctrina que hemos pedido a la curia que desarrolle.

—Creía que ibas a renunciar a esa tontería de la infalibilidad.

—A instancias de la curia, nos lo hemos repensado. ¿Quién era yo, nos preguntó la curia, para decirle a mi mejor mitad que estaba equivocada? Somos el vicario de Cristo. ¿Acaso Cristo se equivoca? Ipso facto: *quod est demonstrandum*. Ésta es la versión resumida, por supuesto. La prueba formal, que está redactando la curia, comprende cuatrocientas páginas en latín. De momento. Nos desesperamos porque se complete mientras todavía estemos vivos. Hubo un tiempo en que reivindicaste que te encantaba Pésaro, ¿estamos en lo cierto?

—Ahora amo a otro.

Papá se recostó en la silla y se quedó pensativo un rato. Se mordió el labio. Miró por la ventana. Sus hombros adoptaron aquella postura de determinación tan acostumbrada en él. Se inclinó hacia adelante y nos miró a Alfonso y a mí con una pizca de melancolía.

—El Sacro Colegio cree que este acuerdo pesarano...

—¿Acuerdo?

—... es extremadamente misericordioso. La corona de Aragón, la corona de vuestro hijo y de nuestro nieto, ha dejado claras sus simpatías por Luis de Francia y sus malvadas intenciones con respecto a la Iglesia de Roma, dirigida por tu padre. Siendo como sois herederos de un enemigo implacable, tal vez sería más indicado disponer la muerte de ambos. He disuadido a la curia y al Santo Oficio de tomar tal decisión haciendo hincapié en mi eterna devoción a tu hijo nonato y les he comunicado que sólo podrán llevarte a la hoguera con mi nieto todavía en tus entrañas pasando por encima de mi cadáver.

Por entonces yo había empezado a mecerme hacia adelante y hacia atrás. Los caballeros y los guardias me miraban preocupados. Hasta el momento, Alfonso no había abierto la boca. Se había quedado sentado, todavía asombrado, y un aire de abandono y traición se había apoderado de su rostro, idéntico al que yo era pronta a encontrar en el fantasma de Giovanni.

—¿Está César detrás de todo esto? —le pregunté a papá.

—La idea es nuestra.

—Lo que no es más que retórica para eludir mi pregunta.

¿Había sido «nuestra idea» la de papá y César? ¿O «nuestra idea» era la de papá y Dios? Por tanto, decidí preguntárselo directamente.

—Nuestra —murmuró—, pero hemos decidido, sea o no sea idea de Él, que cuando el derecho del gran individuo prevalezca por encima de otros derechos, como pueden ser el derecho de Estado, familia o herencia, habremos alcanzado el paraíso de los Borgia.

—¿El gran individuo? ¿Te refieres a mi hermano mentiroso? —mascullé.

—Si él miente, nosotros mentimos —me dijo papá en tono cortante—. Pero hablando de derechos, la Santa Sede podría conceder una devolución de los impuestos papales a Pésaro —dijo papá.

—¿Para qué?

—Una devolución os permitiría a ambos convertir ese reducto olvidado de Dios en una perla más del Adriático. Tal vez Pésaro se transforme en una Venecia no tan perversa bajo vuestro experto y humanista gobierno; una Atenas renacida.

—¿Atenas? Vuelves a mostrarte condescendiente con nosotros.

—El nuevo Pésaro cantará las alabanzas de vosotros durante un milenio, tal como Atenas lo hizo con Solón.

—¿Y se supone que yo seré el Alcibíades de esa república sin sol y nebulosa —murmuró Alfonso—, condenado a errar con la marca de Caín grabada con fuego en la frente, después de haber vendido mi nombre y mi familia por un destello momentáneo de felicidad? Pero no será más que momentáneo, ¿no es así, cura? Tu verdadero hijo, tu Borgia Nerón, vendrá a asesinarnos al final, ¿no es cierto?

Papá volvió la cabeza como si le hubieran golpeado. Empezaba a doblarse. Lo vi en sus ojos, en su hábito cada vez más arrugado. Vi que empezaba a entender que aunque él tal vez realmente consiguiera su propósito —más bien el de César— alcanzarlo exigiría pagar un precio demasiado alto.

—Lucrecia, sólo hacemos esto por amor a ti y a tu esposo.

—Creo que rechazaremos la oferta.

—Es por tu bien.

—No.

—Es la voluntad de Dios.

—¿La voluntad de quién? ¿Es tu voluntad y la del Divino Doble que llevas dentro? En ese caso, no me importa que Él me interrogue personalmente. ¿O acaso tan sólo es Rodrigo, víctima del cáncer de su propio deseo?

—Lucrecia, por favor, hija...

—No —dijo Alfonso.

Papá adoptó un semblante entre humilde y triste, y se mordió el labio.

—Nuestro hijo, Alfonso, no está del todo equivocado. Rechazar la oferta puede costaros la vida.

—No.

Papá suspiró, se puso en pie, nos hizo la señal de la cruz y salió arrastrándose —empezaba a estar gordo— de nuestra estancia. Habíamos conservado nuestras identidades y seguíamos siendo nosotros mismos.

Por el rabillo del ojo vi a los caballeros de Aragón y a los guardias palatinos sonriendo subrepticiamente a causa de nuestra obstinación y pequeña victoria. ¿A qué se debía esa terrible amenaza? Papá nunca me había hablado de ese modo antes. Ni siquiera era capaz de imaginarme que tales pensamientos con respecto a mí tuvieran cabida en su cabeza. ¿Acaso no acababa de amenazarnos a Alfonso y a mí con la muerte? Una consumación como aquélla parecía estar más allá del lío de la necesidad política y más bien debía derivar de alguna pesadilla de Esquilo. Sentí un arrebato de miedo; me temblaban las manos, y los ojos me ardían por culpa del sudor. Pero estando allí, también alcancé a preguntarme si todas las cosas en mi vida que mi pasividad infantil y femenina me habían llevado a hacer —abandonar a Vanozza y Subiaco, mi primer matrimonio con el pollo cebado de hierro, ser testigo del asesinato de Fortunata, huir de Subiaco una segunda vez, dejar de leer libros durante todos aquellos años y otras cien más— sólo habrían exigido un «¡no!» suficientemente firme para haberlas evitado. Este cuestionamiento debería haberme hecho sentir poderosa y más segura que antes, pero en su lugar me hizo enfurecer por todo lo que había aguantado, tal vez, innecesariamente. Entonces la rabia se convirtió en confusión y en una sensación de encontrarme en medio de una vorágine. Caí en la cuenta de que las dos cosas más destacadas que la voluntad de Dios me había forzado a hacer a lo largo de los años —el tiempo precioso pasado al lado de mi coleccionista de monedas y mi paraíso bañado en miel con Alfonso— eran deleites que sin duda habría rechazado si me hubieran permitido decidir por mí misma. ¿Quiénes habían sido los instrumentos de esa voluntad divina: el mismo papá que acababa de amenazar mi vida y el mismo adorado y adorable hermano de quien había surgido la amenaza?

En la víspera de Todos los Santos me había acostado tarde tras haber sido testigo de un gran desfile de locos y locas que deambulaban por la plaza del Vaticano y celebraban la Sagrada Oscuridad durante la que Dios, con su infinita misericordia, concede una noche de respiro y alivio del purgatorio y a veces del infierno —y de sus diversas torturas— a incontables millones de almas. Contemplamos desde mi balcón nupcial cómo miles de vivos que se hacían pasar por muertos bailaban diabólicamente alrededor de un obelisco de fuego de cien pies de altura. Pedían a los muertos —simbolizados por las torres de humo ascendente— que se acordaran de ellos, tal como los recordaban a ellos a cambio, que los ayudaran, que curaran la enfermedad, la ceguera, la sífilis o la peste; que les dieran un nuevo hermano o hermana, marido, esposa, hijos, o tan sólo que detuvieran el dolor. Lloré porque se exhibiera ante mí tanta miseria, tanto dolor y tanto deseo por cosas tan insignificantes y sencillas, ignorados por el Padre, el Hijo y el Necrófago Santo. Maldije a Dios por no conceder a sus hijos esos pequeños obsequios, esas naderías cotidianas para Él, el creador del cosmos. Pensé en nosotros, en papá, en César, en mí y en Alfonso en lo alto del balcón. Nos había dado tanto, inmensamente más que a cualquiera de ellos, más que a las sombras de los millones que flotaban en esa noche con todos los vientos del mundo entero. ¿Por qué tanto no era suficiente para nosotros? ¿Por qué deseábamos con tanta pasión destructora las pocas fruslerías que creíamos que nos faltaban? Me maldije a mí misma por mi vana y pomposa censura de Nuestro Señor. Me arrastré hacia la cama. Mi corazón estaba frío.

Desperté poco después de medianoche a causa de un dolor interior completamente nuevo que nunca antes había sentido. Estaba echada en medio de un charco. Alargué la mano y agarré el hombro de Alfonso.

—Alfonso, está empezando. Tengo miedo.

—¿De qué?

—Rodrigo viene para asesinarme, para aniquilar nuestro futuro.

—¿Quién?

—Rodrigo y la pequeña Vanita. Uno de ellos me matará.

—¿De qué estas hablando? ¿Quiénes son Rodrigo y la pequeña Vanita?

—¡Nuestros gemelos! Estoy de parto, zopenco. ¡Haz algo!

Alfonso saltó de la cama. Recuerdo que volcó todas y cada una de las mesillas y lámparas de la estancia mientras buscaba algo para cubrirse.

—¿Qué hago? ¡Soy un hombre!

—¿No me digas?

—No sé nada de partos ni de bebés. ¿Quieres que llame a un caballero?

—¿Y él que hará? ¡Nada de hombres con cuchillos! ¡Ve a buscar a la comadrona, por amor de Dios!

—¿Dónde?

—Vive en el gueto hebreo. Los guardias conocen el lugar. Ellos la traerán.

Y Alfonso salió corriendo, descalzo, tan sólo con las medias puestas, en busca de un guardia palatino.

—¡Mi señor Bisceglie! ¡Tápese esa cosa con un pantalón, por favor! —oí que gritaba sor Angélica en el vestíbulo.

—No tengo, hermana.

—Tenga. ¡Tápesela, al menos!

Sin embargo, después de tres horas de retorcerme y sentir que mi espalda podía quebrarse en cualquier momento, nadie había conseguido encontrar a la comadrona, y todos los médicos afirmaron ser especialistas y no saber nada de bebés.

—Supongo que no pretenderás que yo misma haga de partera —grité—. Sólo conozco un método, y no es precisamente bonito.

Alfonso estaba furioso.

—¡Juro por Jesucristo que mataré a todos los presentes si no aparece una comadrona en dos minutos! —dijo y desenfundó su espada ensañándose al momento con una butaca.

Papá no estaba mejor.

—¡Y yo excomulgaré a todos los que él mate, sólo para asegurarme de que acaban en el infierno!

—¡Papá! —grité con las entrañas agarrotadas—. Es el Día de Todos los Santos. Hoy nadie va al infierno; todos salen de él.

Una figura delgada y alta, vestida de blanco, dio un paso adelante de entre el grupo encogido de miedo que se había formado en el rincón de la estancia.

—Conozco el oficio de partera. Mi primera amante era la comadrona de toda la propiedad. Solía seguirla a todas partes. Me enseñó todos sus secretos.

Pentesilea.

Se formó un gran tumulto. Se escucharon algunos «Lesbos», «el gimnasio espartano» y «el niño será sodomizado», y otras monerías por el estilo, destacándose de entre todas las voces la de papá y la de mi esposo.

—¿Pentesilea? —susurré, y en ese instante, cuando la cacofonía de la estancia se tornó silencio mortal tras mi suspiro liviano, entendí cuán silencioso puede sonar el poder verdadero.

—¿Sí, mi señora?

—¿No estarás adornando tu pasado, verdad? ¿No habrás adquirido la experiencia ayudando a tus gatos, verdad? ¿Realmente eres capaz de hacerlo?

—Sí, mi señora.

—Pues ya puedes empezar. Me consuelo pensando que no puedes ser tan inepta como César. Y papá, saca a todo el mundo de aquí inmediatamente; esta habitación es como estar en medio de un simulacro de incendio veneciano.

—Pero Lucrecia... —objetó Alfonso.

—Sobre todo, procurad que salga de aquí el padre —dijo papá—. Los padres son una maldición. Yo siempre lo fui.

Pentesilea no mintió. Era una hechicera y una hada madrina. Sus manos se habían afianzado en el oficio de la amante tras haberla perdido. Me recolocó, me mostró cómo debía respirar y, media hora más tarde, mi hijo se escurrió de mis entrañas en una efusión de placer agónico, y según palabras de Alfonso, «como el hijo de una sirena en la bahía de Nápoles». No eran gemelos, alabada sea la Santísima Madre. Al principio, el niño tenía el aspecto de un demonio flacucho de Donatello, pero tras una noche amorrado a mi pecho empezó a parecerse más a un amorcillo mantecoso y sin alas a lo Giotto, un hexágono dibujado a mano de círculos perfectos. Mientras tanto, César había sido expulsado por papá junto con el resto y no se le veía por ninguna parte, ni siquiera en mi imaginación.

—Ha nacido el Día de Todos los Santos —dije mientras Pentesilea, que llevaba el niño en brazos, lo acercaba a mi pecho.

—No otro Cristo Borgia más —soltó Pentesilea—. Buscaré un pesebre.

Ajustó el pezón de mi pecho de manera que el niño pudiera alimentarse adecuadamente. En ese momento sorprendí sus ojos brillando con más placer del estrictamente admisible en una partera. De hecho, parecía que ese estado pudiera extenderse a toda su labor de comadrona, aunque es posible que no fuera más que regocijo por la natividad.


La mañana del 11 de noviembre me bajaron en mi cama —cubierta de terciopelos de color rojo y azul alejandrino— a la capilla de Santa María del Pórtico. Al contemplarme en el espejo a tamaño natural de camino a la capilla vi que estaba pálida, aunque no desprovista de un vago encanto etéreo que atribuí a mi maternidad, porque realmente me sentía como un huevo roto y abandonado. Una atmósfera despreocupada y alegre se había apoderado de las estancias y del palacio entero: en los pasillos colgaban tapices catalanes, el suelo estaba forrado de alfombras turcas, y de las escaleras y la entrada pendían colgaduras de seda. El arte moderno y las antigüedades españolas se combinaban en un anacronismo de color azul bebé.

—Lucrecia parece la Beatriz del cielo de Dante —susurró un abad cisterciense.

A la hora convenida, todos nos trasladamos a la capilla Sixtina a través de unas puertas laterales intercomunicadas. Allí nos aguardaban varios Borgia y allegados, incluidos papá, algunos familiares aragoneses, Catalina Sforza, el gobernador imperial de Roma y el resto del suntuoso Sacro Colegio Cardenalicio. Las diáfanas *Hijas de Jetró* de Sandro Botticelli y la *Entrega de las llaves* del maestro Perugino nos miraban desde lo alto como intervalos musicales en esferas cristalinas de espacio y tiempo. Sobre el muro del fondo, detrás del altar, donde Buonarotti había pretendido pintar su *Juicio Final* —le di las gracias al fantasma de Sixto IV porque hubiéramos prescindido de aquel horror— colgaba una pancarta dorada con un estrado de la tribuna romana apoyado en ella y adornada con brocados de oro.

El austero cardenal Carafa bautizó al niño con agua, según dijo, «de las lágrimas de vírgenes napolitanas» recogida en una crismera de cristal.

—Rodrigo, *baptizo te in nomine Patris et Filii et Spiritu Sanctus* —entonó Carafa, y la coral de monjas invisibles de siempre irrumpió en un *Gloria* eco-soprano.

Papá sonrió, satisfecho, con el rostro bañado en lágrimas. Le vi articular la palabra *Rodrigo* a Carafa. César hacía de padrino, a instancias de papá; Catalina Sforza, a petición mía, de madrina. Me reí para mis adentros de Dios al pensar en la pareja de padrinos que harían esos dos. César, como de costumbre, no dio muestras de haber percibido la gran ironía que sin duda suscitaron él y Catalina.

—¿Rechazáis a Satanás y todas sus obras? —les preguntó el cardenal en nombre del pequeño Rodrigo.

—Sí —contestó César.

—La mayoría de ellas —dijo Catalina, palabras que fueron seguidas por un vocerío escandalizado.

Me imaginé al gran asesino violador con cuernos rojos en la cabeza y una cola puntiaguda al lado de la infame y vulnerada Virago.

—Sí —acabó diciendo la Virago mientras yo me imaginaba la sangre de miles de personas goteando de sus manos mientras sostenían a mi bebé.

Sin embargo, simultáneamente, mientras el pensamiento captaba las ironías de la escena, me dejé impresionar por la sencilla y bendita belleza de aquella estampa: el llanto de Rodrigo al caer el agua bendita sobre su frente; el santo crisma centelleando en medio de la luz coloreada que entraba por las ventanas en tanto el niño parpadeaba; la inesperada ternura que se reflejaba en los rostros del violador y de la asesina cuando miraron a mi diminuto hijo de Jesucristo. Me moví un poco en mi jergón suntuoso, y allí estaba ella, detrás de su padre, con el vestido de brocado de oro y una tiara de esmeraldas y diamantes que había llevado yo durante la coronación de papá. Era la pequeña Lucrecia, tan infeliz y melancólica como de costumbre. Sin embargo, su presencia era una revelación bastante literal. ¿La habría reconocido César públicamente? ¿Y papá? Cuando le sonreí, ella frunció el ceño, se movió y se escondió detrás de su voluminoso padrino.

El pequeño Rodrigo se mudó con nosotros a nuestra estancia para entrar a formar parte de lo que podría llamarse honestamente una familia, por primera vez desde mis días de debajo de la mesa de la vida de Cristo. Viví una felicidad inalterada de constantes gu-gús durante ocho cambios de luna en la plaza del Vaticano; gu-gús tanto del vicario de Cristo y el duque de Bisceglie como del pequeño Rodrigo de la colina del Vaticano. A lo largo de los meses, mi fe en el Dios uno y trino experimentó un perfecto renacimiento. Mi cinismo estoico de la víspera de Todos los Santos se desintegró. Mientras amamantaba a Rodrigo de noche contra la silueta de la basílica de San Pedro de Constantino, mi rabia contra los tres me abandonó como si fueran un padre, un hijo y un espíritu santo de broma. Sentí lo mismo que había sentido debajo de la mesa por el triángulo bendito: lo que imaginé que mi bebé debía de sentir por el Padre de creación generosa, por el Hijo de la misericordia y del amor, y por el Espíritu Santo de mente infinita, cuya sombra baila en las paredes de la caverna de Platón. El Padre había creado a Alfonso y a Rodrigo por mí. El Hijo me había dado el amor que les profesaba y el que ellos me profesaban a mí. El Espíritu Santo había iluminado mi alma con la sabiduría, para que supiera lo que ese amor significaba y fuese consciente de que el universo, desde el trono del cielo hasta el noveno círculo, está hecho enteramente de la misma sustancia viva y amorosa.

La noche del 15 de julio de 1500 —estoy segura de que no se le escapó que era el idus de julio—, César celebró una cena íntima en sus aposentos del castillo de Sant'Angelo con tan sólo cuarenta invitados, incluidos algunos cardenales, otros prelados y algunas putas selectas. Una vez estuvimos dentro del mausoleo de Adriano, todos subimos y bajamos por escaleras y pasillos laberínticos, dirigiéndonos desde la rampa central helicoidal —a nosotros, los romanos, nos encanta sentir simultáneamente tanto la cercanía del cielo como una cierta proximidad con el infierno— hasta el dúplex de César, esculpido en la mampostería maciza de aquel gran bloque de piedra. Durante las excavaciones se había encontrado en la mampostería del antiguo templo a Venus de Adriano la inscripción «*Urbs Aeterna*», «Ciudad Eterna», lo que todo el mundo decía era la prueba de que siempre había sido así y no sólo una idea de la Iglesia. El papa también asistió a esa cena acompañado por la tía Giulia, aunque yo lamenté oír de su boca que papá la estaba echando poco a poco de su cama. Sin embargo, a la reunión asistieron sobre todo los oficiales de César. César disponía de habitaciones en las estancias de los Borgia, claro está, pero por entonces utilizaba su dúplex en Sant'Angelo como cuartel general. El interior estaba inspirado en una cueva, como era lo habitual entonces para las segundas viviendas. Los cuarenta comensales cabíamos fácilmente alrededor de la mesa de oro macizo del comedor de César, su triclinio. César se había inspirado en la estancia encontrada durante las excavaciones del *Domus* de oro de Nerón de 1485 —la escena de las espectaculares orgías descritas por Suetonio y Tácito— para decorar su vivienda. La mesa había sido forjada en Arcis-sur-Aube, en Francia, donde varias toneladas de oro fundido habían sido calentadas y derretidas, y posteriormente vertidas en un enorme molde de arcilla reforzada y templada. La mesa estuvo enfriándose durante un año. Hicieron falta un centenar de hombres para moverla, aunque sólo fuera un centímetro, y fue transportada a través de los Alpes sobre un gigantesco trineo, arrastrado por un centenar de percherones de Luis. Fue alzada con un aparejo de Da Vinci y colocada en su lugar en el comedor en un momento en que el dúplex todavía estaba en construcción, cuando las paredes exteriores aún no estaban terminadas, y luego se distribuyó el resto del mobiliario alrededor de la mesa.

La tumba de Adriano, ahora Sant'Angelo, llevaba siglos custodiando la entrada de la colina del Vaticano, a orillas del Tíber. El nuevo domicilio de César había sido embutido y decorado en la tumba siguiendo el estilo de un hogar patricio del Imperio romano: una residencia de varias plantas levantadas alrededor de un patio sin techo, con una gran piscina reflectante y las estancias del dúplex dispuestas alrededor de aquella abertura. Pero disfrutaba, por supuesto, de todas las comodidades y la decoración recién importadas. A César le encantaba la tecnología moderna. Se convirtió en un niño henchido de orgullo cuando pudo presumir ante sus invitados de su sistema de fontanería interior, una instalación elaborada de tuberías de terracota con pequeños delfines azules, que, según decía, había sido traída a su pequeño *praetorium* desde la isla de Creta, donde la fontanería era famosa por ser el único ingenio superviviente de la civilización del rey Minos. Unos cuantos exegetas eruditos incluso han sugerido que el laberinto que encerraba al Minotauro de Minos en realidad era una reinterpretación mítica, corrupta por el tiempo y una repetición de un cuento de almas perdidas en las alcantarillas de Minos. Aparte de la mesa y del sistema de tuberías, casi todo lo demás en el palacio de César era —¿de qué otro material podía haber sido?— de oro. Las sillas, los papeles pintados de brocado de oro, los marcos de su reluciente plétora de espejos, la cubertería, los platos, las copas, todo era de oro, con el rojo ocasionalmente añadido, supuse, en aras de la moderación socrática. Los muchos sirvientes de César, que servían generosamente claretes poco conocidos, borgoñas, huevas negras de pescado, conocidas como «caviares», y Sauternes dorados, vestían trajes de vellón dorado y cascos imitando al dios Pan y a la diosa Diana. Otra Diana se sentaba en la periferia de la estancia, totalmente desnuda salvo por algunos triángulos dorados de vellón de cordero delicadamente pegados a los pechos y el sexo —todos los hombres se preguntaron lascivamente cómo se los habrían pegado— con cera de abejas del apicultor del Vaticano.

—¿La cera de abeja no se derrite con el calor del cuerpo? —le preguntó con expectación salaz a la muchacha algún que otro arcediano.

Diana rasgueó su arpa dorada, bien a modo de respuesta interrogativa, o bien a modo de pacto cerrado. César presidía la mesa. Estaba vestido enteramente de oro. Oro, en este caso, inspirado en una imitación exacta del traje de batalla completo de un emperador romano de la época de Adriano: coraza de oro, guanteletes, grebas, sandalias, capa púrpura y dorada sujetada a los hombros con racimos de amatistas y una corona de oro de hojas de laurel sobre su cabellera dorada. Alfonso, como siempre, vestía de azul marino y estaba sentado al lado de César en el «asiento de honor», enfrente de papá, que ocupaba la silla al otro lado de César. Yo me había puesto un sencillo vestido parisino salpicado de rubíes. César me había sentado llamativamente en el «asiento de honor de las damas», al final de la mesa, frente a él. Los demás invitados se distribuyeron alrededor del gran oval apolíneo.

César siempre organizaba unas fiestas fantásticas, y alrededor de medianoche, la cena era un verdadero éxito. Había colocado a todo el mundo al lado de alguien con el que él o ella realmente disfrutase al hablar, algo que se da muy pocas veces y que cuando ocurre sólo puede calificarse de genial. La comida había sido maravillosa; los vinos franceses corrieron ilimitadamente por la mesa para satisfacción de todos. El plato más reciente que los sirvientes habían traído a la mesa, cuando ya todos los comensales estaban bien servidos, había sido del agrado general. Siguió al postre helado.

—La *pièce de résistance* —anunció César con su abominable acento francés—. Guardado para *le fini*.

Lo que saliendo de su boca más bien sonaba como *lou faní*. Una Diana y un Pan trajeron la *pièce* sobre una bandeja de oro y la dejaron en el centro de la mesa. Eran sesos, intactos, un plato excepcionalmente difícil de elaborar bien, incluso para el mejor cocinero, puesto que si no estaba bien preparado por un maestro de la cocina es susceptible de adquirir una textura similar a la de una medusa escamosa. Sin embargo, César nos había prometido que su nuevo *chef de cuisine* francés sólo creaba *chef d'oeuvre*, o *chief dov* en su dialecto. Cuando emergieron los sesos, su superficie rizada estaba aseteada de clavos y rodeada de setas exóticas, todas lavadas en una salsa de Madeira. Olía como un viñedo jugoso y colmaba la estancia de una mezcla de aromas tan vívida como el recuerdo más vivaz. Pero aquel cerebro era muy grande; ninguno de los allí presentes recordaba haber comido alguna vez unos sesos de ternera o cordero de ese tamaño.

—Señor César —dijo un cardenal—, esos sesos deben ser los de una vaca del tamaño de un baptisterio.

César sonrió.

—Provienen de Francia.

El resto de la gente pareció satisfecha con esa explicación. Pero cuanto más los miraba, más raros me parecían. También pensé en que los sesos de ternera que había visto hasta entonces habían sido más lisos, menos cubiertos de rugosidades y muescas que aquéllos. Tuve el terrible presentimiento de que tal vez aquel órgano arrugado algún día debió imaginarse al *David* florentino dentro de un gran bloque de mármol o había compuesto alguna canción de amor provenzal conocida. O tal vez residió previamente en el interior del casco de un señor o una señora recién fallecidos en alguna ciudad conquistada por César. ¿El borgoña blanco armoniza con el alma?

—Hermano, ¿por casualidad no habrá fallecido el maestro Buonarotti o alguno de sus amigos recientemente? —pregunté en un tono tan ingenuo como me fue posible—. ¿Sigue Catalina Sforza estando entre nosotros?

—No. Buonarotti se marchó para realizar una nueva pieza de mármol para los florentinos —contestó César—. La Virago estaba vivita y coleando la última vez que lo comprobé.

—¡Oh, estupendo! —dijo papá—. A él le gusta Florencia.

—A todo el mundo le gusta Florencia —corroboró Alfonso.

—Salvo a los florentinos, que se hallan atrapados bajo el pulgar de los cerdos Médicis —dijo César.

—A lo mejor podrías redactarle un certificado de defunción al doctor Médicis —dijo papá.

Todo el mundo se rió del comentario. No conseguía encontrar una manera de seguir preguntando educadamente por el destino de ese o aquel señor o trovador. Abandoné los sesos. También Alfonso los abandonó. Precisamente en aquel momento, un Pan empezó a tocar una canción en una clave de campanillas dispuestas entre tres cuerdas, tensadas en un marco parecido al de una lira. Las campanillas me hicieron pensar en Subiaco. Deseé que ésa hubiese sido la mesa de tejo de Vanita o que ella hubiera estado allí para vernos. Hubiera estado tan orgullosa de sus hijos: uno, convertido en gran señor; su hermana, enamorada y duquesa, tal vez, algún día, sería reina enamorada de un rey. Hubiera echado de menos a su Rodrigo, pero entonces yo había tenido a otro Rodrigo.

Sin embargo, mientras César y todos los demás hacían buena cuenta de los sesos, oí desde el otro extremo de la mesa cómo a voz de mi hermano, empañada por el alcohol, que empezaba a levantarse sustancial e innecesariamente por encima de las demás, dirigiéndose a la persona a la que le estaba hablando, a Alfonso, que se encontraba sentado a su lado.

—Estimado hermano, mis espías me han contado que el papado ambiciona tu vida y los reinos sicilianos.

—César, no seas burro —dijo papá—. Piensa en los sentimientos de Lucrecia y nuestros.

Ese incidente parecía tan interesante que el resto de los comensales se calló y empezó a masticar con menos entusiasmo para facilitar la escucha.

—Deja que intente quitármelos —contestó Alfonso mirando a papá.

—Hermano... —empezó a decir César.

—Se encontrará con un aragonés sobre aviso, más difícil de vencer que Juan Borgia ahogándose en el río.

Miré atentamente a papá. Ni se inmutó.

—Di algo, papá —dije.

Sin embargo, se limitó a sonreír, con una actitud que otorgaba toda su indulgencia para que los niños pudieran ser niños libremente.

—Los franceses son famosos —prosiguió César— por su delicadeza en el trato con el sexo débil. Si los conozco bien...

—Y los conoces sobradamente, sobre todo a sus *mesdames* —interrumpí, lo que no provocó la carcajada que yo había esperado, destinada a calmar la tensión, sino apenas unas risitas.

—Los conozco bien. No están dispuestos a evitarles sus cuchillos al pecho de una mujer si perciben que es una enemiga. —César me miró a mí y luego a Alfonso—. Deberías pensar en mi hermana, Aragón.

—Pienso en poca cosa más, Borgia —dijo Alfonso—, que en mi esposa.

—Me alegra oír que todo el mundo piensa en mí —dije—. ¿Por qué no seguís pensando y os metéis las nuevas ideas por el gaznate?

Desde el punto de vista de César, sabía que la cosa iba mal. Detecté un temblor justo debajo de uno de sus ojos. Alfonso también empezaba a enojarse. Amaba a mi hermano, sobre todo a la luz del tiempo que habían pasado juntos desde la boda, pero César estaba pasándose de la raya de Φιλαδελφια, de *philadelphia*, del amor fraternal, con esa conversación.

—Soy un hombre de gran poder —dijo César—. Comandante de un gran ejército. Estoy mucho más capacitado para defender a mi hermana que cualquiera de vosotros, niños.

Alfonso ignoró la alusión infantil. En la voz de César yo había detectado una pizca de vibración que hacía juego con el parpadeo de sus ojos.

—Eso es, sin duda, cierto —dijo Alfonso—. Pero yo y mis caballeros daremos de buena gana nuestras vidas por protegerla, con las mismas ganas que un bebé suelta un sonajero que no quiere. Cada uno de ellos es como diez hombres en lucha. —Miró calmada y directamente a César—. Cualquier tonto lo suficientemente estúpido como para probarlos se encontrará con que mi abuelo se ha encargado de que así sea.

Yo, mientras tanto, estaba deseando que nos hubiéramos traído unos cuantos caballeros de Aragón aquella noche. El cuerpo de César empezaba a temblar ligeramente. Sabía muy bien lo que vendría después. Envié una rápida plegaria a la Virgen, rezando porque no llegara, pero sabía que ya era demasiado tarde. Le envié una mirada a papá, pero él pretendió estar ocupado con el *cerebrum*.

—Es la voluntad de Dios —dijo César— que mi hermana esté a salvo. Es la voluntad de Dios y de todos sus huéspedes divinos que yo me encargue de su seguridad convirtiéndome en el rey de Italia, incluidos Nápoles y las Dos Sicilias. Es la voluntad del vicario de Cristo que yo me encargue de su seguridad convirtiéndome en emperador. Es la voluntad del hijo del vicario de Dios, yo mismo, que me encargue de su seguridad convirtiéndome en el duque de Bisceglie y heredero de los reinos de Nápoles y Sicilia, salvando incontables vidas sin necesidad de ulteriores y sucias conquistas.

Todos los presentes recuperaron el aliento silenciosamente y sin hacer ningún gesto, como el Lázaro enterrado. Incluso los sirvientes lanudos se habían detenido; el único sonido que se escuchaba era el arpa de Diana y las campanillas, ambas ocupadas en la ejecución, según recuerdo, de una cancioncilla particularmente insípida.

Alfonso me miró a mí y luego a César, directamente a sus ojos crispados.

—Es la voluntad de Dios, estoy seguro, que Lucrecia esté a salvo. Pero yo, por la gracia de Dios, y no tú, César Borgia, soy el príncipe de la corona de Aragón mientras viva.

Mi hermano se volvió hacia él con una sonrisa temblorosa en los labios.

—¿Mientras vivas?

—Hoy estoy vivo, una condición que tú no tienes pelotas para alterar.

Eso fue un insulto hecho adrede e incierto. César, si no otra cosa, al menos sí tenía pelotas. César puso los ojos en blanco. Sus pies calzados con sandalias doradas empezaron a patalear el suelo de mármol. Empezó a emitir un sonido que, como debió de contarle la Virago violada, sin duda, habría sonado como el grito de una ardilla de poder ésta gritar. Se puso en pie con tal brusquedad que su silla dorada salió disparada y chocó contra el suelo con toda la fuerza que mi hermano le había impreso. Cogió su copa de oro llena de vino en una mano y el plato cargado de cerebro en la otra. Los arrojó más allá de la longitud del oval dorado de la mesa. Chocaron contra un gran número de loza antigua griega y la destrozaron. El vino cosechero cubrió el escote de una puta de un clarete bastante más caro y tres veces más añejo que ella. Asimismo, el plato desparramó encéfalo gris por la cruz pectoral y el hábito rojo de uno de los diáconos cardenalicios. César se volvió hacia Alfonso; por entonces, mi hermano ya estaba gritando, llevado por su rabia dorada, y sus sandalias tamborileaban contra el suelo de mármol.

—¿Y tú te declaras un jodido esposo? ¡No eres más que un simiesco comerciante de mierda envuelto en ropas nobles! ¿Afirmas en voz alta que amas a mi hermana? ¿Finges desmayarte y crisparte ante ella como un Píramo ante una Tisbe cualquiera, bien vestida y de segunda mano? ¡Y sin embargo, no das nada por ella, ni por su hijo, que sólo pudiste darle con mi ayuda a la hora de seducirla!

Con un terrible y disonante acorde y el tañido de una cuerda rota —Diana se había alarmado y alterado tanto que le había propinado a su cuerda de sol un punteo exagerado—, el arpa cesó en su miserable musiquilla y dos o tres de los triángulos se desprendieron del cuerpo de la muchacha. Las campanillas perdieron la voz. El resto de los comensales se habían quedado helados, como en un fresco de piedra que representaba una cena.

—César, ¿no tendrás otro de tus sofocones, verdad? —preguntó papá, pasando la mirada por todo el fresco que componíamos los comensales de aquella desafortunada cena.

Recé porque César hubiera acabado.

Pero nada más lejos de la realidad.

—¡Te mataría como a una serpiente comedora de mierda si no fueras mi hermano! ¡Pero por mi hermana, por la que siento más amor en el ano que tú en todo tu cuerpo putrefacto, juro que te cortaré personalmente el cuello mamador de semen y arrojaré tu cadáver a la bahía de Nápoles!

—César, no seas ordinario —dijo papá.

—¿Ordinario, papá? ¡Soy el hombre menos ordinario del mundo! —dijo César, agarrando el mantel de brocado de oro.

Tiró del mantel con todas sus fuerzas. Sopa, pasta, Burdeos, Sauternes, islillas de sesos flotantes, huevas de pescado, todo se estrelló contra el suelo o se derramó sobre los invitados. César estaba de pie, cual Calígula Augusto, mirando ferozmente a Alfonso y temblando como un loco. Pensé que César era un gilipollas infantil y pedante, pero confieso que también sentí pena por él. Parecía un imbécil total con toda su rabia terrible y su disfraz de emperador. Sabía, por haber sido testigo de ello incontables veces a lo largo de mi vida, que era tan incapaz de controlar su absurda manía y su boca como lo es una jirafa de ser baja. Le pedí a la Virgen que los asistiera: que ayudara a César a controlarse rápidamente y a disculparse, o a que sustituyera su rabieta por una calma bendita; que ayudara a Alfonso a reconocer la enfermedad de mi hermano como lo que era —una maldición personal— y pudiera perdonar a su hermano. Alfonso permaneció sentado e inmóvil por un instante. Vigilaba a César, pero parecía estar extrañamente tranquilo; no como la calma frígida del otro yo de César, sino compuesto como la brisa de abril. Su actitud me pareció mejor de la que podía haberse esperado. Alfonso jugueteó tranquilamente con un corchete de su jubón. Posó las manos sobre la mesa y se puso de pie calmosamente, mientras papá le daba una palmadita en la espalda. «Olvídate del César que tienes delante —le dije a Alfonso interiormente— y recuerda al que se enfrentó al jabalí y te salvó la vida.» Como si fuera en respuesta a mi ruego, Alfonso no parecía estar a punto de golpear a César, sino de abrazarle. Un «¡Oh!, gracias, Santísima Madre», atravesó mi alma.

—Consideramos que las disculpas están en su sitio —dijo papá—. De hecho, expedimos nuestra bula verbal a este efecto.

El fresco soltó una dudosa batería de risas.

—Mi señor hermano —dijo Alfonso serenamente. Miró a César y sonrió. Miró al papa y ambos sonrieron.

Esa notable paciencia masculina y el autocontrol de Alfonso estaban teniendo un efecto tranquilizador sobre César. Su rabieta empezaba a remitir; sus ojos volvían lentamente a la normalidad. El silbido de su respiración se ralentizó y suavizó. Cesó su pataleo. Pero en un solo y brusco movimiento, Alfonso agarró un cuchillo trinchador de oro con incrustaciones de piedras preciosas del ganso que había quedado sobre la mesa y que, como en un truco de magia, era la única cosa que no se había movido ni una pulgada con el tirón que César había dado al mantel. Simultáneamente, agarró a César por el peto imperial y lo levantó por encima de su cabeza. Luego, lo lanzó, bocabajo, sobre la mesa de Luis, y su nariz golpeó con un crujido contra los huesos del ganso. Alfonso se giró ligeramente mientras sostenía a César e hirió el cuello de mi hermano con el cuchillo de trinchar. Los demás comensales saltaron jadeando y gritando de sus sillas, retrocediendo y huyendo de la pelea; fue en ese momento, y no antes, pues se había tornado peligrosa. Dos de los soldados de César, Bruto y Casio, desenfundaron sus dagas de unas pequeñas vainas, pero no se atrevieron a interferir. La trascendencia de aquellos cuchillos era clara. Si Alfonso mataba a César, esos soldados matarían a Alfonso. La sangre del cuchillo que Alfonso sostenía contra la nuez de César empezó a gotear a lo largo de la hoja, cayendo sobre las alcaparras y el aliño de naranjas sanguinas del ganso como si fuera el último ingrediente a añadir al plato. Pensé en Cristo, en la herida en su costado, derramando sangre primero y luego una nada acuosa.

—Ningún hombre en los últimos mil años ha hablado como tú has hablado a un Aragón y ha sobrevivido —dijo Alfonso con un susurro gutural—. Menos aún a mi noble padre o abuelo, hombres cuya orina desviada no eres digno siquiera de beber a lengüetazos.

Los ojos de César eran los de un niño aterrorizado, de un matón que ha sido repelido, golpeado hasta caer al suelo y ha recibido su merecido, pero que no es capaz de entender por qué merece tal castigo.

—El pensamiento que te llevarás al infierno, hermano Borgia —prosiguió Alfonso—, será que no eres un mierda lo suficientemente macho como para romper ese precedente milenario.

—Dios misericordioso, sálvale —jadeó papá.

El cuchillo de Alfonso se alzó para rematar a su víctima. Vi la sangre brotando más rápida y grité. Corrí desde mi extremo de la mesa hasta el opuesto. Envolví a Alfonso con mis brazos y agarré su mano para evitar que la hoja se hundiera más en el cuello de César.

—Retira los brazos —dijo Alfonso—. Lo siento, está muerto.

—Alfonso, por favor, te lo suplico. —Sentí cómo los hermosos músculos de Alfonso se tensaban aún más—. Es un cerdo. Se merece morir.

Lleva perdiendo el control sobre sí mismo de este modo desde que éramos niños.

—Alguien debería haberle cortado el cuello cuando erais niños y haberme ahorrado el tiempo y la molestia.

—Es despreciable, pero es mi hermano.

—Aunque fuera Diego, el hermano de Jesucristo, juro que...

—Mi madre desapareció de mi vida. Si matas a mi hermano, será como volverla a perder, como perderme a mí misma. Te lo ruego.

—El honor exige que muera. Desde sus tumbas, el honor de los Aragón clama la muerte de esta mancha de vómito. Tu honor y el de nuestro hijo lo exigen.

Papá se arrodilló en los charcos de vino y las sobras de la mesa e inclinó la cabeza.

—Pero el amor lo prohíbe, el amor que todo lo anula. Por favor, hijo mío, te lo ruego de rodillas, deja que mi hijo viva. Sólo esta noche. Si sientes lo mismo cuando salga el sol, mátalo con mi bendición.

El raro y sumiso uso del «yo» y del «mí» alcanzó a toda la estancia como un bálsamo de humildad. «Sólo por esta noche» también debería haber funcionado, una apuesta de papá según la cual las pasiones de los jóvenes estarían aplacadas inevitablemente al llegar la mañana. Sin embargo, sentí cómo se tensaban los músculos de Alfonso, prestos a hundir el cuchillo en mi hermano. Papá había fracasado, y yo era la única persona que lo sabía. Todo dependía de mí. Tan sólo me quedaba una carta femenina por jugar, la reina de corazones, y sólo un segundo para jugarla.

—¿Es que acaso no me quieres? Nadie que me ame sería capaz de matar al hijo de mi madre, sea cual sea su motivo. Que tú me ames exige que él viva. Por favor, Alfonso, te lo ruego: escucha a papá. Te lo ruego ante Dios, ante el espíritu de nuestro hijo. Si tú matas a César, te juro que me convertiré en Medea; mataré a nuestro Rodrigo, ¡y esta misma noche!

Fue injusto, y la muerte de mi hijo, como le rogué a Jesucristo, un farol. Pero ¿no hemos sido todas las mujeres, a lo largo de cada una de nuestras vidas, víctimas de la injusticia cientos de veces? El acuerdo vacilante entre hombres y mujeres es un pacto concertado ante las puertas del Edén. ¿No debería cada bando ser libre para gastar, cuando quisiera, el capital que le queda? ¿Podría alguien reprocharme que hiciera uso de la pequeña ventaja femenina que pudiera sacarle a los contingentes hechos de la creación, que desde el Edén fueron volcados contra mí? Alfonso miró a César. Por fin, Bruto y Casio, a los que Alfonso no había prestado ni un ápice de atención, se dispusieron a intervenir.

—Alfonso, también es tu hermano —susurré—. Caín tuvo un motivo, pero sus remordimientos y su dolor fueron infinitos.

—Al igual que Jasón —susurró César.

Alfonso se detuvo. Vi cómo su determinación daba un giro y se asentaba en él.

—Recuerda, Borgia —le susurró a César al oído, inclinándose— que cada minuto y cada instante de tu vida exagerada, que cada tictac es un regalo de Alfonso de Aragón. No un regalo a ti, sino a tu hermana. Recuerda que sólo respiras gracias a ella.

Alfonso retiró el cuchillo. Vi un hilillo de sangre y rompí en lágrimas infantiles. Casio y Bruto se relajaron. Los demás invitados aplaudieron, aliviados. La ramera del pecho manchado de clarete me tomó en sus brazos para consolarme y olí el aroma arábico tan característico de Vanita, lo que me hizo llorar todavía más.

—*¡Gaudeamus Dei!* —exclamó papá desde el suelo—. ¡Nos confortamos en Dios!

César se volteó y se incorporó. Respiró profundamente.

—Gracias, hermana, por este aliento.

Los comensales se rieron, aunque algo nerviosos. César y Alfonso seguían mirándose. César cogió una servilleta de brocado de oro y empezó a retirarse la grasa de oca brillante del rostro.

—Pido perdón, hermano —dijo—. Hubieras estado en tu derecho matándome. Me creo el jabalí de Calidonia, cuando a veces no soy más que un jamón de Parma.

Todos se rieron menos yo. Lancé un agradecimiento silencioso a la Virgen. Pero al hacerlo, me sobrecogió un destello de sabiduría, cuando el aroma arábico de la ramera todavía me envolvía. No había sido la Virgen, ni siquiera la Santísima Trinidad. Habían sido Vanita y el pequeño Rodrigo de Alfonso quienes habían salvado la vida de César. Yo había invocado sus nombres ante Alfonso para influir sobre él, y César estaba vivo cuando tan sólo un milagro podía haberle mantenido con vida. Sólo la muerte puede dar respuesta a una súplica, y mi bebé seguía vivo; mi extenuación era prueba de ello cada mañana. «Entonces, mi madre debe de haber muerto», pensé. Y me eché a llorar desconsoladamente. Estoy convencida de que todos creyeron que me había vuelto loca.

César me rodeó con sus brazos.

–Lo siento, hermanita. Por favor, perdóname. Fue mi demonio. Además, estoy borracho. Piensa en mí como en un pequeño trueno. Sueno terrible pero, en cierto modo, estoy en paz conmigo mismo.

Me reí, yo, que me sentía tan bien después de todo eso. Las campanillas y el arpa de Diana volvieron a sonar, pero le faltaba una cuerda, lo que hacía que sus acordes resultaran extrañamente sirios. Todos los invitados volvieron a aplaudir y miraron a ver si todavía quedaba un pedacito de seso que llevarse a la boca, pero toda la comida se había mezclado y parecía una mixtura de frambuesas machacadas y nata. El aborregado rebaño de Panes y de Dianas empezó a recoger y retirar la comida. Mientras lo hacía, César se frotó la nuca con la palma de la mano donde le había cortado el cuchillo. Se miró la mano. Goteaba sangre. Sus ojos volvieron lentamente a sus órbitas. Se desmayó en los brazos de Alfonso y míos. Lo trasladamos a su cama, donde, transcurridos quince minutos, volvió en sí y se reincorporó a la fiesta. Me pregunté entonces, al mirar al gélido César, si ése era el mismo que había derrotado a los tiburones de dos piernas del Adriático. ¿Era él el héroe que no se había encogido ante los colmillos atacantes? Se me ocurrió que tan sólo es la sangre de los demás lo que excita a los hombres; no importa lo fieros que sean, su coraje se desvanece en cuanto ven la sangre propia. Las mujeres somos todo lo contrario. Verlo allí echado me llevó a preguntarme con cuántas mujeres se habría acostado en aquella cama. ¿Cómo sería mi hermano consumando el acto? ¿Habría algo de amor en su cortejo? Entonces consideré lo que le había dicho y hecho César anteriormente, aquella misma noche, a Alfonso, el ataque que había emprendido papá contra Alfonso y contra mí para obligarnos a ceder nuestros títulos y tierras a su favor, los momentos del jabalí, del torneo y, finalmente, el cañón que explotó mientras César se escondía detrás de un árbol. Pensé en todas esas cosas de una manera distinta de la que había contemplado hasta entonces. Mientras les daba vueltas y más vueltas, me encontré en el laberinto de César. No había otra salida que perseguir la verdad. Intentaba destruirnos. Perseguía las tierras, el nombre, el honor y el oro de la corona de Aragón. Ambicionaba la vida de mi esposo y, Dios lo maldiga por ser un asesino perverso, incluso es posible que la de mi hijo. Todos los hechos y los sentimientos imprevistos que habían emergido desde mi última retirada de la verdad se encuadraron de pronto en un libro con capítulos y una trama en plena escritura de Dios de esa escena nueva de una cena, especialmente en el diálogo entre Alfonso y mi hermano. A diferencia de la pequeña Lucrecia, la exquisita hija de César, yo siempre había amado las palabras y había confiado en ellas. Sólo puestas por escrito, con palabras, me convencí del poder fratricida y la intención de las mentiras de mi padre. «Contemplad a Lucrecia —reflexioné—, la esposa de Abel.» Por primera vez en mi vida, tuve miedo de mi hermano. Temía asimismo a mi padre, aunque no fui enteramente capaz de conectar esos dos temores. Un nuevo mundo empezaba a abrirse como la corola purpúrea de la belladona para Lucrecia Borgia.

Imité a un ratón asustado, retirándome a una esquina dorada de otra estancia y volviéndome hacia pensamientos privados durante el resto de la fiesta de César, incluso después de que se hubiera recuperado y se hubiera unido a las festividades en declive, cuando los Panes apagaron la mayoría de las velas y los invitados empezaron a probar los variados placeres de sobremesa de sus cuerpos. Intenté volver al comedor junto con los demás, como lo habría hecho cualquier dama verdadera, sobre todo teniendo en cuenta mi papel de anfitriona honoraria, pero no pude. Fracasé cuando intenté convencerme a mí misma de que no existía ninguna prueba real que sostuviera mis sospechas y que la sangre de mi hermano y la que compartíamos exigía más pruebas que conjeturas. Fracasé, incluso cuando intenté decirme a mí misma que mi madre me habría maldecido por pensar de esa manera. Finalmente, los demás invitados empezaron a solicitar mi presencia.

—¿Le pasa algo, señora Lucrecia? —dijo un arzobispo—. César y Alfonso preguntan por usted.

Me volví bruscamente.

—Váyase, excelencia. Ahora mismo necesito estar sola.

Por sus semblantes, él y su amante adolescente se mostraron comprensivos y achacaron mi malhumor antisocial a la pelea.

Una hora y media más tarde, César nos despidió en la entrada. Llevaba una servilleta de brocado de oro atada alrededor del cuello para detener la sangre de la herida del cuchillo. Estaba condenadamente atractivo con su sentimiento de culpa juvenil reflejado en el rostro. Todavía me hacía reír. Hoy en día, el poder del humor en asuntos humanos es enormemente subestimado por los filósofos y los artistas, que dan por sentado que cada circunstancia melodramática está envuelta inevitablemente por un todo melodramático, como si la vida real fuera una obra de Eurípides. Estoy convencida de que Esquilo y sus empresarios griegos estuvieron en lo cierto al salpicar las tragedias de la *Orestíada* —*Agamenón*, *Las coéforas* y *Las euménides*, todas tan aterradoras y lastimosas como pueden llegar a serlo las tragedias— de irreverentes comedias sobre los mismos temas.

—Hermano, todos nos sorprendimos al descubrir que no sangrabas oro fundido —dijo Alfonso, y vi en su rostro que había perdonado a mi hermano.

César sonrió.

—Tal vez la cicatriz se torne dorada.

Alfonso y yo salimos de allí hacia nuestro carruaje acompañados por un conductor y algunos lacayos. Al doblar la esquina, perdiendo de vista la entrada de la morada de César tras el gran círculo de Sant'Angelo, vi a mi hermano volverse y hablarle a un sirviente. Entonces, Alfonso y yo estuvimos por fin solos.

—Tal vez no sea cierto —murmuré.

—¿Qué no es cierto?

—Podría estar equivocada, ¿no es así? Tal vez no desee más que mi bien cuando está en su sano juicio.

Hasta entonces no había comentado mis sospechas a Alfonso.

—Es extraordinaria esta cosa de hermano y hermana que tenéis entre vosotros. No sé de nada parecido en mi familia. Nosotros sencillamente nos odiamos y, por tanto, nadie se sorprende de nada. Y nunca tenemos cuchillos a mano durante las comidas. Gracias a Dios que estabais allí tu padre y tú. Lo hubiera matado.

—¡Mmm! Tal vez tengas razón.

Alfonso y yo seguimos traqueteando ruidosamente por el camino que bordeaba el Tíber ocultos en nuestro carruaje, durante nuestro corto paseo después de medianoche bajo la luz de la luna. Vista a través de la ventana, la luna parecía una pintura en las aguas del río.

—Ésa es la idea —masculle.

Estaba medio dormida, soñando tanto con mis nuevas sospechas —las nuevas maneras como estas sospechas exigirían que Alfonso y yo replanteáramos nuestras vidas— como en lo romántica que era la imagen de Diana, reflejada en el agua.

Alfonso me besó, pero yo estaba demasiado ida para corresponderle.

—¿Qué te pasa? —preguntó Alfonso.

—Nada.

—¿Nada? No me trates con esta condescendencia.

—Estoy pensando en la luna y en César.

—¿No en la luna y en mí?

—Es peligroso.

Entonces, desde el interior de nuestro coche, notamos cómo el cochero tensaba las riendas de los cuatro caballos, y las ruedas de llanta de hierro echaron chispas para detenerse.

—Mi señor, mi señora —gritó el cochero desde arriba.

Oí a nuestros lacayos gateando sobre la capota del coche. Sentí cómo nuestros caballos corcoveaban y se encabritaban presas del pánico. Miramos afuera. Una banda de jóvenes se había distribuido por el camino que bordeaba el río cerrándonos el paso o enviándonos directos al Tíber. Parecían niños, realmente, pero recuerdo que pensé de inmediato en la palabra *banda*, pues su apariencia y su conducta sólo podían ser las de una banda. Si no hubieran sido más que niños, habría hecho tiempo que habrían perdido ese aire de criaturas malévolas. Hay miles de esas bandas, maldito sea Lucifer, que aterrorizan en todas las ciudades de la cristiandad a los incautos, a las demás bandas y a los desgraciados. Sin embargo, pocas veces se atreven a atacar a un noble, tal como estaban haciendo aquella noche, pues el castigo por hacerlo puede ser rápido, duro y a menudo no merece la pena. Es más probable que los burgueses y los clérigos lleven dinero encima —las joyas son demasiado fáciles de rastrear y, por tanto, indeseables—, puesto que el verdadero noble puede pagar a crédito y con su palabra. Sabía que esos muchachos debían estar bien pagados para correr tal riesgo. Pero ¿por quién? Tardé poco en llegar a una conclusión. Sacaron sus armas. Algunos llevaban espadas tan largas como sus portadores; otros, navajas.

—Quédate aquí —dijo Alfonso.

Alfonso ya se disponía a salir del carruaje, pero antes de que le diera tiempo a hacerlo, la banda se abalanzó sobre él como un enjambre de áspides. Oí gritos, y luego vi la cabeza de nuestro cochero —reconocía su expresión de recién casado y perpetuamente ávido— rodando por el camino. Oí y vi los cadáveres de nuestros lacayos, cortados en horrorosos pedazos y esparcidos por los adoquines.

—Quédate aquí —volvió a gritarme Alfonso.

—Alfonso...

Pero ya se había ido.

—¡Es él! ¡El que viste de azul oscuro! —gritó el cabecilla de la banda cuando Alfonso saltó al suelo y desenvainó la espada.

Alfonso saltó hacia el cabecilla, un joven relativamente corpulento. Vi salir chispas del acero de las espadas. Alfonso luchó contra el cabecilla durante, tal vez, dos chispazos más, cuando de pronto toda la banda lo rodeó. Nuestros sirvientes muertos habían ensangrentado varias de las armas de la banda, y la sangre goteaba de ellas. La banda se contuvo sólo un instante. Al momento, se precipitaron sobre mi esposo con la intención de matarlo. Grité. Salté del carruaje. Corrí hacia ellos. Salté sobre el más corpulento, sobre la primera espalda que vi. Me agarré por detrás a su cara con mis dos brazos y mis dos manos. Seguí gritándole al oído como una Lilit.

El asesino se revolvió intentando deshacerse de mí.

—¡Quitadme a esta bruja de encima!

Lanzó un navajazo hacia mis ojos. Yo le tenía agarrado por la cabeza. Busqué sus ojos con las puntas de mis dedos. Se los saqué hundiendo mi manicura en las cuencas. Tenían un tacto rico, cremoso; por un instante, pareció el relleno pegajoso y caliente de una de las tartas que Vanita solía dejarme ayudarle a hacer.

—¡Mis ojos! —gritó.

Otro diablo inmaduro blandió la empuñadura de su espada contra mi rostro. Sentí dolor y simultáneamente registré un destello de luz. Volvió a golpearme, esa vez en la mandíbula. Me vino un recuerdo a la cabeza, como un rayo, tan real como mi molar roto; me acordé de César cuando Vanita lo abofeteó después de que Rodrigo hubiera abandonado Subiaco. Sentí su conmoción y su sorpresa como entonces sentía las mías. ¿Era ésta, en cierto modo, la venganza de César por lo que había pasado entonces? Esperaba que no fuera así. Esperaba que fuera demasiado venial, incluso para César Borgia. En aquel camino, a orillas del Tíber, mi sangre me supo en mi mente intermitente como el relleno de las tartas de cerezas de mamá. Me golpearon una y otra vez, hasta que mi conciencia empezó a arracimarse hacia dentro y desplazarse hacia mis dedos. Mientras disfrutaba de la cremosidad de cerezas, me solté y mi cuerpo golpeó contra el pavimento.

—¡Mis ojos! ¡Mis jodidos ojos! —oí que se quejaba mi víctima desde algún lugar, tan lejano en aquel momento, como las montañas de la luna.

Otro empezó a darme patadas en el estómago. Una. Otra. Otra más.

—¡No mates a la perra! ¡No mates a la jodida perra! —intervino un tercero.

Vi a Alfonso corriendo a mi lado. Mientras corría hundió su espada en la cabeza de la bestia de las coces, justo en el punto blando donde la mandíbula se une con el cráneo. La hoja de la espada de Alfonso se quebró con un chasquido metálico en la cabeza de la bestia. Cayó al suelo como un títere cuyas cuerdas han sido cortadas; la punta de la espada todavía sobresalía de la cabeza. Tendí la mano y saqué el cuchillo de su garra. Me incorporé arrastrándome y me abalancé sobre el lobo que tenía más cerca, al que ya había cegado. Me enfrenté a él. Alcé el cuchillo y le corté el cuello. Sentí el tañido de sus tendones al quebrarse y fue como el chasquido de la cuerda de un arco cortada por un cuchillo; su voz, confinada en un grito a media voz, se vaciaba como el sonido de una trompeta pisoteada; la sangre caliente chorreaba por mis manos, mi rostro y mi escote. Dicen que resulta más difícil matar si miras a tu víctima a los ojos. Puedo testificar que ésta fue fácil de asesinar mientras miraba fijamente las cuencas vacías de sus ojos. Me sentí tan ardiente y satisfecha como me había sentido al retirar mi tarta del horno siendo una niña.

Sin embargo, la brusca muerte de dos de sus compañeros ejerció una especie de efecto aborigen sobre los supervivientes. Todos saltaron sobre Alfonso, sobre sus brazos, sus piernas y su torso. Lo aplastaron contra el suelo con su peso bruto. En el momento en que su cuerpo golpeó contra el empedrado, todos le acuchillaron y apuñalaron repetidas veces. Aullé. Me abalancé con mi cuchillo sobre la jauría de carne cercenadora que se había lanzado sobre Alfonso. Sin embargo, el cabecilla se volvió y me vio venir. Arremetió contra mí con su espada y me alcanzó la mano. La agonía y una parálisis estremecedora recorrieron mi brazo. No podía sostener el cuchillo y lo solté. Despojada del arma me abalancé sobre él. Lo rodeé con mis brazos para atacarle de frente. Le mordí la cabeza y sentí su duro cráneo bajo mis dientes caninos. Él gritó. Su sucia oreja era entonces lo único que yo tenía en la mente; mis dientes eran mi única arma. ¡Oh, Dios mío, ojalá hubiera sido la mitad de virago que se decía que era Catalina Sforza! Me metí la oreja entera en la boca y la mordí con toda mis fuerzas mientras sacudía la cabeza. El hombre volvió a gritar, con su boca pegada a mi oreja. Entonces dos miembros de la banda se volvieron hacia mí. Me golpearon con las empuñaduras de sus espadas. Una vez, otra, y otra. Me deslicé al suelo lentamente, llevada por el dolor y la pérdida de conocimiento. Me volví y empecé a gatear hacia mi esposo, que yacía inmóvil. Mientras me arrastraba, todavía tenía la aurícula asquerosa del cabecilla pendiendo de mi boca. Intenté escupirla, pero no pude. Se pegaba a mis labios como un pegajoso panal de abejas. El dolor y mi vestido de fiesta dificultaban incluso el gateo. Mientras me arrastraba de rodillas y manos, pude oír a la jauría hablando de mí y vigilando mi huida.

—¿Qué hacemos con la perra?

—El muchacho de oro nos dijo que no la matáramos.

—¿El muchacho de oro? —dije con dificultad desde el suelo—. ¿Qué muchacho de oro?

No me contestaron, pero yo ya lo sabía.

—¿Quieres matarla de todos modos? —dijo otro.

—No sé tú, pero yo no pienso hacer nada que el tío ese no nos pidiera que hiciéramos. Daba más miedo que tu madre muerta.

Se escuchó un gruñido de conformidad decepcionada.

Alcancé el cuerpo de mi esposo. Me desplomé sobre él. La sangre, ese rojo intenso, era todo en lo que podía pensar. Salía a chorros de él como los abortos de cien úteros. Vi un hueso blanco, un destello de órganos internos. Sabía que debía detener aquel rojo. Tenía que detenerlo. Cubrí con mis manos los chorros más fuertes para obturarlos. Apreté en un intento de controlar las hemorragias, pero la sangre volvió a salir a borbotones entre mis dedos.

La sangre seguía saliendo de él con la misma fuerza que antes. Presioné con las manos, con los brazos, con el costado de mi cabeza. Puse la boca sobre un chorro que salía de su pecho, pero el rojo inundó mi boca con tal rapidez que me entraron arcadas.

—Recuérdame —le dije a Alfonso lo más alto que pude, aunque ahora estoy segura de que lo que tomé por un alarido no fue más que un susurro anheloso—. Recuerda que aun en el cielo no habrá nunca nadie que te ame como te amo yo.

—Pero realmente es ridícula, ¿no os parece? —dijo uno de los gilipollas.

—Una jodida perra.

—Recuérdame —volví a susurrarle a mi esposo—. Si olvidas mi voz, recuerda mi cuerpo, las maneras como te amé.

—Cuando se despierte.

Todos se rieron.

—No vas a poder olvidarla, ¿verdad, Pedrito?

¿Pedrito? ¿El de la oreja que todavía tenía pegada a mi boca se llamaba Pedrito? ¿Es que acaso bestias como ésa tenían nombres? ¿Incluso un apodo familiar? Me quedé estupefacta. ¿Sería cierto que una madre sostuvo un día en sus brazos a ese pequeño y satánico monstruo y lo acercó a su pecho, al bebé Pedrito, de la misma manera como yo lo había hecho con Rodrigo, y le susurró dulzuras a aquel repugnante oído? ¿Habría intentado arrancar el pezón de su madre con sus afiladas encías desdentadas? Si alguna vez Rodrigo se convertía en otro Pedrito, yo me convertiría alegremente en otra Medea.

—Pedrito siempre la recordará —insistió otro.

—Pedrito se ha enamorado. Siempre le ha ido lo salvaje.

Todos se rieron, excepto, como supuse, Pedrito, que se tapaba el agujero sangriento donde antaño hubo una oreja a la que una mujer pudo susurrar.

—La recordarás, ¿no es así, Pedrito? —dijo otro entre risas—. ¿Cada vez que oigas algo?

Risitas por doquier, salvo de Pedrito. Si alguno más le preguntaba al grotesco y mierdoso Pedrito si alguna vez podría olvidarme, pensé..., pero caí rápidamente en la cuenta de que no había nada que yo pudiera hacer.

—¿Qué daño puede hacerle ahora un buen polvo?

—Está muy suelta y relajada. Seguro que se muere por algo largo, carnoso y duro.

—O corto, maloliente y viscoso, en tu caso.

Una risotada, pero el chiste me brindó un instante de alivio. Al menos era, en cierto modo, un cambio de tema.

—Un buen polvo no sería más que lo normal para un coño vicioso como éste.

—Es la única excusa que tiene para seguir viviendo.

Risas.

—¿Por qué si no crear a una mujer con su aspecto?

Risitas.

—Se viste como una puta. De todos modos, ya la han poseído todos los hombres de Italia.

Más risitas.

—Incluidos su padre y la maricona de oro.

Risas sofocadas. Carcajadas.

—Los cagones de las gorras rojas engañarán a Dios y le devolverán la virginidad una vez más. ¿Cuál es la diferencia?

—O es posible que su papá se la devuelva cada vez que se la folle.

Una risa particularmente animada, como queriendo decir que ese chiste sí que era bueno.

—Todavía está viva. No dijo que no pudiéramos follárnosla, ¿verdad?

El comentario fue seguido por un silencio absoluto y más aterrador de lo que podrían haber sido las risillas tontas de todos los lagartos adolescentes del infierno. Lo que ocurrió a continuación no quiero escribirlo sobre este brillante papel vitela; no en la paz del recuerdo, ni en el infierno, ni en el purgatorio, ni susurrárselo quiero al oído a Dios. Basta con garabatear que las bestias y las aves de rapiña del carnicero mundo animal no se ensañan con sus congéneres con la misma bestialidad ni la misma crueldad con la que los potenciales santos de este mundo se ensañan con los demás miembros del cuerpo de Cristo. Todas estas ferocidades humanas, tal como creemos nosotros, felices y cristianas ovejas, pueden ser contrarrestadas sólo con que nosotros, los salvajes, pasemos, aunque sea un breve instante, en una oscura barraca o soltemos una trillada exclamación ante el parpadeo de nuestros muertos. Mientras tenía lugar lo que no soy capaz de escribir, escuché cómo la sangre, que seguía manando, goteaba en el Tíber. Recé porque la vida de Alfonso fluyera de aquí al Mare Nostrum. Le rogué a Dios que, al menos, en las aguas de nuestro mar romano le evitara la compañía de unos demonios de sangre fría como nosotros. Allí, una alma podría encontrar la paz.

Recuerdo el Tíber, rojo, centelleante y sordo a la luz del amanecer mientras yacíamos en el camino. Vi los pedazos de basura de costumbre flotar en el agua, al otro lado del adoquinado. Allí también estaba la cabeza de nuestro cochero, derecha; uno de los ojos inmóviles me miraba ferozmente, y el otro estaba cerrado en un lúgubre guiño. Su pupila, iluminada por el brillo del sol naciente, se veía dilatada y negra. Recuerdo la luz chorreando desde el cielo, como en los cuadros del amanecer de los artistas. Recuerdo que pensé que nunca volvería a ver belleza alguna en los ojos de nadie, ni tampoco en aquellos cuadros, sino que en el futuro consideraría los ojos como aquellas cosas que ven el infierno, y la luz del amanecer, como el adjetivo de la muerte de la mañana. Recuerdo el cuerpo sin vida entre mis brazos y recuerdo no saber cuánto tiempo llevábamos así. El tiempo había muerto. «O acaso he estado aquí siempre —me pregunté—. ¿Acaso he muerto y he ido al infierno eterno, al planeta de Lucifer, carente de cielo y de dimensiones, de esta luz que apesta a sangre derramada?» Recuerdo el canto de las alondras y, acompañándolo, el coro de mi llanto ronco, pues mi garganta estaba dolorida después de tantas horas de llorar. Sentía como si mi cara pudiera llenar toda una habitación, como si fuera a estallar por la hinchazón. Luego recuerdo el sonido de cascos herrados, al principio distantes, después muy presentes sobre los adoquines al lado de mi cabeza. Intenté incorporarme, localizar los golpes de los cascos y descubrir de dónde provenían. Pero no pude levantar la cabeza. Tampoco pude levantar mi cuerpo. Estaba pegada, coagulada por su sangre, a mi esposo, cimentada en medio del rojo oscuro y helado lago que era él. ¿Realmente era posible que un solo cuerpo humano contuviera tal estanque granate? «Si al menos pudiera alzar la cabeza, el tiempo volvería a correr; a lo mejor Alfonso se levantaría de entre los muertos.» A expensas de su sangre, nos convertimos en uno de esos monstruosos gemelos que emergen del útero, obsequiados por la gracia de Dios con la mayor intimidad que otorga compartir algunas partes del cuerpo con el otro; dos para moverse, o no moverse, como un único ser durante el resto de sus vidas. Recuerdo haber mirado el cuerpo decapitado de nuestro amable cochero; a nuestros lacayos, siempre dispuestos y alegres. Para lo único que entonces se mostrarían dispuestos y alegres sería para los agujeros en la tierra que ocuparían. Recuerdo nuestros caballos, abandonados a un lado de la carretera, con un aire de culpabilidad por estar vivos. Vi a unos jinetes detenerse. Tres desmontaron inmediatamente y corrieron hacia nosotros.

—¡Mi señora! ¡Mi señor!

—¡Oh, Dios mío! —exclamó otro—. ¡Jamás había visto tanta sangre!

Cuando nos alcanzaron, la única forma que tuve de contestarles fue moviendo los ojos.

—¡Señora, estáis viva!

«¿Viva? ¿Qué quiere decir estar viva?» Lo pensé, pero no pude dar con una respuesta.

—Está muerto —gemí—. El obsequio de la Virgen está muerto... Mirad lo que le han hecho...

Los guardias se inclinaron sobre nosotros. Con la mayor delicadeza que fueron capaces de movilizar —era difícil, debido a la sangre coagulada, y me resistí a ellos todo lo que pude— me separaron de Alfonso, de la misma manera como yo antaño había arrancado a un niño cesáreo del útero de una campesina.

—No, no, dejadme... Dejadme con mi señor... Dejàd a mi señor entre mis brazos... La flor azul del mundo ha muerto.

Se llevaron a la niña muerta que era Lucrecia.

—Tengo que mecerle entre mis brazos durante tres días y tres noches hasta que despierte junto a Vanita...

Desmontó un cuarto jinete que parecía ser el capitán. Lo reconocí. Una pequeña cicatriz atravesaba su rostro; parecía la marca de una uña de mujer. Se acercó a paso lento hasta el cuerpo de Alfonso. Se inclinó, de nuevo con lentitud, y lo examinó. Parecía ser de los que han visto muchos muertos en su vida; su semblante se asemejaba a la superficie de una roca estriada y desigual. Se quitó la medalla, pulida hasta adquirir una superficie parecida a la de un espejo, que llevaba colgando alrededor del cuello. Al principio no entendí qué pretendía. Cogió la medalla y la acercó a la cara de mi esposo. Alzó la mirada.

—¡Mi señora! —exclamó—. ¡Se empaña! ¡Veo respiración!

Sólo entonces la Virgen restableció la implicación terrenal de Dios. Recuerdo entrar precipitadamente, envuelta en la atmósfera húmeda de la mañana, en la plaza de San Pedro en mi coche, esa vez conducido por un guardia palatino. Recuerdo la respiración del capitán detrás de mí en el interior del coche. Di las gracias a Dios por hallarme en un coche con dos hombres que respiraban. Recuerdo a cuatro jinetes cabalgando a nuestro lado. «¿Por qué no tuvimos a estos gigantes a nuestro lado ayer por la noche?», le pregunté al cielo. «Porque tú, tú misma, lo consideraste innecesario», replicó la Virgen. Había sido yo, la estúpida rubia, ilusa, maldita ingenua en su elegante vestido de ramera, la responsable. Nos precipitamos a través de la columnata, cuyas columnas llevaban, cada una de ellas, el nombre de un mártir. Vi a papá esperando en las escaleras que conducían a su palacio. «Papá, papá, gracias a Dios que estás aquí —pensé—. Gracias por serme fiel. Gracias al menos por no abandonarme y traicionarme como ha hecho tu hijo. Gracias por recordar. ¡Oh, Cristo!, ¿qué puedo contarte? ¿Hay algo más extraño en Dante que lo que tendrás que escuchar de mi boca? Te lo confesaré en nuestra biblioteca, para que podamos sacar a nuestro Sófocles cuando te lo cuente. Tal vez podamos utilizar su verso para empezar a comprender. Te dolerá más allá de lo que puedas imaginar; te dolerá tanto como a mí me duele. Pero piensa, cuando te lo diga, lo mucho que te quiero. Lo mucho que te quiere Vanita.»

Junto a papá, que no dejaba de ir y venir de un lado a otro, se encontraban varios cardenales, monjas, sacerdotes y caballeros de Aragón. Nuestro carruaje los alcanzó y se detuvo en medio de un estruendo polvoriento. Los jinetes desmontaron. Los cocheros saltaron del pescante. Papá corrió hacia el carruaje; se quedó inmóvil delante de la puerta, como si tuviera miedo de abrirla.

—¿Están...?

—Fueron atacados salvajemente, Su Santidad —dijo un guardia palatino.

Papá se santiguó.

—¿Dónde?

—En el camino que bordea el río, Su Santidad.

—¿En el Vaticano?

—Sí, Su Santidad. Tardamos tanto porque nunca creíamos que alguien...

—Por supuesto que no —dijo papá, santiguándose—. ¿Cerca de Sant'Angelo?

«Lo sabe —pensé—, o al menos lo sospecha.»

—La señora Lucrecia —prosiguió el capitán— tiene mal aspecto, pero le aseguro, Su Santidad, que está bien.

—Alabado sea Dios.

—Pero mi joven señor está muy grave. Puede morir en cualquier momento.

—Dios lo prohíba.

—Ha perdido más sangre de la que jamás vi perder a un hombre que luego sobreviviera.

Los caballeros abrieron la puerta y me bajaron del carruaje. Hubo una breve disputa entre caballeros y guardias sobre quién se haría cargo de nosotros.

—Dejad que se los lleven los de Aragón —dijo papá.

Abrió sus brazos blancos hacia mí. Fui a su encuentro y permití que me abrazara. En aquel momento amaba a papá y dejé que aquellos brazos me rodearan con la misma nube de consuelo con la que lo habían hecho antaño, cuando yo era todavía una niña. Aquella sangre no era culpa suya, ¿verdad? Entonces los caballeros volvieron a toda prisa al carruaje, retiraron delicadamente a Alfonso del interior y se lo llevaron.

Alfonso estaba inerte, un muñeco de trapo; parecía tan muerto como el miércoles de ceniza. El capitán debió verme mirar y se compadeció de mí. Volvió a quitarse la medalla que llevaba alrededor del cuello y la acercó a la boca y la nariz de Alfonso.

–¿Lo ve, mi señora? Todavía se empaña. La empañadura es vida.

–Tienes cien pasaportes dorados a la eternidad, capitán –le dijo papá.

Alejandro volvió a hacer la señal de la cruz sobre Alfonso, al que los caballeros estaban subiendo por las escaleras. Todos los cardenales y sacerdotes hicieron la señal de la cruz. Las monjas se santiguaron en respuesta.

–Lleváoslo a nuestras estancias. De prisa. Con cuidado –dije retirándome de aquellos blancos brazos papales.

Papá posó la mano sobre mi hombro, la mano del anillo del Pescador.

–¿Quiénes eran, hija mía? –preguntó–. ¿Eran franceses? –Hizo una pausa y miró hacia otro lado–. ¿Eran hombres de César?

Sentí que los músculos de mi nuca se estremecían. Me miré las manos. Todavía estaban cubiertas de la sangre de mi esposo. En mi mano vi a César ahogándose en aquella sangre.

–¿Qué importa? –dije en voz alta para que todos los prelados me oyeran–. Fue la maldita voluntad de Dios, ¿no es así, papá?

Posé las manos sobre su hábito blanco, a ambos lados de su pectoral. Cuando retiré las manos, el crucifijo colgaba entre las dos imprentas sangrientas de mis dedos y palmas, como un tercer ladrón.

–Pero ahora, papá, te digo que si este esposo muere, maldeciré a Dios –paseé la vista por toda la concurrencia de cardenales y sacerdotes–, y maldeciré a todos aquellos que ejecuten su voluntad hasta mi último suspiro.

Vi el dolor en el rostro de papá; fue como si hubiera grabado nuevos surcos en él. Los cardenales y los sacerdotes se santiguaron, horrorizados. Me arrepentí de lo que había dicho. Había herido a papá cuando no era a él a quien había querido herir. Algunos dijeron que Jesús no era a quien quisieron crucificar los judíos. Esperaba que papá pudiera comprender que sólo le había atacado porque tenía que atacar a alguien. Intentaría explicárselo al día siguiente; en ese momento había demasiadas cosas de las que preocuparse. Me volví y seguí escaleras arriba, detrás de mi esposo.

Varias horas más tarde, me dirigí a la Sala de los Misterios de la Fe. Papá se encontraba allí junto con una caterva de monseñores y abades. Le cogí de la mano y lo arranqué de su trono.

–Lucrecia, ¿qué estás haciendo?

–Ven conmigo. Tengo que hablar contigo ahora mismo.

Lo conduje a través de las estancias, hasta la biblioteca, abrí las puertas y entramos. Papá ni siquiera mencionó que me estaba prohibido el acceso a ese lugar.

Me volví para encararle.

–Papá, César intentó que mataran a Alfonso. Él fue quien contrató a los asesinos.

–Hija, estás...

–Es cierto, papá. Y ésta no fue la primera vez. ¿Fue César, no es cierto, quien te incitó a que intentaras convencernos de que le cediéramos nuestras tierras y nuestros títulos nobiliarios? ¿No fue César?

–Fue idea nuestra.

–Has insistido una y otra vez en ello, pero en este caso no te refieres a la tuya y a la de Dios, ¿verdad?

Papá se limitó a mirarme. Por lo que ahora sé, estaba disimulando como un loco en ese momento, pero entonces me pareció que su rostro estaba transido de dolor, miedo y decepción. Era como si su semblante quisiera transmitirme que admitía de mal grado una verdad que no podía pronunciar; que yo estaba en lo cierto, pero que era demasiado mortificador para él siquiera pensarlo, por el bien de todos. Una manipulación magistral.

–Lucrecia, si lo que dices es verdad, está más allá del mal. ¿Estás completamente segura? ¿Qué pruebas tienes de ello?

–¿Pruebas? ¿Qué pruebas necesito? Me basta con tener un cerebro para pensar, desde que volvimos de Tívoli, para saber lo que necesito saber. Los asesinos me dijeron que un muchacho de oro les había instado a hacerlo.

–¿Un grupo de asesinos a sueldo hacen referencia indirectamente a un tal muchacho de oro? ¿Ésa es nuestra prueba?

–¿Acaso no oíste ayer noche cómo le habló César a Alfonso? Amenazó sin rodeos con matarle.

–Y con eso mismo le amenazó Alfonso, ¿no es así? ¿Y en qué estado se encontraba César? ¿Lo dijo calmadamente, tal como hizo Alfonso, o fue mientras estaba poseído por el diablo, provocado por tu marido?

—Loca como Hildegarda.

Papá me miró.

—Pero yo necesito una prueba —dijo finalmente—. Soy el sumo pontífice. Los razonamientos aristotélicos son insuficientes como prueba en los tiempos que corren. Necesito una prueba tan palpable y definitiva como una piedra, algo que pueda coger y llevarme a la boca. Si esto es verdad, no tendré elección. Tendré que llevar a tu hermano a un lugar de ejecución. Tendré que ordenar que le desnuden y lo flagelen. Tendré que ordenar que separen su virilidad de su cuerpo para que la quemen delante de él, que le abran el abdomen lentamente con un cuchillo candente y que le arranquen las tripas con un caballo.

—¿Uno de pelaje dorado?

—Esta clase de ironía vengativa no le conviene a nadie.

—El fratricidio no le conviene a nadie.

—¿Sabes lo largo que es el intestino de un hombre? ¿Eres capaz de imaginarte la lentitud con la que unos hábiles jinetes pueden arrancarlo del cuerpo de un hombre? ¿Estás segura, incluso si te lo preguntaran ante el trono de Dios? ¿Es eso lo que quieres? Dímelo; lo haré. Júrame que estás segura por la sangre de Jesucristo que retiró la Santa Madre de su cuerpo. Júramelo con estas palabras, y yo haré lo que me pidas.

—Papá... —fue todo lo que conseguí decir.

—No puedes, ¿verdad?

No pude contestarle.

—Te amo, Lucrecia, me digas lo que me digas. Mantendremos en secreto tus sospechas en nuestro pecho. In péctore. Si aparece una prueba, haremos lo que os hemos descrito. Pero por ahora, te ordenamos que te olvides de ello. Asimismo te ordenamos que hasta que no tengamos una prueba y haya llegado el momento, no reveles a nadie nuestras sospechas, ni siquiera a Alfonso, si Dios quiere que viva. —Papá se santiguó, evidentemente para alentar a Dios a mantener el secreto también—. Sería injusto si resulta que estás equivocada. Si estás en lo cierto, serviría para poner sobre aviso a tu hermano y permitirle que frustre nuestra justicia.

—¿Y qué sabor debe tener la piedra para que te satisfaga como prueba, papá?

—Se trata de un crimen muy serio. Tan sólo la confesión nos satisfaría.

—¿Confesión? Piensa en lo que ha hecho mi hermano. Piensa en él. ¿Crees que un hombre capaz de hacer lo que hizo se avendría a hacer una confesión?

—Con la ayuda de Dios, todo es posible.

Puse los ojos en blanco.

—Ni siquiera con Jesucristo cogiéndole de la mano, ni dándole una patada en el trasero. Hacer una cosa así es imposible para César, y tú lo sabes de sobra.

—Entonces, haznos el juramento que te hemos pedido y ejecutaremos el castigo.

—Papá, esto tiene que ser responsabilidad tuya, no mía. Deberías hacer justicia por Vanita.

—¿Vanita? Entonces, haznos otro juramento si no te gusta el primero. Júrame, mirándome a los ojos, que estás segura de que eso es lo que tu madre me hubiera pedido que hiciera.

Lo intenté. No pude.

Él sonrió.

—No, no lo es. No es responsabilidad mía, ¿verdad? Es del deseo de Lucrecia Borgia, y debes estar segura. No de Rodrigo el Viejo. —Papá me besó en los labios y me miró con tristeza a los ojos—. Si lo que dices es cierto, no desesperes. Te protegeremos mientras estés dentro de los confines del Vaticano. No permitiremos que maten al marido de un vástago de Rodrigo y Vanita en nuestra ciudad. Guarda el secreto y algún día tendrás tu venganza. Lo prometemos. Nunca nos equivocamos. Nuestro poder es poder divino. Su rectitud no puede ponerse en tela de juicio, ni medirse su alcance, ni puede entenderse su majestuosidad mediante la lógica de Aquino, el encanto de Demócrito, ni siquiera mediante la pasión de Lucrecia. —Volvió a besarme. Se volvió y abandonó la biblioteca—. ¿Qué has estado leyendo últimamente? —me gritó, oculto tras los estantes de Cicerón.

Durante las horas previas y después de la reunión tuve la intención de sacar a Alfonso y a mi bebé del Vaticano inmediatamente. Papá era falible —maldita sea la curia—, y sólo Dios sabía de qué manera engañaría César a papá, también. Pero ¿adónde ir? ¿Llevarlos adónde? ¿De vuelta a Tívoli? ¿A Pésaro? ¿O a Nápoles? Los tres destinos implicaban arrastrar al herido Alfonso echado sobre un jergón por montañas, ríos, pantanos y por donde las pocas carreteras en buen estado estarían indefensas. Se le podría reabrir alguna herida. Podría tener lugar un asalto de noche. Aún peor, César era el señor feudal de la mayor parte de las tierras entre el Vaticano y cualquier punto de Italia. ¿Podría alquilar un barco en el puerto de Roma y escapar por el Mediterráneo? ¿Adónde? ¿Con quién? ¿A Nápoles? ¿O habría César comprado a Federico? Lo único que conseguiría sería apartar la mirada de las Dos Sicilias de nuestro barco durante una hora. ¿Con el turco o a los brazos de los piratas norteafricanos? A ambos les encantaría tener a la hija, al nieto y al yerno del pontífice en sus manos para usarnos como moneda de cambio de Dios sabía qué. A lo mejor recuperaban España a cambio de nosotros. De hecho, el yerno sería una bendición para ellos. Los podía escuchar en mi cabeza. «¿Por qué simplemente no lo matamos a él y cerramos un trato más favorable por la perra y el mocoso? Podemos venderle el cadáver de Aragón a Luis; él nos daría un barco cargado de lingotes de oro por ello.» No, huir por tierra o por mar era demasiado peligroso. Por un instante, consideré frívolamente encargarle al maestro Da Vinci uno de sus pájaros mecánicos, pero pronto abandoné la idea, pues en el mismo momento en que me vino a la mente me imaginé que nos estrellábamos de cabeza contra el achaparrado monte de Janículo. Lo mejor sería quedarse allí, en el Vaticano, al menos estaríamos bajo la protección de papá, que había sido informado de la traición de César y no lo podrían sorprender. Él nos protegería. Tenía más poder que cualquier rey o emperador de la cristiandad. Prepararía a los guardias palatinos. El capitán que rescató a Alfonso parecía ser capaz de reconquistar Tierra Santa sin la ayuda de nadie. Y no sólo poder temporal. Papá movilizaría al huésped angélico para que luchara por su nieto. Casi había valido la pena simplemente ser testigo de ello. Los iluminados y alados billones, arrojándose desde el cielo, banderas del Seráfico en lo alto, en el último margen. Moisés, devora tu corazón. No codiciarás a la Lucrecia de tu prójimo. Ni matarás a su dios italiano. Además disponemos de todos estos caballeros de Aragón; no podríamos estar más a salvo en una Ναυμαχια, una fiesta acuática en las aguas poco profundas de la bahía de Nápoles.

# Siete

De vuelta en nuestras estancias, y después de haber dejado atrás la sangre de las calles del Vaticano, me sobrevino una afinidad con la Virgen que nunca había experimentado antes. En miles de representaciones pictóricas bajan a Jesucristo de la cruz. San José de Arimatea reclama su cuerpo, se lo lleva y lo tiende sobre un lecho de piedra. Entonces la Virgen limpia sus horrorosas heridas y la sangre coagulada con sus propias manos. Lo envuelve –desnudo tras sus lavaduras– con vendas de lino, usadas entonces y ahora para envolver a los neonatos y a los muertos.

Los guardias palatinos y los caballeros aragoneses trasladaron a Alfonso a la Sala de las Sibilas de nuestras estancias. Lo tendieron sobre la cama. Le retiré las ropas cortándolas. Al principio, intenté cortarlas con unas tijeras de las hermanas, pero resultó tan inútil como intentar cortar un arnés de cuero con los dedos. El jubón estaba tan encostrado por la sangre seca que tenía el mismo tacto que la armadura que había llevado durante el torneo. Sólo conseguí retirar sus ropas desgarrándolas cuidadosamente con la espada de Alfonso, cuya hoja de Damasco afilaba diariamente un escudero, hasta tal punto que si posabas un pétalo de lila sobre su filo, el pétalo se partía en dos y caía al suelo por su propio peso. Pensé en la estirada de mantel realizada por César y soñé con retirar las ropas de Alfonso con la misma facilidad, pero no era más que una fantasía. Se desprendieron con un sonido gomoso y áspero. Cada pulgada que retiraba, aunque sabía que él no sentía nada, torturaba mi mente. Lo tendí desnudo sobre una sábana blanca y limpia. Lavé con mis propias manos sus terribles heridas con agua caliente de las cocinas. Las heridas en su torso parecían labios; los bordes de los cortes en la piel revelaban capas adiposas y pequeños abscesos, que parecían racimos de uvas blancas rojizas o dientes retirados a la fuerza de una mordedura. Lo envolví en vendas de hilo fino. Al igual que en el caso del hijo de la Virgen, mi niño tenía la herida más terrible en el costado. Al igual que el niño de la Virgen, uno de los glotones romanos había hundido un hierro en la palma de su mano, un cuarto estigma. Sentí pena por la Santa Madre por haber tenido que tocar su cuerpo, sus heridas, de esa manera; era inmaculada incluso en la concepción y ni siquiera pudo ahorrarse la agonía que ese lavamiento me produjo a mí. A medida que lo lavaba con una palangana detrás de otra de agua caliente, la costra roja empezó a disolverse y a desvanecerse como castillos de arena en una playa roja. Volví a sentir pena por la Virgen María, que tuvo que hacer lo mismo por Jesucristo. En cierto modo, me sentí agradecida, como ella debió sentirse, porque Alfonso no estuviera consciente. De haberlo estado, su agonía habría sido inimaginable. ¿Habría sido aún peor para ella lavar las heridas de un hijo que para mí lavar las de un amante? ¿Habrían perdido ambos niños sus almas y descendido al limbo? Alfonso, al igual que Jesucristo, ausente de cuerpo y alma, parecía no ser más que un objeto desvencijado. Mientras pensaba en ello, oí a Rodrigo llorar en la estancia adyacente. Acudí a su lado, comprobé que estaba a salvo e incliné la cabeza en señal de respeto por el sufrimiento de la Virgen. Me pregunté si la prostituta Magdalena habría ayudado en el lavamiento de las heridas. Algunos dicen que Magdalena fue amante de Jesús, tal como deberíamos serlo todos. Di de comer a mi pequeño Rodrigo y volví al lado de mi esposo, mis vendas y mis astringentes. Pero intenté apartar los pensamientos acerca de la amante Magdalena. Aunque los pensamientos en sí nunca me han parecido pecaminosos —y él era mi esposo—, tal vez algún ávido ángel podía considerarlos blasfemos. Estaba insegura y no quería que una de mis irreverencias interfiriera en cualquier bálsamo que el querubín pudiera concederle a Alfonso.

Sin embargo, lo quisiera o no, los pensamientos blasfemos siguieron dando vueltas como una cortina ondeante en mi mente, mientras mis manos repasaban con agua caliente y fluidos vitales su cuerpo desnudo, cuya belleza herida me excitaba y sigue excitándome. No pude evitar pensar en mi madre limpiando al Esteban desnudo de la capilla de Subiaco. Intenté detener mis pensamientos, pero no pude, y pensé que los pensamientos son como el agua sangrienta, nunca pura ni clara, siempre manchada de vida, penetrando, buscando su propio nivel, sean cuales sean nuestras intenciones o nuestros intentos de calafatear su flujo. ¿Acaso Cristo no fue un hombre como Alfonso? ¿Acaso no vivió y murió como un hombre, tal como había hecho Alfonso y tal vez haría pronto? ¿Podía haber sido un hombre y nunca, ni siquiera una sola vez, haber hecho el amor con una mujer? ¿No habría muerto entonces como un medio hombre, un hombre incompleto, un ignorante, al haber experimentado únicamente algunas partes de la vida humana, pero nunca el deseo, ni la satisfacción, ni el ardor? Esto me llevó a pensar en nuestras vidas. ¿Acaso la única finalidad de Alfonso era morir, y la mía, llorar su pérdida eternamente, habiéndonos sido arrebatado el Paraíso? A partir de esa pregunta, pensé en la pérdida del Edén de los primeros amantes. ¿Lo habían perdido por su propio pecado, tal como dice la Biblia, o se lo había arrebatado un Dios mezquino, celoso de una felicidad sensual compartida que Él nunca había conocido? En los Testamentos se dice en muchas ocasiones que es «un Dios celoso». Su excusa para volver a tomar todo lo que da y luego toma, incluso la excusa para nuestra muerte, parece que sean nuestros pecados, derivados del pecado original de cierta mujer. De acuerdo, tal vez aquella mujer en el Edén llevó a Adán a la tentación, pero siempre me había parecido absurdamente fácil. ¿Acaso el mensaje del Génesis simplemente sea que los hombres son autocomplacientes y fácilmente persuasibles? Si yo hubiera sido Jesucristo, jamás habría permitido que Dios el Padre me matara sin antes haber tocado a Alfonso. Los dioses griegos y romanos, todos ellos progenie bastarda, hicieron el amor con nosotros y entre ellos con tal frecuencia y abandono que muchos comentadores de la antigüedad han dicho que su lubricidad sexual constituía la función y el atributo primordiales de toda divinidad verdadera.

Me produjo un placer pecaminoso imaginarme a Magdalena con el órgano de Cristo en su boca mientras retiraba la sangre del miembro de Alfonso. Me imaginé que lo llevaba al paraíso momentáneo, a la pequeña muerte. ¿Era blasfemia imaginar al Cristo vivo ocupado en la persecución de la masculinidad? ¿Habría recorrido el largo y agonizante camino del Calvario tan voluntariosamente, sabiendo que su propio Padre le había negado siquiera una pequeña muestra del amor de

Magdalena, la satisfacción de lo que significa ser el Hijo del Hombre? ¿Se la habría negado a él, de todos los hombres, el más completo y perfecto de la historia? Decir eso es insistir a la vez en dos condiciones contradictorias. En la inhalación retórica, se reivindica que él es un hombre como los demás, y en la exhalación, se le niega la más simple de las condiciones masculinas. Cuando terminé de envolver a Alfonso con las largas vendas, retiré de su cuerpo mis manos calientes por el agua, y mi deseo empezó a enfriarse, hasta que finalmente logré apartar de mí esos pensamientos. Los consideraba como simples muestras de la confusión histérica a la que son propensos los espíritus femeninos, en general más lúbricos como consecuencia de la pasión, talón de Briseida de sus propietarias.

Poco después del amanecer de la mañana siguiente, el 16 de julio, reuní en nuestro dormitorio a los caballeros aragoneses y a los guardias palatinos que nos habían sido asignados a Alfonso y a mí. Debido a la conversación mantenida con papá y a su imperativo, sabía que no debía hablarles de mis sospechas, pero les haría saber que pendía un terrible peligro sobre nuestras cabezas y que deberían desenvainar sus espadas por ello. Les ordené que todos se cubrieran con sus armaduras; a partir de entonces, la cota de malla y la coraza serían sus uniformes de día y de noche. Les pedí que se arrodillaran formando un semicírculo alrededor de la cama del inconsciente Alfonso. Hice que desenvainaran sus espadas. Coloqué la espada de Alfonso, forjada en la fragua de Barbarossa, en su vaina de marfil sobre la cama, donde yacería junto a nosotros durante las siguientes semanas. Me había vestido con sencillez; llevaba un vestido negro y largo hasta los pies, que había estado guardado en mi armario un año sin que hubiera encontrado la ocasión adecuada para ponérmelo. Unos dibujos de zafiros, bordados con la forma de antiguas espadas árabes, lo cubrían.

—Juradlo —les dije.

Los caballeros y los guardias se miraron.

—Ya lo juramos hace mucho tiempo, señora —dijo uno.

—Volved a jurarlo —respondí intentando aparentar imperiosamente una moderna y corajosa Eudoxia, pero obviando sus subtítulos de ramera—. Quiero oír a cada uno de vosotros jurarlo sobre la sangre del Salvador. —Me volví hacia los guardias—. Y a vosotros también. No permitiré que nadie que entre en esta estancia no haya hecho el juramento.

—¿Qué es lo que debemos jurar, señora?

—Debéis jurar sobre la sangre de Jesucristo —dije—, que la Virgen retiró de las heridas con sus propias manos, que no permitiréis a ningún hombre sospechoso, ni mujer, ni niño, ni perro, ni siquiera pájaro, ni piedra, entrar en esta estancia.

Inclinaron sus cabezas, sosteniendo las espadas en alto.

—Juramos que resistiremos hasta la muerte.

Pasé dos semanas de angustia al lado del lecho del enfermo, aunque sin incidentes. Alfonso no movió ni un solo músculo; ni siquiera parpadeó. Los médicos iban y venían, entre ellos dos que envió el rey Federico: un cirujano, Galeano da Anna, de un antiguo templo de Esculapio, en la ladera del Vesubio, y Clemente Gacula, un médico de la Orden de los Santos Cosme y Damián, patronos de los cirujanos. Alfonso sufría unas fiebres terribles: un día asolaban su cuerpo, al siguiente nos daban falsas esperanzas de que iban a remitir, para, al tercero, volver a subir furiosamente. Yo bañaba su cuerpo con agua fría continuamente para bajarle la temperatura. Cada vez que lo bañaba, mis lomos y mi mente ardían con el calor que despedía. Con cada baño, sentía que se quemaba otra capa más de Lucrecia Borgia. Cada vez me calentaba en el horno del deseo; luego, su falta de respuesta me hundía en un agua fría y templadora. Cada vez me retiraba más dura y arisca que la vez anterior. Le pregunté a la Virgen si ese calor sin sentido era pecado. Me contestó en un sueño que no lo era. Me dijo que era más bien como la pasión sanadora de su hijo, y que si le ofrecía a Dios esos sentimientos con propósitos caritativos serían recibidos en el cielo como oraciones.

No podía darle ni alimentos ni agua a Alfonso. Y aunque diariamente sus heridas parecían sanar y tenían un aspecto menos terrorífico que el día anterior, me di cuenta de que se estaba convirtiendo en un espectro de sí mismo, un joven padre del desierto, con la sequedad de una piel de serpiente alrededor de la boca, y los huesos, sobresaliendo. Esa falta de corpulencia sólo podía dificultar su lucha contra las infecciones. Una noche aposté a un guardia y a un caballero armados hasta los dientes delante de nuestra puerta, y a una docena más en la habitación, que durmieron en el suelo alrededor de nuestra cama. Había abierto las ventanas de par en par. Las advertencias clericales y médicas contra el aire de la noche de Dios me parecían totalmente absurdas. Si el aire nocturno era perjudicial, ¿acaso el Espíritu Santo hubiera permitido que el Niño Jesús lo respirara en la noche de su nacimiento? Me metí en la cama y me deshice de todas mis ropas. Supe que debía estar desnuda porque sentía que mi piel fresca tendría un efecto medicinal y paliativo sobre Alfonso, al igual que sabía que él lo ejercería sobre mí, por mal que estuviera yo. Estuve al lado de mi esposo envuelto en vendas durante un rato. Mi hijo, arropado, estaba en la habitación contigua; me levanté, lo tomé entre mis brazos, lo mecí y le canté. Canté una canción de amor que, según Vanita me había contado, ella solía cantarle a César cuando era niño. Los caballeros y los guardias durmientes no prestaron siquiera una mirada de soslayo a mi desnudez; al menos, aún no.

Papá había acudido a nuestra estancia el 21 de julio para dar su bendición apostólica a Alfonso por su pronta recuperación. Lo roció con agua bendita procedente de la gruta del Santo Sepulcro. Regó algunas de las heridas más graves con ella. Ungió de crisma los labios, las orejas, la boca, la frente, el sexo, las manos y los pies de Alfonso —todos los orígenes u ocasiones de pecado— con aceite del monte de los Olivos. Le concedió la absolución general y le administró el viático. Le besó en los labios ungidos de crisma. No tengo razón alguna para dudar de que estas acciones fueran menos genuinas o sinceras de lo que fueron sus palabras para con César. Creo que papá deseaba la muerte del enemigo como enemigo, mientras que le deseaba la vida como yerno. Luego, entró en la habitación del bebé y estuvo media hora con el niño trotando sobre su rodilla. El pequeño Rodrigo se pasó todo el tiempo gritando de placer, como lo había hecho yo antaño entre aquellas gruesas manos. Después de que se hubiera ido papá, empleó asimismo el poder del trono de san Pedro para ayudar a mi esposo. Envió a una delegación de cardenales a Turín para que ordenasen el traslado a Roma del Santo Sudario de Cristo. Los turineses lo empacaron, a regañadientes y entre lamentos, y lo llevaron en una procesión formada por quinientos prelados y vírgenes cantores a través de Italia hasta el Vaticano. Seis caballos blancos como la nieve tiraron del carruaje de plata y oro que lo transportaba. La gente se postraba a su paso. En cada ciudad, pueblo y aldea, los campanarios repiquetearon con júbilo metálico. En su estela ocurrieron muchos milagros. Una anciana coja empezó de repente a andar como una jovencita tras haber alzado la cabeza para ver el paso del carruaje. Un leproso sanó tras haberse arrastrado de rodillas para lamer el polvo por el que sus ruedas habían rodado. Un ciego recuperó la vista tras haber oído su avance y salió corriendo del lugar, cerca de Siena, dando gritos sobre la repentina luz del Señor. Algunos dicen que los milagros no son más que el resultado del poder de la fe humana sobre nuestros cuerpos. «Por sus frutos los conocerás.» Si nuestra fe en Él tiene el mismo efecto sanador que una decidida acción de su viva divinidad, entonces nuestra fe, y su Ser y Vida deben ser de la misma sustancia manifiestamente viva.

Una vez que estuvo en nuestra estancia, seis cardenales italianos desempacaron el sudario ante mí, lo desplegaron y lo colgaron en su transparente custodia delante de una de las ventanas de nuestro dormitorio. Unas semanas antes, yo había colocado un balde de latón con un rosal debajo de la ventana, y entonces parecía que los capullos se hubieran convertido en los depósitos de la sangre espectral que antaño debió correr del lienzo tenebroso. A la luz del día, el lienzo no tenía más sustancia o efecto que el de una manchada pantalla romana normal y corriente. Sin embargo, de noche, la luz que brillaba a través de él en las noches de luna, arrojaba sombras del Dios desnudo crucificado sobre la figura de Alfonso. Al mirarlo después de la puesta de sol, distinguí la sombra del sagrado cuerpo con la misma claridad que una sombra producida por el sol. Vi las heridas, la sangre, los dulces rasgos semíticos, la impresión de la corona de espinas que Poncio Pilatos había apretado con barras de hierro contra su cráneo, todo ello perfilando a Alfonso. ¿Cómo se había creado esa imagen alarmante y premonitoria? ¿Podía haber sido falsificada de alguna manera para que las heridas de los clavos no estuvieran en las manos de la figura, donde todo el mundo sabe que estaban realmente, sino en las muñecas? Dejando a un lado esa evidencia, decidí que no. Sabía que el sudario era tan real como la gracia divina porque sólo la luz de la resurrección podría haber creado una imagen como aquélla. Ninguna pintura, ninguna mano de artista terrenal, podría haber concebido un retrato de Dios tan potente y conmovedor, sino tan sólo un facsímil estético, la sombra de una sombra. Las heridas en él sangraron hasta confundirse con nuestro oscuro sueño del sacrificio de Dios. Sin duda, la sombra de la resurrección caía entonces suavemente sobre Alfonso y lo envolvía de la misma manera como lo había envuelto a Él durante sus tres días y tres noches de viaje al infierno. Recé porque mi esposo se levantase de su purgatorio particular, al igual que Él lo hizo antes. Sin embargo, Alfonso ya llevaba por entonces, fuera por donde fuera por donde estuviera viajando, un período más largo, que comprendía bastante más que desde una tarde de un viernes a las tres hasta el amanecer de la Pascua de Resurrección.

Finalmente, Alfonso recuperó la conciencia. Ocurrió la noche del 8 de agosto, mientras yo le cantaba. Al principio ni siquiera me di cuenta. Había estado cantándole, meciéndole entre mis brazos, cuando de pronto bajé la mirada y me encontré con sus ojos abiertos. Mi canto sonó violentamente desafinado, mudándose en un grito sordo cuando me convencí de que Alfonso había muerto. Sin embargo, la fiebre había remitido unas noches atrás. ¿Cómo podía haber muerto? ¿Había sido tan cruel la Virgen con su obsequio como para pretender restituírmelo, sólo para volvérmelo a arrebatar? Lo toqué. No, estaba caliente. El contacto me dio fuerzas para mirarle de nuevo a los ojos. Sus pupilas se contrajeron al contemplar la luna a través del sudario. Mis entrañas dieron un vuelco.

—Me apetece comer pollo, por favor; que sea relleno, con la piel crujiente —fueron las primeras palabras que Alfonso pronunció después de varias semanas de silencio.

—¡Alfonso!

—¿Qué?

—¿Un pollo?

—¿Qué problema hay?

—Yo esperaba que un hombre inconsciente durante tanto tiempo, al que una mujer menos puntillosa que yo ya hubiera enterrado hace tiempo, se mostraría más agradecido por haber salvado la vida y tendría preparado algún cumplido.

—Tengo hambre. Tu canto siempre me dio hambre.

—Esto no es un cumplido...

—Y sed. Haz que llenen el océano de bañera que tienes con agua de Tívoli. He soñado con bebérmela toda. Y con comer pollo. El olor a pollo, la piel crujiente, una espoleta, alas crepitantes, grasa humeante, higadillos de pollo. He soñado con agua fría y pollo caliente.

Le ofrecí la palangana de agua caliente con la que había pensado bañarle.

—Empieza por ésta. Es más conveniente para tus tripas que el agua fría.

—¿Cuánto tiempo llevo durmiendo?

—Veintitrés días. ¿Por qué mi canto te ha llevado a soñar con pollos?

—¿Qué hace mi espada en nuestra cama? —preguntó en lugar de contestarme.

—Tenía pensado clavártela si despertabas diciendo algo fuera de lugar.

—¿De dónde ha salido esa cortina sucia?

—Es el sudario de Jesucristo. Papá lo trajo de Turín para ti.

—¿Para qué?

—Para curarte.

—¿Ha hecho falta colgar a Jesús de la ventana de nuestro dormitorio para que yo sanara?

—Incluso Él estuvo a punto de no bastar. Los médicos estaban convencidos de que morirías. Todo el mundo lo estaba, excepto papá y yo.

Salí gateando de la cama, dispuesta a ir a la cocina a por un capón, pero cuando llegué a la puerta del dormitorio regresé a su lado.

—Estabas muerto, pero la Virgen te devolvió a mí. Jura que nunca me volverás a abandonar.

—No te abandonaré.

—¿Sobre la sangre de Jesucristo?

—Sí. Sobre lo que haga falta.

—¿Retirada de su cuerpo por la Virgen?

—Si así lo deseas.

—Así lo deseo.

—Entonces lo juraré por la sangre de Jesucristo. Pero Lucrecia, algún día envejeceré. Llegará el día en que todos tendremos que marcharnos.

—Si algún día eres muy viejo, tu espalda se ha encorvado y estás totalmente *non compos*; si yo ya he muerto y si cada día eres tan desgraciado delante de mi tumba como lo fue tu tatarabuelo, y ya he dejado de ser una fantasma desnuda y atractiva para ti, sólo entonces te liberaré de tu juramento.

Me fui más feliz de lo que jamás había sido hasta entonces. Me dirigí a las cocinas, donde eché mano del ave humeante más grande de las cien que allí reposaban.


Dormí mal la noche del 10 de agosto de 1500; era una noche sin luna y el cielo estaba negro salvo por una polvareda apagada de los santos de Dios que son las estrellas. Pasé aquella noche despertándome y volviéndome a dormir cada dos por tres, persiguiendo el final del sueño que me había ocupado instantes antes. No paré de oír ruidos provenientes de las plantas inferiores, pero al estar, en el mejor de los casos, en duer-

mevela, sin llegar a abandonar realmente el estado onírico y desesperada por dejar que mis fábulas soñadas llegaran a su fin, atribuí los ruidos
a los sueños. El último sueño que tuve se desarrollaba en las plantas
inferiores. En la planta baja del palacio de nuestras estancias, un guardia palatino dormía sobre un banco de piedra, al lado de la entrada abo-
vedada del palacio. Su amigo, un caballero de Aragón, estaba despierto.
El caballero se encontraba sentado en el otro extremo del banco, con la
espada desenvainada descansando sobre sus rodillas. Ambos llevaban
armadura en medio de la oscuridad. Sólo bajo la protección de la oscuridad ectoplásmica pudo pasar lo que pasó seguidamente, en sueños o
en la realidad. Sin hacer ruido alguno, un largo cuchillo se deslizó
doblando la esquina de mármol hasta alcanzar el cuello del guardia.
Entonces el cuchillo cortó, casi seccionando la cabeza. La cabeza cayó
hacia adelante contra el pecho del guardia palatino, aunque todavía
estaba unida al resto del cuerpo por un único tendón. El caballero creyó
oír algo. Se volvió para mirar a su compañero. En medio de la profunda sombra, todo parecía estar bien: el guardia dormía pacíficamente con
la barbilla apoyada contra la cota de malla.

–Si sigues durmiendo así, con la barbilla apoyada en la coraza, tu
aliento pestilente oxidará la cota de malla –dijo el caballero, un conocido chistoso entre sus compañeros soldados.

El caballero creyó oír el sonido de un derrame de líquido, denso y
acompañado de un pegajoso tintineo. Yo también lo oí, y desperté, pres-
tándole oídos, aunque luego volví a sumergirme en el sueño en el que vi
el solitario tendón quebrarse bajo el peso desacostumbrado de la cabeza. La cabeza del guardia rodó por su torso hasta acabar a los pies del
caballero, donde se detuvo, mirándole fijamente, y mirándome fijamente a mí. Parecía estar completamente despierto. Los ojos del guardia
parpadearon una vez.

–¡Lucio! –exclamó el caballero.

–¡Pesadilla!

Los labios de Lucio articularon esa única palabra, literalmente falto
de aliento. Sus ojos abiertos de par en par mostraban una mirada apagada y vacía. Espada en mano, el caballero saltó para prevenir al resto
del palacio. Sin embargo, antes de que le diera tiempo a decir nada, una
docena de hombres vestidos de negro de los pies a la cabeza lo asalta-
ron con cuchillos y espadas, y lo trincharon, dejándolo listo para col-
garle en el escaparate de una carnicería.

Soñé con un monseñor, muy conocido por todos los que trabajaban o vivían en el Vaticano, que avanzaba por un pasillo oscuro. Se movía lentamente, tembloroso por el peso de los años. La tarea que desempeñaba entonces la hacía porque era demasiado mayor para hacer otra cosa y demasiado orgulloso para no hacer nada, esa clase de pecado de soberbia que Jesucristo perdona gustosamente. Antaño había sido un experto destacado en el mundo de Lucifer y en la geografía de su mundo subterráneo. Me pasó por la mente que el mundo de los sueños, como en el que me encontraba en aquellos momentos, también se consideraba parte del imperio satánico. Su tarea consistía en comprobar que no hubiera cirios apagados en nuestros pasillos, y eso era lo que estaba haciendo aquella noche. Se estiró tembloroso para encender un nuevo cirio con la vela. Se volvió para gritar, pero su cráneo, a la altura de los ojos, fue alcanzado horizontalmente y seccionado por la mitad con un sonido parecido al de una hacha que atraviesa una calabaza verde, y se desplomó. No me desperté.

Seguí a los hombres de negro como un espectro cuando éstos se introdujeron en otro pasillo: el pasaje abovedado que conducía a la sección de las estancias que ocupábamos nosotros. Me sorprendió que no percibieran mi presencia onírica. ¿Acaso no estábamos hechos de la misma sustancia? Allí hubieran visto un cartón al carbón de un fresco en preparación de *Violación de la mujer sabina*, de haber habido suficiente luz para ver un boceto tan negro. Los hombres de negro debieron de doblar la esquina para adentrarse en aquel pasillo corto. Entonces no había ningún cirio encendido; un par, que estaban apagados, aguardaban al anciano monseñor para que él los reemplazara. Tampoco había ventanas, por lo que el pasillo estaba tan oscuro como la boca de un lobo. Lo único que pudieron ver los hombres de negro fue el rostro luminoso y el yelmo débilmente reluciente de un guardia palatino. Resultó que se movía, con apremio, hacia adelante y hacia atrás. Los hombres de negro se preguntaron qué estaría haciendo. Daba igual. Alzaron sus armas, se lanzaron al frente y acuchillaron repetidamente al guardia hasta matarle, mientras le tapaban la boca con sus manos para evitar que gritara.

—¡Soldados! ¡Soldados! ¡Socorro! ¡Misericordia! ¡Socorro! ¡Nos atacan! —gritó la monja de pronto.

No era un sueño y con su grito empecé a recobrar el conocimiento. Caí en la cuenta de que debía de haber estado allí cuando llegaron, claro, sometida a una especie de ataque al ser poseída por detrás, inclinada y abrazada a sí misma con las manos apoyadas en las caderas de san Sebastián, por el guardia recién asesinado. Los hombres de negro no se habían percatado de su presencia debido a la oscuridad.

Sin embargo, la tragedia del guardia y de la hermana había echado a perder el juego de los hombres de negro en el mundo real. Ya no tenía sentido su sigilo. Por tanto, irrumpieron con gran estrépito, y un grito de guerra me hizo incorporarme de golpe en la cama, de pronto totalmente despierta. Había oído el grito y entonces oí cómo cargaban en tropel, envueltos en cota de malla y coraza, dirigiéndose hacia el final del pasillo abovedado en un inequívoco ataque contra Alfonso y contra mí. Oí cómo mataban a otro guardia y a otro caballero delante de las puertas de nuestro dormitorio. Cuando reventaron nuestras puertas dobles estoy segura de que los que allí me acompañaron oyeron otro grito de guerra en respuesta que provenía del interior de nuestro oscuro dormitorio. La avalancha negra irrumpió en nuestra habitación. Allí, el grito de la monja, seguido por el grito de guerra de los hombres de negro, había despertado a todo el mundo, por supuesto. Los guardias palatinos y los caballeros de Federico habían estado durmiendo alrededor de Alfonso y de mí. Disponíamos de una docena de soldados en total. Los que oyeron el grito de la monja se pusieron en pie de un salto. Para otros, la sorpresa fue total; vacilaron y no se incorporaron hasta que no oyeron el grito de guerra de los hombres de negro. No importa, sus reacciones sólo estuvieron separadas en el tiempo por un segundo. Los guardias y los caballeros se santiguaron. Cogieron los escudos y las espadas, y se prepararon raudamente para morir.

Sin previo aviso, algunos al momento, otros al instante siguiente, prorrumpieron en un grito de guerra propio. «¡Dios salve!», empezaron todos a una, para rápidamente desembocar en un estrépito cacofónico y marcial, como si todavía se encontraran en mi último sueño.

Luego nos alcanzó la avalancha negra del pasaje abovedado echando abajo nuestras puertas. Los caballeros negros irrumpieron en nuestro dormitorio instantes después de que abriera los ojos, sin darme tiempo siquiera a respirar. Alcé la mirada. Veinticuatro figuras, meras sombras en movimiento y centelleo de acero. Blancos destellos de ojos como copos de nieve evanescentes. Resultaba difícil ver algo; la oscuridad era muy poderosa. Una noche sin luna, desposeída incluso de la protectora sombra turinesa de Dios. Sólo la turbieza de la luz de las estrellas iluminaba la habitación. Eché un vistazo a mi marido. Le vi alargar la mano en un intento de desenfundar la espada, que todavía reposaba entre los dos, sobre nuestra única muestra de pudor, la sábana. Pero sólo le dio tiempo a gritar y retroceder. Por un segundo, llegué a aceptar nuestras muertes y recé porque al menos llegáramos al Juicio Final juntos. Entonces, la Santísima Madre me envió, en contestación a mi rezo, un mensaje en el que me revelaba lo que debía hacer con la misma nitidez con la que lo había hecho en mi última alucinación. Me incorporé de un salto —al infierno con el pudor, decisión que resultó ser la parte brillante de su plan— y me puse de pie en la cama, a horcajadas sobre Alfonso. Al fin y al cabo, él era el objeto de mi protección.

—¿Y ahora qué? —grité.

Durante un buen rato, todos los que se encontraban en la habitación se quedaron tiesos como raíces de mandrágora al ver mi figura borrosa, y unos destellos blanquecinos de los ojos de los presentes se pegaron a mí. Aunque la habitación estaba tan oscura como boca de lobo, estoy segura de que todos, al menos, pudieron ver el contorno desnudo de mi cuerpo. Me agaché y agarré la espada de Alfonso, a la que él le había puesto uno de esos nombres bárbaros teutónicos, la *No Sé Qué de Freya*. Desenfundé. Su vaina de color hueso resonó con su propia melodía característica. Me incorporé y la blandí sobre mi cabeza. Era alemana, elegante, pero extremadamente pesada; tuve que sostenerla con ambas manos. Estaba aterrorizada y temblaba. No sabía qué decir ni qué hacer. Pero entonces noté una oleada de fuerza que recorrió repentinamente mi cuerpo y mi mente convirtiéndome en el arcángel desnudo del Día del Juicio Final.

—¿Os manda mi hermano para que nos matéis? —pregunté gritando, y las palabras simplemente surgieron de mi boca sin que yo tuviera nada que ver—. ¿Está de guasa? —Entonces solté una risa tan espeluznante como fui capaz de articular, como si fuera el demonio del telón en una pantomima del Santo Actor—. ¡Aprenderá que se requieren más hombres y más ingenio para matar a *esta* virago!

La habitación había quedado en silencio. Finalmente, escuché una voz que no reconocí.

—Es la perra más sexy del mundo. ¡Mirad qué par tiene, por Dios! —susurró.

Entonces, por alguna extraña razón, dos de nuestros perros irrumpieron en un acceso de ladridos profundos que pareció interminable, aunque probablemente sólo se prolongó durante unos segundos.

Lancé mi propio ladrido. La estancia entera, como si hasta que llegó mi grito hubiera sido otro mar Rojo partido, suspendidas sus aguas en el aire por Elohím, se fundió en un océano batallante. Y ésta fue una batalla terrible. El entrechocar de acero, el chasquido de huesos quebrándose, los aullidos de los repentinamente heridos y agonizantes, el desparrame de dientes como si fuera una tirada desgraciada de dados y chorros de géiseres de sangre. Nunca había visto nada parecido en mi vida, ni siquiera aquella noche a orillas del Tíber. Si éste era un ejemplo de la gran reserva masculina, el arte de la guerra, que siempre había sido el mecanismo principal mediante el que supuestamente demostraban su superioridad, entonces les cedo el honor, pues no son más que unos babuinos y unos imbéciles. Sabía por todos los semblantes que me rodeaban que si un genio de D'jem, en aquel momento, le hubiera ofrecido a cualquiera de ellos una huida de aquel horror montado sobre una alfombra mágica —incluso una deshonrosa— habría saltado a la estera sin pensárselo ni un segundo. Estoy segura de que ese semblante es el que se ve en el rostro de todos los hombres en todas las batallas. Empecé a comprender que nuestro bando papal-Aragón estaba perdiendo. Los bandos enfrentados se habían reducido a ocho hombres en el suyo y seis en el nuestro. Estábamos perdiendo poco a poco, pero estábamos perdiendo. Pensé que tenía que hacer algo. Reuní todo mi coraje.

—¡Santísima madre de Dios y reina misericordiosa, deja que mate a ese cerdo! —exclamé para reforzar mi valor.

Salté de la cama y me coloqué delante de un hombre de negro. Incluso en la oscuridad vi su rostro manchado de sangre vaciarse repentinamente de pasión batalladora. Mi cuerpo desnudo volvió a llenar sus ojos de piel y deseo.

—Allatri —dije. Tenía el aire del arzobispo de hacía ya muchísimo tiempo—. ¿Me permites sentarme a horcajadas sobre tus rodillas, por favor?

Sonrió bobamente. ¿Por qué son los hombres tan vulnerables a nuestra presencia física? A nosotras nos gusta mirar a un hombre desnudo, al menos a un hombre atractivo, pero la visión de su cuerpo no nos paraliza, no nos arrebata el cerebro. Tiene que ser un don que Dios nos ha dado esa visión de la piel de una mujer que envía a nuestros hermanos al infierno por mor de una sola mirada furtiva. De cualquier modo, así fue para ése en particular. Mientras él miraba boquiabierto mis pechos, yo le clavé la espada de Alfonso en el cuello con todas mis fuerzas, y él cayó al suelo, sin haber levantado ni un dedo en defensa propia. Su vida roja se escurrió por la herida del cuello con la misma rapidez con la que sin duda se había escurrido previamente hasta su miembro procreador. Había sido un hombre atractivo, pero en pocos segundos se convirtió en un ser crispado, indigno siquiera de una mirada furtiva. Me volví hacia otro y hundí la espada de mi esposo en su incauta y negra espalda. El hombre de negro cayó estrepitosamente al suelo. Por un momento, sentí vergüenza de mí misma, al venirme a la mente todas las novelas francesas que había leído en las que la táctica del caballero malvado siempre consistía en atacar por la espalda. Sin embargo, el sentimiento de culpa se extinguió rápidamente porque vi que los dos guerreros supervivientes hacían añicos, segundo a segundo, cada una de esas necias normas novelescas sin pensárselo dos veces. Los hombres no les cuentan nunca eso a las mujeres, tampoco. Al escucharles posteriormente contar sus peripecias una y otra vez, una se imagina que una batalla es más bien un torneo regulado, celebrado entre escrupulosos, si no entusiastas, observadores de las reglas, cuando la realidad se asemeja más a una pelea entre chuchos rabiosos.

Al menos, mi ajusticiamiento de los dos guerreros restableció el equilibrio de la batalla. Volví a nuestra cama de un salto para custodiar a mi esposo. Sin embargo, una muerte siguió a la otra rápidamente; las espadas segaron a los combatientes de ambos bandos de la misma manera como la guadaña de la eternidad del maestro Bosco atravesó las pilas de pecadores. Pronto sólo quedaron tres parejas de combatientes; luego, dos; después, una. Un caballero aragonés vestido de azul luchaba contra el jefe de los hombres de negro. Luchaban ferozmente, las heridas abiertas y la sangre cubrían sus cuerpos. En un último golpe ambas espadas se quebraron por la empuñadura. Los hombres siguieron luchando con cuchillos, abandonando cualquier ilusión de combate caballeroso una vez que las espadas habían desaparecido. Me parecieron un par de ratas desesperadas y resabiadas batallando hasta la muerte en alguna alcantarilla atestada de sangre. Finalmente, el caballero de Aragón recibió una puñalada paralizante. Estaba echado en el suelo, con el acero sobresaliendo de su abdomen como un crucifijo afilado. Me miró desde el suelo, incapaz de moverse por el dolor, aguardando la estocada de gracia que se demoró momentáneamente por la desenfrenada búsqueda a oscuras de una espada que le permitiera al guerrero de negro darla. El caballero aragonés no era más que un niño. Empecé a alzar mi espada de nuevo para asistirle, como lo hubiera hecho por un perro agonizante, pero entonces llegó hábilmente la estocada de manos del otro contra la cabeza del joven. El cabecilla de los hombres de negro me miró. Estaba exhausto y arrastraba por el suelo la hoja que recién había hundido en un cerebro. Empezó a moverse hacia Alfonso y hacia mí con una abatida y fatigada expresión asesina en los ojos. Se tambaleó, respirando como un buey desahuciado, hasta llegar al borde de nuestra cama. Se detuvo. Lanzó una mirada a la silueta de Alfonso debajo de la sábana, luego me miró a mí. Yo había pensado hacerle lo mismo que le había hecho al otro. Lo deslumbraría por un momento con mi desnudez y mientras estaba distraído, lo apuñalaría. Meneé mis pechos delante de él de una manera que imaginé tan literalmente excitante como pudo serlo cuando Cleopatra le ofreció los suyos a César en el calor del Nilo.

El hombre de negro sonrió.

—Cimbrea tus melones todo lo que quieras, niña entre las niñas, yo no te aclamaré. Para mí, el cielo es el cuerpo de un muchacho.

Alzó la espada dispuesto a acabar con la vida de Alfonso. «Lo que es el cielo para el ganso es el cielo para el ganso-que-quiso-ser-oca», pensé entonces. Ayudándome con el pie retiré de un tirón la sábana que cubría a Alfonso. El hombre de negro vio su cuerpo desnudo. Sus pupilas se dilataron. Una sonrisa atravesó su rostro. Sólo titubeó un instante.

—¡Ah! —fue todo lo que dijo.

Pero fue suficiente. Aproveché su ligero titubeo para blandir la hoja teutona de Alfonso contra el cabecilla en un ángulo de derecha a izquierda.

Estaba segura de haberle alcanzado en el hombro, pero él permaneció de pie, sin moverse y aparentemente ileso. Estaba segura de haberle alcanzado, pero no pasó nada. No vi sangre. No vi dolor en su rostro, ninguna herida. El hombre de negro seguía mirando fijamente a Alfonso.

Sus ojos se movieron involuntariamente hacia mí, como si odiara tener que abandonar el cuerpo de mi esposo.

—Tú, coño falso —susurró el hombre de negro—. Tu coño es el pozo negro de Lucifer.

Y empezando por su hombro izquierdo y acabando por su cadera derecha, el lado derecho de su cuerpo se separó del izquierdo con un sonoro sorbo y cayó al suelo. El costado izquierdo se desplomó hacia el lado opuesto. Lo había partido en dos, en diagonal.

—Buen asalto —susurró Alfonso desde la cama—. Eso al menos serían dos puntos en un torneo.

Intentó reírse, pero no pudo.

Su risa me resultó tan anómala, extraña y alienígena que llegué a preguntarme si todavía estaría inmersa en el sueño. Me tambaleé por un instante; lo único que oía era la sangre corriendo a través de mis oídos a toda velocidad. Me senté para no desplomarme y toqué a Alfonso para asegurarme de que no había nadie más allí y entonces. No lo había. La pesadilla había terminado. En mi cabeza escuchaba a Alfonso entreteniendo en un futuro a sus amigos con historias acerca de mis tetas, mezcladas con el regocijo al rememorar todos aquellos órganos internos ensartados que teníamos ante nosotros en aquel momento. Él y sus compinches se reirían desaforadamente, sobre todo del último y odioso comentario del cabecilla y de mi hazaña, cuando le partí en dos al mejor estilo Corazón de León, pero siempre como una niña. Sin embargo, estas fantasmagorías son voluntad de Dios, como lo son también los sueños y las pesadillas, que no deben ser cuestionadas por nosotros aquí en la tierra. Todos nuestros perros saltaron, emitiendo gañidos, a nuestra cama y empezaron a lamer a Alfonso alegremente y con fruición.

—¡Oh, sí! —murmuró Alfonso mientras acariciaba a los lamedores, como queriendo sentir que su vida sellaba el desenlace—.Y vosotros fuisteis de gran ayuda también.

Miramos a nuestro alrededor. Veinticinco cadáveres. La sangre nos llegaba a los tobillos. Había veinticuatro hombres muertos y mi amado *Dulces Labios*, el antaño setter blanco, entonces rojo. Eché una mirada al sudario que colgaba delante de nuestra ventana. No había luna. No parecía ser más que una sucia cortina romana. Pero Alfonso, el todavía demacrado y convaleciente duque de Bisceglie y príncipe de la corona de Aragón, del que sin duda todos los demás estarían testificando en aquel momento ante el trono del Juicio Final, estaba muy vivo. Caí de rodillas y le di las gracias a la Santísima Virgen por esa congregación de muertos. No me cupo la menor duda de que aquel rebaño de muertos era un canje benditamente benigno por mi único cordero sacrificado. César había enviado niños asesinos para que nos mataran en el camino que bordea el Tíber. Habían fracasado. Después esos nuevos asesinos. Empecé a creer que éramos invencibles, que estábamos bajo la protección divina. ¿Qué otra cosa que un contratiempo sobrenatural para César podría explicar evasiones milagrosas como aquéllas? ¿Podría explicar mi sueño, que se introdujo en la realidad sin interrupciones? ¿O acaso todo aquello se debía al poder misterioso de papá, que doblegaba la voluntad del tiempo a nuestro favor? ¿Qué sería lo próximo en llegar del noveno círculo?

—¿Cómo está Rodrigo? —preguntó Alfonso.

Entré corriendo a la estancia contigua y lo miré. Rodrigo gorgoteó y meneó piernas y brazos. Su pelusa de bebé empezaba a parecer pelo.

—Bueno, esto te hará criar buen pelo —le susurré, apercibiéndome de que estaba sonando como Catalina Sforza al cogerlo en brazos.

¿Había cambiado su pelo aquella misma noche? Tenía el pelo pajizo; sería un Borgia. ¿Y qué había sido de la herencia de Alfonso? ¿Quién había oído hablar alguna vez de un napolitano rubio? Lo cogí en brazos y se lo llevé a su padre. Recé a la Virgen porque no fuera alguna Andrómaca moderna entregándole un renacido Astianacte a Héctor (1). Mi blanca pluma escribió hace media página que fue Satanás quien me engañó. Fue una mentira mía del noveno círculo. Era y sería, como siempre, mi propio deseo.


Pasó una semana de paz. Nunca permito que decaiga mi cautela. Mi amiga Elizabetta Gonzaga, la duquesa de Urbino, me escribió —«pero no me cites», apostilló— que según los rumores, César había recibido al embajador de Luis, quien le insistió en que su majestad gálica quería que ese «chapucero aragonés tuyo fuera eliminado». Todo el mundo temía entonces a Luis por una posible repetición de la invasión fallida de su tío Carlos, que había perseguido hacerse con el reino de las Dos Sicilias, entonces gobernado por la familia de Alfonso. Luis seguía reclamándolo en virtud de su descendencia de Carlos I de Anjou desde el siglo XIII. Pero ¿qué clase de prueba contra César era el relato de un rumor de tercera mano que ni siquiera se me permitía citar? Además, la duquesa de Urbino era poco fiable. Elizabetta odiaba a César por dos razones: en primer lugar, porque estaba horrorizada ante la posibilidad de que fuera

(1) Astianacte, hijo de Héctor, fue arrojado a la muerte desde lo alto de las murallas de Troya por los griegos victoriosos mientras Andrómaca, su madre y viuda de Héctor, miraba.

a atacar Urbino y Mantua, donde tenía su famosa corte humanista, y en segundo lugar, porque en brillantez, crueldad y mal gusto para los pintores era igual que él. Papá se reiría justificadamente si presentaba su carta como evidencia contra César. Durante ese tiempo, mi señor Alfonso dio tantas señales de mejora que un arzobispo hibernés, del que resultaba difícil decir si llevaba o no solideo debido a su cabellera roja, empezó a hablar alegremente de «milagros del Libro». La carne empezó lentamente a cubrir los huesos de Alfonso y el color volvió a su rostro y ojos. Cada día que pasaba me sentía más convencida de que, a la larga, acabaría por recuperarse por completo. Las cicatrices se abrieron camino por todo su cuerpo como *viae dolorosae*, pero aún subsistía la más terrible, dentada y todavía supurante herida en su costado. Aquella única herida parcialmente cerrada conservaba el poder de hacerle retorcerse de dolor en la cama y era lo que más me preocupaba. Mientras quedara una cuchillada por sanar, cabía la posibilidad de que la infección se volviera a reproducir o que la herida se reabriera. La costra que se estaba formando seguía inflamada y roja, y vi cuán profundas se hundían sus raíces en el cuerpo de Alfonso. Pero yo había retirado el resto de las vendas y al menos aquel aspecto de Lázaro muerto que había tenido desde el 15 de julio empezaba a remitir. Había gente simplona, según empecé a escuchar –incluso algunos prelados humanistas de la Ciudad del Vaticano–, que a nuestras espaldas daban a entender que la dramática recuperación del señor Alfonso se debía a la brujería; afirmaban que había chupado la sustancia viva de los que estuvieron con nosotros aquella noche y había engullido sus almas liberadas. El rumor –el Mercurio con alas en las sandalias de las mentiras– también da origen al proteico mundo de los monstruos marinos, los dragones y los Piscis parlantes de bucles rubios. Los que creyeron aquellas falsedades extravagantes debían de tener cerebros como boñigos para tragarse esos cuentos de viejas cubiertas de excrecencias y verrugas; en este caso, casi todo el mundo.

También empecé a escuchar cuchicheos de otros cuentos maliciosos, débiles retumbos en los pasillos del Vaticano. Eran rumores acerca de mí. Escuché murmullos por las esquinas que se detenían en cuanto yo las doblaba. Vi pintadas garabateadas que hacían referencia a mí escritas en italiano cuando pasaba en mi carruaje por delante de un muro bajo el puente de San Elio, cerca de la tumba de Adriano, un muro para pintadas desde los tiempos de la República romana. Incluía boletines de una sola línea sobre la piromanía de Craso el Bombero y una caricatura de la *férula amoris* del dictador Félix Sila, su vara de castigo amoroso. Las pintadas sobre mí –literarias y gráficas– pronto se propagaron a todos los muros de Roma por los que pasábamos. Al menos los del Vaticano los fregaban los jesuitas, siempre vigilantes ante cualquier error ajeno. Entonces raras veces abandonaba el monte Vaticano; nunca cruzaba el Tíber. Tal como demostró Dante, el italiano es una lengua de lo más expresiva, sobre todo cuando el sujeto es el amor o la fuerza y grado del odio del autor. No hay otra lengua en la que la palabra *ramera* destaque de forma tan asquerosa sobre un papel, ni lengua en la que esté tan cargada de desprecio masculino. En otras incluso es una palabra tierna, de un sonido sedante. Aparecieron relatos garabateados y representaciones gráficas de relaciones carnales entre César y yo en torpes murales. Incluso entre papá y yo, y en posturas más espeluznantes que cualquiera de las recogidas por el libro de Barbero, aunque sí las había visto en pintadas centenarias de Mesalina y Claudio a las edades, respectivamente, de dieciséis y catorce años. Yo con un caballo o un toro. Yo y un perro. Yo y mi por entonces gigantesco *Xerxes*, el rinoceronte, mi regalo de bodas.

–¿Por qué dicen estas cosas de mí? –le pregunté a papá una mañana en el confesionario.

Papá se lo pensó un momento.

–Porque están celosos de tu belleza y grandeza.

–Pero ¿por qué la envidia me retrata abrazada a una bestia?

–Porque en las mentes de los envidiosos, gente pequeña y pecadora, estas historias le arrancan la grandeza a nuestra posición eminente que nos ha concedido Dios y nos convierten en una nidada de pecadores inferiores, no mejores que ellos, que persigue los mismos placeres carnales cotidianos que cualquier pecador común. ¿Sabes lo que es una hipérbole, Lucrecia? ¿Sabes para qué sirve?

Asentí con la cabeza.

–Eso es lo que son todas esas historias. Hipérboles. Los perros, los caballos e incluso yo mismo, o César, no somos más que embellecimientos retóricos y pecaminosos de unos cuentistas envidiosos.

–Pero ¿embellecer no supone una verdad? Me asustan.

–¿Cómo te asustan?

–Temo que con el tiempo se metamorfoseen de cuento en historia, como el papa Juan. Cada vez que repiten una, cada pintada nueva que veo en un muro, es como si una cosa que no puede ser cierta se volviera más cierta.

Papá se rió.

—¿Como los mitos de Ovidio?

—Sí, y no me preguntes cómo puede ser que los conozca.

—Bueno, eres una verdadera Borgia, al menos.

—¿Por qué?

—La chusma teme el chismorreo de hoy. Tan sólo los grandes temen la historia.

—Pero todos temen el juicio de Dios —dije.

—No lo temas. Sé una Borgia. Sé como César. Crea tú misma el juicio de Dios.

—¿Cómo puedo hacer eso?

—Creando a Dios.

—¿Puedo hacerlo?

—El alma lucha por convertirse en Dios, y ésta es tu divinidad. Tu hermano lucha terriblemente. Por eso le amo. No es un hombre innatamente adorable, lo sabes.

—No lo sabía. ¿Y cómo es el Dios de César?

—César.

—No lo creo, papá. Creo que tú eres su Dios, el divino Alejandro.

—¿Alejandro el Padre? ¿Y César cree que él es el Hijo? Entonces, ¿Lucrecia es el Espíritu Santo?

—No, yo soy la Virgen.

Su risa colmó el confesionario. Imaginé que su risa expulsaba todos los pecados a través de las rendijas.

—Pero ¿tú crees que esas pintadas y esos chismes se abrirán camino hasta la historia, papá, la historia que un día mis hijos podrán leer en un libro? —proseguí.

—En el peor de los casos se convertirán en mito, pero seguirán siendo falsos siempre. Deucalión no escapó al diluvio; Noé, sí. ¿No creerás realmente que Alejandro Magno se folló a su caballo, *Bucéfalo*, verdad?

Me reí.

—¿Su caballo, *Bucéfalo*? ¿No estaba enamorado de ese caballo?

—Βυσεφαλοσ, *Bucephalus*, «cabeza de buey». Es una pena que las mujeres no sepan leer griego, porque la ironía de los nombres míticos siempre es mucho más mordaz en griego.

La condescendencia de aquella afirmación me desgarró las entrañas, al igual que hizo el zorro con las del joven espartano. «Sigue –pensé para mis adentros–, dilo. ¿Qué puede hacerme ahora? ¿Obligarme a olvidar el griego que he aprendido? Dilo.»

Y lo hice.

–¿Te refieres, por ejemplo, a Ψμενιδεσ, «las bondadosas», Πριαπνο, «mojón de peral», y Ιφιμεδια, «la que fortalece genitales»? (1).

–¿Lucrecia?

–No preguntes.

–No lo haremos. Aunque seamos de manera innata omniscientes, no queremos realmente saber... Pero estamos orgullosos de ti. El griego es una joya exquisitamente rara cuando la luce una mujer.

–¿Orgulloso de mí? Pero si solías prohibirme...

Estaba abatida. Mi sabiduría, mantenida en temeroso secreto durante tantos años, ni siquiera tuvo el efecto de enojarle. ¡Estaba contento con ella!

–Pero ¿crees que se folló a *Bucéfalo* al estilo griego o de otro modo? –prosiguió papá.

–Espero que no.

–Bien, pero todas las historias de aquellos tiempos dicen que lo hizo. ¿Y cómo pudo llevar a cabo un acto amedrentador como aquél? Para eso, tendría que haber sido Alejandro el Absurdamente Magno. ¿Puedes imaginarte la representación escultórica del momento realizada por el maestro Buonarotti?

Me dio la absolución. Como tantas otras veces, salí del confesionario con forma de ataúd de papa con paso espiritualmente más ligero que con el que había entrado en él.

El maestro Pinturicchio levantó la vista, una mañana más, del hermoso retrato de san Sebastián que yo había insistido que pintara y miró a Alfonso.

–Mi señor, tiene usted un aspecto... vivo, para variar.

–Maestro, resulta gratificante que haya dejado de pensar en mí como en una naturaleza muerta.

El maestro siguió pintando nuestra estancia. Estaba a punto de terminar y las habitaciones hervían todas en gloriosos tonos rojos, azules, amarillos y color piel, así como de su manera mágica de combinar la

(1) Euménides, Príapo, Ifimedia.

perfección y el orden griegos con la fe cristiana, tal como estaba personificado en el retrato de san Sebastián, con su cuerpo de Alfonso y, sin embargo, el rostro del hermano menor de Jesús. Todo estaba realizado con una calidez rebosante, palpable, casi biológica. Blasfemamente, nuestras paredes habían empezado a parecernos una mejor creación que la de Dios.

Despertamos la última mañana de aquellas apacibles semanas, el 18 de agosto de 1500, antes del amanecer, tal como acostumbrábamos hacer, cuando el sol aún no se ha apoderado del cielo para emprender la evaporación de la humedad. A menudo habíamos pasado las mañanas echados en la cama, uno al lado del otro, escuchando los pájaros que arrullaban en sus nidos en algún lugar del patio lleno de cipreses, delante de nuestras ventanas, y eso mismo hicimos aquella mañana de agosto. Sin embargo, en aquella aurora no hubo arrullos, sino más bien unos pajaritos emitiendo chillidos, como si se tratara de un conjunto de furias. Papá solía contarme que los cipreses no aparecieron en Italia hasta después de la derrota de Mitrídates por Lúculo en el año 73 a. J.C. Me solía contar que esas alondras fueron la banda militar del ejército de Lúculo, que murió en la batalla. Sonaban como las flautas de los centuriones, o al menos eso decía la gente. Mi esposo y yo solíamos contemplar «el amanecer de dedos rosados» desplazándose a través del cielo antes de llamar a golpe de campana a una monja para que nos trajera un desayuno ligero. Pero aquella mañana había decidido preparar el desayuno yo misma. Después de desearles los buenos días a la guardia y a los caballeros que despertaron alrededor de nuestra cama, les dimos permiso para que fueran a desayunar y se ocuparan de sus demás tareas, una vez pasados los peligros de la noche. Me puse una bata y atravesé el oscuro palacio en dirección a las titánicas cocinas. Allí me encontré con una manada de monjas rechonchas que ya estaban metidas en faena.

—¿Tenemos trufas? —pregunté.

—Sí, mi señora —contestó una de las monjas, abriendo un cajón del tamaño del arcón deseado por una emperatriz, lleno hasta el borde de deliciosas trufas—. Los cerdos han sido generosos este año, alabado sea Dios.

—De todas sus criaturas, tan sólo el hombre y el cerdo trufero van al cielo —dijo la más gorda—. Sin trufas, ¿por qué tener un lugar así?

—¿Y las mujeres no van al cielo? —pregunté.

Mi pregunta hizo que irrumpieran en un vendaval de risitas.

—Por supuesto, niña. ¿Qué harían los hombres para alegrarse sin nosotras?

—¿Tenemos huevos?

—¿Huevos? ¿Mi señora? ¿Tenemos huevos? —aullaron golpeando encantadas las tablas de amasar con sus palmas sebosas. Cada vez mis preguntas les parecían más hilarantes y siguieron riéndose bobamente un buen rato de mi sonrojo.

Preparé los huevos con trufas al estilo *omelette* francesa. Tardé más de media hora porque tuve que rehacer la tortilla tres veces, pues se me rompía cada vez que intentaba doblarla para darle su genuina forma gálica, y me salía un desastre amarillo. A las monjas les pareció tronchante. No pararon de farfullar sus propias instrucciones para hacer una *omelette*, tan complicadas como deben de ser las instrucciones para la construcción de las esferas planetarias. Finalmente, conseguí hacer una verdadera *omelette*. Las hermanas la pusieron en un plato, la adornaron con una ramita de albahaca y me dieron una bandeja y un juego de cubertería con la B grabada. Me llevé nuestro desayuno al dormitorio, Alfonso encontró la *omelette* deliciosa. Yo estaba contenta y escandalizada. Dijo que nunca había probado los huevos trufados.

—¿Es que no hay trufas en Nápoles? —pregunté.

—Mi padre las odiaba. Le encantaba el azafrán, y decía que había un lugar en el mundo para las trufas y otro para el azafrán; no uno para ambos.

—Un dulce y gordo hombre me contó en una ocasión, al lado de una cascada, que prepararle a otra persona un plato de trufas es una muestra de amor.

—¿Y te cocinó trufas? ¿O tú a él?

Su pregunta me cogió desprevenida, y mi estómago se revolvió fugazmente al haber sido pillada, por así decirlo, con otro hombre. Sin embargo, un rápido repaso de mi conciencia me dijo que no tenía nada que ocultar.

—Le amaba. Siempre le amaré. Pero como una niña puede amar a un hombre viejo, gordo y bienintencionado.

—Algún día seré viejo, gordo y simplemente bienintencionado.

—Lo dudo. Al menos lo de gordo y bienintencionado.

—Es posible.

—Entonces te amaré de todas formas, pero seguiré amándote como una muchacha virgen amaría a Lancelot.

Alfonso parecía conmovido por mis palabras. Tomó mi mano.

—Ha pasado un mes —dijo—, mucho tiempo sin tener nada para un Lancelot.

—¿Nada de qué?

Por un momento, me convertí en una inocentona. Mis pestañas se agitaron como las de una paloma virginal que de pronto se da cuenta de que se ha posado en la parte erecta de una herma antigua. Al final, gracias a la Virgen, caí en la cuenta de lo que me estaba hablando.

—Pero, Alfonso —murmuré, de nuevo como paloma ingenua—, ¿no es el dolor todavía demasiado penetrante?

—¿Penetrante? —replicó. Se rascó el mentón burlándose de mí, haciendo ver que era un filósofo que se exprimía el cerebro con una cuestión particularmente abstrusa—. Veamos, ¿dónde hemos oído esa palabra antes? —Entonces fingió ser el filósofo de nuevo y recordó la respuesta—: ¡Ah, sí! De los visigodos.

Como si fuera el sofista que da con la solución epistemológica, Alfonso extendió la mano y me agarró por el cuello de la bata. Era un ligero regalo de bodas parisino de mi hermano que el tirón de Alfonso hizo jirones con la misma facilidad y tan a conciencia como cualquier presunción teórica jalada por un mono. Sonrió. Recogió el plato de la *omelette*. Con la otra mano, arrugó mi bata, la dejó caer en el plato y arrojó las dos cosas por la ventana. Hizo una mueca de dolor al hacerlo.

—¡Mi señor!

Salté a sus brazos. Ignoré su dolor. Él me besó y rodó sobre mí, y conjugó mi *amo-amas-amat-amamus-amatis-amant* por primera vez desde aquella desgraciada noche a orillas del Tíber. La Virgen no había mentido, ni tampoco Vanita. Son verdaderas matriarcas. Son fieles a sus hijas y a sus hijos. Sin embargo, ninguno de los involucrados pudo ignorar por completo su dolor. En varios momentos de especial pasión escuché un agudo «¡oh!». Pero luego soltaba una risita. «El amor duele.»

Nos extasiamos durante una hora. Pensé en Tívoli y supe que cada día del resto de nuestras vidas haríamos el amor así. Con cada una de sus arremetidas, el sol del amanecer se fue haciendo más rosado y pleno en el cielo. Los huesos de Cristo brillaban dorados en la ventana.

Cerca del final de nuestra hora de amor de aquella mañana, durante la que el sol había salido, César se detuvo al pie de las escaleras exteriores que conducían a la estancia de Alfonso y mía tras haber dado una vuelta completa alrededor del complejo. Esas escaleras trepaban desde el patio de cipreses de las alondras hasta la entrada principal, en el lado opuesto del macizo palacio. Por entonces, el amanecer había retirado su mano rosada dejando sólo un disco dorado en un cielo azul. Las alondras habían volado. César levantó la mirada hacia dieciséis caballeros de Aragón y guardias palatinos armados que se habían plantado en las escaleras, los que antes había despedido yo. Entonces custodiaban la entrada por iniciativa propia.

—Lo siento, mi señor —dijo un caballero—. Mi señora ha prohibido la entrada a sus aposentos.

—¿A mí, estúpido?

—A cualquiera, mi señor. A cualquier hora.

—¿Sabes quién soy? —preguntó César Borgia, como si hubiera otro que vistiera como el becerro de oro.

—Sí, mi general. Lo siento, hemos hecho un juramento.

Los ojos de César se enturbiaron. Atravesó la acostumbrada fase de acopio de fuerzas que solía culminar en su habitual estallido colosal. Dudo que esa rabieta en particular fuera su usual obsequio de Satanás incontrolable. Más bien se trataba de una comedia del arte parcial de cuyos efectos sobre aquellos hombres sencillos César era muy consciente.

—¡Soy el señor César Borgia, capitán general del ejército del temible Dios!

—Sí, m...

—¡Soy el hijo del vicario de Cristo y, por tanto, nieto del Padre Todopoderoso, el emperador del cosmos! ¡En esta tierra yo soy el igual del arcángel Miguel! ¡Tengo una terrible y pronta espada!

—Sí, mi señor, estamos seguros de que vos...

—No me volváis a interrumpir, montón de mierda, o haré que mis gatos meen en vuestras bocas.

César empezaba a recuperarse, y aquella dudosa rabieta seguía su curso histriónico. Sin embargo, no había terminado.

—Pero más importante que cualquiera de mis otros títulos —rugió—, y que os atañe a vosotros y a vuestros deberes directamente: ¡soy el eternamente amado y amante hermano de mi hermana!

Los caballeros lo miraron fijamente sin atreverse a hablar.

—¿Y no tenéis una respuesta mejor a eso, asquerosas y malignas manchas de insolación? —les espetó César.

—Sí, su excelencia...

—Bueno, ¿y cuál es? ¿Acaso os imagináis, aun en vuestros sueños más extravagantes, que vuestro juramento contra hombres sospechosos que yo personalmente os felicito y alabo por mantener con tanta diligencia, o tal vez vuestro juramento hecho contra piedras sospechosas, incluye a una persona como yo? ¡Si así es, tal vez debería ordenar que os tiraran de los testículos unas marmotas rabiosas, hasta que despertarais de esta soporífera alucinación!

Para mí, para papá o incluso para algunos cardenales, ser testigo de una erupción como ésta, fingida o no, de un señor tan poderoso como César, de un hombre que había asesinado ciudades enteras y borrado regiones del mapa de Dios, era una cosa; para estos hombres sencillos debió ser un espectáculo pavorosamente aterrador, tal como había pretendido mi hermano. Luego, claro, entre los chillidos de César también hubo una frase de una lógica cuerda e innegable. Él era realmente mi amado y amantísimo hermano.

Todos los caballeros miraron a César; luego, se miraron entre ellos.

—Lo sentimos, su excelencia —dijo uno de ellos.

—Eso está mejor. Ahora retiraros y dejadme pasar.

—Lo sentimos, su excelencia, pero hemos hecho un juramento. Nadie puede entrar, ni siquiera Cristo.

—Pedimos disculpas, su excelencia. ¿Le parece bien si uno de nosotros entra y se lo pregunta a nuestro señor o a nuestra señora?

Mientras hacían todo lo posible por calmar a César, los caballeros se preparaban para otro acceso de rabia, resignados ya a morir. En cualquier momento, César podía reunir una compañía de soldados, o a todo un batallón. Estaban dispuestos a morir si era necesario. Sin embargo, la rabieta no resurgió, lo que supuso un alivio para todos ellos. César los miró con la mirada vacía. Al rato, los caballeros sintieron un hormigueo glacial en la base de sus cráneos. César los seguía mirando gélidamente, minimizando así el calor de la mañana. De pronto, los caballeros empezaron a recordar juramentos del pasado cuyo mantenimiento había resultado una desgracia. Les vino a la mente el juramento de Carlomagno a Roldán de no volver a menos que Roldán lo mandara llamar, y miles de hombres murieron inútilmente. El juramento de Antonio a

César de no acudir al Senado en el idus de marzo. Empezaron a temblar. Querían salir corriendo. Empezaron a sentir que sus lenguas y sus labios se secaban y enfriaban a la vez. Intentaron mirar al cielo para asegurarse de que el sol todavía brillaba, pero no pudieron. No podían apartar sus ojos de César. «No le dejaré pasar —se dijeron indudablemente los dieciséis—. Me mantendré en mi puesto hasta que muera o sea relevado. Ningún poder en el cielo o en el infierno podrá hacer que rompa mi juramento. Lo juro. Lo juro por la sangre sagrada de Cristo.»

Dieron un paso a un lado para permitir a César subir las escaleras. Atravesó el mismo pasillo largo de la planta baja en el que los hombres de negro habían matado al guardia de la pesadilla y a su amigo aragonés. Entonces estaba iluminado. Dobló las esquinas; subió por las escaleras. En el pasadizo en el que el anciano monseñor vio su última vela, César vio a otro monseñor, casualmente, también un experto, aunque no retirado, en la naturaleza y cualidades del Príncipe de las Tinieblas.

—Aplaste a Satán, su excelencia —dijo el demonólogo al pasar—. Tiene un aspecto radiante esta mañana.

—Procuro aplastarle en cada uno de mis pensamientos y actos, monseñor.

César siguió avanzando. Subió a la habitación de costura, donde se reunían las monjas que me enseñaron a coser. Las hermanas volvían a coser, esa vez mientras comían su desayuno favorito de penitentes compuesto de gachas frías de avena acompañadas de café.

—Buenos días. Tómese una taza de café con nosotras, su excelencia —le dijo la mayor de las hermanas—. Los granos acaban de llegar de las Indias.

—No, muchas gracias, hermanas. El grano de café me produce gases.

—Le ahuyentará el sueño, mi señor.

—Estoy muy despierto, gracias, hermanas.

La segunda en edad se inclinó hacia adelante.

—Por nuestro Salvador os digo, hermanas —susurró—, que es el hombre más hermoso de la creación.

El círculo cacareó asintiendo.

—Vergüenza debería darles, señoras —respondió César, siguiendo su camino—, tener pensamientos tan carnales.

¿Cuáles debo creer que fueron los pensamientos que pasaron por la cabeza de César durante su largo paseo? ¿Soñó con un imperio o pensó en el anterior César y en su gloria y su destino? ¿O fueron sus pensamientos más simples? ¿Dedicados a él y a mí bajo la mesa tallada de Vanita? Hace años que me pregunto qué ocupó su mente en su camino hacia el mito, cuando atravesó los más bellos pasillos del mundo, al pasar por el mural del *Mito del buey Apis* y bajo la bóveda de *Los misterios de la fe*. Pero soy incapaz de adivinarlo. Mi imaginación, mis sueños, los demonios de mi alma, al acercarse al instante interior del recuerdo de mi hermano, acaban agotándose con él.

He reunido los hechos del paseo de César, de mis imaginaciones y de la gente que tomó parte en los sucesos, pero ahora la información es fácilmente obtenible del chismorreo de la calle, donde, sin duda, se están transmutando en sólo-Dios-sabe-qué tontas falsedades históricas. Cuando César llegó a la *Luneta de los cupidos musicales* y, antes, a aquellas magníficas puertas, no vaciló ni un instante. Las abrió de par en par y entró en nuestro dormitorio, donde se detuvo colocándose justo delante de la entrada, a la sombra de los cupidos.

–Buenos días, hermana –dijo César con una cálida sonrisa en los labios–. Hermano, he venido a recuperar el obsequio de tu aliento.

–Buenos días –dijo Alfonso.

–Un día con una preciosa promesa –añadí con la voz vibrante por el pánico. «Maldito sea papá.» Me maldije a mí misma para mis adentros por no haberle contado a Alfonso mis sospechas acerca de César.

El sol de la mañana entró a raudales a través de nuestras ventanas abiertas. Alfonso y yo estábamos acostados debajo de una sábana de satén de seda cruda, el uno abrazado al otro, y acabábamos de hacer el amor. Mi cabellera era un verdadero nido de ratas, una revelación muerta. El sudario de Turín había vuelto a tornarse divino a la luz tenebrosa de la luz de la pasada noche, pero entonces estaba vivo y luminoso, gracias al Apolo que le había arrancado a Cristo. No teníamos ni la más mínima idea de lo que estaba hablando César, pues la resaca de nuestra pasión todavía sacudía nuestros cuerpos. No recordaba haber visto a César tan temprano por la mañana desde los tiempos de Subiaco. Verle entonces me produjo placer en medio de todo el miedo que también sentía. El placer fue una reencarnación momentánea de las mañanas con Vanita y Rodrigo, antes de aquellas lejanas campanadas matinales. Los rayos del sol de la mañana rebotaron en el suelo blanco de mármol e iluminaron el cuerpo de César, que de pronto se me apareció como la copa dorada –la tela de sus ropas, su silueta– con la que mis padres brindaron aquella última mañana, ambos bebiendo el tinto toscano de ella en un mismo trago. César me aterrorizaba, pero amaba el recuerdo que tenía de él.

César se acercó lentamente al borde de nuestra cama. Cuanto más se acercaba, más se parecía a un cuadro, y adquiría un aspecto más amable y menos aterrador. Entonces, se arrodilló ante nosotros. Alzó la mirada y nos miró a los ojos. Una lágrima se deslizó por su mejilla. Parecía el niño más triste y culpable del mundo. Pensé en el pequeño Rodrigo que estaba en la habitación contigua y en que debería estar atendiéndolo en lugar de seguir en la cama.

—Tengo una confesión que haceros a los dos —dijo César, como si ésa fuera a suponer la más terrible de las agonías—. *Tempus est ut praetermittantur simulata nostra* (1).

—¿Qué quieres confesar? —pregunté—. ¿Y de qué simulación hablas?

—De la ambición. El monstruo que asesinó al césar casi destruyó a César.

—¿La ambición por Aragón?

—En parte. Mi ambición ha tenido terribles consecuencias y me ha llevado a cometer pecados imperdonables contra vosotros. Si deseáis hacerlos públicos, no os lo reprocharé, no os detendré. Admitiré mis pecados delante de quien sea. Yo mismo iré al patíbulo cantando un canto de acción de gracias. Yo mismo azotaré al caballo que arrancará mis entrañas para que avance.

—César... —empecé a decir.

Estaba a punto de interrumpirlo. No estaba realmente segura de si era o no una tontería lo que estaba diciendo mi hermano, pero me resultaba tan doloroso escucharle decirlo de aquella manera tan deshonrosa, lastimosa y autoexigente que quería que se callara. Era el duque de Romaña y futuro *imperator* del mundo. Si contaba la verdad, daría las gracias por esta bendición de Dios siempre, pero quería librarme de aquel servil dios Borgia.

—César —dijo entonces Alfonso—, ¿qué hiciste? ¿Qué pudo ser tan depravado?

César alzó la mirada.

—Papá me llamó a su lado. Me expuso las sospechas de Lucrecia. Ahora también son suyas. Me avergonzó. Me enfrentó al mal que tengo

(1) «Es hora de que dejemos a un lado nuestra simulación.» Dante Alighieri, *La vita nuova*.

en el alma, me lo mostró, me hizo ver lo que había hecho conmigo, lo que todavía podía hacernos a todos. Siempre había pensado en el mal que hay en mí como en una especie de energía macedonia, un accesorio ambivalente de la grandeza, pero no lo es. Es más bajo que la mierda, y yo me he convertido en su esclavo.

—¿Las sospechas de Lucrecia? —dijo Alfonso.

—Fui yo, hermano, quien contrató a los asesinos; los de la calle y los que entraron en vuestras dependencias. Todos eran hombres míos. Lo hice para conseguir las Dos Sicilias, luego Italia y con ello el mundo. —César entonces empezó a llorar abiertamente; pareció que intentaba detener las lágrimas, pero no pudo—. Os pido perdón —balbució inclinando la cabeza y apoyando la frente en el suelo—. Os suplico que me perdonéis, hermano y hermana de Aragón. Suplico el perdón de mi madre ante Dios.

Alfonso se había quedado estupefacto, aunque no sorprendido, y lo mismo me ocurrió a mí. César lloraba echado en el suelo. Nunca en mi vida he escuchado, ni antes ni después, un llanto tan desgarrador como aquél.

—Vanita amaba a Lucrecia —dijo César entre llantos—, pero nadie podía amar a César.

—César, yo te amo. Papá te ama. Toda Italia te ama.

—El populacho finge. Tú me tienes miedo. Ahora incluso papá me teme in péctore.

—César, eso no es cierto. Estás loco.

Desenfundó su daga de oro y me la ofreció.

—¿Crees que estoy equivocado? Pruébalo. Mata a César. Mátale ahora que está loco. Es lo mejor y más generoso que puedes hacer. Si esperas a que esté cuerdo, estoy seguro de que iré al infierno. Hazlo ahora. Dios perdona a los dementes.

Volvió la cabeza para dejar al descubierto su cuello. Vi la herida cicatrizada del corte del cuchillo de cocina.

—Primero, el perdón —dijo—; luego, la muerte. Hazlo. No te atrevas siquiera a dudar, no cuestiones el deseo de Vanita, ella quiere que lo hagas. He hablado con ella. ¿Tú no? Ella me dijo: «Deja que te mate antes de que tú la mates a ella y a su hijo.» ¿No te lo dijo? Es fácil. Es cuestión de un segundo. A san Pedro no le dará siquiera tiempo a anotarlo en el libro de tu alma. Incluso la Virgen te perdonará en un abrir y cerrar de ojos por un asesinato tan beneficioso como éste. Te enviaré la absolución desde el infierno.

Allí estaba. Era una confesión más que suficiente para la prueba que exigía papá. Era imposible, era imposible que lo dijera, pero allí estaba. Me incliné hacia él con facilidad y apoyé la hoja contra el cuello vuelto hacia arriba, justo por encima de la línea que trazaba la cicatriz. Imaginé la sangre roja chorreando sobre el jubón dorado de César, lo bonito que sería, lo satisfactorio que sería su aroma cobrizo. Pero cuanto más contemplaba la cicatriz, más blanca y más tiernamente lastimosa se me hacía y más débil me sentía. Cuanto más tiempo estaba descubierto el cuello, menos ganas tenía de cortárselo. Posé la hoja exactamente sobre la cicatriz. En el mismo instante en que lo hice pensé en el SPQR y en el bloque del verdugo de san Pablo, en César y en mí debajo de la mesa, y en mi juego de ajedrez y el caballito de balancín rojo. Recordé las bodas de Caná. Quise retroceder en el tiempo, situarnos antes de las campanadas, antes de la ambición, antes del anillo del Pescador y la noche en la biblioteca.

Elegí la mesa. Elegí pensar que entonces César estaba débil e impotente por el sentimiento de culpa y la vergüenza, que estaba jaque mate. Tenía su confesión. Si a partir de ese momento hacía alguna tentativa, le presentaría la prueba a papá. Haría que el caballo de César le arrancara las entrañas sobre los adoquines. Entonces era yo quien tenía el poder. Me sentía segura y elegí el amor. Elegí a mi hermano para que fuera el muchacho debajo de la mesa. Y, claro, era exactamente quien era.

—César, siento mucho que el cerdo de Alfonso se haya comido toda la tortilla, si no te hubiera ofrecido un trozo —dije.

César me ignoró. Le devolví la daga. Él la aceptó y la colocó en su funda.

—Era excelente —dijo Alfonso con una sonrisa en los labios—. Deberías probar una *omelette* de trufas, hermano.

César sonrió. Todavía parecía un niño pequeño al que han acariciado cuando esperaba recibir una bofetada.

—Gracias a Dios. Gracias, hermano y hermana. No os arrepentiréis, os lo prometo. —Finalmente se puso en pie—. Dejad que salga y vuelva a entrar. Hagamos ver que el mal nunca pasó. Hagamos ver que he sido un César malo, pero que ahora soy bueno y tierno.

Fueron tan infantiles sus palabras que Alfonso y yo no pudimos evitar reírnos, y César se unió a nosotros. Dio media vuelta y salió por donde había entrado. Esperó bajo la luneta durante diez segundos y entonces entró como si volviera para iniciar un nuevo juego del escondite. Se detuvo un instante a la sombra del umbral de la puerta, dio un paso adelante saliendo de la oscuridad y en ese momento vi su rostro claramente, y sus ojos. Mi cuerpo se heló físicamente y sentí como si tuviera una anguila dentro. Supe, por primera vez en la vida, lo que los sicilianos borrachos vieron en aquel patio. O tal vez lo que el jabalí había visto en el instante antes de su decapitación.

–A la mierda con los huevos –dijo César–. ¿Quién te has creído que eres, presuntuosa bruja, para perdonar al divino César Borgia? A la mierda con el perdón, ahora que estamos en ello.

Con una calma pasmosa atravesó la habitación y cerró cuidadosamente las altas contraventanas de madera que estaban abiertas al patio de cipreses. Incluso cerró la del sudario. La luz del sol seguía penetrando en la estancia, aunque sólo en ocasionales bandas luminosas. Entonces, cerró la puerta de la habitación de Rodrigo.

–¿Qué estás haciendo? –le pregunté mientras el miedo me recorría el espinazo.

–Le he estado dando vueltas al asunto una y otra vez hasta llegar al fondo –dijo César con una voz vibrante como un carámbano–. Me he enfrentado a él y me he desgarrado el alma más de lo que puedes imaginar, más de lo que sería capaz de describir en otra *Divina Comedia*. Una parte de mí incluso se estremece con sólo pensar en ello. Pero en el fondo de mi pensamiento y de mi dolor, al final de todo mi amor por ti, por papá o por Vanita, todo lo que es, ha sido y será mi vida exige esto de mí.

–¿De qué estás hablando?

Metió la mano por debajo de su jubón y volvió a desenfundar la daga. La empuñadura estaba cubierta de diamantes, rubíes, zafiros y esmeraldas, que formaban la silueta de una águila. Mientras corría hacia nosotros, levantó el cuchillo por encima del hombro. Saltó sobre nosotros desde el suelo y aterrizó en la cama. En un santiamén estuvo encima de mi esposo. Una mano se cerró alrededor del cuello de Alfonso; la garra del águila en la otra mano de César se cernió sobre el corazón, negándose a atravesarlo sólo por la resistencia que oponía la mano de Alfonso, que agarraba la muñeca de César. La punta de la hoja estaba justo encima del pezón de Alfonso. Intenté alcanzar la espada, pero estaba atrapada debajo de los dos hombres. Empecé a gritar, a pedir ayuda, a llamar a los guardias palatinos, a nuestros caballeros, a las hermanas, a cualquier sacerdote o hermano que estuviera cerca, pero la voluntad de Dios decretó que en ese momento no hubiera nadie; nadie que pudiera ser alcanzado por mi voz, salvo mi hijo, al que oí llorar. Agarré el cuchillo intentando arrebatárselo a César, intentando desviar su punta del pecho de mi señor, pero no pude moverla. La fuerza masculina que ambos ejercían sobre el cuchillo lo mantenía firme en su estremecedora intención. Al tirar de él me cortó repetidas veces. Pronto mis manos se tornaron tan pegajosas por mi propia sangre que ya no pude sostenerlo. Tiré del cuerpo de César, pero sus músculos estaban tan definidos y duros como los surcos de las arcaicas ruedas de la vía Appia; tiré de sus ropas doradas, de su pelo. Empecé a morderle salvajemente, en el hombro, en el brazo. Él gritó de dolor, pero siguió apretando la punta contra el pecho de Alfonso.

Alfonso y yo estábamos desnudos. La sangre seguía brotando de mis manos cortadas. Se formó una imagen en mi mente. Sé que fue un terrible pecado, pero no pude detenerlo, como tampoco Noé o Deucalión, o quien quiera que fuese, pudo detener la lluvia. En mi mente representábamos un extraño y desesperado *menage à trois*. Pero confieso que ese triángulo me resultó extrañamente atractivo, una intrusa pesadilla diurna. Mi sueño manipulaba mi deseo. Me imaginé cerrando la puerta de la Doncella de Hierro sobre César, una caja de hierro estrecha como un ataúd con la forma de una mujer alta y grande o la caja de una momia egipcia. En la parte interior de la puerta de bisagra hay pinchos de hierro afilados por los inquisidores que parecen cuchillas. Cerré la puerta de hierro, y los pinchos se hundieron en el jubón dorado de César, en su rostro, sus entrañas, en su sexo. Oí sus gritos sordos desde el interior de la caja. Vi su rostro atormentado por la ventanilla; un pincho atravesaba su ojo, y otro, la cicatriz de su cuello. Sin embargo, no fueron más que fantasías efímeras. Lo que sí era real era la agonía de Alfonso y la dificultad que tenía para mantener alejada la estaca de oro de César y soportar el dolor de la herida que todavía estaba abierta en su costado. No sé cuánto tiempo se prolongó esa lucha, minutos que fueron como días, un pequeño purgatorio, con el abismo aguardando debajo de nosotros y nada sobre nuestras cabezas.

Vi que César se fijaba en algo, y luego un destello apareció en sus ojos. Había descubierto algo. Apartó la mano del cuello de Alfonso, la que no sostenía el cuchillo, y la bajó hasta el costado desnudo de Alfonso. Es una prueba del poder de Satanás que por un instante yo creyera que iba a agarrar el sexo de mi esposo para proporcionarle placer. Pero no fue así. Estaba resuelto a atacar la herida inflamada y supurante que Alfonso seguía teniendo en el costado. Arrancó la venda que la tapaba. Alfonso soltó un grito sofocado. César desgarró la herida, llevándose la profunda costra. Durante un instante pude ver claramente la costilla blanquecina de Alfonso. Entonces, llegó el grito de dolor de mi esposo; luego, la sangre de la herida recién abierta, como saliendo de una presa reventada. La sangre roja salía a borbotones y empezaba a cubrirlo todo: los cuerpos de Alfonso y mío, desde el cuello hasta las rodillas, la cama, las ropas doradas de César, los rostros de los tres. Alfonso seguía gritando. Entonces César volvió a agarrar el cuchillo por su empuñadura de águila, esa vez con las dos manos. Arqueó el cuerpo e imprimió todo su peso y su fuerza al pomo de la daga sobre mi señor. Con el nuevo dolor de su costado abierto se hizo imposible para Alfonso resistirse a la presión.

—Recuérdame en el infierno, hermano —murmuró César—. Me uniré a ti algún día. Podremos volver a cazar jabalíes juntos en su holocausto y mear fuego sobre el cadáver del otro.

Mientras yo gritaba, Alfonso gritaba, y César jaleaba su cuchillo. La hoja se hundió sin prisas, pulgada a pulgada, en el corazón de Alfonso, lentamente, como en la ejecución de una hilera de punto de una niña pequeña. Vi vaciarse las pupilas de Alfonso. Sus gritos cesaron bruscamente. Su resistencia se extinguió; César y yo nos desplomamos encima de él, hundiendo aún más la empuñadura en su pecho. Los ojos de mi esposo estaban abiertos de par en par. En un solo instante me había convertido en la duquesa viuda de Bisceglie.

Durante el largo y profundo silencio que siguió —los únicos sonidos que se escucharon fueron el de la sangre chorreando de Alfonso y mi respiración entrecortada acompañando la de César— lo que acababa de ocurrir sobrepasó mi capacidad de entendimiento. Miré fijamente el rostro inerte de Alfonso, atenazada por un vacío incomprensivo y negador. Pero entonces llegó el interminable y retardado estertor de su última exhalación, que quebró mi negación de los hechos. Sin emitir ni el más mínimo sonido —su segunda muerte me había trasladado más allá de los gritos— ataqué a César. Con los puños cerrados, roja por la vida de Alfonso, golpeé atrozmente a César en el rostro, en su cuerpo, de nuevo en el rostro. Y luego una vez más. Me lancé contra su piel con mis propios cuchillos, mis uñas afiladas, esa vez rezando porque mis dedos se transformaran en los pinchos de la caja. Dejé unas profundas hendiduras. Noté cómo su piel se metía por debajo de mis uñas. La sangre salpicó su rostro formando diez brazaletes de rubíes. Los rubíes me llevaron a sus ojos de zafiros. Fui a por ellos. «Ciégale –pensé–. Úntale el pelo con su mermelada invidente de arándanos. Luego meteré mis dedos pegajosos en su boca y dejaré que saboree las imágenes que nunca verá.» Vi el terror en su rostro al pensar en la ceguera. Alzó las manos y me agarró por las muñecas. De un solo y doble tirón me retorció los brazos por detrás de la espalda. Rodó sobre mí para sujetarme. Mis manos quedaron apresadas. Noté la espada de Alfonso debajo de mi cuerpo e intenté agarrarla, pero no pude y me volví a cortar la mano. Me encontraba en medio del charco rojo que seguía creciendo; César estaba encima de mí. Luché. Intenté morderle la cara; erré. Estuve a punto de conseguir librarme de sus garras, pero en pocos segundos César recuperó el control sobre mí a base de golpes. Nos miramos fijamente, nuestros rostros estaban cubiertos de sangre.

–Sí, está muerto, y yo seré el nuevo Aragón. Tú y yo somos doblemente consanguíneos. Y ahora yo soy el padre del pequeño Rodrigo –susurró César cuando yo ya estaba tan agotada que no podía luchar contra él–. Lo siento tanto como lo sientes tú, Lucrecia. –Hizo una pausa. Pude ver cómo reunía las heces más profundas de su sinceridad–. Yo también amaba a Alfonso. Era mi hermano. Pero es culpa de mi hermana.

Le escupí en los ojos rezando porque la saliva se convirtiera en ácido.

–¿Por qué escupes a un hermano que te quiere –gimoteó–, que te ama más que a sí mismo?

Volví a escupirle ácido.

–¿Qué mayor muestra de amor podría ofrecerte un hombre –se preguntó– que llevar la marca de Caín ante el trono de Cristo por ti?

–¿El trono de Cristo? ¿Qué puedes tú tener que ver con Cristo o su *sedia*? Tú jamás verás a Cristo. Llevarás el cayado de un arzobispo en el infierno.

–Lo he hecho por ti.

Me quedé perpleja. Experimenté uno de esos instantes oníricos en el que creí caerme de una torre, en el que una alma repasa toda su existencia, atormentada por la culpa y buscando aquel momento perdido de su responsabilidad. Reuní en un latido de corazón todas nuestras vidas fraternales. No encontré ni un solo ejemplo; no había ni rastro de tal pecado de hermana, ni siquiera nada que se le pareciera. ¿O acaso era mi pecado original el que me había condenado a abandonar mi conciencia cuando hice lo que sea que hice? ¿Acaso todas las Evas éramos responsables del asesinato de nuestros amantes? ¿Porque habíamos sido nosotras quienes habíamos tentado a nuestros hermanos y a nuestros padres a pecar por nuestra carne?

—De tu boca sólo salen mentiras rezumantes de limo —dije—. Algún día guiarás a los condenados a traición. Te pedirán a gritos un sorbo de verdad, y tú les mentirás. No has hecho más que mentirme desde que me crié a los pechos de mi madre.

—El poder de los Borgia en Italia se ha duplicado en los últimos cinco minutos. Constituye ahora un poder mayor que cualquier otro desde los primeros césares. Eso no es una mentira.

—El poder de César se ha duplicado. Veo el viscoso pus de tus mentiras goteando de tu lengua. ¿Su sabor es tan repugnante como parece?

—Con las tierras y el oro de los dos reinos en manos de los Borgia destruiremos en un año a Luis, a la Serenísima y al Moro. Seremos los reyes del mundo.

—¿Nosotros? ¿Quiénes somos nosotros?

—Nuestra familia. Papá, tú y yo. La casa de los Borgia.

—¿Asesinaste a mi hermoso señor por ello? Todo lo que era de Aragón ya estaba en manos de los Borgia. ¡En mis manos!

—Desde que tenías cinco años te has negado a entender que lo que una ramera como Vanita o tú tenga no cuenta. Es la voluntad de Dios, el Padre.

—Es la voluntad de gusanos comemierda como tú.

César sonrió.

—Recuerdo que solías colarte en la biblioteca de noche. Creías que nadie se enteraba, pero yo lo supe desde la primera vez que lo hiciste. ¿Por qué crees que estuve esperándote aquella noche, cuando te expliqué cómo sometería al mundo? Pero te amaba tanto que nunca se lo conté a papá. ¿Entendiste algo de lo que leíste allí?

—Mejor que tú.

—¿Leíste *Vida de los doce césares* de Suetonio? Yo sí. He adoptado todas las actitudes que según el libro son conducentes para llegar a ser un césar: despiadado, frío, sin sentimientos en asuntos políticos, rápido para pegar, lento para la misericordia; todas las virtudes que los imbéciles llaman satánicas. He hecho mía cada una de ellas. He asimilado la sabiduría de esa fina obra en mis venas. En todos los países que controlo la he proscrito, y estoy quemando todas las copias y traducciones. Pero lo he memorizado todo. Yo seré el afortunado césar decimotercero. ¿Quieres que te recite algunas partes que he *selectae* especialmente?

—Por favor, no te molestes, hermano.

—¿No me crees? —preguntó César—. ¿Y tú? Papá será un nuevo Julio César. El *Novus Pater Familias*. Yo seré Augusto...

—O Calígula.

—Y tú serás emperatriz. A mi lado podrías convertirte en una nueva Teodora. Tal vez llegues a escribir un nuevo código de leyes como hizo ella. Claro que tendremos que ponerle mi nombre, tal como hizo Justiniano con el de ella. Nadie se molestaría en leer un libro escrito por una niñita confundida.

—Con tu nombre en el lomo lo guardaremos bajo *Código de mierda duplicada*.

César se rió.

—Sea cual sea su título, tú serás emperatriz —e hizo un gesto con la cabeza hacia el cuerpo de Alfonso— en lugar de una miserable duquesa. Éste ha sido nuestro plan, hecho para ti, desde que lamiste los pezones que dices que amaste tanto por primera vez.

—¿Nuestro plan?

—El plan de papá y mío. —Volvió a hacer un gesto hacia el cuerpo de Alfonso—. En cuanto a tu esposo: era un buen hombre, ¿no es cierto?

No pude contestar, por mucho que me hubiera gustado escupirle una respuesta. ¿El plan de papá? ¿De papá y de César? Era lo único que tenía sentido, la pieza crítica del rompecabezas que debía encajar con las mil restantes. ¿Era ése el golpe de martillo con el que el clavo atravesaría mi mano? Tal vez sea presuntuoso decirlo, pero al igual que yo, Jesucristo no podía haber entendido hasta ese momento lo que acarreaba su sacrificio.

—Un césar para César el Bruto —logré finalmente contestarle.

—Ahora Alfonso está en el Paraíso, mientras nosotros hablamos, más feliz de lo que un milagro como tú podrías haberle hecho nunca. ¿Qué otra cosa mejor podía haber hecho por él? Acababais de follar, ¿no es cierto?

No respondí.

—Lo parece. Lo supe en cuanto entré en la habitación; tu pelo parecía el harén de una rata. Tu hijo está en la habitación contigua. Ya tienes una astilla del palo de los Aragón a la que amar. Le concederé al bastardo un ducado para él solito, el de Nápoles o Forli, si quieres. El chico hará historia. Lo trataré como si fuera mi propio hijo. Lo adoptaré. El príncipe del mundo. Será mi heredero, mi Tiberio. Lo único que echarás de menos de Alfonso será su polla —y echó una mirada al sexo ensangrentado de Alfonso—, una pérdida relativamente menor.

—¿Es posible que seas siquiera un ser humano? ¿Realmente salimos del mismo útero?

—Bendito sea el útero.

César se separó un poco de mí. Miró mi cuerpo, manchado de sangre y sudor como si fuera un montón de obscenidad dócil. Siempre había creído que mi belleza era un regalo de la Virgen, pero también es una maldición. Muchas mujeres que lo han sufrido me han contado que somos violadas no porque seamos atractivas para el macho desde el punto de vista de la procreación, sino porque la dominación es la verdadera aspiración del amor tomado a la fuerza. En este sentido, esas mismas mujeres dirán que un perro impone su jerarquía a través de gestos que, superficialmente, se parecen al acto sexual, pero que difieren por completo de él en su intención. No estoy segura de que esto sea cierto. Ningún perro —dejando de lado las pintadas— me ha follado nunca. La violación humana parece un asunto más complejo. Había notado todo aquel tiempo —mientras me hablaba sin parar, ofreciéndome su interminable explicación acerca de su pronta transformación en el nuevo Augusto, y cómo mi esposo, el amor de mi vida, había sido asesinado para servirme a mí—, había notado cómo se henchía y crecía su autoestima. Esta manifestación física no se debió, estoy segura, a que me encontrara cada vez más atractiva, sino a que se encontraba cada vez más atractivo a sí mismo. Con cada apunte que hacía, se sentía más irresistible. Con cada predicción de su glorioso futuro y de sus dones, más carismático se sentía.

—Una pérdida menor, como ya te he dicho —volvió a decir, insistiendo en sus pensamientos repugnantes acerca del sexo de mi esposo—, y fácil de reemplazar por uno más grande y mejor.

Me besó en la boca. Intenté resistirme; resistirme a aquella insistente, agitada y frígida salamandra que tenía por lengua. Le escupí, o lo intenté. Tuve arcadas. Intenté morder la cabeza de la maldita cosa, pero era demasiado viscosa. Y él me devolvió el mordisco. Fingí que me ponía enferma y que estaba a punto de vomitar en su boca y, por fin, se retiró. Lo miré. Tenía una expresión rara en los ojos. Su bota de vino, su fuelle, empezaba a llenarse de ruidos. Sentí cómo sus pies, incapaces de patalear, empezaban a aporrear la cama.

—¡No te resistas a Dios! —me gritó—. ¡El uno es el destino del otro, y yo te quiero! Dios nos unió por alguna razón. Siempre te has resistido, pero sabes que el amor que sientes por mí es el secreto más verdadero de tu cuerpo y de tu alma. Desde que éramos jóvenes has sabido que estábamos predestinados a esto, desde antes de que nacieras. ¡Deja de luchar contigo misma! ¡Déjalo ya, somos la voluntad de Dios!

—A la mierda con la voluntad de Dios.

Sin embargo, en lugar de lo que había previsto y visto cientos de veces antes, sonrió felizmente, tan dichoso e inocente como un niño ante el mejor bizcocho de la abuelita. Por un breve instante, su sonrisa de niño, la de nuestros días de debajo de la mesa, incluso tuvo el poder —un poder asaz mágico, teniendo en cuenta las circunstancias— de tornarlo atractivo de una manera sangrante. Sufría de deseo. Reconocí al momento que era el más mortal de los pecados que cometería jamás, mi pasaporte al noveno círculo, donde permanecería enterrada en el hielo *per omnia saecula saeculorum* bajo miles de millas de infierno. La funesta excitación de aquel momento hace que mi reputación de «la mujer más malvada del mundo desde Eva» sea merecida.

Pero César se puso de rodillas en seguida. Se arrancó la túnica y el jubón dorados. Bajó la mano y se quitó la bragueta y las medias encarnadas de un tirón. Lo único bueno de aquel repentino desnudo fue que mis manos quedaron libres. Con un grito arremetí de nuevo contra él con mis uñas. Quería desgarrarle. Lo quería ver montado en la pared sobre una placa de madera, de la manera como una cazadora suele exhibir la cabeza de un venado.

Sin embargo, yo no era la cazadora, y sólo pude arañarle fugazmente cuando él se revolvió fintando y apartando mis manos para evitar mis uñas, mientras seguía desnudándose.

—Te castraré, César, lo juro, horripilante montón de basura.

—No lo harás, no lo harás, no lo harás, y yo antes te follaré.

—Eres muy bueno haciendo esto. Creo que debes haberlo practicado antes.

—Dicen que nuestro padre es el experto.

Volvió a agarrar mis manos, pero al hacerlo empezó a reírse de manera tonta, evidentemente de su comentario sobre lo de «practicar» con el que yo había pretendido insultar su virilidad. Su risa me revolvió el estómago. Pero entonces me vino a la cabeza otro momento de las vidas de Lucrecia y César Borgia, en el que César me había sujetado contra el suelo debajo de la mesa tallada, él encima de mí mientras reía como entonces reía. Recordé un gran placer. Recordé que yo misma había reído hasta que empezaron a dolerme las costillas por la felicidad que en aquel momento sentía y empecé a reír una vez más; lo confieso. Sin duda, era un pecado, y yo lo sabía, pero lo hice.

—César, ¿te acuerdas de la mesa?

—¿De qué mesa?

—¿La mesa con la vida de Jesucristo y san Pedro y san Pablo en distintas patas? ¿La mesa del triclinio en la casa de mamá, a la que solíamos sentarnos para comer y debajo de la cual jugaste al ajedrez conmigo? Siempre fuimos muy felices allí.

Me miró directamente a los ojos.

—No había ninguna mesa tallada en casa de Vanita —dijo—. La casa era moderna, no había ningún triclinio. Siempre comimos en el banco dorado, al lado del gran ventanal. Mamá solía sentarse a un extremo; papá al otro. Nosotros nos sentábamos en medio. Nunca jugué al ajedrez contigo. Era mayor que tú y montaba caballos de verdad, no piezas de ajedrez. Mamá siempre le pedía a papá que le comprara una mesa, pero él nunca accedió a ello. Comíamos en el banco que estaba enfrente de las campanas.

Mi risa pecaminosa cesó fulminantemente.

—Estás soñando —prosiguió César—. Te has pasado toda la vida soñando con palacios fantásticos hasta convertir tus sueños en historia real en tu cabeza. ¿Sólo porque te has pasado toda la vida fantaseando como una niña pequeña, creando castillos de princesa en el aire, te imaginas que la vida real no es más que eso? No había una mesa como la que tú dices en casa de Vanita —volvió a decir—. No había tallas de tilo en ningún lado, ni de la vida de Cristo, ni de Pedro ni de Pablo.

El más precioso y primer recuerdo de mi vida de niña. César los había arrojado al *auto da fe* del inquisidor y había quemado mis recuerdos más puros de él y de mí. Me los había robado. Me había despojado de ellos a la fuerza violándolos, como entonces se disponía a violarme a mí. Pero ¿no habían sido más que fantasías, como había dicho él? ¿Fantasías como lo fue mi vida a partir de entonces?

Despojar al espíritu de una mujer de sus alegrías es mucho más terrible que violar su cuerpo. Es como follarse su alma. César también interrumpió bruscamente su risita, pues ya estaba suficientemente desnudo para llevar a cabo su propósito. Grité. Retiré la cabeza y la mirada de él para contemplar el rostro sin vida de Alfonso, para contemplar la sombra matinal de su barba incipiente y los ojos abiertos del color de las lilas. Deseé que estuviera vivo para protegerme, para decirme que ese día no habría ninguna «penetración de la virginidad», fuera cual fuera la costumbre, fuera cual fuera la voluntad de Dios y de todos sus cardenales, obispos, arzobispos y todo poder masculino en el cielo, la tierra o el infierno —«deja que desahoguen su rabia hasta que el universo se quiebre»— si eso me incomodaba. Pero ¿qué era lo que había dicho César acerca de las tallas de la mesa?

—¿Dije que fuera una mesa de tilo? —le pregunté con voz de niña pequeña.

—Si no, ¿cómo iba yo a saberlo?

Si no hubiera sido de tilo, podría no haberlo sabido. Pero lo sabía. Recordé la blanca nube que era papá, contándole a su niñita dorada que Dios nunca permitiría que le ocurriera algo tan malo como que él, un pecador vestido de rojo, tuviera que asumir el papado; que le dejara ir esa mañana a la capilla Sixtina a votar y que no me preocupara. Recordé cómo, apenas un año más tarde, me había enseñado a engañar a Satanás y a Allatri. Crucé los dedos con impotencia detrás de la espalda mientras mi hermano seguía sosteniéndome por las muñecas sobre la sangrienta y atrapada espada *Freya* de mi esposo.

Entonces, me convertí en un espíritu impuro; mi carne se derrite entre lágrimas.

# Ocho

En la ciudad de Nápoles, Federico, mientras lloraba la muerte de Alfonso, de la que decía que sólo era responsable Dios, cerró un trato sardónico con Luis XII. Federico viviría, al igual que el resto de su familia. Se iría al exilio en Francia, donde recibiría abundantes propiedades. A cambio, Luis se partiría las Dos Sicilias con su majestad católica Fernando —primo de Alfonso— y rey de España. Por fin, la corona valona recuperaría las Dos Sicilias, arrebatándoselas a la corona de Aragón tras cientos de años y un millón de italianos muertos.

—Esos jorobados comedores de ranas sólo han tardado una docena de generaciones —dijo papá.

Eso significaba, por supuesto, que el pequeño Rodrigo se había quedado sin herencia. ¿Y acaso no había sido una circunstancia muy similar a ésa la que, en primer lugar, había causado ese largo baño de sangre?

—¡Oh, siempre hay alguna! —replicó papá.

Alfonso fue enterrado la noche del mismo 18 de agosto en que César lo asesinó, en la oscura y pequeña iglesia de Santa Maria della Febbri. Della Febbri estaba tan cerca de la basílica de San Pedro y era tan insignificante que si papá hubiera construido la basílica propuesta por el maestro Buonarotti, la iglesia habría cabido entera en la nueva sacristía. Apenas una tumba de mármol entre nubes de azufre de montaña y atendida por ángeles mudos. Lo embutieron en una cripta del muro lateral de la iglesia de Febbri que había sido excavada para una tal «pobre Clara madre superiora» de la fratricida, patricida y matricida casa de Baglioni de Perugia. Fuera quien fuera, entonces flotaba por sus oscuros pasillos. Por orden de papá, los guardias encarcelaron a los caballeros e intentaron impedir que asistieran al funeral de Alfonso; «para evitar herir los sentimientos de doña Lucrecia y del hijo de Aragón», rezaba la bula papal. Sin embargo, yo sí asistí, aunque papá no fue. El arzobispo de Cosenza, Francesco Borgia, el hijo de Calixto III y mi tío, llevaba la tenebrosa casulla de la misa de cuerpo presente o de entierro –y de entierro, en este caso– y presidió las exequias a toda prisa. Aparte del monaguillo del arzobispo, al principio no vi a nadie conocido, exceptuando a César y seis de sus soldados, los portadores del féretro. Seis plintos dorados para llevar un ataúd de madera de ébano que contenía el cuerpo de un dios del amor napolitano.

Sin embargo, cuando salía de allí, vi a la pequeña Lucrecia de César en el fondo de la iglesia, a la sombra de una estatua de Verónica. «Qué lugar tan inhóspito para el retrato de Dios –pensé– el mocador de la pequeña Lucrecia.» Por otro lado, mi sobrina se había convertido en una mujer joven impresionantemente atractiva, tal como había predicho su aspecto cuando todavía era una niña, y entonces se parecía a mí a la edad de trece o catorce años, cuando me casé con Giovanni. Al igual que la mayoría de las mujeres jóvenes llevaba demasiado maquillaje y el pelo en exceso arreglado, aunque vestía elegantemente, con el mismo vestido con león de diamantes que yo había llevado el día en que Giovanni había venido a Roma para negociar por mí. Me pregunté dónde lo habría encontrado. ¿Había estado colgado en mis armarios de las estancias de los Borgia desde el año en que lo lucí por primera vez? La pequeña Lucrecia había hecho que lo retocaran y se ceñía demasiado a su delgado cuerpo de ninfa; llevaba el pelo recogido en una trenza dorada como la mía, y un único diamante de color rosa del tamaño de una uva Merlot colgaba de una cadena de plata sencilla alrededor de su cuello. Mis leones centelleantes habían encogido a manos de un sastre hasta convertirse en relucientes cachorros de león. Pero no había ni rastro de oro por ningún lado. Me detuve delante de la Magdalena, al lado de su reclinatorio. Alzó la vista y me miró con la misma furia decepcionada en su rostro perfecto que siempre había adoptado en mi presencia.

–¿Pequeña Lucrecia? –dije–. No sabía que te encontrabas en Roma. Me agrada que te tomaras la molestia de venir.

−Vine en cuanto lo supe, tía Lucrecia. He estado en la casa de las hermanas en Subiaco. Lamento lo que le pasó a Alfonso. Todo el mundo sabía lo mucho que lo amabas. Ya se ha convertido en una leyenda la manera como le cuidaste y lo devolviste a la vida. Fue brujería. Y *tan* romántico.

«¡Qué cosa tan rematadamente bonita e infantilmente femenina ha dicho!», me dije. Me pregunté si leería novelas. Por un segundo lo deseé; luego, deseé que no.

−Gracias, Lucrecita.

−No soy la pequeña Lucrecia.

−*Mea culpa, mea maxima culpa*. Lo eras la última vez que te vi.

−Papá me contó cómo luchaste por la vida de Alfonso a orillas del Tíber. Dijo que te mostraste como una Atenea con la espada y una furia con tus uñas. Dijo que le encantaría que yo fuera como tú algún día. Aunque también dijo que sólo la verdadera Lucrecia sería capaz de hacer algo así y que yo nunca lo seré. −A mitad de su discurso empezó a llorar y se postró de rodillas bajo la Magdalena. Escondió el rostro entre sus manos−. Pero siempre me dice ese tipo de cosas.

Posé la mano sobre su cabeza y acaricié sus cabellos con toda la ternura que fui capaz de mostrar, aunque no sentía demasiada terneza por nadie que estuviera vivo. Sin embargo, mi gesto no le sirvió de nada. ¿La habría comparado despectivamente César con el mito que se había creado de mí toda la vida? No era de extrañar, pues, que siempre me mirara con reproche asqueado. Por tanto, ella no distinguía en su cabeza entre mi yo y el modelo que ella nunca podría llegar a ser. Ahí lo tenía, un ejemplo de historia andante, de cómo se entrelaza tan fácilmente con una nueva historia. Su llanto creció por instantes. Busqué con la mirada a un sacerdote o a una monja −los gemidos tan desesperados parecían ser de la índole de su *cruciare*, algo de lo que ellos podrían ocuparse−, pero en aquel momento no había ni una alma en la iglesia salvo Magdalena, las dos desoladas Lucrecias, que éramos nosotras, y un albañil excesivamente musculado, que estaba echando yeso de un cubo sobre la tumba en el muro. Sentí como si el albañil me estuviera aplicando el yeso húmedo y frío en el pecho.

−¿Qué has dicho −pregunté− acerca de mis uñas?

−¿A orillas del Tíber? Con cuchillos, uñas y finalmente con tus dientes. Cómo luchaste contra la banda. ¿No fue así?

—Sí. Pero mis pequeñas heridas podían haberse producido de mil maneras. ¿Cómo puede saber César cómo me las hice?

La pequeña Lucrecia alzó la cabeza. Sentí alivio al ver que había dejado de llorar y que se limpiaba las gotas de agua excedentes con la espléndida manga de su vestido, como si volviera a estar asqueada por mi estupidez adulta.

Hice un gesto en dirección a la tumba con el yeso húmedo.

—Nada de esto es culpa tuya.

Volvió a frotarse los ojos y empezó a llorar inarticuladamente. Retiró la manga con brusquedad y vi sangre que goteaba de uno de los cachorros de león de diamantes y se le metía en el ojo, lo que no hizo más que aumentar la expresión de furia de su rostro. Pensé en la Virgen, que llora lágrimas de sangre.

—¿Realmente sigues siendo tan ilusa, a tu edad y después de haber leído tantos libros griegos? —dijo volviendo a la carga tan violenta y repentinamente que al albañil se le cayó la artesa con un tremendo y fangoso estrépito.

Lo primero que me sorprendió de su pregunta fue la expresión «a tu edad». Me entraron unas ganas terribles de abofetear a ese monstruito.

—¿Acaso no sabes por qué ha muerto tu Alfonso? —prosiguió ella—. ¿No sabes por qué todos estamos a punto de morir? ¿Qué te pasa a ti? ¿Acaso eres sorda y ciega?

Un espectro oyente de su padre se abrió camino a través de mi cabeza, algo acerca de un palacio de marfil, algo de san Sixto. Lo mas
cullé para mis adentros, pero fui incapaz de recordar nada o de contestar.

—¡Porque tu hermano quiere esto! —Agarró su trenza y me la arrancó de la mano para ponerla delante de su piedra rosa de manera que yo la pudiera ver—. De eso trata toda tu vida. ¿Es que no sabes nada? Él quiere a la Lucrecia de oro. Dice que papá Dios le prometió que serías suya cuando era joven, pero que rompió su palabra y te dio a hombres que tú no podías amar como lo habrías amado a él. Nadie más es suficientemente bueno para él. «Tú no eres más que una chica de plata —me suele decir—. Lucrecia es la única chica que realmente es de oro y que es capaz de amarme como me merezco.»

—¿César...? —tanteé, pero ella volvió a interrumpirme antes de que hubiera salido la segunda sílaba de mi boca.

Por la cadencia deduje que se trataba de un discurso preparado durante años, en el que cada gesto, cada soplo y cada inflexión habían sido ensayados hasta la saciedad. Su historia había sido escrita, rescrita y vuelta a escribir hasta mil veces en una versión de sus propias *Confesiones* de Lucrecia, càda coma y cada tiempo de verbo sopesados una y otra vez, y su impacto retórico, según pretendía la joven, no debía interrumpirse en ningún momento.

Por tanto, dejé que siguiera adelante, y eso fue lo que ella hizo.

—Yo le respondo: «Pero *yo* soy Lucrecia, papá. ¿Acaso no te quiero de verdad?» Él lo único que hace es fruncir el ceño y me dice: «No realmente.» Y entonces él se retira para acariciar algún cuchillo de oro u otro objeto del que está enamorado ese día. Incluso fracasé en mi intento de ser la estudiante que tú fuiste porque soy incapaz de memorizar suficientes conjugaciones en mi miserable y malvada cabeza. *Amo, amas, amat*, amo, amas, ama, ¡pero no para alguien como yo! —Con la otra mano agarró mi trenza—. Cree que necesita a la Lucrecia de oro para ser un hombre completo. Pero no puede tenerla porque dice que papá Dios es el único hombre al que tú amas. He rezado toda mi vida por reunir la fuerza suficiente para abrir en canal a ese viejo y gordo hipócrita, pero mírame. Pequeña, débil, estúpida.

—Eres pequeña, pero adorable; eres tanto o más una Lucrecia Borgia de lo que yo pueda haber sido en toda mi vida. Asesinar no me hizo más hija de mi padre.

Volvió a mirarme con una mueca de desprecio.

—O sea que papá intenta recrear otra Lucrecia y me engendra con alguna magnífica ramera rubia o alguna otra mujerzuela de sangre noble. Aunque no conozco el nombre de esa bruja, espero que al menos sea de sangre noble. Sea como fuere, lo decepciono, pues resulta que no soy más que una pobre aproximación; «sin la requerida pasión o inteligencia —dice él— no sé, no tienes esa misma calidad... dorada», tan sólo un vago y débil simulacro, evidentemente, de la verdadera Lucrecia Borgia de veinticuatro quilates. Creo que esa cosa con Catalina Sforza fue un intento de volver a hacerlo. Tal vez no te viera a ti en la Virago, pero sin duda sí vio suficiente fuego en ella. A lo mejor le encarga al maestro Buonarotti que cree una estatua tuya de cuarenta pies de alto en oro macizo para que papá la pueda adorar y así ser feliz.

—Si supieras lo que César sentía por el maestro B...

—Podría colocarla en medio de la plaza del Vaticano, en lugar del obelisco de Cleopatra. Y ésa es la razón por la que todos vamos a morir, por una estatua tuya de oro, por hacer que papá se sienta mejor. Eso es todo. Adiós, mi señora Lucrecia, algún día nos tomaremos una copa de vino toscano en el infierno.

Esa última fue la frase rematadora, el último efecto teatral. Era capaz de reconocer un remate adolescente tan bien como cualquier otra persona, pues yo misma le había lanzado algunos cientos a mi Giovanni.

—Pequeña L... —empecé a decir, pero ella me tapó la boca firmemente con la mano, de la manera que yo tal vez hubiera empleado con alguna mocosa maleducada.

Su voz se suavizó y volvió a sonar como la de una niña de diez años.

—Por favor, debes perdonarme, tía Lucrecia. No pensé en ningún momento decirte lo que te he dicho precisamente hoy, de entre todos los días.

Se puso en pie y abandonó Santa Maria della Febbri. Las puertas batientes retumbaron en sus goznes como las rocas de Escila al cerrarse de golpe a sus espaldas y llenaron el interior de la iglesia de Febbri con luces y sombras alternas. Me arrodillé y recé en voz baja a Alfonso y Giovanni, buscando una respuesta a las escandalosas acusaciones de la pequeña Lucrecia. No cuestionaba exactamente su veracidad; resultaban demasiado ofensivas para no ser verídicas y superaban la capacidad de una muchacha de su edad para inventárselas, a pesar del odio que sentía hacia mí y de que la niña era una retórica tan habilidosa como había demostrado ser. Pero ¿qué había querido decir con «todos mis libros griegos»? Sabía que no podía tratarse de una frase gratuita y me apresuré a repasar todas las historias y la mitología griegas que conocía, aunque no logré encontrar nada que se ajustara exactamente al caso Borgia. ¿Electra y Orestes? Sólo en parte. ¿Atenea? ¿Atenea, y quién más? ¿Zeus e Io? ¿Quién era Io? ¿Yo? Quien creyera que podía convertirme en mito transformándome en una vaca atractiva andaba muy equivocado. Admito que la idea de que estuviéramos todos involucrados en una tragedia griega revisitada o en una reinterpretación de alguna historia del *Metamorphoseon libri* de Ovidio resultaba oscuramente halagüeña para mi ego demasiado instruido. Reconsideré ese pensamiento y decidí que la pequeña Lucrecia debió querer decir que nosotros, los Borgia, estábamos involucrados en la escritura de nuestro propio mito, ni en griego ni en latín, sino un nuevo mito italiano, como Dante, lo que también resultaba halagüeño, aunque de una manera tal vez algo morbosa. Pero ¿qué podía hacer al respecto? ¿Cuál sería el desenlace? Recé porque hubiéramos alcanzado al menos el último acto del canto XXXIV. Yo no era ninguna Eurípides, ni lo eran papá ni César, pero pensé que uno de nosotros, probablemente una mujer, por una cuestión de equilibrio temático, debería terminar el manuscrito, y eso rápidamente; de lo contrario, se prolongaría, como un drama del pobre y demasiado sincero Séneca, indefinidamente, hasta el punto de no tener fin. ¿Y qué papel tendría que desempeñar esa nueva e ingenua Lucrecia, además de su monólogo muy trabajado, de extraordinaria aunque tardía exposición? ¿Clitemnestra? «No –pensé–, ése es mi papel. Clitemnestra es interpretada por la actriz principal, que, a estas alturas –me figuré–, soy yo.»

Sin embargo, Roma nunca se detiene por culpa de un funeral, sólo por una buena comida, por lo que su fábrica de rumores siguió funcionando a pleno rendimiento. Por una vez, vomitó el rumor de que César había asesinado a Alfonso, pero que papá tuvo demasiado miedo del genio de su hijo para actuar. Papá siguió sin negar el cuento; incluso se lo repitió al embajador veneciano, quien contó el disparate de que Alfonso había disparado su ballesta contra César, dando así a entender que el asesinato era un mero y comprensible acto de venganza. La gente empezó a llamarme la Infelicísima, antiguamente el sobrenombre de la Virgen de Viernes Santo.

El 30 de septiembre de 1500, papá, yo y un grupo de dignatarios eclesiásticos y sus amiguitas observamos desde lo alto cómo César, montado en su carro tirado por caballos refulgentes que dejaba una estela dorada a su paso, salía por las puertas de la Ciudad Eterna siguiendo la recién rebautizada avenida de Alejandro, de nuevo al mando del magnífico ejército de Dios y de mercenarios menos magníficos, arropado por las exultantes ovaciones y las rosas blancas y amarillas arrojadas por una multitud de jubilosos admiradores. Se dirigía a Romaña dispuesto a vaciar los bolsillos llenos que pudieran quedar en la zona, que no eran muchos. Se había convertido oficialmente y por la gracia de papá en duque de Romaña, por lo que añadía este título, que había ostentado ilegalmente durante más de un año, a los muchos otros que ya lucía. Debajo de nosotros marcharon sus arqueros; luego, los arcabuceros con sus escuderos, y detrás, la infantería y la caballería. Sin embargo, con mucho, el mayor contingente del ejército de César lo constituía su colección de ingenios de guerra, por la que era merecidamente famoso en toda Europa. El conductor y creador de esa caballería troyana de madera y hierro era Leonardo da Vinci, la ahora vieja e hirsuta ruina humana responsable de aquella estreñida *Lisa* y de una *Última Cena* de mal gusto. Un pelotón de trompetistas montados precedía a ese pintor de tres al cuarto y lacayo adulón entrado en años, interpretando una pieza digna de una orquesta archimágica. Unos mercenarios alemanes, especialistas en diversas artes marciales, integraban el resto de las fuerzas de César.

—Los castillos y todas las fortificaciones fijas son historia —había proclamado César años atrás en la biblioteca cuando me pormenorizó su imperio retrorromano—. La artillería ganará las guerras modernas.

«¿Qué diablos es la artillería?», recuerdo que pregunté entonces. Él me había mostrado una pieza de su juego de soldaditos de plomo, pero a mí no me pareció más que un minúsculo pene de plomo con ruedas amarillas a modo de pelotas y —dejando a un lado la vanidad masculina— no veía cómo algo así podría derribar fortificaciones. Entonces tenía la respuesta ante mí. Esos feos y monstruosos cañones —exactamente lo que esperaría del taller de Da Vinci (1)— eran unos juguetes marciales nuevos, construidos en unas dimensiones suficientemente grandes como para derribar muros y así satisfacer las ansias de un niño loco como César.

—Medio cañón..., cuarto de culebrina..., sacre..., falcón..., falconete..., medio de culebrina y culebrina —enumeró papá a medida que fueron pasando los escuadrones de hierro.

Yo había tenido más que motivos suficientes para temblar aquella noche en la biblioteca. En épocas anteriores a la nuestra, la guerra había sido un juego cortés. Pocas muertes y escasa sangre. Se satisfacía el honor, y casi todos los combatientes volvían al lado de sus familias. Sin embargo, a lo largo de nuestras vidas, la guerra se ha convertido en un verdadero matadero, en el que mueren cientos de miles de bellos niños soldados, hechos pedazos por balas y cartuchos de bala. Muchos dicen que la guerra pronto se convertirá en algo tan horroroso que renunciaremos a ella para siempre. No me encuentro entre ellos. Los

(1) Todo el mundo sabe que no es ni de lejos el «hombre universal» que le encanta decir que es en cuanto se le brinda la ocasión y que sí fue León Battista Alberti. Da Vinci está en general sobrevalorado y una vez aludió a mí diciendo que era «solamente guapa». ¿Cómo podía juzgar algo así ese homosexual entrecano?

chicos de «la-guerra-es-divertida», que nos cuentan constantemente que lo que más odian es la guerra porque son los que más sufren, sangran mentiras de sus heridas. La aman a muerte, digan lo que digan, y sus heridas les resultan románticas e incluso eróticas. Sólo renunciarán a las virtuosas alegrías de la guerra con la última baja en el monte de Megiddó.

Todos los oficiales de artillería del ejército de Dios montaban un caballo dorado; uno o más caballos montados o yuntas de bueyes tiraban cada uno de una pieza de artillería. Todos los infantes y los hombres de caballería llevaban una armadura dorada, a diferencia de mi hermano, cuya armadura era de oro macizo. Los paramentos de las máquinas, las ruedas, los cañones y la tela de las túnicas de los hombres eran de color amarillo, un complemento menor al brocado de oro de César. Su ejército parecía, tal como estoy convencida que César esperaba, una legión de luz solar en movimiento, que marchaba con el disco solar hasta que éste moría como la milicia de Apolo. Sin embargo, cuando examiné más de cerca a los soldados y observé qué tipo de hombres se escondían debajo de las armaduras, descubrí que, a diferencia de su *imperator*, eran de condición militar normal, e incluso inferior. Hombres cojos o con una sola pierna, con un solo brazo, sin orejas, mancos, tuertos, desdentados, sin nariz, de un solo diente, sin mandíbula, rostros cubiertos de las espantosas manchas de Αρησ (1) y Marte, entremezclados con muchachos lampiños sin marcas, todavía alegres, camino de adquirir, recé porque no fuera así, una cosmética similar. Parecían el ejército de Dios de, respectivamente, los rengos, los cojos y los cándidos, que se alistan siempre para alzar a grandes hombres a lo más alto de los cielos.

Mi hermano, todavía perfecto, vestía su atuendo dorado de emperador romano e iba justo detrás de su guardia personal, formada por salvajes y rubios lansquenetes que le había comprado al príncipe elector de Baviera. Lucía una amplia y absolutamente confiada sonrisa en el rostro, que sabía estaba cubierto aún de las cicatrices de mis uñas. Sin embargo, se había retocado la cara para la ocasión con maquillaje de ramera; sin duda se la habría prestado la fulana de la noche anterior o su propia hija, Lucrecia. Por los miles de asistentes vestidos con ropas de fiesta se diría que todos y cada uno de los habitantes en la historia

(1) Ares.

de la ciudad habían acudido para despedirlo. Era el joven héroe de todos. Cayo Julio César no podría haberse sentido más satisfecho si ése hubiera sido su triunfo, mil cincuenta años atrás, sin olvidar, por supuesto, que la marcha triunfal del césar había tenido lugar volviendo de las victorias, en lugar de marchando supuestamente en pos de ellas. El verdadero césar le habría contado a César que un *triumphus* previo a la batalla provocaría a los dioses; César le habría contado al césar que su moderno renacimiento romano no era tan pudoroso y que, además, su Dios había demostrado en el desierto estar por encima de la tentación. A ese desfile también le faltaba el esclavo desnudo con pedazos ardientes de pergamino siguiendo al clásico *triumphator* y murmurando: «*Sic transit, imperator, gloria mundi*» (1). Pero ¿qué hubiera sido lo adecuado entonces? Mi hermano estaba convencido de que su gloria nunca pasaría. César sí llevaba una corona de laurel de oro, tal como la habían llevado Julio y Nerón. Como es propio de un *imperator*, fue el último de su ejército en salir de la ciudad a lomos de su caballo. Nosotras, las Lucrecias, estábamos en el balcón con mejores vistas del palacio, exceptuando la suite de Alejandro, viendo la procesión saliente. Yo llevaba un vestido largo de terciopelo de color púrpura imperial ribeteado con turmalinas, puesto que papá me había pedido que llevara algo más claro aquel día que el negro de mi viudez, y César había ordenado que me pusiera algo digno de una emperatriz. La pequeña Lucrecia llevaba un vestido de brocado de plata, un cinturón de diamantes alrededor de la cintura y una gargantilla alrededor del cuello. Su vestido plateado era casi transparente y no llevaba nada debajo. El contorno de su cuerpo —cada hendidura, protuberancia y diferencia de pigmentación— destacaba como la desnudez de las ninfas de Sandro Botticelli, que éste realizó para el primo de Lorenzo el Magnífico.

—¡Dios mío! —dijo papá, a punto de salírsele los ojos de sus órbitas al verla—. ¡Una sirena de Venus! Hija, te pareces algo a mi Lucrecia de hace unos años. ¿Estamos emparentados?

Ella no contestó. Tuve la clara impresión de que papá nunca la había visto antes. Pero tal vez sólo era que hacía mucho tiempo que no la veía. Y luego estaba su cuerpo, que yo esperaba que él nunca hubiera visto exactamente de aquella manera.

(1) «La gloria de este mundo es pasajera.»

Desde el balcón, cuando pasó César por debajo de él, lo miré para atrapar su mirada. Había dado por supuesto que intentaría evitar mi mirada por un sentimiento de culpa o por vergüenza. ¡Qué estúpida fui! Clavó sus ojos viscosos en mi alma y me ofreció esa sonrisa de comemierda que guardaba para adular a soldados y sirvientes, tías solteronas, putitas disolutas y demás necios que le amaban sin reservas; en otras palabras, casi todos, excepto su hija, ante cuya brillante translucidez frunció el ceño, como si el fornicador de hermana e hija, de pronto, hubiera descubierto en su interior a una especie de pietista renacido.

Cuando César se puso al alcance de la vista, el papa aplaudió, visiblemente henchido de orgullo.

–César parece un perfecto segundo césar –observó papá.

–Suetonio nos habla de doce césares, papá. ¿Es éste, pues, el decimotercero alrededor de la mesa?

Papá me interrogó con la mirada.

–Tendrás que admitir que su artillería brilla como los cañones de campaña de los ángeles –dijo.

–De los ángeles caídos.

Papá se enfadó conmigo por haber dicho lo que dije. No me importó lo más mínimo. En público no podía hacer gran cosa al respecto, ni siquiera regañarme, por lo que dejé que se cociera en su propia salsa sacrosanta. Pude oír cómo gruñía su estómago agriamente. Yo no le había hablado a papá, por supuesto, de la confesión de César, ni de ninguno de los demás acontecimientos que tuvieron lugar en el dormitorio, ni de nada de lo que la pequeña Lucrecia me había confesado. ¿Para qué? Todo hubiera tenido que recibir la sanción de papá, o al menos su conformidad, y por entonces no confiaba ni lo más mínimo en que papá fuera a cumplir su promesa de destripar al asesino de mi esposo y a mi violador en la plaza del Vaticano. César, con gran fanfarria, había anunciado que Alfonso murió a consecuencia de las heridas recibidas a orillas del Tíber. Le contó a todo el que quiso escucharle que Alfonso se había incorporado en la cama para darle los buenos días a César con un beso y al devolverle el abrazo a Alfonso, la verdad es que con demasiado ímpetu amoroso, debió romperse un vaso sanguíneo y mi esposo cayó muerto entre los brazos de César sin más, dejando besos sin entregar en los labios fruncidos de los dos hombres. ¡Y yo que había pensado que tal vez fuera demasiado teatrera! No bien hubo hecho la proclamación, César añadió el blasón de Aragón al buey Borgia de su traje de emperador para proclamar, seguidamente, que César Borgia era el presunto heredero de las Dos Sicilias y, por tanto, supongo, el hijo de mi suegro y mi esposo recién desposado.

O, como dijo él, «el nuevo papá del pequeño Rodrigo».

—Te cortaré las pelotas primero y luego te las daré de comer —le dije secamente—. Cuídate en el futuro de comer los tropezones de mozzarela.

A César le había parecido gracioso.

La mirada sonriente que César me dispensó montado sobre su caballo me hizo sentir como si volviera a arrancarme la ropa. No era aquella mirada fría que yo había visto en el dormitorio, aunque tenía una extraña lividez, como si una masa de hielo rozara los huesos de debajo de la piel de mis caderas. Alcé los ojos al cielo para escapar a los suyos y descubrí, para mi horror, que yo era quien se sentía avergonzada y culpable. ¿Por qué? Yo no había hecho nada malo en aquel espantoso dormitorio. ¿O sí? El asesino es un pecador, pero ¿lo es también la esposa de la víctima? ¿O habrá alguien que diga que yo cometí el crimen? ¿Que mi belleza viciosa impulsó al asesino más allá de la vergüenza desde el momento de mi nacimiento? Recé por encontrar en el cielo algún ángel justiciero, algún nuevo arcángel de Belén femenino que lo derribara de su Pegaso celestial. Por un momento no vi más que el disco de Apolo en el cielo, y una solitaria y esponjosa nube —blanca y pequeña—, con una extraña forma, parecida a una rueca, como la que vislumbré en el rincón de la choza de la campesina preñada en Pésaro.

Pero de pronto vi algo más. Emergió por detrás de los radios inmóviles de la rueca, un punto negro que aleteaba pausadamente, tan diminuto en la distancia que debía estar a varias millas de allí, sobre Ostia a decir por la dirección, la puerta de la Roma clásica, donde los inmigrantes Pedro y Pablo antaño atracaron. Seguí observándolo hasta que por fin descubrí lo que era. La mancha pulsante era una Υμενιδε, una euménide, una furia. El ave furiosa por la que había rezado, una ave horrenda, de deliciosa putrefacción y justiciera, que como una esquelética arpía argiva había venido para seguir el avance de César y, como esperaba, vigilarlo hasta su final. El buitre negro estaba a tantas millas de distancia que podría fácilmente estar equivocada. Podría haber sido una lechuza volando de día —sabía que existían tales aves—, un halcón grande o una antigua águila romana de la victoria, que había acudido para supervisar las legiones doradas del nuevo césar cruzando su nuevo rubicón y recreándose en su nuevo imperio. Pero lo dudaba. El pajarraco parecía más arcaico, extraño, más escuálido, más oscuro y más griego que cualquier victoria romana, de una era y lugar anteriores a Roma o a Macedonia. Anterior incluso a Atenas. Micénico. El halcón de Clitemnestra. El bicho parecía distinto a Niké, pero al igual que Niké, buscaría demasiado tiempo su propio reflejo en las profundidades insondables de Δηθη, el Leteo, el río del olvido. Recé porque así fuera. Me arrodillé al sol que caía sobre la *loggia* y recé un avemaría por ello en griego, con el sabor a sangre inundando mi boca por el corte que el griego hizo en mi lengua. Recé a Vanita a través del avance del ejército. Recé al espíritu de mi madre porque esa dulce venganza cayera sobre César e incluso con mayor fuerza sobre papá, el padre de toda esa miseria. Olí un rastro de aceite arábico y pensé que estaba perdiendo el juicio por desearlo tanto y durante tanto tiempo. Volví la cabeza y vi a la pequeña Lucrecia arrodillada a mi lado, observando también a la negra y alada diosa.

Cuando por fin pasó César en persona, creció el ruido de la multitud que animaba, aplaudía, gritaba, daba vivas. Creí que iba a vomitar. Me puse de pie y saludé alegremente. Consideré saltar del balcón y embutir algo del horno de Hefestos en el trasero de su caballo, pero me contuve. En su lugar conduje a la otra Lucrecia hasta el borde del balcón y, rodeando su cintura con el brazo, se la presenté a César. El rostro de César empalideció hasta adquirir el mismo color blanco que la cola de su caballo.

—Comemierda, César, jodido hipócrita —murmuré entre sonrisas.

La pequeña Lucrecia se recostó contra mí con una sonrisa.

—¿Qué fue eso, mi señora?

—¿Has dicho algo sobre César, hija? —preguntó papá.

—Ya oísteis lo que dije —les contesté entre risas.

Desde el asesinato de Alfonso, yo me había comportado como una perfecta Borgia. No había hecho ninguna objeción al mito oficial de la muerte de Alfonso. Sonreí —con tristeza, por supuesto— cuando César se apoderó de los títulos y las propiedades que habían pertenecido a Alfonso. Participé en todos los preparativos ostentadores para la nueva campaña de mi hermano. Me mostraba siempre angustiadamente entusiasmada cuando César acudía a mi habitación de noche, no para volver a violarme, sino con mapas para jactarse de sus brillantes planes de batalla.

César agitó la mano en un gesto papal hacia la multitud. Todos enloquecieron como si fueran un millar de autómatas mareados.

—¡Salaré las tierras detrás de sus muros! —gritó César a la chusma—. ¡Ahogaremos hasta la última Virago en lágrimas y sangre!

*Scipio Italicus,* y una mierda. Seguí sonriendo. Le amaban. Incluso en los ojos de la pequeña Lucrecia vi el revelador destello de amor, orgullo y deseo que antaño hubo en los míos cuando miraba a papá o a César, se lo merecieran o no; de ese amor que Dios nuestro Padre da a las mujeres por un hombre cualquiera para asegurar el futuro de su divinidad.


Papá decidió inmediatamente devolverme al bloque de subastas maritales mientras todavía conservaba el máximo valor añadido.

—Todavía eres una niña, o casi; eres fértil, tal como lo ha demostrado Rodrigo, y eres rica. Queremos que poses para un nuevo retrato, para que podamos ponerlo en circulación entre los que creemos que mejor te convienen.

—¿Quién será el autor?

—Nos ha llamado la atención un pintor vanguardista. Apenas ha cumplido los dieciocho y es tan adelantado y naturalista como el mañana, algo que sin duda te satisfará enormemente. Bartolomeo de Venecia. Y posarás desnuda como sueles hacer...

—Solía hacerlo porque a Alfonso le gustaba.

—... y llevarás muchas joyas. No queremos que parezcas demasiado fácil de adquirir para tus pretendientes. Bartolomeo, a diferencia de Buonarotti, es un joven saludable y se deleitará realizando los desnudos con joyería.

Quise oponerme a todo el proceso, pero no pude seguir hablando. Simplemente me puse a llorar debajo de su trono. Papá descendió, me sostuvo entre sus brazos y me besó en los labios. Quiso consolarme chistándome e instruyó a varios sacerdotes para que ofrecieran cientos de misas por el alma de Alfonso. Puesto que sólo lo hacían por las almas de los muertos, lloré aún más. La subasta siguió su camino. Se iniciaron diversas y variadas negociaciones, entre ellas con el candidato de César, Luis de Ligny, primo real de Luis XII. También se realizaron serios acercamientos a Ottaviano Colonna y a Francesco Orsini, ambos miembros de antiguas familias romanas rivales que papá siempre había odiado y había combatido toda su vida. Mi belleza, tal como se reflejaba en el retrato lascivo de Da Venecia, era la oportunidad histórica de la Santa Sede para mejorar las relaciones con una de las familias y destruir a la otra. Ottaviano también era duque de Gravina. Yo seguía suponiendo un premio, últimamente tal vez más por ser la hermana de César que por ser hija de Alejandro. Me resistí a todos, sobre todo a Gravina. Lo odiaba porque estaba tan henchido de masculinidad que no quedaba sitio para otros rasgos de su carácter. Cuando Gravina exigió saber por qué lo había rechazado, coloqué la punta de la espada de Alfonso contra la nuez de su cuello barbudo.

—Todos mis esposos han tenido mala suerte —le gruñí—. Temo que corráis la misma suerte, su señoría. —Un hilillo de sangre corrió desde el montecillo de su laringe—. ¿Veis cómo la mala suerte acecha a mis maridos?

Él, sus soldados y sus clérigos huyeron de mi lado y del vicario con un metálico y susurrante temblor.

Finalmente, papá se decidió por otro Alfonso. Alfonso d'Este, el heredero del gran ducado de Este, con capital en Ferrara. Este Alfonso era el hijo mayor del musicalmente culto, notoriamente tacaño y temido Ercole d'Este, el gran duque reinante, y de Leonor de Aragón, su esposa alarmante, duquesa e hija de Ferrante, anterior rey de Nápoles, de recuerdo sanguinario. Cuando me presentaron a ella, su cabellera se levantaba en zarcillos encrespados desde el cráneo, dándome la impresión de que estaba conociendo a una Gorgona.

—A través de ti, mis esposos muertos y vivos son casi consanguíneos —pié alegremente mientras hacía una reverencia al pie del trono de Leonor.

Levantó una ceja encrespada y pareció estar todo menos ilusionada.

—Pero mi Alfonso está vivo, de momento.

—Hasta ahora ha tenido suerte.

Leonor emitió un ofendido sonido gutural que imaginé muy parecido a uno saliendo de la Medusa decapitada en manos de Perseo.

Sin embargo, Este era una de las grandes casas de Europa y, por tanto, muy capaz de procurarnos protección a mí y a mi progenie, presente y futura. Los Este eran una casa antigua, a diferencia de los Sforza, Gonzaga, Médicis o Borgia, y podían proveerme de la protección que le corresponde a una verdadera y, en su caso, bien cimentada nobleza. Además, el castillo de los Este en Ferrara, del tamaño de una ciudad, se hallaba a seiscientas millas de Roma y no había nada que deseara más que apartarme para siempre y lo más lejos posible de la ciudad montuosa y de todo el dolor y la tristeza que entonces simbolizaba para mí. Estaba decidida a cortarme el cuello antes de revivir aquel camino a orillas del Tíber. Ya suponía un gran tormento tener que entrar en la estancia de Alfonso y mía. Sólo podía hacerlo porque allí me aguardaba el hermoso cachorro de Alfonso envuelto en paños, esperando a que me ocupara de él. Mientras posaba para Da Venecia, pensaba en mi Alfonso en la cama conmigo, lo que, estoy segura, contribuyó a darle su lascivo efecto final al retrato. Me había reído de papá posando, al menos, medio desnuda, lo que no pareció importarles a los Este, aunque el duque Ercole demostró durante las negociaciones ser avaro por los dos.

Había señalado el retrato.

—¿Una subvención para la ropa? En el cuadro parece vestida en música, lo cual es suficiente para cualquier mujer, para mi dinero.

—Qué encantador eufemismo de la desnudez. Ercole, qué escondido tenías tu ingenio —había dicho papá—. El maldito retrato no pretende ser realista en un sentido económico.

—¡Y mi hijo que esperaba que lo fuera!

—El cuadro apenas muestra una parte de sus encantos.

—¿Y cómo lo sabe, Su Santidad?

—Porque me lo contó el artista. Es un amanerado, y estrictamente homosexual, sabes.

—No lo es, papá.

Las negociaciones se prolongaron durante más de un año, pero finalmente se llegó a un acuerdo. El 2 de febrero de 1502 me volví a casar con una ceremonia y regalos destinados a revestirme de una dignidad más matronal que la que mostraba en el retrato. Eso incluía doscientos vestidos de terciopelo y blusas con bordados de oro y perlas; brocados; satenes; más telas con filigranas de oro y plata; ribetes de oro martillado y mangas con perlas y rubíes; violetas bordadas realizadas con diamantes y zafiros; un abrigo para el clima más norteño de Ferrara que había costado veinte mil ducados, que hubieran bastado para comprar Forli, con violación incluida, le solté a César con sarcasmo; una gorguera por valor de quince mil ducados y un sombrero por diez mil. Todo eso hizo que mis dos primeras bodas parecieran las nupcias de una pordiosera. Decidí que el aspecto de matrona está en los ojos del que paga. Colocaron la gran joya de la corona de los Este alrededor de mi cuello.

—Parecía una galaxia ideal de soles multicolores —escribió de mí el poeta, mi amado platónico y *arbiter elegantiarum* del toscano al italiano, Pietro Bembo.

Bembo también me cantó más de un «blasón», comparándome, parte por parte —pechos, ojos, boca— con objetos de belleza inanimada grecorromana, mármol rosado, zafiros, rosas —pecho, ojos, labios—, haciendo de mí un espectáculo más rico y exótico para la vista que cualquier mujer de carne y hueso. No me importó, pero eran inverosímiles de una manera fría, demasiado preciosos en la forma y, por tanto, levantaron escasa pasión en mí.

Cuando hice mi entrada en Ferrara, un nuncio, Pellegrino Priscanio, el llamado *Nuevo Cicerón*, me recibió en falso latín ciceroniano: «*Habuit Petrus Petronillam filiam pulcherri; habet Alexander Lucretiam decore et virtutibus undique resplendentem. O immensa Dei omnipotens mysteria, O beatissimi homines...*» (1), y así sucesivamente en una arenga típicamente ciceroniana. El famoso coro de Ercole cantó una antífona previamente arreglada para cada uno de sus movimientos retóricos, superando la entera audición con creces la cuarta subdivisión de lisonjas de Platón y prolongándose durante una hora bajo el sol abrasador.

Me casé, pues, con Alfonso d'Este. Me llevé una gran impresión cuando lo vi por primera vez. Supongo que al compartir un mismo nombre y tener ambos sangre aragonesa, esperaba que fuera un hombre parecido a Bisceglie. Este Alfonso tenía una década más. Se veía que había sido un hombre atractivo y su porte seguía siendo erguido y fuerte, pero tenía la barriga y el culo de un cardenal austríaco. Tenía necesariamente que estar fuerte para ser capaz de desplazar su propio peso de armadura de filigrana. Sin embargo, ya no era atractivo, y la expresión pecuniaria de su rostro sólo se veía reforzada por el sauce llorón estigio que tenía de mostacho y que, a primera vista, me llevó a pensar que un cuervo se había posado en su labio superior y había extendido sus alas sobre sus quijadas. No necesitaba las diversiones ni las emociones y se dedicaba a la forja de cañones, su pasatiempo favorito. También le gustaba el torno de alfarero, ante cuyas vueltas femeninas adoptaba un semblante de lo más ridículo.

(1) «Pedro tenía una hija muy hermosa, Petronella; Alejandro tiene a Lucrecia, radiante de todas las gracias y virtudes. ¡Oh, insondable, todopoderoso misterio de Dios! ¡Oh, hombres beatísimos!...»

Sus modales eran bruscos y rudos. Frecuentaba los burdeles; aunque me costaba imaginarme por qué, pues era muy torpe en la cama. No sentía ningún interés por las artes, ni siquiera por los músicos de su padre. Sufría parálisis nerviosa y su comportamiento era extraño. A menudo había sido visto paseando desnudo por las calles de Ferrara a plena luz del día, seguido por bandas de niños que no paraban de gritar y reírse. A esas alturas, un marido que creía ser una Godiva desarzonada me hubiera parecido bien, de no haber sido porque Alfonso estaba a la defensiva y siempre se mostraba arisco con el tema.

—Al igual que Alfonso de Bisceglie, yo tuve un tatarabuelo legendario —me contó después de que su *mami*, la gorgona, lo hubiera devuelto a casa tan desnudo como cuando nació—. Recomendaba los paseos desnudos ocasionales a fin de mantener el hígado sano.

—¿Funcionó?

—Niccolo d'Este era su nombre. Una vez Niccolo descubrió a su hijo bastardo, Ugo, mi tío tatarabuelo, en la cama con la que era su mujer entonces, la duquesa Parisina Malatesta, de los sanguinarios Rimini Malatesta. Decapitó a la madre y al hijo. Entonces el duque Niccolo decretó que, a partir de aquel día, todas las mujeres de las tierras de Este acusadas de adulterio serían decapitadas sin derecho de apelación. Esta ley permanece hasta este día en nuestro código.

—¡Qué romántico!

D'Este me miró con escepticismo. En ese momento decidí que ya no podía seguir llamándole Alfonso. En su lugar le llamaría D'Este. A él pareció complacerle bastante.


La noche antes de abandonar el Vaticano para irme a Ferrara acudí sola a la capilla Sixtina. Había decidido llevarme a la pequeña Lucrecia. Pensé que ya le habían pasado demasiadas cosas malas estando en manos de los Borgia y que merecía venir conmigo. Era tarde, pasada la medianoche, sólo había dos cirios encendidos. Le di las gracias a la Virgen por no haber permitido que el maestro Miguel Ángel destruyera la antigua belleza del techo y el retablo de la capilla Sixtina; los nuevos murales de Perugino ya eran bastante desastrosos. Le supliqué a la Santísima Virgen que cuidara del pequeño Rodrigo, pues los Este no permitían que nos acompañara al norte. Debería haberme negado a casarme con D'Este, pero por entonces ya había hecho mi desposorio a la

Virgen. De buena gana hubiera traicionado a cualquier otro santo, o incluso a Dios, dadas las circunstancias. Le pedí a la pequeña Lucrecia que cuidara de él, y ella aceptó.

—Lucrecia, cuidaremos bien del mozo —me había dicho papá aquel mismo día.

—Eso es lo que temo, papá.

—Es nuestro tocayo. Le nombraremos duque. Tendrás a un duque de suegro, esposo, hermano e hijo. Estarás contenta. O a lo mejor estaría más guapo con un sombrerito rojo sobre la cabeza. Un cardenal en miniatura.

—Ya he tenido dos duques como maridos que me hicieron feliz.

—Pero, como bien dijiste, ellos tuvieron mala suerte.

—¿Y tú, papá, tienes suerte?

—Sí. La mayoría de los Borgia la tienen.

—Yo ahora tengo a un papa de padre. Hace tiempo fui feliz con él. A lo mejor también su suerte se haya agotado.

—La manera como me miras, hija, al decir esto parece algo muy similar a una amenaza.

—No lo conviertas en un duque o en un cardenal. No le nombres nada que Dios no haya creado ya; simplemente deja que sea lo que llegue a ser por iniciativa propia.

—¿Estás loca? ¿A mi propio nieto y tocayo?

Acudí directamente al lado del pequeño Rodrigo, lo cogí entre mis brazos, y estuve llorando durante varios días, tras los cuales, no obstante, abandoné a los dos Rodrigos en el palacio apostólico. Ojalá me condenen al gélido noveno círculo del infierno.

Conduje a la pequeña Lucrecia a través de la nave de la capilla Sixtina hasta llegar al altar. Me detuve delante de la barandilla de plata del altar, tal como deben hacer siempre las mujeres. Pero quería acercarme más. Pasé por encima de la barrera. Ningún rayo me fulminó, ningún ángel con la lanza del anatema me barró el paso, lo que me alegró, aunque también me sorprendió bastante. Tiré de mi sobrina para que me acompañara. Me postré, y luego la postré a ella, como si fuéramos sacerdotes ordenados en la escalinata que llevaba al altar. Al principio, guardé silencio; luego, empecé a llorar. Lloré como la ramera solitaria y maldita que me había sentido aquella mañana con papá. No sé cuánto tiempo estuve llorando, pero mis ojos y mis hombros empezaron a dolerme antes de que hubiera cesado mi llanto. Recordé a

César lloriqueando, postrado a los pies de la cama de Alfonso y mía. Miré a mi sobrina. Ella también había dejado de llorar, pero había dos pequeños charcos sobre las escaleras de mármol rojo donde antes había descansado su cabeza. ¿Tenía ella, una mujer tan joven, tantas razones como yo para llorar? ¿Estaría la Virgen debatiéndose entre apuñalarnos a las dos o no? Nos volvimos sobre nuestras espaldas y nos quedamos allí echadas. Yo respiraba profundamente para calmarme cuando en lo alto vi a Dios nuestro Padre; a la versión pictórica e imaginaria, de todos modos. Estaba sentado en el trono, en todo su esplendor románico, con su horrible barba y su mirada severa, sus pies descansando sobre el mundo. Estaba rodeado de sus profetas hebreos, así como de sus serafines alados, cada uno de ellos llameante por su amor a Dios.

—Nunca te he pedido nada —dije.

—Tampoco yo —repitió la pequeña Lucrecia.

—Mentirosas —nos respondió desde lo alto—. Habéis pedido y recibido un millón de cortesías a lo largo de vuestras breves vidas.

Desplacé la mirada hacia Jesucristo, hacia la palabra hecha carne, con sus tiernos ojos, su suave pelo castaño, su atractiva barba y su herida en el costado. Levantaba sus manos heridas, como ofreciéndonoslas para que las examináramos. Los santos lo rodeaban, mostrándole a él y a los demás, como si fuera una competición, las heridas de sus respectivos martirios.

—Y ha sido tu voluntad despojarme de todo lo bueno, de todo lo divino.

—Lucrecias, madre e hija de las mentiras —replicó nuestro Salvador—, os lo he dado todo, he tendido el reino del Padre ante vuestros pies, entre todas las mujeres, en la tierra, pero vosotras no os dais cuenta.

Contemplé la paloma blanca de pico amarillo, el paráclito, la pequeña mata de plumas que simboliza la idea de que no hay visión, no hay sonido, no hay nada que pueda ser visto, oído, palpado o susurrado que siquiera se acerque a la sabiduría y el amor de Dios.

—Por tanto, en este preciso momento, pequeña ave del amor, no os debo ni a ti ni al resto de vuestra trinidad nada.

—Cada frase que pronuncias es una tautología negativa, el equivalente a nuestro dicho: «Esta frase es falsa» —pió la paloma con un gorjeo metafísico que sonó como las uñas de unos escolares rasgando una pizarra—. Tu deuda con nosotros es infinita.

Entonces, miré a la Virgen en su manifestación coronada de *Maesta* y envuelta en sus vestiduras ultramarinas bajo el trono del Todopoderoso. Sus brazos se alzaban en un gesto consolador y amoroso, intercediendo ante Dios, suplicándole a su hijo, a su incestuoso suegro y a la paloma alcahueta, por las almas de todos nosotros, hombres y mujeres, tanto por las almas de los salvados como por la del Lucifer en el infierno. Pensé en Vanita.

—Santa Madre de Dios, la hija y la nieta de Vanita se dirigen a ti. Instauremos un momento de historia femenina largamente esperado. Haznos tus sacerdotisas de la venganza. Conviértenos en las euménides tácitas del Vaticano. Matemos a papá. Enviemos por fin a César a la perdición.

Escuchamos a la Santísima Virgen susurrar las palabras de Penélope desde los destellos de las velas:

*Oh si ya la ha desposado el mejor de los aqueos.*
*Así dije, y al pronto me respondió mi venerable madre:*
*Ella permanece todavía en tu palacio con ánimo afligido,*
*Pues las noches se le consumen entre dolores y los días entre lágrimas* (1).

¿Qué pretendía decirme con ello? ¿Era mi respuesta? Desde luego no parecía ser una respuesta. ¿Acaso la Santísima Virgen también había leído la biblioteca de papá?

Me puse de pie y me acerqué al cirio ardiente de donde había emergido su voz. Estaba casi consumida, gruesa como un cáliz, el cuenco era un lago de cera derretida por debajo del pábilo. Me volví hacia mi sobrina, cerré los ojos y vertí la cera lentamente sobre su frente, hasta que hube vaciado el cuenco. Luego, retiré el sebo endurecido de su rostro.

—*Ego te baptizo* —susurré—, *in nomine matris et se* (2).

Escuché cómo la cera crepitaba sobre su piel.

—No siento nada —dijo ella.

Cuando abandonamos la capilla Sixtina de la Elección de Dios, supe que ella nos había bautizado, a Lucrecia y a Lucrecia, y luego se había lavado las manos como Pilatos en su balcón. Habíamos renacido. Por fin, todas nuestras súplicas eran nuestras. Ambas estábamos solas. Nos

(1) *La Odisea*, canto XI.
(2) «Yo te bautizo en nombre de mi madre y mío.»

habíamos convertido en los eufemismos de la venganza de la Virgen. Estábamos contentas. Nos habíamos transformado en las muchachas vengativas del padre Cronos, los despreciables cuervos del justo castigo. Yo no quería que ningún otro ser, fuera éste divino o de otro género, compartiera la exaltación que sentiríamos con las antiguas ceremonias femeninas que habíamos jurado que celebraríamos en un día próximo. Sabía que Vanita estaba con nosotras y era nosotras. Éramos la misma mente y la misma alma. Yo todavía no conocía la diferencia.

Una hora más tarde estábamos sentadas en la biblioteca, a la misma mesa a la que había estado sentada yo tiempo atrás, junto a César y sus mapas. La enorme mesa de la biblioteca estaba tallada con escenas de las conquistas de Alejandro el Macedonio, en las que, extrañamente, nunca me había fijado antes, ni siquiera cuando César me las leyó en voz alta. Pero, además, alguien había grabado recientemente un mapa en relieve de Italia en el tablero. Era un mapa totalmente actual, con todas las fronteras trazadas que incluían las conquistas de César. Busqué Ferrara. Allí estaba, casi a medio camino entre la Serenísima y Florencia, a quinientas o seiscientas millas de Roma; no dentro de su ducado de Romaña, sino dentro de los dominios de los Este. Calculé cuánto tardaría en coche de línea o a caballo en volver a Roma. Demasiado tiempo. Jamás lograría llegar allí inadvertida cuando me llegara la hora de la venganza.

—Tendrás que hacerlo tú —dije.

—Dime cómo hacerlo. Deja que lo haga como una Borgia.

—¿Por qué?

—Quiero que finalmente me reconozcan como una Borgia, hija de mi padre. Y que después no haya ni asomo de duda de que fue responsable una Lucrecia.

Anduvimos desde la biblioteca, a través de los largos pasillos pintados, hasta mi antigua estancia y entramos. Comprobé si el bebé Rodrigo estaba bien, y la pequeña Lucrecia lo sostuvo en sus brazos. Parecían la Virgen y el niño del antiguo discípulo de Perugino, el divino Rafael. Me dirigí a mi tocador y cogí la caja de madera. Saqué el anillo y su veneno azul verdoso. Los ojos de la pequeña Lucrecia chispearon de deseo cuando se probó el gran zafiro en su dedo anular.

—Es perfecto.

—Prométeme que me escribirás cuando todo haya acabado. Que la noticia me llegará, esté donde esté en este mundo.

—Lo prometo.

—Júralo por la sangre de las heridas de Cristo, que las manos de la Santísima Virgen retiraron de su cuerpo. Júramelo, pequeña Lucrecia Borgia.

Ella me miró como si de pronto descubriera que yo estaba loca o muerta. Abrió el zafiro con el pulgar.

—Lo juro. Sobre la sangre goteante de Dios.

Sonrió.


Cuando finalmente llegué a Ferrara descubrí que ser la duquesa de Este, o futura duquesa de Este, por cierto, no era tan divertido ni tan seguro como cabía esperar. Mi acuerdo matrimonial estipulaba que mi marido me concedería doce mil ducados al año para mis gastos de mantenimiento. Al principio, mi suegro intentó darme ocho mil ducados. Me enfurecí. Eso me obligaría a prescindir de algunos de mis cincuenta sirvientes españoles o de algunas de las piezas de vestuario que ya había encargado.

—¿Cómo se atreve, mi señor suegro? ¡Esto es una barbaridad!

De acuerdo, tal vez «barbaridad» fuera ligeramente hiperbólico.

—Mi señora, gracias a los regalos de boda tiene suficiente ropa para vestir al ejército del gran duque de Moscovia durante todo un siglo. ¿Cuántas sirvientas necesita, por el amor de Dios?

—Cincuenta. Y, por cierto, mi señor, ¿ha visto alguna vez el ejército del gran duque de Moscovia?

—¿Y usted?

—No, pero conocí a su embajador en una ocasión. Visten pieles de lobo desarrapadas y gorros que parecen ardillas terrestres muertas.

Ercole cogió mis orejeras de cebellina de doce mil ducados con la cinta cubierta de diamantes y las agitó delante de mis narices.

—¿Ardillas? ¿Estás loca? ¡Éstas son las orejeras de una emperatriz!

—Pero es que aquí hace frío —renegué. De acuerdo, tal vez sí estaba algo mimada en cuestiones de vestuario.

Ercole me rechazó, hasta que papá empezó a enviar bulas al castillo de los Este amenazando con la excomunión. El duque quiso saber si él y su ciudad serían condenados eternamente por falta de orejeras. Cuando los santos padres de la Iglesia de Ferrara oyeron eso, ordenaron la celebración de misas por mis «encantadoras orejas» y enviaron al arzobispo de Ferrara para que intercediera por mí ante el duque.

—Mi señor, os rogamos en nombre de las orejeras de doña Lucrecia que restituya sus fondos para que no perdamos nuestras almas.

—Pero si ya tiene las orejeras más hermosas del mundo. Y eso es precisamente lo que siempre sospeché, mi señor obispo, que ustedes guardan en sus carteras sus almas.

Finalmente, accedió a darme diez mil ducados. Sólo accedió a darme los doce mil ducados prometidos cuando, seis meses más tarde, los ejércitos de César avanzaron contra la frontera sureña de Este y secuestraron a unas rollizas mujeres de la nobleza para el disfrute personal de César.

Alfonso II, como ya he dicho anteriormente, tampoco era un amante muy caliente. Por otro lado, era razonablemente atento y cortés. Técnicamente cumplía con sus obligaciones conyugales, de acuerdo. Pero cuando le miraba, parecía un hombre dedicado a un deber patriótico.

—¿Deber? —le pregunté estando él encima de mí.

—Es mi deber, como ya sabes.

—Soy una mujer infamemente imponente. Cuerpo célebre, ojos célebres, rostro, dientes —sólo me falta un molar— y cabellera célebre. Y para embellecer la perfección, tengo un cerebro particularmente grandioso. Después de todo, hablo griego, aunque me reprimo adecuadamente a la hora de anunciar mis múltiples talentos. ¿Deber? Jamás me habían ofendido tanto en toda mi vida.

—¿Hablas el griego? —gruñó D'Este poniendo los ojos en blanco.

—Παυυ καλωσ. Muy bien, gracias.

—¿Porque te enseñó a hablarlo un amante? ¿Tu hermano? ¿Crees que el griego excita a un hombre de verdad? Dame un heredero. Eso es lo único que te hará atractiva en la casa de los Este.

—Quítate de encima inmediatamente, mi señor.

Aquella noche fue incapaz de seguir. Me acusó de ser un «súcubo lascivo y una notoria ramera». No trajo el placer a mi cama, ni nada que fuera creativo o atrevido. De hecho, la única postura de *Deberes de la mujer* que le gustaba era la que aparecía en la primera página que el texto anunciaba como la «postura de la propagación de la fe a las gentes incultas». Abandonaba Este durante largos períodos para inspeccionar esa o aquella pequeña propiedad, o para examinar las fortificaciones de esa o aquella fortaleza. Era el heredero perfecto para un gobernante de edad avanzada. Empecé a fijarme en otros hombres; había docenas de ellos entrando y saliendo del tenebroso armatoste de ladrillo que era el castillo de los Este, cuyas torres, almenas y oscuras sombras se cernían amenazadoramente sobre la ciudad de Ferrara. Decidí que tomaría a uno como amante; todas las duquesas tenían uno, incluida mi suegra, la Medusa, y también la bruja de Isabel. Al principio pensé en quedarme con Ercole Strozzi, el célebre humanista, pero entonces conocí a Pietro Bembo, el poeta e hijo de Bonofacio Bembo, el teólogo infame. Debió ser la combinación de teología y poesía en su alma que le condujo a sus desconcertantes escritos.

*Mi amada gran duquesa de Este:*
*No existe mayor tesoro que pueda apreciar más que el bucle dorado de pelo que me disteis ayer y que cortésmente podríais haberme prestado anteriormente. Mi feroz desgracia no tiene la fuerza suficiente para impedir, mientras mi corazón lata, el fuego en que Lucrecia y mi destino me han situado, al ser el fuego más puro y grande que pueda haber ardido en el pecho de un amante. La naturaleza del lugar en que arde la llama la hará resplandecer brillante y abrasadora, y la llama misma arrojará tanta luz que dará testimonio al mundo entero.*
*Con afecto inestimable,*

*Un poeta*

«Un poco exaltado, pero sin duda apasionado y el antídoto perfecto −pensé−, contra el Cumplidor.» Simultáneamente tuve una contundente pelea a gritos con Isabel d'Este, mi cuñada y esposa de Francesco Gonzaga, la marquesa de Mantua. Estuvo echando pestes sin parar ante su padre, el gran duque. Su marido, Francesco, se quedó allí como si nada, bostezando y entreteniéndose con su maravillosa botonadura.

−¡Sus ropas son mejores que las mías! −rugió.

−No tiene mucho mérito −dije.

−¡Recibe más dinero que yo!

−Menos del que me merezco, pero admito que más del que tú vales.

−¡Perra! Vuelve a la Ciudad Eterna y retoma el soplo de los *piccolos* de tu padre y de tu hermano donde lo dejaste.

Miré a Francesco Gonzaga.

−Al menos tienen *piccolos* que valen la pena soplar.

–¡Oh!, no te atrevas siquiera a pensar que no tengo *piccolo* –ceceó Francesco–. Soy capaz de interpretar un verdadero motete –dijo mirando a Isabel–. ¿No es cierto, mami?

*Mami* se hundió sin más en una furiosa y apopléjica jerigonza. «¡Vaya! –pensé–, otro dechado de rabietas.» Francesco volvió a bostezar. El duque puso los ojos en blanco e inclinó sabiamente la cabeza. Mi marido, su hermano, se volvió violentamente y le propinó un golpe con el revés de la mano en la boca a *mami* que sonó como el mazo de un herrero chocando contra la pezuña de un caballo al herrarlo. ¡Oh, sí! ésa era una familia con la que podía simpatizar, no cabía duda.

Poco menos de un mes después de recibir su carta, Pietro Bembo estaba tan encima de mí, dando lugar a tantos rumores entre los habitantes de Ferrara, que ya no pude soportar las sospechas por más tiempo. Esto, combinado con mis conflictos con esposo, suegros, Isabel d'Este y otros familiares de los Este, me llevó a decidir buscar un convento en el que pasar una temporada tranquila, lejos de todos pero al mismo tiempo bajo la protección de los Este. El 15 de junio de 1503 partí en medio de la lluvia en un carromato tirado por dos caballos castrados –«perfecto», pensé– para explorar los posibles asilos. Visitamos San Lázaro, Santo Spirito, San Antonio y la iglesia de los padres olivetanos en San Giorgio. Los rechacé todos. Todos tenían copias mal hechas de las pinturas, las esculturas o los murales cuyos originales decoraban el Vaticano y de cuyo recuerdo seguía huyendo. Al fin, alrededor del 1 de julio, llegamos a la capilla de las clarisas en Corpus Domini. Entré directamente en la capilla, me detuve en seco y respiré hondo. Allí estaba. El mismo san Sebastián que había en la capilla de Subiaco. Las mismas flechas atravesando su cuerpo. El mismo trasero bruñido a golpe de gamuza. Los mismos surcos sangrientos. Detrás de Sebastián, mirándonos desde lo alto a los dos, estaba precisamente la Virgen María azul que se correspondía con la que se encontraba a quinientas o seiscientas millas al suroeste del lugar. Me invadió un recuerdo del joven sacerdote Rodrigo Borgia con la expectante y esperanzada Vanozza Cattanei. Ella lo sedujo a él, y él le procuró mucho placer a ella. En mi mente volvían a hacer el amor detrás de san Cristóbal, figura que también se hallaba en esa sacristía. Di un paso, sentí calor y estuve a punto de desmayarme envuelta en mi vestido de cincuenta libras con su corsé de ballenas, pero logré agarrarme a las flechas de san Sebastián. Rompí una. Me postré de rodillas y empecé a rezar.

Mis rezos tuvieron el mismo efecto desafortunado que habían tenido justo antes del asesinato de Fortunata en Subiaco. No pude evitar imaginar que tal vez tuvieron el mismo efecto en Vanita, o podían tenerlo sobre la pequeña Lucrecia, que tuvieron sobre la desafortunada reverenda madre. Sólo puedo atribuirlo a algo en la atmósfera y el amor infecciosos del convento, pero también empecé una mañana a perdonar de corazón a mis miserables parientes de Este. Eran ellos mismos. Nunca pretendieron ser otra cosa y difícilmente podían remediar ser así. «Ese deber avaro del que todos estaban tan enamorados tiene que ser la manera como las grandes casas se mantienen», razoné. Nuestras extravagancias borgianas y nuestro engreimiento debían parecerles no las meritorias y virtuosas «magnificencias» que merecen nuestro rango, sino muestras de nuestra condición de «arribistas», de *nouveau riches, gauche* y demás desprecios gálicos. Luis de Francia era su carta francesa de marca con respecto a Roma, ¿no es cierto? «Deberías aprender a ser como los Este», me dio a entender la Santísima Virgen con un centelleo de luz solar cuando me disponía a arrodillarme ante ella después de los maitines.

—Santísima Virgen, me parece una lección indigna de ti —dije—. ¿Acaso la gracia no está hecha de amor y generosidad? Mi otra madre siempre me dijo que así era.

—Tal vez haya llegado la hora de que perdones a Rodrigo y a César. Yo diría que incluso tu madre ya lo hizo —susurró a mi alma—. El papa y su hijo, al igual que lo hicieron el Padre y su hijo antes de ellos, han elegido ser ellos mismos también. Te aman y ambicionan con todo su corazón convertirte en emperatriz. ¿Es eso un pecado contra ti? Judas ambicionaba convertir a mi hijo en el Salvador y Señor del universo. ¿Fue eso un pecado? Judas tuvo que traicionarle y entregarle para que fuera crucificado y alcanzara lo que él ambicionó. Espera el desenlace antes de condenar. Espera al juicio de la eternidad para condenarlos al infierno; luego, decidirás. Mi hijo lo hizo. Iscariote no se encuentra en el noveno círculo, como dice el mito de Dante, sino entronizado a la izquierda de Jehová. Es casi el cuarto miembro de la Santísima Trinidad y legiones de ángeles cantan sus alabanzas hasta la última de las esferas celestes. Piensa en tu padre y en tu hermano como vicarios de Judas, si eso te ayuda a perdonar.

Lo intenté. Vacié mi corazón de sangre para perdonarlos. Sentí las flechas de san Sebastián hurgando en mis tripas, pero no pude perdonar; de manera que intenté cumplir al menos con la segunda opción de la Virgen: suspender el juicio. Tampoco lo conseguí. Pero ¿qué otra cosa podía hacer? Estaba en Ferrara. ¿Qué podía hacer al día siguiente, o dentro de mil días? ¿Qué había querido decir la Virgen con «ya es hora de que»? Alfonso no llevaba muerto tanto tiempo. ¿Acaso no tenía razones más que suficientes para justificar mi ira? ¿Incluso para el odio? ¿Acaso debía marchitarme dentro de un capullo absolutorio? ¿Y entonces qué? ¿Dejar que César me tuviera de nuevo y darle el beso de tornillo de la paz? ¿A papá también? ¿O podía tomar un carruaje a Roma y detener a la pequeña Lucrecia antes de que ésta golpeara? Pero ella tenía sus propios pecados que cometer, al igual que Judas, ¿y quién era yo para negarle un destino como el de Judas, tal como lo había descrito la Santísima Virgen? ¿Y luego César, qué? No importa, pues él me mataría primero. El duque no permitiría que me fuera. Ninguno de los archirrecelosos Este lo haría jamás. ¿Y entonces qué, habría que devolverles la prodigiosa dote por la que llevaban un año discutiendo? Imposible. Estaba allí para quedarme eternamente. Me consideraban su nueva joya de la corona. Entonces fue cuando abandoné el perdón y el justo castigo, al menos hasta que me convirtiera en la gran duquesa. Era incapaz de alterar el curso tanto de la misericordia como del castigo; al fin y al cabo, finalmente se cumpliría la voluntad de Dios —del uno o del otro—, ¿o no es así?

El día después de mi admisión del pecado por omisión, mi incapacidad para perdonar, el 31 de julio de 1503, mi caballo castrado me devolvió a mi castillo rojo de Este. Bembo vino a verme inmediatamente. Yo todavía estaba cubierta de polvo. Lo eché, por mucho que llorara e hiciera rechinar los dientes. Aquel agosto de 1503 cayó como un yunque sobre todos los Borgia, como la espada de un matador. Y cayó con mayor prontitud de la que yo —a seiscientas millas del escenario— pude sospechar jamás. El 21 de agosto Pietro Bembo entró corriendo por la puerta del castillo de Este. Gritaba de tal manera que alarmó a toda la gente del lugar. Subió por las escaleras hasta mis dependencias faltas de marido. D'Este había ido a la ciudad, vestido o no, no lo sé.

—¡Señora Lucrecia! ¡Gran duquesa, mi señora! ¡Malas noticias! ¡La maldición de Dios ha caído sobre el mundo entero! ¡Las grandes alas de Lucifer han ocultado el disco de Apolo!

«Bueno, es escritor. Quién mejor para hiperbolizar», reflexioné. Sabía que por entonces estaba ocupado componiendo sus *Amantes de Asolo*, obra en parte basada en mí, e imaginé por su angustia que alguna que otra redondilla se negaba a rimar según el archiconocido esquema *a-b-b-a*. Entró precipitadamente en mi habitación desbaratando a sirvientes y damas de honor. Se arrodilló, inclinando la cabeza, y me dio una carta. «¡Oh, no —pensé—, otra carta de amor no! ¿Tiene que ser delante de los sirvientes?» Estaba dirigida a «su majestad imperial, doña Lucrecia Borgia» en lugar de a la «señora de Este».

Alcé los ojos al cielo y abrí el paquete.

—Si esto es obra tuya, Bembo, haré que te quemen en una pira de sonetos de amor.

—No lo es, mi señora.

Dentro no había nada escrito. Una hoja en blanco. Pero envuelta en aquella hoja había otra carta, gruesa, un fajo de varias hojas, a decir por su grosor.

—¿Maestro Bembo?

—Me la dio un contacto veneciano, mi señora. Me hizo jurar que os la llevaría como si fuera montado sobre las alas de Satanás.

—¿De Venecia?

—De Roma.

—¿A entregar a una ramera veneciana?

—Una cortesana emigrada, desterrada de Venecia por el Dux, su mejor cliente.

Abrí el paquete. La primera página de la epístola adjunta estaba atestada de prosa. Reconocí en seguida la sinuosa letra femenina.

*20 de agosto de 1503*

*Mi estimada tía, gran duquesa de Este y emperatriz del mundo, su alteza imperial Lucrecia:*

La última vez que había visto al duque Ercole y su duquesa parecían imágenes testarudas de, respectivamente, un caballero andante entrado en años y un grifo mítico. Yo todavía no era duquesa, ni emperatriz, salvo en las fantasías de César. ¿Se habría vuelto Lucrecia contra mí, uniéndose al bando de César?

*Pronto me llamarán la virago más malvada que pueda haber andado bajo este cielo. Mataré a papá, el hermano de la emperatriz. Me convertiré en Electra, sin Orestes. Seré el nuevo Bruto Iscariote. ¡Seré un mito, tía Lucrecia, como tú!*

*Pero vayamos al asunto que nos interesa.*

*Acudí a tu estancia Borgia el 8 de agosto, al saber que el cardenal Adriano Castellesi da Corneto, el «pedófilo rojo», tenía la intención de celebrar un almuerzo al fresco el 10 de agosto en honor de papá Dios, mi padre y los cardenales de la curia en su hermosa viña «Monte Mario», a las afueras de Roma. Tal vez alguno de los que ahora están muertos todavía estaría vivo si me hubiera saludado con un simple «Vale» (1) o me hubiera dado una bendición rápida o un beso. Una vez en tu habitación comprobé si el joyero que me dejaste todavía se encontraba sobre la mesa del tocador. Así era. ¿Y el anillo dentro? Allí estaba también, junto con el vial lleno de* aqua tofana *azul verdosa en polvo.*

O sea que el *aqua tofana* había sido la maldita sustancia que había matado a Allatri, aunque nunca he sido capaz de averiguar qué tipo de veneno es ni su composición química. ¿Cómo sabía su nombre? Sin duda por su padre, quien en sus tiempos también habría asesinado a más de un enemigo con ella.

*El día, el 10 de agosto, llegó pronto. El sol brillaba desde un cielo vacío y ultramarino. Los comensales rojos y sus cortesanas se reunieron en la viña, cuyas verdes parras se extendían varias hectáreas y trepaban colina arriba. Habían montado una gran mesa en el margen de los viñedos. La mesa estaba llena a rebosar de comida y de jarras de vino tinto de la viña del cardenal. Dos músicos que tocaban respectivamente el laúd y la pandereta amenizaban el banquete dulce y serenamente, tal como se les había ordenado. La comida y los vinos atestaban la mesa.*

*Papá Dios, desde su trono de honor, lo supervisaba todo, como era la obligación de un Alejandro. Su trono descansaba sobre una pequeña plataforma. A su lado había una mesita de marfil, con su plato favo-*

---

(1) «Hola.»

*rito de cerdo y su copa de vino, un cáliz de oro con rubíes incrustados. Lo vi tomarse una copa detrás de otra como un hombre decidido a emborracharse en cuanto Dios se lo permite. Yo intenté entablar una conversación con mi padre. Él me miró, me maldijo por haber asistido sin invitación, se levantó, se volvió y se fue como si yo fuera una prostituta común.*

*–¿No tienes nada que decirme? –le grité–. No soy quien tú imaginas. Soy tu ramera menos común.*

*No me contestó y siguió caminando, ojalá me hubiera contestado, pero habían llegado muchos prelados y lo perdí de vista. Yo estaba al lado de papá Dios. No llevaba uno de mis vestidos habituales, sino que tomé prestado uno de los tuyos del armario de tu estancia, el de Nápoles, con los diamantes entretejidos en la tela que dibujan un Vesubio en erupción por debajo de la cintura. Cada uno de mis pechos era un magma redondo aflorando entre destellos de fuego. Los peñascos, los picos y los montañeros centelleaban a la luz del sol. La bandera de los montañeros amarillos era la del papa. También llevaba un collar tuyo de diamantes blancos y unos pendientes. Mi cintura es incluso más delgada que la tuya.*

«¿Más delgada que la mía?» Me reí. «Esta Lucrecia –pensé–, tiene una fantasía más vivaz que la verdadera Lucrecia.» Recordaba muy bien aquel vestido. Tuve que admitir para mí que sin duda la niña estaría arrebatadora con él, aunque no podía aceptar que estuviera más atractiva que yo. Pero ¿por qué no iba directamente al asunto que nos interesaba? ¿A qué esperaba? ¿Habría fallado en el intento? Por entonces, las hojas de la carta temblaban entre mis manos.

*Tras tres horas de diversión regada con vino se hicieron las cinco según el reloj de sol de la viña. Todo el mundo estaba borracho. La felicidad se hallaba en el borde de ese fino y sutil punto de inflexión que siempre se alcanza en una fiesta, llegado el momento entre la borrachera y el desenfreno alcohólico. Al día siguiente, todos esos hombres estarían enfermos. Me abrí camino a través del patio hasta llegar al lado de papá, que estaba sentado con su francés. Me incliné sobre él.*

*–Tengo que prepararme para mi baile –dije–. ¿Estás preparado, papá?*

*–¿Baile? –gruñó papá.*

*A diferencia del papa, papá no estaba en absoluto borracho, maldito sea Dios. Su mirada me atravesó hasta alcanzar mi alma cuando se volvió y el sol poniente alcanzó sus ojos.*

*—Voy a bailar para ti, papá, como ella solía hacerlo.*

*—Y una mierda. No puedes ni sabes bailar como Lucrecia, como una diosa en un arco iris.*

*Incluso los obispos franceses se escandalizaron. Agradecí a la Santísima Virgen que papá nunca hubiera consentido en presentarme a la mayoría de ellos.*

*—¿No crees, papá?*

*—No podrías seducir ni a un sacerdote borracho aunque hicieras uso de todos tus encantos.*

*En el otro extremo del patio, papá Dios estaba muy borracho. Me había inclinado sobre papá para hablar con él, y entonces me daba cuenta de que el papa estaba trastornado por la visión de mi derriere, mi trasero. Llevado por el deseo por mí, derramó el vino al llevarse el cáliz a la boca.*

*—¿Y tú, cura? ¿Puede Lucrecia bailar para ti?*

*—Estoy más preparado que nunca, hija —gritó.*

*No estoy segura, pero temo que confundió mi trasero, más firme y joven, con el tuyo, más viejo y caído.*

¿O sea que en su mente me había reducido al extremo más viejo de dos? Pero ¿más *caído*? «La estrangularé», pensé.

*Me alejé de la fiesta en dirección a la casita del vinatero. Una vez allí, me quité el vestido y la ropa interior, las medias. Me desnudé completamente. Llené una palangana con agua caliente, afilé mi navaja y me rasuré a conciencia el monte de Venus y las axilas. Quería parecer lo más niña que todavía me permite mi figura esbelta. Quería ser el sueño de niña pretérito que antaño fui para César Borgia. La ilusión de ti, la única mujer que alguna vez han amado los dos hombres de mi vida.*

Pensé que antaño, uno de ellos también había amado a Vanita, pero era imposible que esa niña lo supiera. Lucrecia se parecía al viejo sueño de Allatri y mío de la niñita de Alejandro que le fue enviada a él. Aquella niñita, pequeña Lucrecia, dio entonces un paso de bebé y se adentró en nuestro infierno actual. Rasurada y desnuda.

*Me miré de cuerpo entero en la fuente de cobre del vinatero. Pensé que tu piel perfecta cubría mi cuerpo, ¿o era la mía que cubría el tuyo? No lo sé, pero aquella piel sedosa, el regalo de Nuestra Santísima Virgen, era una imagen capaz de tentar incluso al Dios de las Legiones celestiales. Creó a Adán a su imagen y semejanza. ¿Era aquel divino icono que tenía ante mí suyo también?*

¿No? «Tal vez sea ésa la razón de su resentimiento tantas veces expresado», pensé mientras leía la carta. Tal vez fuera el envoltorio corporal de la mujer –lo único en el universo que, al fin y al cabo, le fue negado– lo que Él siempre había envidiado despiadadamente a través de los Testamentos.

*Recé a la Virgen porque estuviera tan seductora como la serpiente en el árbol. Mis pechos y mi figura de mujer mezclados con la niñita rasurada que fuiste tú, me hizo asemejarme al sueño lascivo de burdel que tiene un hombre; maldito sea su deseo. Este sueño tenía a la vez la apariencia rosácea de una vestal y la silueta iluminada de rojo de una ramera salaz. Recogí del suelo las siete piezas de gasa que había traído y me envolví con ellas y sólo con ellas. Volví a mirarme. Perfecta como la ramera de Babilonia en su noche de estreno. Abandoné la casita del vinatero y recorrí descalza el sendero de arena que me llevaba de vuelta a la fiesta de borrachos, con tu padre, tu hermano, los cardenales y las selectas damas del crepúsculo con las que me identificaba y a las que temía decepcionar.*
*Entré en el patio donde se desarrollaba la borrachera. Indiqué a todo el mundo que se retirara con un gesto, y eso hicieron, dejándome en medio de un círculo de cipreses altos y de pecadores más bajos. Pero mientras reculaban, todos jadearon y se estremecieron al verme.*
*–¡Oh, Dios mío!*
*–La mujer ha acabado por perder la cabeza.*
*Sonreí en señal de asentimiento.*
*–Siempre supe que lo haría.*
*–Desde el día de la coronación en que ella lloró y lo echó todo a perder para todo el mundo.*
*–Cuando miles de personas se rieron de ella.*
*–¿Qué demonios está haciendo la ramera?*

*–Ramera e hija de ramera.*

*Y así un comentario detrás de otro, todos de esta misma guisa. ¿A quién creían que estaban viendo? Estaba en el centro del patio envuelta en las siete gasas. Las sedas colgaban de mi torso dejando mis piernas al desnudo y cubriendo la parte superior de mi cuerpo; podría entonces decirse que estaba vestida, pero hasta qué punto y precisamente con qué dependía del ángulo de visión o punto de vista. Pretendía a la vez mostrarme tal como era y dejar incluso más a la imaginación de cada uno. Miré a papá. No quiso siquiera mirarme. Me dirigí hacia papá Dios y me detuve debajo de su trono. Parecía cautivado como un hombre en su noche de bodas.*

*Hice una reverencia.*

*–Santísimo papá Dios –declaré–. De la historia bíblica de Juan Bautista, justo antes de su desgraciado asesinato, la danza de los Siete Velos.*

*–Adelante, hija –masculló–. El infierno te aguarda.*

*El papa sonrió satisfecho, tambaleándose y tomándose otro trago de su copa. Les hice una señal a los músicos. Empezaron a interpretar un* perpetuum mobile allegro *acordado de antemano. Hice una inclinación de cabeza hacia el papa, luego hacia papá y empecé a bailar, al principio fuera de tiempo y a un ritmo más lento que la música.*

*El cielo del atardecer se sonrojó al ver que una de sus hijas –descendiente de una mujer que sedujo a Adán con tan elevada excitación sexual como el Conocimiento del Bien y del Mal– era capaz de rebajarse a realizar tal meneo.*

*Había ejecutado aquella danza toda mi vida sólo para complacer a papá, aunque entonces estaba demasiado avergonzado para siquiera mirarme. Estaba muy sensual, pero intenté aparecer graciosa como imaginé que la Virgen se mostraría si se desnudase en el Paraíso para seducir a la Santísima Trinidad.*

Está escrito que durante los días y las noches de la antigüedad, este tipo de danzas –una mujer desnudándose ante un público– solía celebrarse incluso en los palacios más patricios, incluso en la Casa Dorada de Nerón. Sin embargo, una danza como la ejecutada por Lucrecia, hacía una eternidad que no se veía en Europa, desde la muerte de los antiguos dioses y el triunfo de un culto más farisaico.

Cuando me solté el velo de color añil, éste cayó al suelo revoloteando como una telaraña. Los cardenales boquearon y soltaron gritos sofocados de asombro. La música siguió sonando. Me desprendí del velo verde. Del violeta. Con cada gasa que caía la excitación crecía, y sentí cómo el veneno de los años de César Borgia rezumaba de mí y se evaporaba con la suave turbulencia de las uvas. El pequeño público –cardenales, tu padre, rameras y arzobispos, todos menos mi padre, César– empezó a aplaudir con la pérdida de cada seda, con el cumplimiento de cada promesa. El papa rugió desde su trono con cada color perdido que descubría una parte más de mi cuerpo a la hosquedad y los ojos de su hijo. Mientras caían los retales, supe que nuestro poder crecía. La belleza emanaba de nuestro cuerpo y nuestra piel, como si fuera un exquisito instrumento de la Inquisición, para agarrar a todo el que nos rodeaba por sus deseos privados. La belleza es una maldición; la belleza es una bendición; la belleza es débil. Pero, sobre todo, la belleza es poder. Recuérdalo, Lucrecia, mi pequeña emperatriz, porque, como tu hermano siempre me dijo, es lo primero que olvida una mujer.

Conocía la felicidad del gran inquisidor, sabía que es irresistible y que ningún poder en la tierra o en el cielo es capaz de hacer frente al fuego de su curiosidad mientras ejecuta su doloroso escudriño. El éxtasis de tu padre creció con el de los demás. El velo rojo. Las sombras se intensificaron. El velo naranja. Los comensales estaban a punto de enloquecer; papá Dios estaba apopléjico. El violeta. Todos menos César.

Retiré el séptimo velo, el azul, sosteniéndolo ondeante en la mano y lanzando, a aquella hora de la tarde, una alargada y ondulante sombra. Estaba desnuda. Volví a pensar en ti, por quien hacía esto. Por un instante, posé inmóvil a la sombra de los cipreses, dejando que los ojos de los hombres se deleitaran, sobre todo los de aquella nube blanca y su hijo violador. El regalo de nuestra Virgen dejó estupefacto a todo el mundo. Finalmente, papá se volvió, pero sólo la cabeza, para mirar. Nuestros poderes se trasladaron a través de la puesta de sol como un ángel de la Pascua hebrea. Me acerqué al trono de papá Dios y me detuve a escasos centímetros de Alejandro VI, cuya boca se había quedado ligeramente abierta. Tuve una visión en mi mente de abejas estableciéndose en su interior, como solían hacerlo en la colmena de Subiaco. La reina ofrecía una misa desde sus molares y sus solitarios

*ángeles provistos de aguijón zumbaban desde su caja de voz interpre-*
*tando himnos propios.*

*Me senté en su regazo y le miré a los ojos. Se pusieron en blanco de*
*puro placer. Sonreí. Cogí su mano entre las mías y lo besé en los labios,*
*atravesándolos con mi lengua, por encima de aquellas tablas del ofer-*
*torio, explorando la fuente bautismal de su boca, que sabía dulce por*
*el oporto ingerido. Agarré el velo azul y cubrí uno de mis pechos des-*
*nudos con él. Tomé su mano, la posé sobre ese pecho y le besé.*

Recordé a Vanita posando la mano de Rodrigo sobre su pecho perfecto por debajo de una fina telaraña de tela hacía ya tantos años, cuando ella le brindó su último adiós familiar ante su inminente partida
hacia aquel maldito pontificado de nubes blancas y corazón negro. Sentí
que mi corazón se partía. Pero no lo hizo. Estaba disfrutando demasiado con la lectura y, hasta el momento, la literatura no le ha roto el corazón a ninguna mujer.

*Pero no estaba totalmente desnuda. Llevaba tu anillo. Mientras le*
*besaba movía mi mano ensortijada –fuera de la vista de todos,*
*incluido mi papá– y la coloqué sobre la copa de vino. Mi pulgar*
*abrió la trampa por su diminuta bisagra de oro. Vertí el aqua tofana*
*azul verdosa en su roja malvasía portuguesa. Cerré la minúscula*
*lápida. Emergimos de nuestro beso. Por fin, volvieron a respirar ali-*
*viados los comensales; nadie había osado hacerlo mientras duró*
*nuestro abrazo.*

*–¿Un sorbo refrescante de vino, Rodrigo? –pregunté. Alargué la*
*mano, cogí la copa de vino e hice girar el líquido.*

*–Hic est enim calyx sanguines mei –dije al ofrecérsela reverente-*
*mente.*

*Los cardenales volvieron a soltar gritos de desaprobación –sólo*
*César se rió– por mi sacrilegio final.*

*–Pues éste es el cáliz de mi sangre –traduje pensando en ti, mi bri-*
*llante y vieja latinista. Mi nuevo y femenino Testamento, proseguí.*

*Él sonrió y continuó pronunciando las palabras de la consagración*
*en toscano.*

*–Sangre de la alianza nueva y eterna, que será derramada por vo-*
*sotros y por todos los hombres para el perdón de los pecados. –Hizo*
*una pausa, y dijo–: Jamás supiste latín, Lucrecia. Lo desaprobamos.*

*Se disponía a beber su vino cuando de pronto entrecerró los ojos. Su mano se detuvo en el aire de camino a sus labios. Miró al interior de la copa; luego, me miró a mí.*

*—Mujer —susurró—, recuerdo un instante en una estancia con una niña pequeña.*

*—¿De veras?*

*—Era muy hermosa. Le ofreció una copa de vino a un viejo y arrugado sacerdote. Estaba a punto de beber la muerte. Mi hermosa niña pequeña, seductora y asesina.*

*Me reí y seguí una arruga en la mejilla de Alejandro con el dedo. ¿Qué me preguntaría?*

*—Mis dos hijos eran muy hermosos —dijo—. El mero tacto y el brillo del pelo de Lucrecia eran un milagro. Mis hijos eran regalos de Dios.*

*Volvió a hacer una pausa, miró a César como rememorando algo. Entonces, miró al interior de la copa una vez más.*

*—¿Es éste un momento como aquél? ¿Otra copa como aquélla? ¿Podría serlo? —preguntó.*

*—No es más que una copa de Sangiovese Romagna, Rodrigo. De este viñedo.*

*—Júralo.*

*—¿Acaso Lucrecia te mintió alguna vez?*

*—No. Tú eres la única persona en esta tierra que nunca me ha mentido.*

*—Olvidas al pequeño Rodrigo. Tampoco Dios te ha mentido. Pero tú nos has mentido a todos mil veces.*

*El dolor atravesó sus ojos.*

*—Desde luego que has mentido —dijo amargamente—. Él y tú, los dos. Los dos no hacéis más que mentir. La copa. Júralo, tal como os lo hemos pedido.*

*—Lo juro, Santísimo Padre. Es vino.*

*Me agarró el muslo con fuerza. Acercó sus labios a mi oreja. Confieso ahora que en ese momento me mostré cariñosa con él, con su mano, como todos dicen que antaño hiciste tú. Sentí cómo el anciano desplegaba su poder y empezaba a vencer el mío.*

*—Júralo por la sangre de Cristo —imploró instándome a hacerlo—. Por la sangre de Cristo que la Santísima Madre lavó de sus heridas.*

Leyendo entonces la carta, rodeada de damas de honor y con Bembo postrado a mis pies en el castillo de Este, volví a sentir el aliento expectante de papá contra mi mejilla. Su mano y su cuerpo estaban febriles, y este calor me provocó, extrañamente, las mismas sensaciones corporales que antaño me había provocado mi primer Alfonso en los jardines de Adriano. Me pregunté si el apretón y el roce de las manos de papá habían llegado demasiado tarde para vencer a la pequeña Lucrecia, como es posible que me hubieran vencido a mí. Si permitía que el veneno del cáliz llegara a su destinación, se convertiría en una asesina y una mentirosa para siempre. Toda la gente buena apartaría los ojos a su paso y miraría ferozmente la espalda de la diablesa para evitar su ojo malvado. Sabía que estaba en lo cierto. «Los escenarios gemirán con ello. Los trovadores lo cantarán y los poetas lo promulgarán con una estética y unas formas desconocidas para nosotros. Todo esto ocurrirá, aunque nadie haya visto el veneno verde caer de su anillo al interior de la copa y aunque nadie pueda demostrar que es una asesina de una forma legalmente satisfactoria. Si los cuentos dicen que fue ella. ¿Y si los cuentos ejercieran una influencia, una motivación más fuerte, más poética, sobre los cuentistas? Motivos como por ejemplo un desenlace perfecto o un αγον, un conflicto de caracteres, o piedad-y-terror. ¿No podría entonces alguien decir que no fue ella, sino yo? ¿No estoy demasiado lejos, en el ducado despojado de mitos de Este, para eso? ¿Y si, a pesar de ello, lo hacen? Deja que cuenten el cuento que les dé la gana –pensé–. Deja que garabateen hasta llenar los muros y hasta que sus dedos sangren, siempre y cuando los llenen en italiano.» De hecho, así fue; como el maestro escribió en mi epitafio:

*Aquí yace en su tumba Lucrecia de nombre, pero Thais en verdad:*
*Hija, esposa, nuera y envenenadora de Alejandro.*

«Deja que canten. Deja que escriban libros y melodramas. Al infierno con todos ellos. Me convertiré en la bruja de todas las épocas, si así lo desean las musas. O lo desea mi sobrina. O las dos. La literatura clásica está llena de gemelos y siempre hay al menos uno malvado para condenarlos a ambos. *Las brujas de la Muerte.* ¿Qué más da cuál sea de nosotras la culpable?»

*Miré al papa directamente a los ojos y juré.*
*—Es vino, papá Dios.*
*—¿Y sólo vino? ¿Nada más?*
*—Es un cáliz de vino. Nada más.*
*—Ju...*
*—Lo juro por la mano ensangrentada de la Virgen —dije.*
*Me sonrió. Se bebió el vino de un solo trago. Sonrió satisfecho.*
*Estaba feliz. Lo admito enorgullecida.*

Mientras lo leía me sentí orgullosa de que ella pudiera hacerle feliz como antaño supe hacerlo yo.

*Su otra mano seguía sosteniendo el velo contra mi pecho. Susurró:*
*—Noto que todavía te yergues encantadoramente bajo la seda, Lu-*
*crecia de Vanita, igual que tu madre. Eres tan hermosa como lo fue*
*ella antaño —prosiguió susurrándome al oído—. Más hermosa. Siento*
*como si me hubiera muerto e ido al Paraíso gozando de nuevo de tu*
*amor.*
*—Todavía no —contesté.*

Estrujé la hoja entre mis manos, que arrojó, por alguna extraña razón, un hálito de aroma arábico a mi rostro. ¿Se habría puesto Lucrecia perfume arábico? No lo recordaba. Me eché a llorar, caí de rodillas y lloré como un perro, olfateando el aire en busca de un rastro más de la mirra de la carta. El sol se había movido visiblemente en el cielo cuando por fin pude volver a la carta de mi pequeña Lucrecia y terminar de leerla. ¿Y qué había querido decir con «igual que tu madre»? Papá no me había violado; César, sí. ¿Estaría la muchacha confundida? ¿O papá? ¿O acaso ya estaba el rumor en el aire, guste o no guste, tal como pensé que estaría, y la pequeña Lucrecia se había imaginado que él lo había dicho?

*A la mañana siguiente, todos los que habían asistido al banquete en*
*la viña del cardenal Castellesi da Corneto estaban enfermos, salvo yo.*
*Papá Dios estaba mucho más enfermo que los demás. El 12 empeoró,*
*guardó cama en su estancia ardiendo de fiebre. Papá estaba preso del*
*pánico y corría de un lado a otro, haciendo planes por si se daba el caso*

*de que papá Dios se moría. Supe el miedo que tenía cuando echó a sus rameras a la calle.*

*El 14 de agosto, los médicos sangraron al papa. Se recuperó. El 16 sufrió una recaída. La mañana del 18 asistió a la misa y comulgó en la capilla Sixtina, y luego volvió a sentirse muy mal. Cuando empezó a caer la noche, volvió a la capilla Sixtina para rezar. Se cayó al traspasar la barandilla del altar. ¿Pudo nuestra Virgen ultramarina haber barrido sus pies para que se cayera? Unos guardias y monjes lo depositaron sobre el altar de la capilla, donde, una hora más tarde, murió en el seno de su Iglesia.*

*Su cuerpo empezó a hincharse y a ennegrecerse terrible y prestamente, ambos síntomas de envenenamiento, aunque sin duda esos síntomas den pie a interminables historias de posesión diabólica o de beatos o dementes viendo familiares satánicos aleteando tenebrosamente alrededor de su cadáver. Unos diáconos trasladaron su cuerpo a la capilla de Santa Maria della Febbri, donde tu Alfonso yació tres años atrás, el día que nos vimos, lloramos y nos comprometimos a esto. Intentaron introducir a Alejandro en un ataúd, pero no pudieron. Su cadáver se había hinchado hasta adquirir un volumen el doble de grande que su cuerpo incorrupto, y su piel había ennegrecido más que la de cualquier moro. Finalmente, dos enterradores, apostados en el coro de la capilla, dejaron caer repetidas veces un yunque sobre el ataúd. Acompañado de unas enormes bocanadas de gases, finalmente Rodrigo, el papá Dios, descendió a su eterna caja borgiana.*

*Tu cariñosa y afectuosa,*

LUCRECIA BORGIA LA JOVEN

Cuando el cardenal Hipólita llegó a Ferrara para relatarme la muerte de Alejandro VI, volví a enloquecer de dolor, o más bien fingí hacerlo. Me vestí de moaré negro con un rubí y un dibujo bordeado de turmalinas sobre mi diafragma que representaba el monte de los Olivos, donde lloró Jesucristo.

—La vida terrenal es fundamentalmente inútil y vana —le dije al duque de Este.

Asintió de todo corazón.

—Eso no es una novedad para un hombre con una nuera derrochadora y caprichosa —contestó.

—Deja de llorar de una vez —dijo mi esposo—. Es irritante.

Pietro Bembo respiró hondo y recitó:

*Ha volado al cielo sobre el negro Minotauro de los Borgia'montado*
*para unirse a Emiliano de España, su antepasado,*
*y a su tocayo, el gran Alejandro.*

—Las rimas forzadas son tan irritantes —dije—. No seáis irritantes. Os
lo pido a todos.

Ausente el poder de papá, César era entonces hombre muerto, y lo
sabía muy bien. Intentó aplazar el momento intentando que el candidato del rey de Francia, el cardenal D'Amboise, fuera elegido Papa, pero
los italianos no querían a otro *monseigneur le pape* tras el «cautiverio
babilonio» de un siglo en Aviñón y fracasó.

—No le deseamos ningún mal a César Borgia —dijo el nuevo papa
Pío III—, pero prevemos que tendrá un terrible final cuando Dios lo
tenga que juzgar. Perdonamos, como perdonamos a todos los pecadores, al hombre u hombres que lo precipitaron hacia su recompensa vencida hace tiempo.

El compromiso: el nuevo papa —un Piccolomini y sobrino de Pío II—
era viejo y estaba enfermo, y había sido elegido con el propósito expreso de que se muriera pronto. Los temidos Colonna, Savelli y Orsini volvieron a toda prisa a Roma para reclamar todas sus propiedades y derechos. En Umbría, Gianpaolo Baglioni y el clan de los Vitelli tomaron las
armas. En Romaña, Piombino, Urbino y Camerino se sublevaron. Todas
las ciudades de la Romaña pronto se unieron a ellos en una traición
amante de la paz y de la guerra.

El recién estrenado imperio de César se desintegró con un tortuoso
guiño de la historia. Huyó al sur hacia Nápoles, donde las Damas
Negras de la corona de Aragón lo esperaban: la reina Juana, esposa de
Juan II; Beatriz, la ex reina de Hungría, contra la que Alejandro VI
había impuesto una bula de divorcio a favor del rey Ladislao; la joven
reina Juana, viuda de Ferrandino, y finalmente, Isabel de Aragón Sforza,
viuda, por presunta orden de César, del Moro. Se lo vendieron, cumpliendo el mandato de Luis de Francia, a su suma majestad católica de
España, quien trasladó por mar a mi hermano a un calabozo español y
prometió que nadie lo volvería a ver jamás. ¡Pero César escapó con la
connivencia del rey de Navarra y Aragón!

Se unió a las fuerzas armadas de Navarra en calidad de comandante. No, Navarra no permitió que se autoproclamara *imperator*. Algunos rezagados de su antiguo ejército de Dios solían dejarse caer diariamente por el campamento de Navarra buscando a su en otros tiempos césar y encontrando en su lugar a un César triste, en el que a duras penas reconocieron al hombre que habían conocido antaño. Sus impresiones no mejoraron demasiado por culpa de los estragos de la sífilis, que habían transformado el rostro de Apolo en el rostro de Anábasis, y su hermosa piel, en un amasijo de sifilomas sanguinolentos y costras supurantes. Sin embargo, muchos se unieron a César, y me han contado que empezó a entretener cada noche a sus tropas, reunidas alrededor de la hoguera, con cuentos de su futura reconquista del Bizancio que le arrancaría al Gran Turco, tras lo cual recibiría a orillas del Cuerno de Oro la diadema de Barikeior, el emperador de Oriente. Nunca descubrí, ni pregunté, si yo había sido mencionada como Barikeior, o emperatriz, en su mito griego, nuevo y glorioso. César devanó su última madeja mítica la noche del 10 de marzo de 1507, aunque otros dicen que fue el 18 de abril. Poco importa. Al día siguiente dirigió un reducido cuerpo de su deslustrada caballería dorada contra las fuerzas de Viana, que Navarra asediaba. A unas cien yardas de los muros esperaba un efectivo de infantería de Viana. Pero era diminuto, estaba compuesto por no más de seis o siete infantes.

—¡Adelante al galope! —gritó César, dirigiendo una carga de cincuenta de sus caballeros contra ellos.

Sin embargo, la infantería no se movió, ni un solo soldado salió corriendo, ni se rindió, ni siquiera volvió la cabeza. Cuando los caballos de César llegaron a su línea, mi hermano descubrió que ese pelotón de infantería no lo formaban hombres, sino niños. Alzó la mano para detener la carga.

El conde de Viana apareció en el muro de la ciudad.

—Hemos enviado a nuestros niños para que se enfrenten a ti, oh señorial y vanaglorioso César Culorroto —gritó el conde—. ¡Ni siquiera nuestros niños te temen, ahora que el gordo de tu papá se asa en el infierno gracias a la saliva de su venenosa hija! ¡La próxima vez enviaremos a nuestras hijas para que te corten tu hombradía, violador hijo de puta de hermanas patricidas y horrendas vacas!

César se revolvió en la silla de montar, ofendido, y ordenó la carga. Cuando llegó el momento en que su caballería se disponía a tomar contacto con el pelotón de Viana, toda la línea levantó los escudos y se echó hacia atrás, y sus torsos y cabezas infantiles quedaron cubiertos esa vez detrás de unos escudos de hombre. César tenía que haber reconocido esa táctica de la batalla de los espartanos librada en el desfiladero de Termópilas contra los persas de Darío y que, según sé, había estudiado en detalle. Y debía haber recordado las consecuencias si no ordenaba a su caballería inmediatamente que diera media vuelta y volviera a encararlos en un nuevo embate. Eso era lo que no había hecho Darío y el resultado fueron veinticinco mil jinetes persas muertos contra trece infantes espartanos. César, tal como había hecho Darío, saltó por encima de la infantería echada en el suelo, pero sus caballos se mostraron poco dispuestos a pisar siquiera los escudos, y los hombres de César se vieron forzados a subir por la ladera que tenían a sus espaldas, en ese caso, la ladera que conducía a los muros de Viana. Para cuando la caballería hubo superado al galope la loma, tanto los caballos como los jinetes estaban exhaustos, algunos habían muerto bajo el ataque de los lanzajabalinas mecánicos de los muros de Viana, y la infantería de niños se había levantado, propiciando así la consiguiente carnicería de jinetes. Los niños clavaron sus cuchillos en las espaldas de los caballeros y cortaron los cuellos y tendones de los caballos. Los jinetes caían al suelo, donde eran cercenados por las espadas y cuchillos de los niños. Entonces, los niños aislaron a César de sus caballeros como lobos que separan a un rebaño de sus perros pastor. César desenfundó la espada y pudo lanzar algunas estocadas y fintas, hasta que uno de los muchachos tuvo la suerte de descargar un navajazo contra su muñeca y rompérsela. César ya no podía sostener la espada y tuvo que encararlos con su daga de oro y blandirla con la mano equivocada. Saltaron sobre él, lanzándolo al suelo. Acuchillaron a mi hermano una y otra vez con sus espadas y sus cuchillos. Destrozaron lo que quedaba de su rostro con las empuñaduras y las cazoletas de sus armas. Luego, lo desnudaron y dejaron su cuerpo a los cuervos y las ratas, abandonando al césar del mundo bajo una roca saliente en un amasijo de sangre y de entrañas destripadas. Portaron su hígado espetado en su espada en señal de triunfo a través de las puertas de Viana, órgano que finalmente, aquella mañana, fue motivo de luchas encarnizadas entre una jauría de perros bastardos.

Antes de aquella olvidada, estúpida e inútil refriega a los muros de Viana, César se había pasado cada momento desde la muerte de nuestro padre corriendo por su vida. Tenía treinta y un años cuando dejó de correr. Su final fue menos grotescamente ignominioso de lo que podría haber sido, pues por entonces estaba hasta tal punto corrompido por la sífilis que pronto habría sucumbido a sus pútridos embates. Le doy gracias a Dios diariamente porque no me permitió ver su belleza ultrajada.

Más tarde me fue devuelta su espada en una funda de obsidiana. En la empuñadura había dos relieves en oro: en el anverso, san Pedro, colgando cabeza abajo de su crucifijo, y en el reverso, un buey borgiano de rubíes con el rostro y la cúpula de Pablo, con su cabeza enastada sobre el bloque de oro del verdugo. En el lado del bloque, en letras grandes de diamantes, rezaba la leyenda SPQR.

El mismo contratista de Amalfi que había instalado la fontanería de Minos había instalado mi tremendo baño en la suite que ocupaba en el castillo de Este, inmediatamente después de la muerte de Ercole y de mi consiguiente ascensión al trono de duquesa, con todos sus derechos y dinero, en 1505. Tenía unos ventanales altos y abovedados para permitir que el sol entrara a raudales. En aquellos tiempos, todavía era raro disponer de una estancia dedicada exclusivamente al baño. En esto, como en tantas otras cosas, nunca fui esclava de las modas, sino su emperatriz. El baño se construyó a medida y siguiendo mis órdenes en el más fino mármol gris con vetas azules e incrustaciones de plata, obra que no resultó nada problemática desde mi ascenso. Distribuí varias conchas exóticas aquí y allá, junto con unas piezas de extrañas formas hechas de madera de deriva y diversos peces, estrellas de mar y pulpos disecados. Mi idea era crear mi propia bahía de Nápoles. Una mañana de 1509 estaba echada en la bañera, pensando en el satánico baño de sangre que por entonces consumía Italia por orden del cerdo borracho, el papa Julio II, el antiguo cardenal Della Rovere, enemigo electoral y salvador de papá. El agua de mi baño estaba tan caliente que el vapor ascendía alrededor de mi cuerpo, y la bañera tenía la forma de la concha de una enorme venera procedente de Alejandría con la que Alfonso d'Este me había sorprendido.

—Una buena inversión —había dicho—. Regateé con esos egipcios y conseguí un descuento del veinte por ciento.

Media docena de mis damas de honor se apiñaban a mi alrededor, lavándome la espalda, masajeándome el cuello. Yo sonreía plácidamente.

—¿Maestro Botticelli? —llamé.

—¿Sí, mi señora?

—¿Está acabando, maestro?

El maestro Botticelli había preguntado si podía hacerme un retrato, al igual que habían hecho otros muchos a lo largo del tiempo. Yo había querido que realizara uno en la que apareciera montada sobre un caballo dorado y vestida de cuero negro. Había fantaseado con que tal vez daría inicio a una nueva moda. O con el mismo vestido que había llevado el día en que conocí a Alfonso. Pero cuando el maestro Botticelli oyó hablar de mi famoso baño, me pidió permiso para verlo.

—¡Oh, Dios mío! —dijo cuando se lo mostré la primera vez—. ¡Cuánta agua! ¡Esa bañera! Mi señora, he tenido una inspiración.

Siempre es sabio permitir que el artista siga su intuición divina en lugar de la propia. Un trabajo dictado en detalle por el cliente tiende a la rigidez y el cliché. Si quieres un retrato de tu hijo y el artista se fija en el cachorro de tu hijo y exclama: «¡Eso es!», deja que pinte al perro. Será el recuerdo más conmovedor del niño, incluso su representación más perfecta e impecable.

—¿Está a punto de terminar, maestro? —volví a preguntar.

—¡Casi! —me contestó, dando los toques finales a una mancha ultramarina—. Ya está, mi señora.

—Si sigo un segundo más en esta bañera saldré hecha una platija.

Me levanté de la bañera. Mis damas de honor acudieron a toda prisa para secarme con unas maravillosas y suaves «toallas», como nubes de paño, regalos de la Sublime Puerta a papá que yo le había ordenado a Pentesilea que robase para mí tras su muerte. No me había sentido culpable; la chusma saqueó su estancia por completo. Siempre lo hace cuando muere un papa. Después, mis damas me envolvieron en mi túnica.

—¿Puedo verlo? —le pregunté al maestro Botticelli.

—Por supuesto, mi señora.

Di la vuelta a su enorme lienzo para echarle un vistazo seguida por mis damas. Lo vi y me quedé paralizada. La impresión que me produjo su belleza me dejó sin aliento, me hizo llevarme las manos a la boca y las lágrimas asomaron repentinamente en mis ojos.

—Lo llamaré *El nacimiento de Venus* si me lo permite, mi señora —dijo el pintor—. Pero todo el mundo sabrá quién es en realidad.

Todos nos quedamos pasmados ante aquella maravilla.

–Es asombroso, maestro –dije–. Dentro de cinco siglos, cuando todos hayamos caído en el olvido como César, todo el mundo seguirá maravillándose con el retrato.

–Entonces todavía será de usted de quien se maraville –dijo.

«¡Oh!, es un cortesano muy complaciente», pensé.

–Es igual que usted, mi señora –dijo Lucía, la primera de mis damas de honor.

Pentesilea se había ahogado una noche tras el robo en el Tíber, mientras nadaba con su amante, sor Angélica, la hermana normanda.

–¿Por quién sale del mar? –pregunté.

–No lo sé, mi señora –dijo Sandro–. Debe ser por el que una diosa emerge eternamente.

–Emerge del agua por Bisceglie, a quien amó más que a su propia vida –dije–. Y emerge por Giovanni y por sus Rodrigos, abuelo y nieto, e incluso por el dorado César. Emerge por todos los hombres a los que amó alguna vez, antes de que renaciera diosa y todos ellos huyeran aterrorizados.

Nadie habló, ni sus ojos tropezaron con mi mirada. El cuadro me tuvo hipnotizada un rato más. Su belleza tenía el poder de suspenderle a uno en la eternidad, estado en el que, en aquel momento, deseaba encontrarme.

–Vosotros, los artistas, miráis una cosa –dije finalmente–, y veis la belleza que queréis ver. Es el don que os ha concedido la Virgen. El resto de los mortales estamos condenados a ver sólo la verdad.

El maestro Botticelli soltó una risita.

–Pilatos preguntó: «¿Qué es la verdad?», mi señora, y no encontró la respuesta.

–Tiene razón, por supuesto, maestro –dije y abandoné la estancia seguida por mis damas de honor.

Poco después me puse el vestido largo con el que había pensado dejarme retratar. El azul celeste del más fino terciopelo, ajustado pero amplio por debajo de la cintura para permitirme montar a caballo y cubierto de una aplicación de zafiros que representaban los espejos de Venus. Llevaba unos pendientes y un collar de zafiros y diamantes. Mientras me vestían, observé que mis damas de honor cuchicheaban entre sí. Me condujeron a través de mis estancias del castillo de Este. Dos caballeros de Este montaban guardia.

Lucía me detuvo mientras todas las demás se reían tontamente.

—Sus damas de honor han organizado una sorpresa para usted en este día tan especial, mi señora.

—¿Qué día es éste?

—Hoy es el aniversario de su nacimiento.

—¡Oh, Dios mío!, Lucía, tienes razón. Lo había olvidado.

Hacía una década que vivía en peligro inminente de convertirme, en mi último renacimiento, en Artemisa, princesa de Caria violada por su propio hermano. La eterna arpía viuda-mujer en bajorrelieve del friso esculpido del mausoleo, cuya única gracia meritoria era su trenza dorada y su espectacular y siempre joven piel, todavía más suave que cualquier mármol. Tenía veintisiete años.

—Pero ahora que he hablado con ella —prosiguió Lucía—, estoy preocupada porque se disguste.

—Tú nunca me disgustas —dije ordenando con un gesto a los guardias que abrieran las puertas.

Pero antes desenvainaron sus espadas e hicieron un saludo.

—Feliz cumpleaños, doña Lucrecia —dijo el capitán—. Ponemos nuestras armas a su disposición y la serviremos aunque sea durante cien años más y más allá del cielo.

Me reí.

—¿Y del infierno? —dije.

El capitán también se rió.

—No nos importa la temperatura.

Abrieron las puertas. Me quedé sin aliento y me llevé las manos a la boca por segunda vez aquel día. Un suntuoso banquete cubría la mesa del comedor de patas talladas. Un cochinillo. Fuentes de Catay con fideos amarillos en salsas sicilianas. Vino tinto en copas de oro. Manzanas doradas de las Hespérides. La comida, la cubertería y sobre todo el popurrí de aromas me parecieron idénticos a la comida en la mesa de Vanita de aquella mañana, tan lejana en el tiempo. Y eso se debió a que realmente era la mesa de Vanita. Al agacharme pude vislumbrar que san Pedro y san Pablo seguían allí, tallados en las patas. Imaginé que oía las campanas y escuchaba las risas del amor saliendo de la habitación contigua, pero lo único que oí fue el sordo tintineo de platos de postre entrechocando. Había muchas sillas dispuestas alrededor de la mesa, pero sólo un invitado: una pequeña mujer de pelo cano, aunque todavía atractiva. Vi que era una de esas viejas damas que irán a la tumba sin haber perdido nunca las manifestaciones visibles de su yo virginal.

—Vanita —dije.

—¿No has olvidado lo que te dije, verdad, Lucrecia?

—¿Qué fue lo que me dijiste, madre?

—¿Que nadie te amaría como yo te amo?

—No, mamá. ¿Cómo podría olvidarlo?

Ella sonrió y tomó un gran trago de vino tinto.

—Tinto de la Toscana. Delicioso.

—¿Cómo se ha podido hacer esto? —le pregunté a mi Lucía.

—César dejó dinero en su testamento para que se cuidara de ella.

—¿Dónde la encontraron?

—En Subiaco.

—¿Puedes creerlo? Ahora soy monja, como cuando empecé.

—Puedo creerlo; por fin, una virgen y viviendo junto a san Sebastián.

Caminé hacia ella, me arrodillé y apoyé la mejilla en su pecho, y con el tacto de aquella piel empecé a alcanzar la virtud de la paz y el perdón.

Mi vida es un mito, aunque mientras escribo esto hace tiempo que ha cesado su mitología pública, alabada sea la Virgen. Hace tiempo, como ya presagié, que me convertí en la inmortal y legendaria perra patricida. Los burlescos garabateadores de Della Rovere ya estaban metidos en faena antes de que el horrible y negro rigor mortis de Alejandro empezara. Todo el mundo decía que había sido Lucrecia Borgia quien lo había envenenado en el almuerzo de la viña. Me sorprende que Pinturicchio todavía no haya realizado un mural de ello en las estancias de los Borgia: una Lucrecia desnuda, vertiendo el contenido rojo y envenenado del cáliz en la garganta de papá, que con una mano tira dramáticamente de mi poderoso y mefítico antebrazo y con la otra abraza mi pecho descubierto. El que en aquel momento me encontrara a seiscientas millas del lugar no detuvo la calumnia, ni por el tiempo que tarda una abeja reina en batir las alas. Ni tampoco nadie imaginó que hubiera otra Lucrecia Borgia que pudiera haberlo hecho, ni siquiera aquellos que estuvieron allí. Ni siquiera los relativamente pocos que sabían de la existencia de la pequeña Lucrecia conocían sus motivos, su verdadera relación doble con César. Además, les convenía que fuera yo la que lo había hecho; el mito se alimenta agradecidamente del mito, como ellos sabían muy bien por las historias bíblicas. La pequeña Lucrecia ha desaparecido de la historia sin haber sido mitificada nunca. Ella es mi sombra invisible, mi alma. Su nombre es una nota a pie de página, o una simple línea en el texto de una obra dedicada a papá, a César o a mí, o incluso a la familia de los Borgia.

Vanita volvió a casa con Rodrigo, mi hermoso niño, tres semanas más tarde. Nos lo pasamos de maravilla mientras estuvieron en Ferrara y nos seguimos escribiendo —en italiano— cada semana. Insistí en que le hicieran un retrato a Vanita, pero ella lo llegó a odiar, pues cuando finalmente lo pintaron, su dilatada belleza finalmente había abandonado su rostro y su cuerpo.

Lo quemó.

—Allí va la bruja —dijo—, haciéndose humo en la hoguera. Sus barbas han ardido para la posteridad y ya sólo queda *Ars gratia Artis*. ¡Se ha ido con viento fresco!

Envié al pequeño Rodrigo y a su abuela a Subiaco después de aquella visita para que tuvieran, confiaba, una vida feliz. Cuando los santos recorrían la tierra, los ángeles bajaban y tomaban a las mujeres y a sus hijos de la mano, alejándolos de la perdición. Tal vez lo vuelvan a hacer ahora. Todos los ángeles que vemos en estos tiempos tienen, en las pinturas de los techos, por supuesto, alas batientes. Pero si nos sonríe la fortuna, seguiremos alejándonos del noveno círculo, llevados por una mano que ha cogido la nuestra. La mano de un niño, la mano del bamboleante maestro de Aquellos que Saben.

Dos años más tarde, en 1508, al fin cumplí con mi deber con D'Este y di a luz un heredero, Ercole II, y desde entonces soy amada en mi ciudad emigrada. Cuando sostuve aquel diminuto bulto entre mis brazos y lo vi tratar de agarrar el aire y a mí como si quisiera tomar posesión de todo, como cualquier verdadero Borgia, me sentí satisfecha de un modo que espero que nunca vuelva a sentir jamás. Recé porque fuera como yo, como Lucrecia Borgia, y no como los hombres de nuestro linaje, ni como los de Este. Recé porque su gesto fuera para asir todo el amor y la ternura que el mundo le ofrece y porque no llegue a ser esclavo del oro, el poder o las ambiciones míticas. Esperaba que mis dos hijos siguieran siendo niños eternamente debajo de la mesa. De hecho, le envié a Rodrigo, mi primogénito, la mesa tallada de Vanita para que jugara debajo de ella en Subiaco. También le envié la espada afilada de Bisceglie, porque un hombre tiene que ser un hombre. Sé que tendrá la belleza de los Borgia; ya la tiene. Espero que sea una bendición para él y no una maldición. *Borgia*, aparte de ser nuestra familia, no es más que un espondeo, un par de sílabas vacías, aunque hace poco he oído que le han puesto el nombre de «planta borgia» a una seta mortalmente venenosa y recién descubierta en el Nuevo Mundo, lo que, no me cabe duda, es una expresión de la mitología tóxica que seguirá creciendo alrededor de mi familia y de mí. Rodrigo Borgia era su abuelo y es a quien se parece. También descubrí, al fin, si el alma y la mente eran o no una misma cosa. El Concilio Lateranense de 1513 declaró que la unidad del alma y la mente era una herejía y un anatema. Supongo que a partir de aquella fecha no debería ocupar mi mente con los hechos de mi vida que he narrado aquí. No quisiera cometer un pecado mortal y condenar mi alma –dejando que mi mente vague libremente por donde quiera– al noveno círculo.

Sólo una palabra más acerca de la mitosofía del reinado de los Borgia. En tiempos en que la corrupción y los mentirosos hábiles más afloran, como en los de un Alejandro VI, o un César, o un Αλεξανδροσ de Macedonia, o de un césar –años de gran nacimiento o renacimiento–, siempre nos encontramos en constante movimiento y conmoción. Entonces saboreamos los movimientos y las emociones mismos, así como aquellos deleites y genios que son los réditos naturales de la turbulencia: el ciego Ομερ, el aristocrático Dante, el polvoriento Buonarotti, Maquiavelo, César, Mehmet el Grande y el sorprendente Colón de Génova, *Hic monstra sunt*; «donde se hallan los monstruos», en el borde de su vieja carta de navegación, donde en su lugar encontró el Nuevo Mundo. Tales hombres, todos ellos titanes, no son más que montañas de Κοπροσ, de *excrementum*, de mierda. Al escalar esas montañas, nuestras mentes adquieren energías nuevas y amplían su poder y sus sutilezas, tanto satisfaciendo nuestros deseos innatos y codiciosos como evitando los perversos que crecen como putrefacción brotante de la podredumbre de la indolencia. Si arrancamos a estos mentirosos monumentales de nuestras historias, Dios nos privará de la acción y del placer, dejándonos tan sólo con la piedad embotada, infértil y autoindulgente para sustentar nuestros espíritus inquietos.

Ahora vivo principalmente en la casa de Hábeas Domini, no muy lejos del castillo de ladrillo de Este, donde un día me encargaron la escritura de su necrología. Al menos eso hago la mayor parte del tiempo, cuando no me reclaman con motivo de alguna ceremonia o alguna obligación de índole maternal. La pequeña Lucrecia me visita un par de veces al año, en los días de San Pedro y de San Pablo. Este lugar me recuerda al Subiaco de mis sueños, donde ahora la pequeña Lucrecia vive con su abuela y con Rodrigo, que ya no es pequeño. Sebastián está aquí, con una flecha menos para recordarme el asesinato, y la Virgen ultramarina me vigila desde su pedestal. Aquí pienso en nuestra bella estancia Borgia y en las monjas que me enseñaron a coser cuando era una niña entre los pasillos cubiertos de pinturas permanentes realizadas por genios, que son las únicas cosas materiales que echo de menos de la Ciudad Eterna de Dios y su joroba vaticana. Actualmente, mi vida aquí es mi pequeño exilio autoimpuesto, mi ofertorio de acción de gracias a la Virgen María por concederme mi oscuro sacerdocio y la respuesta a mi súplica sangrienta aquella noche en la capilla Sixtina. No he hecho los votos, ni siquiera laicos, de esta orden, aunque todas sus dulces mujeres me han acogido celebrando mi estancia y me llaman «hermana señora», un título en absoluto innoble, aunque sólo un espectro pálido de emperatriz, reina de las Dos Sicilias o incluso duquesa de Pésaro. Al igual que todos los mitos vivos, me he convertido en un fantasma viviente. Como Fortunata, me deslizo silenciosamente por los pasillos. Rezo sola en la capilla, y sólo muy ocasionalmente echo una ojeada furtiva y amorosa al dulce trasero de san Sebastián. Vendí mis joyas Borgia y entregué los ducados por la venta al Hábeas Domini. Es decir, las vendí todas menos una; me llevaré a la tumba el sencillo anillo de oro con su diminuto rubí de Alfonso Bisceglie. Sólo como panes integrales y gachas de grano sin sazonar. Solían encantarme los vinos, pero he vuelto al agua. La novia de Canaán al revés. Llevo vestidos que coso a mano de lana basta. Sólo mi talismán de oro, que pende de su trenza por mi espalda, sigue conmigo de entre todos mis antiguos tesoros borgianos. Paso todos los días y todas las noches aquí, en mi desnuda y severa celda, escribiendo estas palabras con tinta negra babilona sobre el mejor y más brillante papel vitela irlandés. Escucho a mis caritativas hermanas trabajar y dar clases a las nuevas bastardas nobles, en el exterior y en los pasillos. Estas monjas chismean y hacen chistes sobrenaturalmente malos. A menudo, en secreto y de manera que nadie nos vea, siento a una de estas niñas en mi regazo y le leo este libro en voz alta, señalando cada palabra a medida que voy leyendo, enseñándole así a leer el italiano de Dante y Petrarca. También le enseño de vez en cuando griego y latín a la ocasional niña. Todas estas *feminae* están de acuerdo conmigo: la Vanita de Rodrigo no era una ramera; dicen que fue una princesa. A través de ellas —más que suficientes— he cumplido el juramento que le hice a mi madre en la infancia. Soy feliz; estoy, en cualquier caso, contenta, aunque me siento sola en medio de todas estas mujeres. Los hombres de verdad no recorren los pasillos del castillo de Este, y echo de menos a los hombres, incluso a los malvados. Echo de menos sus cuerpos, la manera como me miran, la manera que tienen de pensar y sus voces, gruesas de deseo. ¿Es eso un pecado? Sé que la Virgen diría que no lo es. Tal vez esta soledad, mi nueva vida, como es posible que Alighieri lo habría expresado, en esta pequeña celda, sea algo bueno. Estoy sola con mis recuerdos. Rezo por mis recuerdos muertos, y ellos me reclaman, pidiéndome que me reúna con ellos. Recuerdos de la fragancia arábica de Vanita, de la piel de sus pechos, del vino toscano, de su mesa de patas talladas, de mi padre, de Alfonso y sus prados de Tívoli, del Giovanni adriático, gordo de dulzura y trufas comidas al lado de una cascada, de mi joven gemela Lucrecia, la desconocida Clitemnestra de nuestra era ambigua, de un par de gemelos recién nacidos, de mis femeninos y benditos dolores de parto y el corto tiempo compartido con el pequeño Rodrigo, un regalo de Dios superior a la Resurrección y a su sudario. Y a veces incluso estoy a solas con mis recuerdos de César, mi hermoso, mi brillante, mi triste hermano. Bendigo a cada uno de estos fantasmas mientras van pasando, como si fuera un monseñor. Tal vez esta soledad sea el comienzo de un nuevo mito. Tal vez esta inmensa soledad escriba en mi corazón una nueva mitología de mí misma, de Lucrecia Borgia, la mujer más malvada que haya vivido en esta tierra, como suelen decir, desde que Eva ofreció su manzana a Adán. Acabo de releer lo que había pensado sería mi último párrafo. Esconde una mentira. Tuve que leerlo dos veces hasta que fui capaz de descubrirla. ¿Salta a los ojos? ¿No? Son las joyas. Conservo dos. El aro de oro con un solo rubí y, en la otra mano, un anillo más voluminoso, con un zafiro central con bisagra. Lo llamo el anillo de la mujer del Pescador.

¿Será mi fábula una fábula perversa? ¿Se convertirá el de Lucrecia Borgia en el mito femenino más cruel que se pueda haber contado en esta tierra desde Eva, un perverso palimpsesto de una verdad malevolente? El tiempo lo dirá. Siempre lo hace; excepto en el Paraíso. Como aquella legendariamente fuerte y helenizada Magdalena, que muchos dicen tentó a Dios en el desierto con una oferta mejor cuando Satanás erró, pudo haber escrito de su propio mito, o como Eva, la mitóloga más antigua, pudo escribir:

Ποιν Ρατανασ γενεσθαι, ΕΓΟ ΕΜΕΙ:
*Antequam Satanam fieret, EGO SUM.*
*Antes de que fuera Satanás, YO SOY.*
*Exitus Clausula.*

Este libro se imprimió en
A&M Gràfic, S. L.
Santa Perpètua de Mogoda
(Barcelona)